Friedrich Müller

**Dichtungen in zwei Teilen**

Erster Teil

Friedrich Müller

**Dichtungen in zwei Teilen**
*Erster Teil*

ISBN/EAN: 9783743649576

Hergestellt in Europa, USA, Kanada, Australien, Japan

Cover: Foto ©Andreas Hilbeck / pixelio.de

Weitere Bücher finden Sie auf **www.hansebooks.com**

# Dichtungen

von

## Maler Müller.

––––––

Mit Einleitung herausgegeben

von

### Hermann Hettner.

··········

In zwei Theilen.

~~~~~

Erster Theil.

Leipzig:

F. A. Brockhaus.

1868.

# Maler Müller.

Weil Lenz und Klinger in die Jugendbeziehungen Goethe's hin-
einragen und in ihrem ersten Auftreten etwas Lärmendes und Skan-
dalsüchtiges haben, pflegen diese zumeist neben Goethe als die her-
vorragendsten Vertreter der sogenannten Sturm- und Drangperiode
betrachtet zu werden. Friedrich Müller, in der deutschen Literatur-
geschichte gewöhnlich der Maler Müller genannt, wird von denselben Gesinnungen und Bestrebungen getragen und steht an rein
dichterischer Begabung weit über ihnen.

Müller war auf einen großen und echten Dichter angelegt;
und wir würden ihn sicher zu unsern besten zu zählen haben, wäre
sein Talent zur vollen Reife gekommen. Sein Unglück war, daß ihn
der Zufall der äußern Umstände zunächst zur Malerei geführt
hatte. Seine Kräfte wurden getheilt und zersplittert, und der
dauernde Aufenthalt in Rom entfremdete ihn frühzeitig allem
lebendigen Literaturverkehr.

Ueber Müller's Jugend ist wenig bekannt. Er wurde 1750
zu Kreuznach geboren, ein Kind armer Aeltern. Eine Zeit lang scheint
er als junger Maler am Hofe zu Zweibrücken geweilt zu haben. Um
das Jahr 1770 kam er nach Manheim. Hier war es, wo in
regem Verkehr mit Dalberg, Gemmingen und dem Buchhändler
Schwan der Antrieb und der Muth dichterischen Schaffens in
ihm erwachte; fast alle seine Dichtungen sind in dieser manheimer
Zeit entstanden. Merck übte von Darmstadt aus seinen anregenden
Einfluß. Und auch an Lessing, als dieser im Anfang des Jahres
1777 in Sachen des neuerrichteten Nationaltheaters einige Wochen
in Manheim verweilte, schloß sich Müller aufs innigste an. Müller
erzählt in einem Briefe („Morgenblatt", 1820, Nr. 48), Lessing
habe mehrfach den Wunsch ausgesprochen, die letzte Epoche seines
Lebens vereint mit ihm, am liebsten in Italien, beschließen zu
können.

Die ersten Dichtungen, mit welchen Müller auftrat, waren Idyllen. Sie zerfallen in drei Gruppen, in biblische, mythologische, volksthümlich deutsche.

In den biblischen Idyllen sieht man noch die Schule Geßner's und Klopstock's; aber an farbiger Lebensfülle sind sie ihren Mustern durchaus überlegen. Besonders die Idylle: „Adam's erstes Erwachen und erste selige Nächte", ergreift durch die Zartheit und Feierlichkeit ihres Naturgefühls; die Schilderungen der Thierwelt sind von seltener Schönheit.

Eigenthümlicher und in ihrer Art von höchster Vollendung sind die mythologischen Idyllen; unvergleichliche Prachtstücke kecksten Humors und komischer Charakterzeichnung. Sie bewegen sich ausschließlich im mythischen Kreise der griechischen Satyrn, die schon der Komik der Alten den ergiebigsten Stoff boten; aber aus der alten Satyrmaske lugt zugleich überall das wohlbekannte Gesicht Falstaff's, und die künstlerische Ironie, von welcher später die Romantiker so viel sagten und sangen, feiert hier ihre glänzendsten Triumphe.

Der Held der ersten Idylle: „Der Satyr Mopsus", ist der Polyphem Theokrit's, aber in der naiven Darlegung seiner wechselnden Seelenstimmungen individueller ausgeführt. Der tölpische Gesell hat trotz seiner ungezügelten Begehrlichkeit in seiner komischen Gutmüthigkeit fast etwas Rührendes; die schelmische Nymphe, die so arglistig seine Zwecke vereitelt, bildet den reizendsten Gegensatz.

Nicht minder trefflich ist die zweite Idylle, welche den Titel „Der Faun" führt. Reinste menschliche Empfindung im burlesken Gemisch mit halb thierischer Roheit. Ein armer Schlucker von Satyr trauert um sein verblichenes Weib. Weinend legt er sie auf den Holzstoß nieder, streckt schluchzend seine Hand auf ihr Gesicht, seufzt und bricht in die herzbrechendste Klage aus. Und doch regt sich auch in seiner Trauer seine alte Natur, und er löst die Weinflasche, und er trinkt, seufzt und trinkt wieder; und je mehr er trinkt, desto weicher wird sein Gemüth und desto redseliger versenkt er sich in das Lob der Verlorenen, die für seinen Unterhalt gesorgt, ihm Treue erwiesen in allen Stücken, ihm Buben zur Welt gebracht hat, groß und stark und voll heißer Eßlust, also, daß er nicht weiß, woher nehmen, ihren Gaumen zu füllen. Und nun kommen die Kinder und klagen

mit ihm: der Aelteste, daß ihm die Mutter nicht mehr Schlingen
flechten kann, Vögel zu fangen; der Kleinere, daß ihm die Mutter
nicht mehr die Geiß am Horn hält, daß er unter ihr hinkrieche
und am vollen Euter sauge; und der noch Kleinere, daß sie ihm
nicht mehr Nüsse und Aepfel gibt. So heulen die Knaben. Schon
lodert der Holzstoß hell. Zurück ruft nun der Faun seine Kinder.
Ferne stehen sie, betrachten die fressende Glut und heulen weiter;
langsam geht die Mitternacht vorüber, und seitwärts über der
Flamme steigt voll der Mond auf.

Und die dritte Idylle: „Bacchidon und Milon", ist vielleicht
die ergötzlichste Humoreske, welche die deutsche Literatur aufzuweisen
hat. An seiner epheuumwachsenen Grotte saß der Knabe Milon
entzückt, ihm war ein treffliches Lied auf den Weingott Bacchus
gelungen. Das gefiel ihm selbst so wohl, daß er es, weil niemand zugegen war, der horchen wollte, dreimal seinen Ziegen
vorsang. Eben kam der Satyr Bacchidon auf seine Höhle zu;
fröhlich nöthigt ihn der Hirt herbei, doch der Satyr will nicht
weilen; der junge Hirt muß sich entschließen, einen mit frischem
Most weidlich gefüllten Schlauch zu öffnen. Und nun beginnt
der drolligste Kampf zwischen der unersättlichsten Trinklust des
Satyrs, der in weinseliger Geschwätzigkeit immer neue Gründe zum
Trinken vorbringt, und der unwiderstehlichen Singlust des lob-
begierigen Hirten, der mit seinem Liede nicht zum Wort kommen
kann. Nur durch angedrohte Stockschläge ist der Satyr zum
Schweigen zu bewegen. Aber auch jetzt noch unterbricht er den
Gesang unablässig durch Schwatzen und Trinken, bis endlich der
Gesang beendet und der Schlauch leer ist. Mit einer parodischen
Elegie auf den leeren Schlauch wankt der Satyr von dannen
und schläft am Ufer seinen Rausch aus.

Virtuose Vorleser sollten sich diese fast verschollenen Schätze
genialster Komik nicht entgehen lassen.

Die letzte Gruppe der Idyllen, die volksthümlich-deutsche,
ist insofern für die geschichtliche Betrachtung die wichtigste, als in
ihr am offensten die dichterischen Stimmungen und Richtungen der
Sturm- und Drangperiode zum Ausdruck kommen. Die eine dieser
Idyllen: „Die Schafschur", hat sogar den ganz bestimmten Zweck,
das Recht und die Nothwendigkeit der Rückkehr zu echt volksthüm-
licher Dichtung gegen die Regeln und Herkömmlichkeiten der sogenannten Gelehrtendichtung in scharfen Gegensatz zu stellen. Die

Dichtung soll hübsch natürlich sein, und sie soll sagen, wie sich der Mensch ums Herz fühlt. Daher einerseits in diesen deutschen Idyllen bereits das volle Hineintreten in die unmittelbarste Gegenwart und Lebenswirklichkeit. Mit Recht hat man „Die Schaffchur" und „Das Nußkernen" als die Anfänge der neuern deutschen Dorfgeschichtenliteratur betrachtet. Und daher andererseits in der Idylle „Ulrich von Koßheim" die Wiederbelebung der alten heimischen Sagenwelt. Diese Seite Müller's hat auf die Dichter der romantischen Schule, besonders auf Ludwig Tieck, mächtig eingewirkt.

Und die Lyrik Müller's verdient das Lob ähnlicher Trefflichkeit. Zuweilen allerdings stören auch hier noch einige Klänge, welche an das Getändel der jüngst vergangenen Anakreontik erinnern; aber bald bricht die warme Sprache des Herzens durch mit dem süßen Naturlaut reiner Empfindung. Das Eigenste dieser Lyrik ist am Mark des deutschen Volksliedes groß geworden. Lieder und Balladen wie „Der Thron der Liebe" und „Der Pfalzgraf Friedrich" in der Idylle „Die Schaffchur", und „Das braune Fräulein", „Soldatenabschied", „Dithyrambe", „Der schöne Tag", „Der Frühling", „Jägerlied", welche um dieselbe Zeit theils als kleine selbständige Sammlung, theils in Almanachen und Zeitschriften erschienen, sind in der Sturm- und Drangperiode so schlicht und herzlich und so frisch liedmäßig nur von Goethe und Bürger gesungen worden. Einzelne derselben, namentlich das schöne „Heute scheid' ich, heute wandr' ich" leben noch jetzt mit einer sehr anziehenden Melodie (vgl. Silcher, „Volkslieder" 2. Heft 4. Aufl. Nr. 10) im Munde des Volks.

Am bekanntesten sind Müller's Dramen: „Faust", „Niobe", „Golo und Genoveva". Durch die Thatsache, daß Müller im „Faust" mit Goethe, in der „Genoveva" mit Tieck zusammentraf, ist es gekommen, daß sich im Gedächtniß der Nachwelt der Name Müller's fast einzig an diese Dichtungen knüpft. Namentlich in „Golo und Genoveva" bekundet sich seine reiche und echte Dichternatur. Nichtsdestoweniger treten, rein künstlerisch betrachtet, gerade in diesen Dramen die Schwächen Müller's am offensten zu Tage. Die Mängel seiner vernachlässigten Jugendbildung rächen sich. Der dramatische Dichter bedarf nicht blos einer reichen schöpferischen Phantasie; er bedarf auch einer bedeutenden Gedankentiefe und eines durchgebildeten Kunstverstandes, ohne deſſen Obhut die unerläßlichen Bedingungen dramatiſcher Compoſition, ſichere Füh=rung und Ausgeſtaltung der Motive, feſte und klare Beherrſchung der Maſſen, natürliche und in ſich folgerichtige Verkettung und Steigerung der Handlung, ſchlechterdings unerfüllbar ſind.

„Fauſt" und „Niobe" ſind ganz und gar aus dem ringenden Titanenthum der Sturm= und Drangperiode hervorgegangen.

Es überkommt uns etwas von jener tiefen Tragik des Men=ſchengeiſtes, welche die Grundidee des Goethe'ſchen „Fauſt" iſt, wenn Müller in der Zuſchrift an Gemmingen, welche er ſeiner Fauſtdichtung vorausgeſchickt hat, erzählt, daß Fauſt ſchon in ſeiner Kindheit einer ſeiner Lieblingshelden geweſen, weil Fauſt ein großer Menſch ſei, der alle ſeine Kraft fühle und Muth genug habe, alles niederzuwerfen, was ihm hindernd in den Weg trete, um ganz zu ſein, was er fühle, daß er ſein könne. Und es erſcheint wie eine Erfüllung dieſer erregten Erwartung, wenn wir dann Fauſt in ſeinem Studirzimmer finden, in brütender Qual, daß die aufkeimenden Ideen, die er ſich in ſüßen Stunden erſchafft, doch unter Menſchenohnmacht wieder dahinſterben müſſen wie ein Traum im Erwachen. „Mit wie vielen Neigungen wir in die Welt treten! Und die meiſten zu was Ende? Sie liegen, von ferne erblickt, wie die Kinder der Hoffnung, kaum ins Leben gerückt; ſind verklungene Inſtrumente, die weder begriffen noch gebraucht werden; Schwerter, die in ihrer Scheide verroſten. Warum ſo grenzenlos an Gefühl dies fünfſinnige Weſen, und ſo eingeengt die Kraft des Vollbringens? Trägt oft der Abend auf goldenen Wolken meine Phantaſie empor, was kann, was vermag ich nicht da! Wie bin ich der Meiſter in allen Künſten, wie ſpanne, fühle ich mich hoch droben, fühle in meinem Buſen alle aufwachen die Götter, die dieſe Welt in ruhmvollem Loſe wie Beute unter ſich vertheilen. Der Maler, Dichter, Muſiker, Denker, alles, was Hyperion's Strahlen lebendiger küſſen und was von Prometheus' Fackel ſich Wärme ſtiehlt — möcht's auch ſein, und darf nicht, übermann' es ganz unter mich in der Seele, und bin doch nur Kind, wenn ich körperliche Ausführung beginne, fühle den Gott in meinen Adern flammen, der unter des Menſchen Muskeln zagt. Für was den Reiz ohne Stillung? O, ſie müſſen noch alle hervor, all' die Götter, die in mir verſtummen, hervorgehen hundertzüngig, ihr Daſein in die Welt zu verkündigen! Aus=

blühen will ich voll in allen Ranken und Knospen, so voll, so
voll! Es regt sich wie Meeresſturm über meine Seele, verſchlingt
mich noch ganz und gar. Wie dann? Soll ich's wagen, danach
zu taſten? Ich muß, muß hinan! Du Abgott, in dem ſich mein
Inneres ſpiegelt! Wer ruft's! Geſchicklichkeit, Geiſteskraft, Ehre,
Ruhm, Wiſſen, Vollbringen, Gewalt, Reichthum, alles, den Gott
dieſer Welt zu ſpielen — den Gott!" Aber dieſe tief metaphy=
ſiſche Idee, die Goethe ſo großartig erfaßte und zu ſo claſſiſcher
Löſung führte, verſchwindet bei Müller in der Ausführung gänz=
lich. Müller's Fauſt iſt nicht das hehre Spiegelbild ungeſtümen
Unendlichkeitsſtrebens, ſondern nur der trübe Niederſchlag des
ſophiſtiſchen Genieweſens der Sturm= und Drangperiode, welches
die Fülle des Genies nicht ſelten nur in der Entfeſſelung der
Leidenſchaften ſuchte. Müller's Fauſt übergibt ſich dem Teufel,
um ſich aus ſeinen Schulden zu retten; er fordert von Me=
phiſtopheles nur ausſchweifendes Wohlleben. In den Geiſter=,
Juden= und Studentenſcenen fehlt es nicht an kraftvoller Leben=
digkeit; aber das Ganze zerſtiebt und verflattert. Es iſt nur ein
Fragment; noch vier weitere Theile ſollten folgen. Es iſt nicht
zu beklagen, daß die Fortſetzung (vgl. „Frankfurter Converſations=
blatt", 1850, Nr. 238 fg.) unterblieben iſt. Einzelne reuige An=
wandlungen, denen Fauſt verfällt, ſind kein Erſatz für mangelnde
Seelenhoheit.

Auch in der „Niobe" begegnete ſich Müller mit Goethe. Die
Stimmung, aus welcher Müller's „Niobe" entſprungen iſt, iſt die
Stimmung des Goethe'ſchen „Prometheus". Der herausfordernde
Trotz, der flammende Rachedurſt gegen die ſtrafenden Götter, der
Kampf zwiſchen Stolz und Mutterliebe, die endliche Ergebung und
Niederlage iſt mit großer Kunſt dramatiſcher Charakterzeichnung
geſchildert. Und es war ein durchaus richtiges Formgefühl, daß
der Dichter dieſen gewaltigen Stoff auf den Kothurn des rhyth=
miſchen Verſes hob. Allein der Stoff ſelbſt iſt ein Misgriff.
Die Niobeſage, für die antike Tragik ſo angemeſſen, iſt für
die moderne Tragik unverwendbar; uns ſind die pfeilſendenden
Götter nur todte Maſchinerie. Daher der opernhafte Eindruck;
freilich eine Oper im großen Stil Gluck's.

Das dritte Drama Müller's iſt „Golo und Genoveva". Je
lebendiger der Sinn für die Ueberreſte der alten Volkspoeſie er=
wacht war, mit um ſo innigerer Liebe hatte ſich Müller ſchon von

früh auf dieser schönen Sage seiner nächsten pfälzischen Heimat zugewendet. Es kann daher kein Zweifel sein, daß die erste Ent= stehung dieses Dramas schon in die manheimer Zeit fällt. Sowol die Idylle „Ulrich von Koßheim" sowie die Balladen ent= halten eine dramatisirte Scene, welche den Besuch Golo's bei Genoveva im Gefängniß darstellt. Doch ist die jetzige Fassung des Dramas wol erst in Rom vollendet worden. Am 27. October 1781 schreibt Wilhelm Heinse („Werke", IX, 150) an J. Jacobi: „Müller hat ein großes Drama fertig, «Genoveva», voll von Vortrefflichkeiten, welches er selbst für das einzige Gute hält, was er gemacht hat." Lange Zeit war es nur handschriftlich bekannt und suchte vergebens nach einem Verleger. Veröffentlicht wurde es erst 1811 in der von Tieck veranstalteten, leider sehr lücken= haften Ausgabe der Müller'schen Schriften.

Unzweifelhaft hat Goethe's „Göz von Berlichingen" der Schöpfung der „Genoveva" den ersten Anstoß gegeben; aber ebenso unzweifelhaft ist neben Goethe's „Göz" und Schiller's „Räu= bern" diese „Genoveva" das bedeutendste dramatische Werk der Sturm= und Drangperiode: die überraschendste Lebensfülle der verschiedensten und eigenartigsten Charaktere, die markigste Zeich= nung der schreckenvollsten Abgründe menschlicher Leidenschaft und zugleich der holdesten Unschuld und Lieblichkeit, und über dem Ganzen der Duft und Zauber einer lyrischen Innerlichkeit, die nur das Vorrecht eines echten Dichtergemüths ist. Mit festem dramatischen Blick ist Golo als die Hauptgestalt herausgehoben; zuerst eine Werther=Natur, rückhaltlos und widerstandslos nur seiner Liebe zu Genoveva lebend, schwärmerisch und grüblerisch, fest entschlossen, dem Beispiel Werther's zu folgen und sein Leben abzuschütteln, weil ihm die Last seiner hoffnungslosen Liebe zu schwer dünkt; dann aber durch die Zügellosigkeit seiner Leidenschaft zum Verbrechen getrieben und nun im Troz der Verzweiflung gleich einem Macbeth auf der blutigen Bahn unaufhaltsam weiter und weiter schreitend. Und mit ihm im Bunde seine Mutter Mathilde, ein üppig=wollüstiges Weib, aber voll dämonischer Kraft und Leidenschaftlichkeit. Auf der andern Seite Genoveva: lieblich, anmuthig, entzückend arglos im Bewußtsein ihrer Rein= heit und unerschütterlichen Treue, ungebrochen und voll demüthiger Ergebung im entsetzlichsten Elend. Und ihr im Leid hülfreich beistehend Siegfried; ein Bild schönster Ritterlichkeit, tapfer im

Kampf und fromm und edel in der Gebeugtheit seines Schmerzes. Dazu die breite, vielgestaltige Welt des Ritterthums im Kriege und auf den Burgen, die Poesie der Minne und des lustigen Jagdlebens. Müller ist, wenn man so sagen darf, der Romantiker der Sturm= und Drangperiode, aber noch frei von allen krankhaften Verzerrungen und katholisirenden Neigungen, durch welche die spätern deutschen Romantiker so berüchtigt und gefährlich wurden. Müller's „Genoveva" würde zu den schönsten Perlen der deutschen Literatur gehören, wenn es dem Dichter gelungen wäre, die allgemeine Befangenheit jener Zeit, welche die straffe Einheit des dramatischen Baus nicht kannte, sondern nach Maßgabe der Shakspeare'schen Historien im Drama nur eine dialogisirte Biographie sah, zu überwinden.

Es ist bekannt, daß Müller die Anklage erhoben hat, Tieck habe für seine eigene „Genoveva" die ihm handschriftlich mit= getheilte „Genoveva" Müller's ungebührlich benutzt und bestohlen; und diese Anklage ist dann geschäftig wiederholt und weiter getragen worden. Tieck selbst hat in der Vorrede zum ersten Band seiner Schriften (Berlin 1828) auf diese Anklage geantwortet. Wer wird leugnen, daß Tieck die erste Anregung seiner „Genoveva" von Müller empfangen hat? Und wir werden auch die Ein= wirkung Müller's auf einzelne Motive und Scenen Tieck's viel weiter ausdehnen müssen, als Tieck zugeben will. Gleichwol ist Tieck's „Genoveva" durchaus selbständig, und Tieck konnte in der That sich gegen jene schleichenden Vorwürfe nicht besser recht= fertigen, als daß er selbst der erste war, welcher Müller's „Ge= noveva" in die Oeffentlichkeit brachte. Die Tonart Müller's ist durchaus Shakspearisch, so sehr, daß Tieck nicht ohne Grund sagen konnte, man glaube zuweilen, der Dichter habe verschiedene Tra= gödien Shakspeare's wie zu einer Quintessenz zusammendrücken wollen. Die Tonart Tieck's dagegen ist die Tonart der spanischen Dramatiker; Tieck stand damals gerade in der leidigen Sucht, es in Mystik und Katholicismus seinen romantischen Freunden gleich= thun zu wollen.

Im August 1778 war Müller behufs seiner weitern maleri= schen Ausbildung nach Rom gegangen. Aus Goethe's „Briefwechsel mit Knebel" (I, 16) ersehen wir, daß ihm diese Reise zum großen Theil durch die thätige Verwendung Goethe's ermöglicht wurde. Es hat daher etwas Auffallendes, daß, als Goethe

selbst nach Rom kam, keine nähere Berührung zwischen beiden statt-
fand; es scheint, als seien Tischbein, Meyer und Reiffenstein,
welche mit Müller in offener Feindschaft lebten, hindernd da-
zwischengetreten.

Heinse hat ein anziehendes Bild von Müller's Persönlichkeit
in seinen ersten römischen Jahren gegeben. In dem Briefe, in
welchem er an Jacobi über die „Genoveva" berichtet, schreibt er:
„Müller ist täglich und stündlich bei mir und geht fast mit niemand anderem als mit mir um, obgleich wir uns manchmal bis
aufs Herumraufen zanken. Er ist ein wenig heftig vor der Stirn,
und mein Blut hat Italien leider auch nicht abgekühlt. In Klei-
dung geht er sehr wohl einher, und ich sehe in meinem langen,
grünen Reiseüberrock neben seinem Mantel mit goldenem Kragen
und rothscharlachenem Kleide und pariser Schnallen aus wie ein
Diogenes neben einem wahrhaftigen Hofmaler. Ob wir uns aber
gleich zuweilen unter uns zanken, so preist und rühmt er mich
doch unverdienterweise hinter dem Rücken bei männiglich als eine
doppelte Grundsäule von Kunst und ursprünglicher Menschheit.
Wo es außerdem über einen andern hergeht, ist er einer der
besten Gesellschafter, und er hat eine seltene Gabe, allerlei Narren
zu dramatisiren und nachzumachen. Seine Gedichte gewinnen des-
halb sehr viel, wenn er sie selbst vorliest."

In einem andern Briefe erzählt Heinse, daß man Müller
während einer schweren Krankheit katholisch gemacht habe: ein
Umstand, den er nicht verschulde, und der ihm wegen seiner
Mutter und seiner Freunde äußerst leid sei.

Seit seiner Uebersiedelung nach Rom war Müller vorwiegend
der Malerei zugewendet. In Manheim hatte ihn sein Natür-
lichkeitsstreben naturgemäß zu den Niederländern geführt. Merck
rühmt im „Deutschen Mercur" (1781, IV, 169) eine Copie nach
Wouwerman, welche, wie er sagt, auch die Gegenwart des Origi-
nals vertragen könne; und einige Radirungen Müller's aus dieser
Zeit sind sehr geistvolle Darstellungen wandernder Musikanten und
Bänkelsänger und ländlicher Hirtenscenen. Doch hatte sich auch
schon damals in ihm der Sinn für den großen historischen Stil
geregt; es ist ganz mit den Stoffen seiner Dichtungen überein-
stimmend, wenn wir aus derselben Zeit Radirungen eines Baccha-
nals und der Niobe mit zwei ihrer Kinder besitzen. Was
Wunder also, daß der Anblick der großen italienischen Meister ihn

immer mehr und mehr für die eigentliche Historienmalerei gewann und daß seinem ungestümen Geist vor allem die titanische Er=habenheit Michel Angelo's zusagte? In einem Briefe an Goethe vom 16. October 1779 („Briefwechsel mit Knebel", I, 17) meldet er, daß er ein Bild nach der Epistel Judä gemalt habe, das den Streit des Erzengels Michael mit dem Satan über den Leichnam Mosis darstelle: ein Vorwurf, den, wie er meint, Rafael oder Michel Angelo hätten malen sollen. Und dieses Bildes geschieht auch in den Briefen Heinse's Erwähnung. Heinse schreibt (IX, 144) am 15. September 1781 an Jacobi, der Engel habe das flammende Schwert in der Linken und bedeute mit der Rechten dem Satanas, zu weichen; Satanas stehe eben im Begriff, diesem Gebot zu folgen. Heinse lobt an dem Bilde die malerisch klar ausgesprochene Idee, viel Feuer, Fleiß und Studium. Er setzt hinzu, jetzt arbeite Müller an einem Gott Vater, der dem Moses das Gelobte Land zeige; einem Stück von eben der Größe.

Allein die künstlerische Laufbahn Müller's hatte keinen gedeih=lichen Fortgang. Kein Meister ist für den Nachahmer gefährlicher als Michel Angelo. Was bei Michel Angelo dämonische Erhaben=heit ist, wird bei dem Nachahmer leicht verzerrte Manier. Müller lebte sich mit seiner Phantasie dergestalt in die Welt des Teufels und der Hölle ein, daß er in der Kunstgeschichte den Spottnamen „Teufelsmüller" davongetragen hat. In seinen ausgeführten Bil=dern ist Müller durchaus unzulänglich: das ist das einstimmige Urtheil aller, welche Bilder von ihm gesehen haben. In seinen Handzeichnungen und Radirungen, unter denen sich auch einige historische Landschaften befinden, ist Müller geistvoll und von an=geborener Poesie des Auges.

In dieser Zwiespältigkeit zwischen Dichtung und Malerei rieb sich Müller auf. Er verbitterte und vergrämte sich. Seine Schöpfer=kraft stockte. Seit der „Genoveva" hat Müller dichterisch nichts Eingreifendes mehr geschaffen. Er büßte es, daß er durch seinen dauernden Aufenthalt in Rom verhindert war, die deutsche Bil=dung selbstthätig in sich fortzuleben. Die „Erzählungen", welche 1803 in Manheim erschienen, aber bereits 1793 geschrieben wurden, sind fade Rittergeschichten des gewöhnlichsten Schlags; die persische Novelle: „Der hohe Ausspruch oder Chares und Fatime", welche 1824 L. Robert's „Rheinblüten" brachten, ist cynisch. Die Malerei wurde ihm durch den Mangel an Erfolg gleichfalls verleidet. Er malte zwar bis in sein spätes Alter, aber sehr langsam und unsicher; meist wild hingewühlte Entwürfe, zu deren Ausführung Stimmung und Kraft gebrach. Allmählich traten antiquarische Studien in den Vordergrund. Er wurde, wie Reiffenstein und Hirt, ein gelehrter Fremdenführer: ein Geschlecht, das unter den Deutschen in Rom nie ausstirbt.

Müller hat sich daher auch vielfach als Kunstschriftsteller be=thätigt.

Viel Aufsehen machte der Angriff, welchen er in Schiller's „Horen" (1797, Stück 3 und 4) gegen Jakob Asmus Carstens richtete. Gewiß ist, daß Müller die Größe und geschichtliche Bedeutung jenes epochemachenden Künstlers verkannte; aber nichts=destoweniger war es ein schwerwiegendes Wort, das wol zum Theil aus dem peinlichen Gefühl seiner eigenen technischen Un=fertigkeit entsprang, wenn er gerade bei dieser Gelegenheit die ernste Mahnung aussprach: der Künstler solle kräftig ringen, den materiellen Theil seiner Kunst unter sich zu bringen, er solle als Maler gut und schön malen lernen, er solle nicht blos skizziren, sondern auch treu und naturwahr vollenden. Wir wissen, wie sich durch Carstens die Unart, die Kunst des Malens als etwas gegen die Kunst des Componirens Nebensächliches, ja Geistloses zu betrachten, auf die Münchener Schule verpflanzt hat, und daher zum Theil noch heut fortwirkt.

Auch ein Theil der römischen Kunstnachrichten in Friedrich Schlegel's „Deutschem Museum" stammt von Müller. Und hier ist es besonders bemerkenswerth, daß er (1812, VIII, 184) nicht nur den historischen Landschaften Koch's die wärmste An=erkennung zollt, sondern auch der neuaufkommenden Richtung der Romantiker mit freundlichster Theilnahme folgt, so wenig er deren ascetisches Nazarenerthum gutheißen mochte.

König Ludwig I. von Baiern, schon als Kronprinz um die Begründung und Vermehrung seiner reichen Kunstsammlungen emsig bemüht, betraute ihn viel mit kunsthändlerischen Ge=schäften.

Friedrich Müller starb am 23. April 1825 zu Rom, als fünf=undsiebzigjähriger Greis. Kurz vorher hatte er seine Gemälde an den Cardinal Fesch verkauft. Er hat sich die Grabschrift geschrie=ben: „Wenig gekannt und wenig geschätzt, hab' ich beim Wirken

nach dem Wahren gestrebt, und mein höchster Genuß war die Erkenntniß des Schönen; — ich habe gelebt! Daß Fortuna nie mich
geliebt, verzeih' ich ihr gern!"

Im Jahre 1851 wurde ihm von König Ludwig in der Kirche
S. Andrea delle Fratte zu Rom ein Denkmal errichtet.

----

Wir dürfen hoffen, in der hier vorliegenden Auswahl aus
Müller's Werken alle Richtungen, welche für sein Wesen und seine
Entwickelung am bezeichnendsten sind, zu voller Anschauung gebracht
zu haben. Der erste Theil enthält die verschiedenen Gattungen seiner
Idyllendichtung, die besten Lieder und Balladen und „Faust's Leben",
der zweite Theil „Golo und Genoveva" und „Niobe".

Hermann Hettner.

# Inhalt des ersten Theils.

............

# Idyllen.

Maler Müller. I.

# Adam's erstes Erwachen und erste selige Nächte.

## Lob Gottes.

Eingang in die Erzählung: Adam und seine Kinder unter einem Baume.

Wo seid ihr, harmonische Stunden der Jugend, die ihr an morgenlichen Bildern so oft dies klopfende Herz gewiegt? Von Gottes Wundern stark ergriffen, stieg meine Seele dann vollen Flugs zum Himmel; verloren im Gelispel des Bachs, hing mein Ohr dann nicht mehr, nicht mehr mein nasser Blick am süßern Blau der Ferne; mir selbst schuf himmlische Phantasie edlere Gestalten ins Herz. Schlafende Bilder erwachten in meiner Seele: ich sah Fußtritte Heiliger, hörte dann singen die Stimmen fremder himmlischer Lieder jenseit dieser Welt; dann ward mir mehr geweissagt in meinem Herzen, als diese zu stumpfen Sinne zu fassen vermögen, daß meine Augen oft im Thau rannen voll süßen Gefühls, daß dreimal mein Inneres wiederklang, ehe die kindische Lippe noch das Wort traf.

Was will sie, die brünstige, liebekranke Seele, so duldend und umschließend Gottes Geheimniß, so keusch, verschwiegen und brünstig wie Liebe, die noch im Grabe schwärmt?

Reiß los das Siegel meiner Zunge; ström' hin, Lieb, dem Herrn! Meine Brust duldet des Dankes Fülle nicht mehr.

Mein Gott, wie unaussprechlich, wie wundervoll, wie liebreich du mir bist, wie reich an Maß zum Wohlthun! Siehe, mein Auge weint zu dir! Wie voll väterlicher Sorgsamkeit, vom Moos, das am dürren Felsen klebt, bis zur Ceder, die die Wolken zerreißt, vom Schrecken bis an die Freude, bis in die stillen grauenvollen Geheimnisse der Nacht, bist du, mein Gott, ist dein Pfad Güte, Licht und Wunder!

1 *

Der Strom gischt, springt über mir hin in die Tiefe, zerreißt die Klippe des Thals; fürchterlich hast du seinen Pfad in Wildniß geboten. Durchbrecher eigener Bahn, reißt er sich die hallende Tiefe hinunter, und Felsen stürzen ihm nach. Höhnend faßt er Bäume an ihrer Wurzel und wirft aufeinander Gestade. Ueber seinen Sturz hervor stoßen junge Tannen, in sein Gebraus nieder rauscht die geschlagene Fichte; Reiher klatschen an seinen Füßen, um sein Haupt planen Raubvögel mit ihren Jungen. Sieh', im Stolze der Leidenschaft ruft er dem Frost: „Komm über mich!", und schäumt zur Erde: „Mache mir Platz!" Dann übernachten Stürme auf seinen schwellenden Schultern. In tiefer Gewitternacht horcht der Bär, ihm graust vor seinem gewaltigen Gange. Aber du rufst, der Riese hört dich und fällt zu Boden vor deiner Stimme. Entwaffnet hingestreckt im Thale ruht er, daß die Hirsche des Waldes herbeispringen, zu trinken aus seinem Helm, daß in seinem hellen Schwert und Schilde sich spiegeln Schäfereien und Fluren und Brunnen und brüllende Heerden mit ihren Hirten.

Wer hat den Drachen gebaut? Zu schrecklich der Erde, ward sein Kerker das Weltmeer. Du trugst ihn in die Fluten; dort bewegt er, Waifisch, junger Inseln Fuß. Wie ein Gebirg im Nebel ruht er; die Kerzen des Morgens brennen auf seinem Schilde, lebendige Brunnen springen aus seiner Nase, ihn trägt sein Element voll Ehrfurcht, des Meeres schwarze Wogen spielen um seinen Schwanz. Wenn alles stille, um Mitternacht, steigt er auf beim Nordschein und vergnügt sich am Sturm seines einsamen Pfades.

Ach, Sterne um dein allmächtig Haupt, Ewiger, laß mich auf mein Angesicht niederfallen vor dir! Licht, das bleiben wird, wenn auch keine Sonne mehr scheint, zu groß bist du mir, zu unermeßlich! Wer will dich umfassen, Meer, in das alles sinkt und versinkt und mein Geist sich verliert! Die Funken, die über mir sich drehen als Welten, vielleicht edlerer Gebilde Erbtheil; ich Oberster hier, dort vielleicht Wurm noch, der Kette unterst Geleich, die sich zu höhern Gestalten anschlingt.

Halleluja, Vater, der Welten und ihren Staub gemessen! Halleluja, der Welten und ihren Staub erhält!

Wie viele Tausende leben, trinken dein Licht und harren auf dich, o mein Gott! Welch eine Menge entschlummert zu dir! Mehr als der Thränen am Morgen, mehr als des Oceans Sand, ach, als die Tropfen des unermeßlichen Weltmeers: alle hingesäet der Verwesung, alle in Liebe und Hoffnung auf dich!

Kommt, Bilder sanfter Unschuld, vor meine brünstige Seele, die euch zu umfangen sich öffnet; jetzt seid ihr erwünscht, das Auge der Liebe forscht euch herbei! Kommt schmerzlindernd, liebevoll, heiter, wie Eva aus Gottes Wunderhand ging; die kalten Felsen erfühlten, die Ungeheuer erschracken ob ihrer Lieblichkeit, und über ihr ließen alle Bäume ihr Blütenspiel los. Steigt auf harmonisch, ergötzet die Seele, erquickt, entsiegelt die geheimen Quellen meines Innern! Reinigt, führt mich ganz wieder der Menschheit nahe! Erregt so edle, starke, wahre Gefühle des ersten gottgeschaffenen Mannes in mir, daß diese dichte Dämmerung weiche, Licht um mich werde, meine Seele trunken, wie an Regenströmen dürres Land!

Stehend unterm schattigen Nußbaume nun Adam, der gott= geschaffene Vater der Menschen, an seiner Hütte; vor ihm sitzt Eva, die theuere Mutter, mit ihren schönen Töchtern, Melboe und Tirza, auf dem Moose. Brauner Schweiß rinnt von des Erzvaters Stirne auf den schweren Baum nieder, mit dem er die harte Erde erst losstach. Den schweren Druck der Sünde fühlt er nun oft! Schweigend hängen seine Blicke über den Kindern, und trüber wird's ihm in der Seele; aber nur ein Blick himmelwärts, und der Ruhe sanftes Lächeln erhellt die traurige Stirne wieder. Süßere Rede fließt von seinen freundlichen Lippen bald also: „Theure gottge= schaffene Mutter, lieben Kinder, welch ein freundlicher Abend! Schöner als diesen habe ich lange nicht, Eva, haben wir keinen außer Edens Fluren noch erlebt! Seht, ihr Lieben, darum eilt' ich auch früher nach Hause, um ihn so ganz mit und unter euch zu genießen. Wie sich doch alles jetzt erquickt! Alle frohen Geschöpfe singen aus Gesträuchen und von Bäumen der lieben Sonne gute Nacht zu, danken ihrem gütigen Erhalter. Hörst du vor allen der Lerche Abendlied? So hoch sie im Fluge alle andern Buschvögel übersteigt, überschmettert auch ihre helle Zunge alle andern Gesänge der Luft. Sie ist des Morgens und des Abends erste Gefährtin, die früh den Menschen zur Arbeit weckt, auch früh ihn wieder zur Ruhe erquickt; sie bleibt des Ackermanns stete Lust auf dem Felde und erfrischt ihn von oben herab, wenn's schwül um ihn, alles laß und niedergedrückt, in der heißen Stunde des Mittags. Meine Theure, sieh, jetzt fallen mir die ersten seligen Tage wieder ein, als ich, nun von Gottes allmächtigem Odem hervorgerufen, ein Neuling in dieser Schöpfung, erwachte, als zum ersten mal der Tagesstern über mir anbrach, zum ersten mal der Abend mir ent= gegenprangte voller Pracht, und in schauderhafter Stille sich zum ersten mal über mir niederließ die finstre schwarze Nacht. Ja, süß war die Stunde meines ersten Erwachens ins Leben! Wonnevoll wird die letzte Stunde, die Stunde meines Hinsinkens zum Tode auch sein! Mir ahnet's so fröhlicher Zukunft — ach Gott, mein Schöpfer!"

Und Tirza, Adam's Jüngste, ein wahrer Abdruck ihres Vaters in weiblicher Milde, ganz die hohe, feuertrunkene Seele, die oft in wonnevoller Phantasie in eine andere Welt hinüberschwärmt, ganz

in Eden mitten unter Engelchören wandelt, wenn ihre Mutter,
die holdselige Eva, von daraus ihr vorerzählt. Sie ist das Seelen=
mädchen, das oft in einsamer Nacht von der Seite ihrer schlummern=
den Schwester aufsteht, im Mondschein unter dunkeln Buchen, am
Gestade des Stroms sich Linderung zu schaffen, Empfindungs=
drang von ihrem wunden Herzen loszuweinen, was ihre stammelnde
Zunge nicht vermag. Da denkt sie sich oft seligere Zeiten zurück:
ihre liebvollen Aeltern, wie die noch in Unschuld wandelnd, noch
engelrein im Paradiese unermeßliche Seligkeit genossen; und alle
diese anmuthigen Bilder lassen schweren, drückenden Kummer auf
ihrem Herzen zurück und öffnen ihre Augen in immer fließenden
Thränen. Allen Jammer ladet sie dann allein auf ihre Seele;
das Heldenmädchen gelobt oft im Taumel heiliger Andacht, die
Sünden alle wegzubeten, allein wegzutilgen durch ihr Leiden den
Fluch von ihren zärtlichen Aeltern, und bringt so manche nächtliche
Stunde im hohen Seelenkampfe zu. Jetzt neigt sie ihr blondlockig
Haupt zur zärtlichen Mutter herüber, flüstert leise ihr also zu:
„Theure, holdselige Mutter, bitte, daß Adam, der gottgebildete Vater,
uns jetzt erzähle das erste Erwachen, die einsamen Nächte in Edens
anmuthigen Gefilden. Ach, lange dürstet mein Herz schon danach.
Theure, süße Mutter, laß deine Tirza nicht umsonst hoffen!‟
    So sprach sie, hielt flehend der Mutter Hand fest an ihren
Busen mit der Rechten; ihre Linke aber streichelt' sanft Evens hold=
selige Wangen. Die schöne, gottgeschaffene Mutter nahm also das
Wort zu Adam, ihrem Geliebten:
    „Mich däucht, ich höre jetzt Abel unsern Sohn nach Hause kehren;
er spielt auf der Rohrflöte, seine Lämmer vor sich hertreibend;
bald wird er auch bei uns sein. Mein Geliebter, noch ist's früh,
nicht Essenszeit, obgleich alles bereits in jener Sommerlaube unserer
wartet; wolltest du nicht indessen mich und unsere Kinder hier mit
deinen freundlichen Gesprächen erquicken, die Gott immer an
unserm Herzen segnet, unser Gefühl nach deinem höhern Gefühle
spannen? Ergötzlich ist jetzo der Abend, und wir so. geöffneter
Seelen. Trauter, erzähle uns jetzo von deinen Empfindungen,
als du zuerst in Gottes Garten auferwachtest, nun über dir
der neue Tag anbrach, die herzerquickende Sonne nun über dir
lief, der Abend sich ausgespannt in seiner Pracht, und in schauder=
hafter Stille zum ersten mal über dir niederließ die schwere finstere
Nacht. Geliebter, erinnerst du dich's noch? Auf der holdseligen
Insel im Herzen des Paradieses erzähltest du mir einmal davon.
O selige Stunden! Laß mich's heute noch einmal von deinen
Honiglippen vernehmen, schöner, gottgebildeter Adam! Auch unsere
Kinder baten dich öfters darum; mach' ihnen jetzo die Freude! Auf=
fassen werden sie alle deine Worte und fest in ihre Herzen ver=

schließen, einst treulich ihren Nachkommen wieder erzählen, Wort für Wort, wie sie das von Adam's Munde vernommen; das wird ihnen ein seliger Trost bleiben und allen denen, die es hören."

Also Eva, die schöne Mutter. Der gottgebildete Mann aber nahm sie freundlich an der Hand und sprach: "Gerne will ich euch jetzo erzählen, meine Theure; deine Bitte ist mir selber so angenehm. Doch laß uns warten, bis Abel mein Sohn auch hier ist. Schon kommt er an dem Garten her, er trägt seinen Stab auf der Schulter, daran ein schön geflochtener, mit Gras bedeckter Korb hängt; in der Hand aber hält er seine schön geschnitzte Wasserflasche; der gute getreue Hund springt vor ihm hin. Gewiß kommt er von der Weide und hat bereits seine Lämmer eingetrieben." Also Adam.

Abel, der muntere liebreiche Schäfer, ging jetzt die Hecke hervor. In die Mitte kommt er nun herbei und stellt seinen Korb auf die Erde; dann küßt er seiner geliebten Mutter Stirne und des erhabenen Vaters Hand, beide Schwestern aber küßt er zärtlich auf den Mund. Jetzt geht er wieder zum Korbe und spricht: "Etwas Angenehmes hab' ich für euch in diesem Korbe verborgen, Schwesterchen; welche es räth, soll es sogleich auch von meinen Händen empfangen."

Also Abel. Lächelnd hüpft' er um den Korb herum. Tirza sann hin und her. Jüngst begehrte sie von Abel eine Opferschale, die er ihr schnitzen sollte; sie hatte die selbst ausgedacht bei nächtlicher Weile: schön rund sollte sie sein und tief ausgehöhlt, Früchte darein zu legen; auf jeder Seite gegenüber sollte ein Cherub stehen mit doppelten Flügeln, nach Adam's Abbildung; Sonne und Mond sollten darauf stehen, der Morgen= und der Abendstern; unten und oben aber zögen sich Kränze von mancherlei Blumen herum, die Abel mit Saft von wilden Beeren bestreichen und schön bemalen wollte. Jetzt glaubte sie ganz gewiß, er habe diese Opferschale heimlich vollendet und wollte sie ihr unversehens vor ihren geliebten Aeltern schenken, um ihr Herz in Freude zu überraschen. Freundlich steht sie auf, hinzugehen; aber Melboe, ihre geliebte Schwester, war bereits am Korbe. Die schiebt neugierig oben das Gras weg und spricht anmuthsvoll zu ihrem geliebten Bruder also: "Nicht doch, laß uns viel lieber gleich sehen, was du uns Gutes heimgebracht, liebster Bruder, als so lange rathen. Ei sieh doch, theure Mutter! liebster Vater! Schwesterchen, sieh 'mal, welch ein schön Thierchen, o wie unschuldig! Einen jungen Hirsch, Schwesterchen, ein klein Reh hat Abel, der liebe, im Korb mit heimgebracht. Sag' mir doch, Bruder, wo hast bu's gefangen?" Jetzt treten alle hinzu, sich an dem unschuldigen Geschöpfe zu erfreuen, das so vertraulich vor ihnen lag. Eva sprach zu Adam also: "Welche auch dies Rehchen von ihrem Bruder empfängt, immer wird es die andere schmerzen,

denn ich sehe, beider Herzen hängen daran. Mich dünkt, Vater,
wir wollen es unserer Jüngsten für eigen lassen; aber Melboe,
unsere liebvolle, darf sein warten und pflegen und also auch ihre
Freude mit daran genießen." Dies sagte die Mutter und war eben
im Begriffe, es also unter ihre Töchter zu vertheilen. Aber nicht
weit davon stand des Rehes Mutter; immer war sie Abel nach=
gelaufen, jetzt kam sie unter den Linden hervor mit aufgereckt
forschenden Ohren und schaute sehnlich nach ihrem Kinde umher.
Immer näher ging sie und trat furchtlos hinter Adam, dem ersten
Menschen, zur theilenden Mutter herbei, legte leise das Haupt auf
ihre Schulter. Der erhabene Vater aber spricht also: „Du theilest
unrecht, schöne Eva; meine Liebe, sieh hinter dich, noch eins
steht und erwartet sein Theil schmerzlich, und ich hoffe zu
deinem mütterlichen Herzen, du wirst ihm das nicht versagen
können. Eva dreht sich, erblickt die Rehmutter, betroffen steht
sie auf. Adam aber spricht zu ihr weiter: „Kennst du dies Reh
nicht mehr, Eva? Ist doch eine so alte Bekanntschaft; erinnerst
du dich nicht mehr im Paradiese, in Eva's schöner Grotte, wen
ich dir zuerst da zugeführt? Sieh, sie leckt deine Hände, die
theuern Hände, die ihr so oft damals liebgekoset. Komm, gib
ihrer Liebe Raum; laß uns dort ins Grüne ihr Junges hintragen
und so wieder ihrer mütterlichen Pflege überlassen. Süß sind
Muttersorgen, das weißt du, meine Theure!" Eva winkt nun
Melboe; die nahm sachte das Reh aus dem Korbe hervor und
hielt es nieder; freudig sprang's aus ihren Händen zur ernährenden
Mutter hinüber; freundlich empfing die es unter ihre Beine und tränkt'
es. Eva aber legt ihre Hand auf der Rehmutter Stirne und spricht:
„Sei mir gesegnet, die du in Unschuld Eva gekannt! Viel selige
Stunden haben wir damals miteinander genossen; reich war damals
Eva an Freuden, an ewigen, seligen Schätzen; jetzt reich an liebem
Kummer, an mütterlichen Sorgen dafür! O komm noch oft zu mir!"

Sie sprach so und trat auf die Seite, ihrem gedrückten Herzen
Raum zu lassen; die Rehmutter aber zog durch Ginster und
Sträuche mit ihrem lieben Jungen wieder davon.

———

**Adam's Erwachen im Paradiese. Erstes Gefühl. Eintritt in die
Schöpfung. Sonnenaufgang.**

Jetzt winkt Adam, der Vater der Menschen, allen aufs Moos
nieder; er aber bereitet sich auch, legt den schweren Baum vor sich
hin, sitzt mitten unter sie. Herrlich saß Adam, der Urvater unter

seinen Kindern; Gottes Meisterstück, saß er in übermächtiger Kraft
Leibes und der Seele. Obgleich gefallen, ruhte doch immer Ab=
glanz göttlicher Erhabenheit auf ihm, die ihn über alles Geschaffene
hervorhob. Freundlich glühten seine Wangen am silbergrauen
Barte, patriarchalisch floß die satte Locke am mannhaften Halse
herunter. Jetzt nahet ihm eben Eva, die schöne, gottgeschaffene
Mutter; männlich faßt er sie an in ungeschminkter, schuldloser
Liebe und nöthigt sie nieder auf sein vermögendes Knie. Sie sinkt,
seiner stärkern Arme Beute, enthüllt ihren wonnevollen Busen dem
unschuldigsten Raube. Der Vater der Menschen sah sie an, ver=
wundert ob ihrer Schönheit, neu verliebt; freudig ward sein Herz
jetzt und Entzücken strömt' aus seinen strahlenden Augen. Innig
umfangen hält er sie nahe seinem Herzen und spricht also:

„Nein, das sagen kann ich dir nicht, theure geliebte Eva! Des
ersten Erwachens Schauder bleibt unaussprechlich, mir ewig geheim!
Wie könnt' ich auch, liebe Geliebte? Mehr als ein Mensch müßt'
ich sein, könnt' ich das jetzt aussprechen. Zwar haben heilige Engel
in ihren Liedern oft mir der Schöpfung Geheimnisse verkündet, oft
mir erzählt, wie Gott den Erdenkloß zum Menschen beseelt, wie er
dalag in des Schöpfers Händen, ungeschlacht, noch Staub, ein
Nichts, jetzt, angehaucht vom allmächtigen Odem, ins Leben erwärmt,
zum schönsten Wunder erwacht. Welche Fülle von Empfindungen
umfaßt doch das einzige Wort: erwachen, ins Leben erwachen!
Meine Kinder, wer will das aussprechen! Wie war dir, Liebe,
als du zum ersten mal deine Augen über mir aufschlossest, den
schönen Himmel, die schöne Erde zum ersten mal vor dir erblicktest?
Dies fragt' ich dich öfters, und allemal standst du schweigend, und
deine holden Augen fanden immer eher Thränen als deine Lippen
Worte, es auszusprechen. Als ich zum ersten mal meine Augen
aufschloß, über mich zum ersten mal Licht von oben herabkam —
o Gott! ich sah, und sah nichts, und alles war doch so lieblich;
hört', und hörte nicht, alles doch so lieblich! Es war noch todtes
Leben, war noch lebendiger Tod; meine Seele schlummerte noch,
meine Sinne alle noch geschlossen. Bald aber erwacht' ich weiter,
meine Sinne eröffneten sich mehr; klarer murmelten jetzt die Bäche
vor mir, die Winde rauschten lieblicher, neben mir, über mir, in
den Büschen, in den Cedern: alles so wundersam, alles — ha,
daß ich's einmal ganz aussagen, hinlallen könnte! Die Winde
rauschten so lieblich! Bäche murmelten so klar! die schönen leben=
digen Bäume vor meinen Augen! das Gebrüll der Thiere in meinen
Ohren! — alles so fremd und doch mir einfühlend, ganz mir ver=
wandt! Ich sah hin: Himmel, Erde — ein Blick; ich fühlte, freute
mich; mir war's, als fühlt' ich des Schöpfers allbelebenden Odem
über mir. Da eröffnet' ich die erwachenden Augen, da sah ich,

und meine Blicke faßten stärker. Das Morgenroth quoll auf am Himmel, quoll über mich nieder. Kühl thaut's über mich; ich zog, da ging lebendig der Odem in meinem Busen. Noch weht's; ich reckte mein Ohr hin, da klang's, da tönt's, säuselt's. Da schlossen sich meine Sinne ganz auf, wie einem Kinde schlossen sie sich auf; neue Stärke drang durch alle meine Gebeine, neues Leben ergoß sich in alle meine Adern. Jetzt fühlt' ich Kraft, meine Glieder zu bewegen; aber mich selbst hielt noch immer die kühle Erde in ihrem gewaltigen Schoße fest. Ich saß im Kampfe zwischen Ermannen und Niedersinken und neue Kraft Gottes ging über mich aus, stärkte mich ins Leben.

„Die ganze Schöpfung um mich her — Lebensodem wehte überall; die ganze Natur, neben mir, um mich, brach jetzt in einen frohen Laut aus. Lieblich sangen nun die Vögel über mir, fröhlich brüllten die Thiere darein, die Winde sausten erquickend hinüber, die Bäume rauschten freundlich herunter, die Ströme schossen mächtig daher. Alles ein Stoß dem Erderwacher, nicht Klang spielender, sich selbst überlassener Natur. Heilige Stimme Gottes nun, Aufforderung, Einsetzung, Einsegnung des Menschen in die neue Schöpfung, Huldigung, frohes Staunen, Zuruf, Gejauchz der Geschaffenen dem ersten Menschen ins neue Leben.

„Nun war ich, fühlte mich ganz im Lichte geworden, sah alles an, was vor mir geschaffen war; aber auf meiner Seele lag noch schwere Dämmerung.

„Gewaltigere Lebenskraft floß noch einmal durch alle meine Nerven, riß mich nun ganz der Erde los. Da stand ich auf; der Sturm wirbelte die Wipfel, das brauste herunter, das kühlte meine Brust. Nun schaut' ich um mich, ging, sprang, stand wieder, betrachtete meine Glieder, die Haare wehten mir um die Stirne, ich griff darnach, hielt mich so selbst gefangen; nun lacht' ich, ich fühlte das Anspannen meiner Wangen; ich schrie, der Odem ward mir im Busen zu mächtig; ich schrie wieder und verwunderte mich ob meiner Stimme. Jetzt fuhr Schauer durch alle meine Gebeine, riß schwere Nacht von meiner Seele; da erwachte auch mein Inneres und gewaltig drängte sich's in mir. Wer bist du? Wie bist du? Wer hat dich gemacht? hierher gebracht? wer das Klopfen in deine Brust gelegt? den Schrei in deinen Hals? das Recken und Strecken in deine Arme? in deine Ohren den Schall? Ich sprang Hügel, Auen, Felsen an; überall mir entgegenströmendes Wunder, neues auf mich einstürzendes Entzücken durch alle meine Sinne, alle meine Adern! Da strömte Gefühl auf Gefühl, Schauer auf Schauer, Wonne auf Wonne in mein Herz. Ihr blühenden Wiesen, fallenden Bäche, steigenden Wälder, alles! Licht auf Licht, Kraft auf Kraft, Schlag auf Schlag. Und nun, o Anblick über alle maßen,

Sinneverwirrung mir, Drang zu stummen, heißen Thränen, als ich zum ersten mal über mir aufsteigen die Sonne sah! Mächtiger Anblick, der jetzt noch alle meine Nerven erschüttert! O glaubt mir, ihr Lieben, hätte damals meinen bessern Leib, erst aus Gottes Hand hervorgegangen, hätt' ihn nicht selige Reinheit emporgehalten, wär' er sündenschwach, gefallen, wie jetzt, gewesen, glaubt mir, er hätte die Stärke, den so gewaltigen Schlag dieses Wunderanblicks nicht ertragen. Da stand sie, theilte eben leuchtende Wolken auseinander, prangte himmelan im stolzen Gange! Hingezückt, mir selbst verloren, sah ich nichts als sie, den neuen Engel über mir, den Gott, Weltbeleber, Weltentzücker! Ich flog mit Blicken zu ihm hin, umfaßt' ihn, hielt ihn, erschrak und konnte mich doch nicht loswinden von dem zu süßen, seligen Wunder. O unaussprechliches, großes, herrliches Gefühl, das damals mit seinen Strahlen zuerst in mein Herz eindrang; Licht, das mich umschwebt, mich umfangen, meine Seele entzündet, meine Sinne erleuchtet zum hohen Bildniß dessen, der die Erde, die Himmel gemacht, der den Kloß zum Menschen beseelt! Du gabst mir erst Kraft und Vollendung, o Sonne! In deinen erquickenden Strahlen reift' ich zum Menschen erst aus. Da riß schwerere Nacht von meiner Seele, da schaut' ich, sah, hörte die Worte dessen, der laut durch mein Inneres rief: Mann von Erde, alles was da ist, alles was du erblickst, ist mein Werk, ist alles geschaffen aus Liebe zu dir! — Da sank ich nieder, von trunkener Andacht ergriffen, streckte stumm meine Hände aus, sprachlos lag die Stimme in meinem Busen. Halleluja dem, der's gemacht! Halleluja dem, der's gegeben! Ihm sei Ehre, Preis in Ewigkeit! — Heilige Geheimnisse lagen jetzt aufgedeckt in meinem Busen. "

---

Huldigung der Thiere. Adam's Beschreibung einiger Thiere. Adam's Segen über sie.

"Vor mir huldigte nun die ganze Natur. Alles Gethier der Erde, alles Gevögel unter freiem Himmel, alles Gewürm, das auf Erden kreucht, was lebt und webt, sang und sprang, aus Höhlen und Büschen, im Meer und auf dem Lande, vom größten bis zum kleinsten, mancherlei Art, sammelten sich nun und kamen herbei, vom ersten Menschen ihren Segen zu empfangen. Sie gingen gepaart, standen oder lagerten sich vor mir hin über die Erde; die Vögel aber saßen auf Zweigen und schwebten über meinem Haupte daher. Gefleckte Hirsche mit ihren Rehen — Tirza, du liebst sie so sehr — strichen damals freundlicher noch über die Auen zu mir herbei.

Dort gingen zahmere Thiere, Stiere mit schweren Nacken, Rinder und Schafe; sie ließen die fette Weide, kamen zu Adam herab. Allerlei Waldthiere sprangen nun aus dem Gehölze herüber, voran gingen die Heldenthiere, zuerst der stolze Löwe.

„Ganz Mannheit, behende Stärke, gedrungene Kraft geht er daher, wirft über sich den stolzen Nacken, das trotzige Haupt, und schüttelt die wilde gelbe Mähne. Muthig ist seine Ruhe; zum Kampf geboren, greift er alles an im edeln aufgereizten Zorne, nur Schwachheit verschmäht er. Fürchterlich schön ist er, meine Kinder, wenn er mit Schrecken bekleidet zum Raube ausgeht, runzelnd die Stirne, zwei Flammen seine Augen; das Schnaufen seiner Nase macht feige, er schlägt sich in die Lenden mit seinem Schweife und reizt sich immer zum Kampfe an. Panther heulen dann, die Tiger kriechen in ihre Höhlen. Er aber jagt immer voran in der Kraft seiner Lenden; ferne folgen ihm die hungernden Luchse, sich am Ueberfluß seiner Beute zu nähren. Er ist ein gewaltiger Held, ein Führer bei Nachtzeit, im Dunkeln ist sein Gang, des Waldes Thiere gehorchen ihm strenge. Ferner Donner ist sein Geheul, Sturm sein Schnaufen; die schüchternen Rehe zagen davor, die entmannten Rehböde fahren angstvoll von dannen. Gerne bewohnt er die Höhlen im grünen Walde, wo der Strom im Felsen sich bricht, oder am kühlen Brunnquell; dort schlummert er gern am Wellengeräusche. Es weidet am Mittage das Gewild von Bergen herunter, scheut zu trinken vor ihm. Aber damals kam er zu Adam so freundlich, so edel unter dem Cederschatten hervor; er stand vor mir, zur Sonne gähnend, seine gelbe Mähne lehrte den Sand. Schön war er, herrlich schön! Ich lobt' ihn, faßt' ihn am Hals, schmeichelt' ihm; er buckte sein trotzig Haupt unter meine Hand, er leckte meine Brust mit scharfer Zunge.

„Hinten drein tappt' nun der rauhe Wintermann, der zottige Bär. Eigenen Pfades geht er, wie Gott ihm angewiesen nach seiner rauhen Natur. Schwarzbraun ist seine Farbe, an Kraft ist er fast dem edeln Löwen gleich, aber von düsterm Sinn. Er liebt nicht Gesang der Vögel noch des Menschen Stimme; viel lieber steht er an wetterverschlagener Fichte und späht, von woher die Imme fleucht und wohin sie ihre Waben verbirgt. So schleicht er dann bei Nachtzeit herbei, ein fleißiger Wächter, und leert die Fülle reinlich aus. Er ist lustig nach eigenem Muthe; ihm genügt nicht am Aas, auch rührt er nicht an, was er nicht selbst geschlachtet. Da geht er gerne im kühlen Waldbach, forscht, wo etwa die Ameise baut; er zertritt ihr Nest, stört untereinander und sammelt dann mit scharfer Zunge ein. Im Winterjahr, wenn die Sonne zurücktritt, die Erde erstarrt, alles Grün wieder den Wäldern entführt, sucht er sich oft ein Lager aus unter freiem Himmel; dort liegt er dann

in fauler Ruhe, läßt über sich ausgehen des Winters Graus, daß
es herunterhagelt auf ihn mit Schnee und Schloßengestöber und
Eis darauf hin und er tief bedeckt liegt vor aller Welt, fest schlum-
mernd und harrend das rauhe Jahr durch, bis der Lenz ihn wieder
schüttelt, über ihm aufthaut der Frost, die Biene bald wieder ihren
Honigflug zur Erde beginnt; dann schüttelt er sich auf, steht auf
wunden Füßen und blinzt in die Welt. Er hört das frohe Summ-
sen, erquickt sich und hebt die Ohren und erinnert sich von neuem
des Honiglebens.

„Jetzt kam auch der hellaugige Luchs, der gefleckte Tiger, der
raubgierige Wolf. Melboe, meine Sanfte, du kennst den; erst
gestern hat er dich weinen machen um dein schönes Lamm. Thiere,
die jetzt grausam sind, die euch jetzt fliehen, die ihr scheut, kamen
damals so traulich zu mir, lagerten sich neben mir ins Grüne nieder oder spielten liebreich zu meinen Füßen.

„Nun kam auch der Thierberg Elefant im sichern Schritte daher; breit ist sein Schatten, er umnachtet die Flur, lichtgrau seine
Farbe; über alle Thiere ragt er in fester Größe wie ein Berg
Gottes über niedere Hügel hervor. Mild ist sein Anblick, freundlich sein Auge, stolz sein Gebiß, sein Gang voll Adel; er liebt
alle Thiere, hat einen fröhlichen vertraulichen Muth. Kraftvoll
steht er, seine Füße gleichen den Stämmen alter Eichen, sind dauern-
der Stärke Bild. Die andern Thiere scheinen nur Kinder vor ihm:
er spielt mit ihnen, ihr Meister; keins vermag ihn zu erzürnen.
Baut er aber ein Lager und hat Junge, so treibt er alles gewaltig
davon: er schlägt mit seinem Rüssel den trotzigen Löwen zu Boden, zertritt den Luchs, rennt im Grimme Bäume über den grin-
senden Tiger, daß der Vögel Wohnungen an seinem Rücken schweben.
Sonst ist er geduldig, sanftmüthig, steht, Gott lobend, früh und
spät unterm Himmel und erfreut sich an des Menschen Stimme.
Als er so vom Walde herkam, stand ich auf und ging ihm entgegen; um ihn liefen die kleinen Thiere aufheulend und führten
ihn im stolzen Jubel einher. Da ging der Affe, der Esel, der
Fuchs, das Kameel, der Hase, der Hund, klein und groß nebeneinander; das edle stolze Pferd, das flüchtige Renthier, der schön
gestreifte Waldesel, die Katze, der Dachs, das Stachelschwein, der
Elenn gingen alle an der Nacht seines Schattens nebenher und
erzeigten dem Meister Ehrerbietung. Herrlich bist du, Werk Gottes;
herrlich dein Gang! Du trägst des Meisters Stärke. Dich hat
Liebe empfunden, dich Weisheit gedacht, und Kraft dich aufgebaut.
Schön bist du, Werk Gottes; herrlich dein Gang! „Er kam mir
näher, sah liebreich auf mich, sein Auge glänzte mild wie des
Tages thauiger Aufgang; wir standen voreinander, mein Herz
faßte Liebe für ihn.

„Jenseits ging das gewaffnete Nashorn, des Elefanten jüngerer
Bruder an Größe und Kraft. Seine Gefährten waren der grun=
zende Eber, der brummende Ur und der Büffel. Tückisch, meine
Kinder, ist er, hat kein fröhlich Herz wie sein Meister, der lieb=
reiche Elefant; mistrauisch schärft er an Klippen immer sein Horn.
Wie aus Fels gebrochen, wie vom wilden Meer geboren, gefallen
aus einer Winterwolke, steht er im rauhen Schilde, trotzt aller
Thiere Zahn. Der Löwe vermag ihn nicht anzufallen, noch der
bluttriefende Tiger seine unbarmherzigen Klauen ihm in den Bauch
zu schlagen; er höhnt ihrer im sichern Gang. Dennoch läßt Neid
ihn nicht ruhig; hat er nun einen Baum der Erde entzogen, ge=
nießt süßer Wurzel, bald läßt er sein Mahl; grollend im Busen,
sucht er den Elefant auf, dessen Ansehen und Größe ihn grämt.
Doch wagt er's nicht, ihn von vorn anzugehen; da steht er wie ein
Blitz hinter dem Fels, harrt bis er von hinten zukommt, dann
schießt er auf einmal los und zerwühlt ihm die unbewaffnete Seite.

„Noch viele andere Thiere kamen jetzt nach. Schlangen und Ge=
würme, giftig, dem Auge schreckhaft, kamen damals jedes in eigener
Freude herbei. Dann auch die Vögel aus den Lüften. Zuerst der
Sonnenadler, der auf den steilsten Klippen horstet, im stolzen Himmels=
fluge die Augen immer zur Sonne dreht. Dann der langhalsige
langgebeinte Strauß; dumm und stolz, schämt er sich, Vogel zu
sein, geht gern auf der Seite der Erdthiere; er vergleicht sich in
seinem Sinn dem Behemot oder gar dem Meister der Thiere, er
freut sich sehr, daß er im Laufe stolz auf des Pferdes und auf des
Nashorns Rücken sieht; seine Eier legt er in den Sand und läßt
sie an der Sonne brüten. „Auch der Reiher, der Weihe, der
wirthschaftliche Storch, der auf unserer Hütte nistet, der Kranich,
die Nachteule, der Uhu, der Pfau, der einen ganzen Frühling
auf seinem Schweife trägt, die Rohrdommel, die Löffelgans, der
Papagai, der Paradiesvogel und alle größern und kleinern, alles
singende Gefieder, kamen zu mir aus den Lüften, schwebten an
den Aesten hin und her oder ließen sich über die Felsen zu
mir herab.

„Ich sah an alles Gethier unter dem Himmel, hingelagert nach
mancherlei Natur, in mannichfaltigem Gewimmel und Farbenspiel,
wie sie dasaßen und standen untereinander, so listig und so dumm,
so liebreich und so finster, so stark und so schwach, so groß und
so klein: jedes nach seiner Art und nach dem Wesen, das Gott
der Schöpfer in jedes gelegt; jedes vollendet, vollkommen, herrlich!
Heimliche Freude drang durch mein Herz; da hob ich meine Hand
auf, meine Seele sprach solche Worte: Seid alle gesegnet! Ihr alle
seid mein, seid mir gegeben vom Herrn!

„Wie selig ist es doch, zu beschauen die Werke Gottes, meine
Kinder; wie selig, zu preisen den Allmächtigen, der alles in Liebe,
in Weisheit vollendet, der das Wetter vertheilt in das Jahr, läßt
wechseln Wind und Regen. Er schaut überall und sorgt, ein lieb=
reicher Vater, er erhält, — was er gemacht. Ihm ist gleichviel der
Regenwurm mit dem Meister der Thiere, er merkt auf jedes
Rufen. Ihm gilt nicht Schönheit noch Stärke, denn beides hat er
gemacht.

„Und die Thiere verstanden alle meinen Segen und neigten sich
tief, und ich ward aufgenommen und eingesetzt unter ihnen in die
Schöpfung.‟

---

Adam auf einem Hügel. Mehrere Erleuchtung in seinem Berufe.
Eva's Brautgrotte.

„Gott führte mich nun am Mittag aus der Ebene einen schönen
grünen Hügel hinauf. Unter einer hohen Granate saß ich dort,
sah unter mir im See auch wieder eine neue Sonne daherschweben,
sah Wälder und Felder, Bäume und Fluren noch einmal unter=
wärts und bewegsam in die Fluten hinabhängen. O wie wunder=
bar war mir nun, als ich sah Gebirge hinwanken, dann Anger
und Feld und Bäume tanzen; wenn muntere Fische Wellen auf=
schlugen, dann alles gar wieder ineinander rann; wenn größere
Meerthiere, wenn ein freundlicher Seehund hervorstieß, Krokodile
mit grünen Rücken oder Walrosse die Wogen zerrissen und durch
die aufgekraute Flut zu mir herruderten. So ward jede Minute
ein neues Wunder, jeder Blick wurzelte mich Staunenden an, und
ein neueres Wunder riß mich gleich wieder los. Ja, ihr lieben
Kinder, das ist euch alles nicht zu sagen! Nun, da mit jedem
neuen Gefühle zugleich auch neue Kraft über mich kam, o, dies
Lallen, dies kindische Verwundern, Stammeln der Zunge, Thränen
am Auge, das Aufheben, Falten, Zusammenschlagen der Hände,
das Schaudern durch alle meine Gebeine, sprach damals alles
mehr, als ich jetzt in Worte zu fassen vermag. Klein kamt ihr
Kinder auf die Welt, jung an Kraft und Vermögen. Wie ein Wurm
liegt der Säugling, den das Erdenweib gebar, am Licht und ver=
trägt den Tagesstrahl kaum; umfangen sind seine Glieder und
Sinne; denn aus Banden der Mutter geht er ins Freie hervor.
Sein Inwendiges schlummert schwer, wenngleich der Leib sich regt;
er ist wie ein abgerissener Zweig, der antreibt, sich lange müht,
bis er selbst Kraft gewinnt: bald aber schießt er auf ins Leben,

faßt Muth, sein Auge sucht das Licht und hält es. Nun sieht er
das Kommen und Fliehen des Tags, der Nacht, sieht Sonne und
Mond, Wald und Flur, alles vor ihm wandeln und stehen, weiß
nichts davon, sieht und genießt nur, wird stark, auch allmählich
bekannt mit den Thieren der Erde. Seht, so wächst er heran und
ihm ist auch nichts mehr neu, nichts mehr wunderbar, ehe er noch
sprechen, denken, sich noch darüber verwundern kann; denn ihm ist
alles schon so gewohnt von Vater und Mutter her, aufgewachsen gleich=
sam mit ihm. Aber ich, denkt einmal, ihr Kinder, ich, damals erst auf=
geweckt ins Leben in aller Gewalt, aller Stärke, mit hellen Sinnen,
wachem Verstande, wie aus dem Schlummer aufgesungen, hingesetzt an
das Licht, an die neue Schöpfung, überlassen mir selbst, all dem Herr=
lichen um mich her, hingeworfen ganz dem Strome, dem Wirbel!

„Nahe über mir erhob sich nun der dunkle Cedernwald; ihm
rauschten noch tausenderlei fremde Bäume, die köstlichsten Gewürze
und die seltensten Gewächse mancherlei Art blühten in seinem
Schatten dort. Muskaten und Aloë, Zimmt und Nägelein, Rosen
und Jasmin und der stark duftende Holunder standen hier im
schönsten Flor. Vorn an der Seite stiegen steile Felsen, kahl und
bewachsen, in die Wolken; daran lag neben eine kühle Felsgrotte, die
ein breiter abstürzender Strom beschloß. Vier Ausgänge hatte sie:
drei auf der Erden und von oben eine, durch die das Tageslicht
hereinfiel, alle lieblich mit Epheu umwachsen. Durch die mittelste
von unten ging man in den gewürzreichen Wald aus; da zogen
einem immer die süßesten Gerüche entgegen, denn der Abendwind
blies lieblich vom Wald her durch diese Höhle von einer Seite,
der Morgenwind aber durch die andere; am Mittag vernahm man
darin einen angenehmen süßen Klang; sie war mit Fleiß angelegt
von Gott, inwendig wie ein schön blühender Garten; denn herr=
liche Kräuter und schattenliebende Gewächse grünten im Ueberflusse
da herum. Ein süßer Brunnen sprang oben und ein Bächlein floß
daraus, das schied in der Mitte die Höhle in zwei gleiche Theile und
floß dann weiter unten in den Strom hinab. Schön war es hier der
Ruhe zu pflegen am Mittag; auch kamen die Thiere des Waldes
oft durch die Abendhöhle, wenn schwerer die Glut ward, und such=
ten bei uns Kühlung darin. O Eva, du kennst wohl diese Grotte;
wie oft verweilten wir liebevoll in den Tagen seliger Unschuld da=
rin; es war dein Lieblingsaufenthalt, darum gab ich ihr auch den
schönen Namen Eva's Grotte. Erinnerst du dich, wie ich dich zum
ersten mal hinführte? Du bebtest, als nun über dich weg so ge=
waltig der Strom fiel; du ließest damals den Mann nicht los, der
muthig hinabsteigen wollte, aus seiner reißenden Flut dir zu schöpfen.
Ha, der unschuldigen Freude, theure Eva, wie du nun hinein=
tratest, dir so frischer Thau, süße Düfte daraus entgegenzogen und

du verwundernd ausriefst und jetzt dich gedoppelt im Widerhall
hörtest! Ha, Mutter der Menschen, trautes Seelenweib, die Stunden,
die Augenblicke waren doch süß!"

„Ach Adam, was sprichst du!" bricht nun Eva, die gottgeschaffene
Mutter, in lautem Stöhnen aus. Sie hatte immer geweint, seit
Adam dieser lieblichen Grotte erwähnt; selig lag sie in ihren Gedanken, weckte oft paradiesische Anmuth in ihr auf; heimliche Sehnsucht trieb sie öfters, von dieser Grotte Lieblichkeit zu erzählen,
wenn sie mit ihren Kindern allein war. Hier war es, wo sie zuerst
im vertraulichsten Geflüster der Liebe, im Drang von Wonne und
Wehmuth die seligsten Stunden verweilt; hier umfing sie Adam
zuerst in zärtlichster reinster Unschuld, hier gab sie des Mannes
heißerer Sehnsucht zuerst nach. Jetzt umschweben ihre verwundete
Seele alle schwärmerischen Bilder noch einmal, wie sie oft allein
ging, zu suchen den theuern Flüchtling; er strich fern im Walde
oder flocht nun Lauben aus Cassia; beide Arme dann mit Blumen
beladen, streute sie indessen ein holdes Lager ihm auf, lief dann
und schaute öfters, ob bald der Abendstern aufging, das holde
heilige Zeichen, bei dem trauliche Liebe einander bestellt, wartete
dann voller Sehnsucht länger auf ihn. Jetzt trafen die Worte des
Vaters der Menschen mächtig in ihre Seele; Thränen laufen aus
ihren schönen Augen und rinnen stark ihre unschuldigen Wangen
herab. Sie blickt nun auf ihre Aelteste, Kain's holde Verlobte,
und banger wird ihr Schmerz; da wendet sie sich zu Adam und
macht in solchen wehmüthigen Klagen ihrem kummervollen Herzen
Raum: „Ach, theurer gottgeschaffner Mann, was sind wir geworden,
was haben wir bereits erlitten und ach, was bleibt noch zu leiden
übrig! Wie gerne ertrüg' ich es allein! O könnt' ich den Fluch
hinab mit mir zur Erde nehmen, könnt' ich den Zorn des Rächers
allein versöhnen, wie gerne stürb' ich noch heute! Sieh, theurer
Vater, unsere älteste Tochter ist nun auch Braut — was können
wir ihr geben? Ach dürften wir nur noch eine Stunde so mit
unsern Kindern in Edens Gefilden verleben, sie sähen dann auch
der Herrlichkeit Zahl; dies allein könnte mein zerschlagenes Gebein
wieder erquicken, mein kummererliegendes Herz wieder aufrichten."

So Eva; sie wollte weiter sprechen, aber Adam, der erhabene Mann,
winkt ihr ernsthaft zu: „O süßes Mutterherz, wünsche nicht so vergeblich; verbanne diese Gedanken ferne; des Ewigen Wille ist weise,
ist gerecht." Die Mutter der Menschen verstand dieser wenigen Worte
hohe Meinung; schweigend neigt sie ihr Antlitz und ihre zärtlichen
mitweinenden Töchter umfangen sie. Der göttliche Mann Adam
aber stand auf und sprach weiter also.

———

Der Abend kommt. Adam's Gefühl. Trauer über die versunkene
Welt. Sternenaufgang. Trost und Hoffnung ins Leben.

„So lief, ein Blick, ein Staunen, mir der erste Tag dahin. Die
Sonne war tief bereits hinuntergesunken, im Feuerschimmer glühten
nun über mir die Cedern, die Gebirge rauchten um mich her und
brannten in Glut aneinander; ich vergaß mich ganz an der Schön=
heit dieses herrlichen Schauspiels. Jetzt schien mir ein neues Leben
aufzugehen, die Schöpfung um mich her stand umgewandelt in neuer
Pracht. Die Vögel flogen geröthet im Schimmer; ich selbst fühlte
die Glut auf meiner Stirne, als ich nun den Hügel hinunterging;
wie Offenbarung der Zukunft lag um mich die Welt. Ich wußte
nicht, daß nun bald der Tag sich neige, Finsterniß über mir zum
ersten mal hereinbreche; Finsterniß war mir unbekannt.

„Aber die Sonne ging unter; die Abendröthe schloß den niedern
Himmel, leise Dämmerung sank über die Welt.

„Da stand ich; es ward so anders um mich. Veränderung fühlt'
ich überall. Die Meerungeheuer, die ans Ufer heraufkamen am
Mittage, ihr Spiel unter den Erdthieren zu treiben oder im Rohr
zu schlafen, sammelten sich schon auf, ließen nun, den Sand mit
ihren schweren Bäuchen furchend, sich wieder in die Fluten und
schwammen einsam davon. Nun regte sich alles Gethier der Erde
und der Luft; die Vögel flogen nun alle auf, die Waldthiere ver=
sammelten sich, zogen heerdenweise den kühlen Bächen zu, tranken
und badeten, verliefen sich nach und nach in die Gesträuche davon.
Das sah ich all an, wußte nicht, wie mir geschah. Es dämmert
stärker, es wird stiller um mich her, ich stand mit den Augen zum
Himmel fragend: wo ist hin die Sonne, das Licht der Welt? Ich
sehe, fühl' es ja nicht mehr; wo ist hin die schöne, schöne Sonne?
Traurig gab mein Herz Antwort: geflohen ist die schöne Sonne,
geflohen das Licht der Welt, geflohen die Freude des Menschen!
Und siehe, grau= und braunbesäumte Wolken der Nacht breiteten
sich weit auseinander, überzogen den ganzen niedern Himmel. Mir
ahnte durch all' meine Nerven tiefe Veränderung; ich streckte den Hals
aus, mit emporgerichtetem Haupte, dem neuen Wunder zu begeg=
nen; aber die Veränderung ging schneller; kühler stieß jetzt der Wind
vom Walde her, kälter ward immer der Himmel und düsterer und
stiller unter ihm die Erde. Alles war hinweg. Die Thiere des Feldes
hatten sich schon verlaufen, sich schon zur Ruhe gelassen alle Vögel der
Luft, die Fische schlugen auf Fluten nicht mehr. Immer schwerer
und schwerer sank Nacht herunter, löschte und verlöschte allen Glanz
der Dämmerung über mir. Schweigen fuhr nieder von den Gipfeln
der Berge, Trauer bedeckte die Haine. Da schlug laut mein Herz,
da fragt' ich in mir selbst; einsam stand ich, aber schwärzere Finster=

niß umhüllte mich nun ganz, begrub mich nun ganz, begrub die Schöpfung um mich her. Da war alles versunken dem Auge, dem Herzen; nur mein Ohr lebte noch; es faßte das Rascheln im Baume, des Stromes Fall, der Thiere fernen Tritt im Walde, das Gesäusel der Nachtvögel durch die Luft über mir. Was ist das? Was soll das? Jetzt fuhren mir die feuchten Haare um den Nacken; Angst überfiel meine Seele in dieser schwarzen Nacht. Ach, Herr, mein Gott, wie wird mir! Wende dein Licht, daß der Mann von Erde nicht in schwerer Finsterniß versinke!

„Trauernd saß ich nieder auf die Erde, und dicke Tropfen rollten jetzt über meine Wangen.

„Die Finsterniß aber ward dichter, banger meine Seele. Da weint' ich über die versunkene Schöpfung, da weint' ich, daß sie so schön war.

„Soll sie denn so ganz wieder versinken? Ich auch wieder versinken mit ihr? Ach Gott und Schöpfer! Soll versinken dein herrliches, schönes Werk?

„Wilde Wogen umfassen, umschweben mich, verdrängen mich! Wer war ich, ehe du mich erweckt, o Gott, mein Schöpfer! Schwerere Nacht lag auf mir als jetzt, da ich noch zu dir spreche!

„Ach der schönen Schöpfung! Soll die so ganz versinken? Versink' ich auch wieder dahin?

„Du riefst mich ins Leben! War es nicht Liebe zu mir, nicht ewige Liebe von dir?

„Nein, du kannst so mich nicht lassen wieder vergehen! Du hemmtest dann lange mein inneres Wallen zu dir, zögst mich nicht näher in Banden der Liebe, und Finsterniß wär' mir dann lieber als Licht.

„Auf dich harre ich; du hörst, fühlst mich im Dunkeln, du bist allmächtig an Kraft, zu schaffen mir neues Licht!

„Ich hör', ich fühle schon Wehen von dem Odem, der über mich ausgeht. Ach, heiliger, ewiger Gott, was siehet mein staunender Blick!

„Und ich sah nun auf, siehe, hoch über mir am Himmel brachen alle Lichter hervor. Tausend und tausend in zahlloser Menge; wie Körner von des Säemanns Hand fallen, sanken die nun scharweise über mir hin durch die Nacht, Sterne voll Schönheit und Liebe, die da brannten in seliger Klarheit und sandten in heiliger Ordnung ihre Strahlen über die Welt. Lange staunt' ich hinauf, mich umfaßte seliges Schweigen, Taumel der Wonne, Glauben und Ruhe. Ach, mit einem Blicke wie nahe da meinem Schöpfer! Wie nahe dem Quell der Liebe, aus dem mir nun alles fleußt.

„Liebes Weib! Lieben Kinder! Seht, ich walle nun gleich wieder im Erzählen hinüber. Edens fromme, schauerhafte Gefühle umfassen mich noch einmal so ganz; schön ist die Klarheit der Nacht; lieblicher dann, auf der Aue zu weilen. Des Schöpfers Lob steigt einem wie eine Flamme über das Herz empor; dann ergießt sich der Mund in frommen, lindernden Gesängen; dann wird alles um uns her Ruhe und Seligkeit.

„Mit geöffneten Augen beschaute ich nun die ganze himmlische Pracht; damals sah ich noch Sterne schimmern, die ihr jetzt vergebens am Himmel sucht: den holden Paradiesstern, der mitten am Himmel voll reiner Unschuld stand. O Eva, wir wissen es, wann er sich verlor, wie er mitleidig den Gefallenen nachblickte, dann auch auf immer in Wolken sein trauerndes Antlitz verbarg! Auch sah ich jetzt deinen Stern, mein lieber Abel, selig auflodernd, so wie du selbst; dann deinen, fromme Melboe; dich, gefällige Tirza; und Kain's, meines Erstgebornen, trotzig Gestirn. Adam und Eva flimmerten vertraulich nebeneinander, zwar alle namenlos damals, doch herrlich funkelnd in stolzer Klarheit zu mir. Auch heller sah ich nun die Sternbahn über mir aufgehen, wo Millionen Funken einander durchbrennen und den baren Bogen am hohen Himmel halten. Es ist die Straße von heiligen Engeln bewandert, die theils singen in holder Liebe und tragen auf sanftem Geflügel Kraft und Fülle des Lebens und Ahnungen himmlischer Freuden, auch süßen Frieden und selige Träume dem Menschen. Sie haben alle gar die Reinheit der Liebe, rasten im hohen Berufe nicht aus, bis sie vollbracht, was sie sollen; dann steigen sie frohlockend wieder die höhern Stufen hinan. Sie sind die Wächter der Nacht bestellt, die Hüter der Unschuld; sie stehen an heiligen Stäben, umfassen der Klarheit ewigen Quell.

„Tausend und tausend und tausend Flammen brannten nun und entzündeten einander, durchleuchteten die Nacht; da ward lieblich die Finsterniß. Aber der Mond war nicht am Himmel zu sehen.

„Wunderbeladen sank meine Stirne; aber Gott faßte mich in seine Arme auf, schloß meine müden Sinne zur Ruhe. Da lag ich ausgestreckt im kühlen Grase, und sanfter, erquickender Schlummer breitete sich zum ersten mal über mich aus.

„So schlief Adam ein, voller Gnade; denn im Traume ward ihm höhere Offenbarung kund. O meine Kinder, wer vermag den reinen Sinn, die göttliche Einfalt dieser hohen Offenbarung zu geben! Uns verließen bei Edens Ausflucht alle die Bilder, in deren Klarheit allein ich Gottes Geheimniß verstand. Bereitet euch jetzt zu höherm Gefühle."

---

Erscheinung Gottes. Gott kündigt Adam seinen Beruf an. Adam gibt vor Gott den Thieren Namen.

„Ich lag in einem grünen Thale, so träumt' ich, siehe, da faßte mich's von meinem Laegr auf und schüttelte mich; da strömte Feuer aus über die Wälder; mich beschattete aber eine dunkle Wolke, die mir entgegenstand, und als mich heiliges Beben auf meine Knie niederwarf, siehe, da that sich voneinander die Wolke, ich sah eine Klarheit, und die Sonne war schwarz, alle Sterne trübe gegen diese Klarheit, und ich sah heilige Rede in dieser Klarheit und eine Stimme — Gott war die Klarheit, aber ein Engel Gottes seine Stimme. Der stand zur Rechten, jugendlich schön gebildet in menschlicher Gestalt; zwei Strahlen hielten auf seinen Schultern, ausgegangen der Klarheit, und ein dritter bedeckte seine Lenden ganz; aber ein sanfter Hauch wirbelte über sein Haupt her, entwehend die duftende Locke seiner Stirne; doch konnt' ich ihn nicht deutlich beschauen, weil er der Klarheit so nahe war. Zur Linken tiefer knieten drei andere Engel, ganz im Schimmer verborgen, heilige Gesandte des Herrn; sie waren alle sel'ger Mienen, die Augen in Andacht, die Lippen voll süßen Gebets. Sie trugen alle drei Flammen an ihrer Stirne, sie bogen ihre Hände sanft übereinander und drückten im warmen innigen Gefühl sie fest an ihre Brust.

„Und andachtsvoll kniet' ich, neigte mein Haupt herab; aber zwischen mir und der Klarheit stieg aus der Erde eine weiße, reine, unbefleckte Lilie empor, schnell trieb sie zur Höhe im grünenden Wuchse und reichte mit ihrem Stengel hoch in die Klarheit hinauf. Sie stand hervorgezogen vom Odem des Lebens, entfaltet' ihr schönes Haupt in wollüstigen, süßen Blüten, und ein angenehmer Geruch stieg über sie aus; und da sie nun freundlich ihr Haupt zu mir herüberbog, zerfiel sie auf einmal wieder und nicht mehr zu sehen war ihre Spur; aber ein Funke fuhr von daraus hinüber in die Klarheit.

„Eine Rebe schoß nun auf, trieb hinan, grünte und blühte und stieß volle Ranken überall, schoß über von so mächtiger Kraft; unter ihren Blättern setzten häufig blau und rothe Trauben sich an, ein lieblicher Anblick dem Auge und lüstern dem Mund. Nun bog sie sich in der Fülle zu mir herüber, aber ein Wind wehte, sie versank wieder und nicht mehr ward gesehen ihre Spur; aber ein Funke fuhr von daraus hinüber in die Klarheit.

„Und siehe, ein reines Lamm stand, zarter Wolle, in Unschuld weidend vor mir; sieh, es wuchs auf, ward groß und ward zum Widder. Seine Hörner bogen sich stark um sein Haupt, er blökte zu mir fröhlichen Muthes; aber ein Zuck, da fiel er, seine Knochen verschlang die Erde, seine Wolle verwehte der Wind und nicht mehr zu sehen war seine Spur; aber ein Funke fuhr von daraus hinüber in die Klarheit.

„Und ich stand verwundert. Aber eine Stimme erhob sich, ähnlich dem sanften Gemurmel am heitern Sommerabend; aus verborgenen Grotten und Felshöhlen her wehte es unter den Bäumen hervor. Also die Stimme:

„«Mann von Erde, tritt nahe, am Anschauen werde vollkommener, vollkommener werde durchs Wort! Ich bin der Herr, dein Gott, der Himmel und Erde geschaffen; ich bin's, der das Meer, die Sonne, alles, was da ist, gemacht; alles Gethier der Erde, die Vögel unter den Lüften, alle Geschöpfe der Wasser habe ich mit Odem erreget, habe Lebensgefühl verliehen der Pflanze, den Fels gewogen, Wärm' und Schönheit und Dauer nach Maß allew'ger Liebe.

„«Vor allen du mein Werk, ganz in Liebe geschaffen, mein schönstes Gebild, Mann aus kühler Erde. Tausend Wellen zu dir dem Quell der Klarheit entflossen, als mein Odem segnend über die Schöpfung ausging. Was lebet, was webet, fühlet Odem des Lebens, faßt und trägt für dich Funken allewiger Liebe.

„«Deine Freude die meine; gesegnet mir vor allen, Mann aus kühler Erde, meiner Schönheit Spiegel, wie lieb ich dich! Du bist mir gleich in deiner Unschuld. Trag' mein Bild, rein verwahr' in deinem Busen meinen allliebenden Odem. Gesegnet sei auf Erden, vor allen sei gesegnet, Schöpfer, Herrscher mit mir.

„«Herrschen sollt du in Liebe über die Vögel des Himmels, über der Meere Geschöpfe, über der Erde Thiere, über die Pflanzen der Erde, über Wasser und Erde.»

„Also die Stimme. Ein weites, breites Land streckt sich auf einmal vor mir auseinander, lieblich mit Bäumen bewachsen wie im Paradiese; ein dunkler, breiter Wald eröffnet sich; in der Mitte ward eine schöne grüne Wiese, die ward anmuthig von zwei blauen Flüssen umfangen, oben aber am Walde lag ein lichter See, aus dem die Flüsse herabströmten. Auf einmal ward ich auch hingesetzt auf die grüne Wiese, sah jetzt alle Thiere der Erde vor mir versammelt auf dieser grünen Wiese; aber eine Stimme rief über mir: «Schaff' jedem Thier Namen nach deinem Willen!» Und sieh, alle Thiere der Erde kamen nun und gingen vor mir vorbei, ein jedes allein, sobald ihm Gott ein Zeichen gab, und ich ertheilt' einem jeden seinen Namen, wie es an mir vorbeikam, vom größten bis zum kleinsten; vom Elefanten bis zum Wurm zogen alle vorbei. Ich gab einem jeden seinen Namen, wie es kam, und sah an den Adel, wie sie von mir wegsprangen, darum daß ihnen der Mann einen Namen gab.

„Nach den Thieren der Erde kamen auch aus dem Walde die Vögel der Luft; heerdenweise flogen sie über die Ströme, ließen sich vor mir nieder, aber ein jedes kam allein an mir vorbei, sobald ihm Gott ein Zeichen gab; vom größten bis zum kleinsten, vom Strauß bis zum Kolibri, kamen alle, empfingen Namen von mir, und ich sah an den Adel, wie sie vor mir wegflogen, darum daß ihnen der Mann einen Namen gab.

„Jetzt stiegen auch aus dem Grunde der Flüsse die Fische hervor;

sie schwammen oben in der Flut, die Meerthiere kamen oben aus
dem See bis an das Ufer zu mir herunter und wateten im Schaum;
da ertheilt' ich einem jeden seinen Namen, wie es auf Gottes Wink
bei mir vorbeikam, vom größten bis zum kleinsten, vom strömebla-
senden Walfisch in den Meeren bis zur Grundel im Bache; und
ich sahe an den Adel, wie sie von mir wegbrausten, darum daß
ihnen der Mann einen Namen gab.

„Neu erquickt, erleuchtet der hohen Offenbarung ward meine Seele
zum Berufe des Menschen, zum Willen Gottes gegen den Menschen.
Die Klarheit aber schloß sich jetzt meinen Augen wieder zusammen;
ein sanfter Wind erhob sich über mir, faßte die Wolke und trug sie
drehend über den Wald. Weiter wollte ich ihr nachschauen, aber der
Morgenthau sank kühl nieder, also daß ich's im Schlummer empfand.
Schnell erwacht' ich darüber, schloß meine Augen auf; der heilige
Traum aber war vor meinen Blicken verschwunden."

———

Adam's Freude beim Erwachen. Der Thiere Erkenntniß zu Adam
ihrem Herrn. Lobgesang. Adam's Einsamkeit.

„Schon hatte die Sonne ihren hohen Kreislauf begonnen, alles
um mich herum mit ihren warmen Strahlen ins Leben geregt, die
Vögel sangen doch wieder so lieblich über mir, die Thiere brüllten
mir wieder entgegen, alles mir so fröhlich, da ich nun meine Augen
aufschloß. Zum zweiten mal erwachte ich jetzt, ebenso selig, noch
seliger als zum ersten mal. O wie war mir alles so willkommen
jetzt, mir jetzt neu wiedergegeben! Wie grüßt' ich, wie segnet' ich!
O Sonne, wie jugendlich sprang ich dir wieder entgegen! Wie hing
ich an deinen warmen allbelebenden Strahlen, du, die mir entwichen,
mich in Finsterniß allein ließest, mir verloren warst! Mit welcher
Kindlichkeit, mit welcher Seelenergießung, welcher Wonne, du Meer
des Wohlwollens, des Ueberflusses, des Ausflusses in Segen über
die Menschen! Du, deren wohlthätige Strahlen mich auch im Schlummer erquickt! Ha, ihr seid mir alle wieder da, Thiere der Erde, Thiere
der Luft, Pflanzen, Stauden, Hügel, Klüfte, Ströme, Welt! Wo
bleibt ihr in dunkler Nacht? Ha, ihr seid mir nun wiedergegeben!
Ihr seid mein wieder, ich wieder euer! Bist du wiedergekommen,
Sonne? Du bist da, schöne Flamme, vom Himmel leuchtest du
herunter, lieblich dein Gang über Hügel und Wälder, schön über die
Erde, schön übers Meer! Mein Elefant dich liebet, der Löwe gähnt
zu dir, der Strauß geht aus dunkeln Schatten hervor, zu schauen dein
helles Auge. Schön ist dein Gang über Hügel und Wälder, schön
über die Erde, schön übers Meer!

„Du erquickest die Bäume, erquickest Fluren, erquickest und segnest die ganze Natur. Schön ist dein Gang über Hügel und Wälder, o Sonne, schön über die Erde, schön übers Meer!

„Geflohen die Dunkelheit! geflohen! geflohen! Jetzt lallte meine Zunge Töne der Freude, Worte, aus meinem Innern gegriffen, die meinem Herzen zwar bekannt, meiner Zunge, meinen Ohren bisher noch fremd waren. Da lief ich zu den Thieren, schmeichelte, nannt' ihre Namen. Mein Herz ergoß sich in einem Strome von Segen um mich aus!

„Du bist mein, Elefant, mein bist du! Dich hat Gott mir aufgebaut, mich dir zum Herrn gesetzt; ja, laß uns freuen, daß wir einander gegeben sind. Er schrie, da ich das sagte, er schrie sanftmüthig und freute sich mein.

„Auf meinen Ruf kamen nun alle Thiere. Es nahte der Löwe, nahte der Adler, jedes die Stärke seines Geschlechts; alle Thiere warteten freundlich hinter ihnen.

„Ach, wie war mir alles so nahe damals, so nahe am Herzen! O Gott, welch eine reine, süße, unschuldige Freude; wie umfangend, wie alles umschließend damals mein Herz!

„Die Meerthiere kamen jetzt auch herauf, sie schossen aus Felshöhlen am Ufer, aus der Tiefe der Wasser hervor, sie fühlten alle des Schöpfers mächtige Kraft, den süßen Drang zum Menschen.

„In gräßlichem Gebrülle stieg der Meerlöwe vor allen herauf; ihm folgte nach Behemot, der Wasser Stärke. In der Tiefe geht er, im sandigen Meergrund, des Krokodils vertraulicher Bruder; er liebt die süßen Ströme. Am Morgen steigt er herauf zu weiden im hohen Grase; unbeholfen ist sein Gang, unedel seine Größe; schreit er, so schwillt sein Hals wie Wolken im Sturme, sein Rachen fährt auseinander wie eine gefährliche Kluft, sein Gebrüll ist wie des Stromes Fall, seine Zähne stehen malmend aufeinander wie Klippen, er zerhaut am Ufer Baumwurzeln wie Schilf; er ist faul, wollüstig, hat keine andere Freude als sich selbst, Verderben ist seine Kraft.

„Ihm folget nach der Krokodil; lang hingestreckt an der Erde läuft der schneller als das flüchtigste Roß, schneller als des Adlers Hinschießen nach Raube; steinern ist sein Rücken, so hart; grün wie des Meeres Schlamm. Er schlummert gern im Schilf, nach Beute lauschend; aufgesperrt ist dann sein Rachen, scheußlich sein Gebiß, die Backenzähne sind scharf geschliffen, sie verwunden die Blicke; roth sein Auge, trübe und fürchterlich rollt es in die Stirne, wie die blutige Sonne beim Abendsturm ins Meer; es kennt kein Erbarmen, keine Treue, keinen Edelmuth; ihm ist auch Schwäche nicht verächtlich; wie des Meers Aufbrausen sind seine Begierden; Verzweiflung, dem er begegnet! Die Sonne ist seine Gehülfin bei der

Geburt; legt Eier wie der Strauß und läßt die am Meersand brüten.

„Nun schlug auch die ungeheuere Meerschlange im großen Wall hervor; sie wiegte sich oben auf der Flut heran; wie Wetterleuchten bei der Nacht zückt ihr Schweif durch die Wasser; zertheilt lag sie da unter den schaumigen Wogen, wie drei hingewehte, vom Donner, Laub und Ast verbrannte Tannen; wie ein Fluß ins Meer schießt, weit hinaus durch die grünen Wogen seine eigene Farbe treibt, kam sie also näher zum Ufer heran. Jetzt hob sie ihre Brust hoch in die Luft, warf Schatten auf die Landthiere herüber; es ist ein erschrecklich Geschöpf, meine Kinder! Fürchterlich wand es sich aus des Allmächtigen Hand, da es ward; die Wasser erfühlten ihre Schwere und sprangen unter ihr empor. Legt sie sich vor die Mündung eines Flusses, so schwellt sie den Strom zurück; mächtiger ist sie als der gewaltige Leviathan. Sie schlingt sich um die Starken herum, zieht sie mit sich hinab in ihre Wohnung, in die Tiefe der Wasser, in den Schos des brausenden Weltmeers.

„Jetzt kam auch Leviathan in eigenem Sturme daher; ferne spielt' er mit den grausen Fluten, warf die über sich in die Lüfte wie einen Stein. Er naht in seinem Zuge den Inseln und läßt regnen über sie; wie die Nacht kommt er über dem Wasser her; aber sein Auge ist fromm, ähnlich dem Auge des frommen Stiers.

„Jetzt naht er dem Ufer, läßt angehn die lebendigen Brunnen seiner Nase; sie sausen und brausen in Kraft. Schwache Thiere weichen alle ferne, die starken bleiben liegen, lassen sich erfrischen vom Morgenwind, der die Ströme hoch auffängt und lieblich zu ihnen hinüberbläst. Schöne farbige Bogen springen vor der Sonne im Wassersturz; sie verändern sich bei jeder Bewegung.

„Groß seid ihr, Geschöpfe der Fluten, gewaltig gebildet von Gott, wie die Klippen, wie die Berge, aber nicht liebreich wie die Thiere des Landes. Nicht sitzen möcht' ich in euern Wohnungen, nicht theilnehmen an euerm Spiel; ferne vom Menschen ist euer Gang, ihr fühlt nicht Triebe zu mir; gezwungen kommt ihr hierher, gezwungen von der Hand der Allmacht.

„Wie sollt' ich sie alle nennen, wie könnt' ich auch jetzt sie alle nennen, die noch nachkamen: der Seehund, der so gerne auf Eis in der Sonne schläft, der Delphin, der Seebär, die vielerlei Wasserschlangen, die ans Ufer heraufkrochen, in Ringen unter den Thieren lagen oder am Ufer herunterhingen, verknüpft wie Gewurzel des Waldes.

„Ich stand da, sah alles an. Alles war mir gesegnet, alle Geschöpfe sahen auf mich; wie unmündige Geschwister auf ihren ältern Bruder sehen, sahen alle auf mich.

„Seid alle gesegnet, vom Herrn Erschaffene! Seid alle gesegnet,

vom Herrn Gegebene! Beherrschen euch in Liebe, so ist des Schöpfers
Wille! Beherrschen euch in Liebe, so ist mein eigener Wille! Mit-
geschöpfe! Traute Geschwister! Gebildet von Einer Hand! Beseelt
alle durch Einen Odem! Seid alle gesegnet, vom Herrn Erschaffene!
alle gesegnet, vom Herrn mir Gegebene! Gehet hin, erfreut euch
im Grünen, gehet hin in die Lüfte, in die Wogen, bis ich euch
berufe. Euch leuchte die Sonne lieblich am Tage, die schwere
Dunkelung der Nacht werd' euch nicht bange; der Herr laß euch aufgehen, laß euch aufgehen ein Licht am Himmel! Seid mir gesegnet,
vom Herrn Erschaffene! Seid mir gesegnet, vom Herrn Gegebene!

„Und da sie nun meinen Segen empfangen, standen alle von
ihrem Lager auf; ein jedes suchte sich Nahrung, nach Trieben seiner
eigenen unschuldigen Natur. Die fanden sie auf der Wiese, jene
an Bächen und Quellen, die auf Blumen und Kräutern, an Wurzeln, an Früchten der Wälder oder auf blühenden Stauden; jedes
fand, wo es suchte, und freute sich am Genusse, da es fand. Mich
aber trieb nun Neigung zur einsamen Selbstüberlassung auf Seite."

---

**Das Herz des Paradieses, eine schöne Insel. Baum des Lebens.
Adam's erster Genuß der Erbfrüchte.**

„Ich durchging nun die blühenden Fluren aufmerksamer, stand
bald am angenehmen, rauschenden, über Goldsand hinrollenden
Pison stille; schön war sein Lauf, harmonisch sein Klang, am grün
beschilften Ufer herunter. Jetzt ging ich weiter hinaufwärts, wo sich
der Strom stillte, wo hohe Erlen, Gebüsche, Weiden, Pappeln,
Nüsse und allerlei wohlriechende Sträuche sich dicht überwölbten,
ihren Schatten hinunter in den Spiegel warfen. Gar ein angenehmer, lieblicher Platz zum Ruhen war hier, die Seele lachte beim
frohen Anblick. In der Mitte des Flusses erblickte man die so
anmuthige, schöne Insel, das Herz des Paradieses genannt; gar
herrlich lag die nun; der Goldstrom wand sich um sie herum wie
eine schöne Schlange und umfing sie von beiden Seiten. Zwei
Zugänge, von Gott bereitet, führten durch die Flut auf diese schöne
Insel hinüber; sie waren von gediegenem Golde, das Wasser floß
leicht darüber weg, benetzte kaum die Sohlen im Gehen. Sie spielten in
die Ferne durch die Wellen herauf wie zwei klare Bogen und schossen
lebendige Strahlen von sich.

„Auf dieser so anmuthigen Insel grünten nun allerlei der herrlichsten Bäume; alles, was die Sinnen ergötzen, den Menschen ins
Leben erquicken konnte, stand in herrlichster Fülle; Früchte tausenderlei, gelb, blau, roth, grün und in mannichfaltigen gemischten

Farben und in mancherlei reizenden Formen. Hier reifte die kern=
hafte Granate, die würzreiche Ananas, die süße Pomeranze, die
liebliche Citrone, der wollige Pfirsching; Apfel und Birne und
Kirschen und Aprikosen glühten untereinander, die Aeste überladen,
daß jeder sich tief zur Erde bog; Feigen, Zwetschgen, Mandeln,
Datteln, Kastanien, Nüsse, Melonen und tausenderlei Stauden und
Erdfrüchte standen in schönster Ordnung und erhoben einander also
durch ihre Nachbarschaft. Fast an allen Baumstämmen krochen
Rosintrauben hinan und überschütteten die schon beladenen Aeste mit
doppeltem Segen. O des Reichthums! Erquickender Duft zog weit
und breit umher, berauschte Geruch und Sinne und ließ einen nicht
von der Stelle los.

„Hinter den fruchttragenden Bäumen nun war rund ein kühler
Gang von Palmen angelegt, unter denen immer die wohlriechendsten
Blumen jeder Jahreszeit aufschossen; der schloß einen runden grünen
Platz ein, in dessen Mitte der Baum des Lebens und des Todes
sich erhob.

„Entzückt stand ich jetzt eine Weile, also betrachtend diese wun=
derschöne Pracht. Innere Sehnsucht, Verlangen nach dem Genusse
dieser himmlischen Früchte zog meine Augen und mein Herz hin=
über, ja bemächtigte sich aller meiner Sinne so ganz, daß ich nicht
anders konnte, ich sprang durch die Flut hinunter in die Wellen,
versank in die Wellen, ich schwamm herauf, ward erquickt; träufend,
über meine eigene Kraft jauchzend, stieg ich nun am andern Ufer
hinauf, ging unter die Bäume, beschaute die schöne Frucht, lachte,
pflückte begierig einen Pfirsching ab, hielt ihn in der Hand, o Freude!
besah ihn, bracht' ihn zum Mund, roch, aß, aß begieriger, riß
noch einen herunter, noch einen, und noch einen; o unaussprechliche
Wonne, die neu wieder über mich einstürzte! Heilige Gottheit,
Liebe, die alles dem Menschen in Liebe gegeben, in jedem Sinne
Wollust, so süßes, heiliges, reines Entzücken bereitet! O meine
Kinder, fühlet diese Wohlthat mit mir, ihr, die ihr so innig euch
freut auf das reifende Jahr, euch schon freut, wann die Rebe kaum
Knospen gewonnen, kaum die Bäume in Blüte aufgehen. Ihr sin=
get der Freude, dem künftig werdenden Genusse entgegen — Dank
mit mir, ewigen Dank dem Geber! Dank mit euch, ihr Geliebten!
Dank, in euerm unschuldigen Dank, dem Geber! Wer wollt' ihm
nicht danken, sich nicht ganz überlassen der Freude beim Anblick
seiner väterlichen Sorge, beim Genusse seiner Wohlthat! Wo ist so
ein rauhes unbarmherziges Herz, das nicht in Liebe entflammen
zu ihm, nicht einstimmen wollte mit mir in seine Liebe? Nicht der
Sonne mildes Lächeln verdient er, nicht den Anblick des seligen
Segens, den Gott über uns ausgießt! Ha! Wo ist Kain? Wo ist
Kain, mein Erstgeborener? Wende Gott den Fluch, der mir jetzt

über die Lippen fuhr! Wo ist er denn, Mutter? Wenn Adam von
Gott spricht, bleibt er niemals, zu hören. O Eva, schlinge deine
theuern Arme nicht fester um meinen Hals! Ja, Mutter, ich sah
schon lange das Herzeleid vor, das in ihm über uns kommen würde,
wenn er fruchttragende Stämme zerriß, aß und trank, ohne zu
danken, ohne sich einmal darüber zu erfreuen, das auch die Thiere
unter dem Himmel nicht thun. O troz deinen mütterlichen Aus-
legungen ward bald alles wahr; sieh, der Unmuth des Bären, der
Grimm des Tigers sitzt tief in seinem Herzen, er flieht menschliche
Gesellschaft, ist undankbar und ehret Vater und Mutter nicht mehr!"

Holdselig erröthend, aber tiefen Gram im Herzen, nimmt Eva
freundlich das Wort. „Adam, mein Lieber, beruhige dich, laß in dieser
süßen Erzählung keinen traurigen Gedanken dich stören; muß denn
alles dich auf deinen armen Sohn reizen? Kain ist seit kurzem viel
anders geworden, er ist milder, fühlt oft tief den Jammer, den
er uns beiden verursacht. Er glaubt sich immer gehaßt von dir;
gestern erst hielt ich ihn am Brunnen drunten, da gestand er mir,
dicke Tropfen fielen darüber aus seinen Augen; so glaubt er auch,
Melboe liebe ihn nicht zärtlich, und ist unausstehlich in diesen Gedanken. O Liebster, sein Unmuth soll bald nachlassen, wenn ihn
jetzt die sanfte Melboe in ihren Schos aufnimmt. Das ist mein
einziger Trost, Gott, der über uns ist, weiß es; das ist mein einziger Trost in seinem und meinem bittern Leiden." Also thränend
Eva. Sie lehnt ihr Haupt nun an Adam's, ihres Geliebten, Schulter, und da sie wahrnimmt, daß nachdenkend der Vater der Menschen
sitzt, sucht sie ganz seinen Zorn zu milbern, durch süßes Schmeicheln
sein Herz zu rühren, und spricht wehmüthig weiter.

„Oft seh' ich ihn an, wie er so ganz deine Züge hat, Adam,
schöner, gottgeliebter Mann, so ganz deine Gestalt, deinen Ton der
Stimme, deinen Gang, und er wird mir immer lieber darum. Auch
wenn er trübsinnig aus meinen Armen flieht, kann ich ihn darum
nicht hassen, er ist ja unglücklich genug. Ach, dort geht er am Hügel, sieh Vater, dort an den Weiden; ein trauriger Gedanke peinigt ihn wieder. So sahst du aus, trauriger Mann, als wir Eden
verließen, du am Abend vor Eva hergingst, einen Ort auszuspähen, einen Baum, unter dem das kummervolle ermattete Weib aus-
rasten könnte; so zitternd, doch edler Mannheit voll, standest du vor
dem Engel des Fluchs, als Kain vor dir steht, wenn du ihn aus-
scheltest. Glaub' Vater, er ehrt dich, horcht auf dich allein, er
liebt dich mehr als uns alle; hab' Mitleid mit ihm, wie Gott mit
uns; er ist doch mein Erstgeborener, der erste, auf dem schwerer
Sündenfluch ruht."

Adam ermannt sich und faßt schnell Eva, seine Theuere, gibt
ihr einen freundlichen Kuß, noch freundlicher drückt er ihre Hand.

„Was sprichst du, theure Mutter? Wolle Gott nicht, daß ich je meinen Erstgeborenen hasse; keins von all meinen Kindern lieb' ich mehr als ihn, glaub' es; aber Ungerechtigkeit, Ungerechtigkeit duld' ich nicht an Kain. Er ist oft ungerecht. Ist das Liebe des Bruders, Liebe des Bräutigams, die er hier meiner Melboe erweist? Verhüte Gott, daß ich's noch einmal sehe! Gestern! Er höhnte das zarte Mädchen vor meinen Augen, gab ihr falsche Blicke, wenn sie liebvoll ihm entgegenging. Theure Mutter, trockne deine Thränen; ich weiß, daß er dein Liebling ist; auch meiner sollt' er sein. Adam würde Kain unaussprechlich lieben, wenn ihm seines Vaters Liebe theurer wäre. Sieh, nun hab' ich wieder dein liebend Herz schmählich verwundet; du wirst traurig bleiben, diese Nacht wieder in Thränen hinseufzen. Edles, theures, segenreiches Weib, ich liebe wahrhaftig deinen Sohn, Gott, der über mir ist, weiß es; müßt' ich ganz aufhören ihn zu lieben, ich wollte ja eher des Sonnenlichts, eher der Freude des Lebens entsagen. Bring ihn zu mir, morgen, bring ihn diese Nacht noch, ich will ihm alles vergeben, wir wollen uns miteinander aussöhnen, als Vater, als Sohn. O laß doch alle betrübenden Gedanken aus deinem Herzen fahren! Aber sehet, meine Lieben, bereits ist der Abend über meinem Erzählen tiefer hinuntergesunken, jene purpurnen Streifen, die dort am Westen sich sammeln, winken schon der braunen Nacht herauf, sie fleucht mit siebenfachen Flügeln zwischen Erd' und Himmel, jeder Flügel entschwingt Thau der trockenen Welt herunter. Kommt, laßt uns jetzt zur Laube zukehren, im Kühlen essen, ehe die schwache Dämmerung gar über uns verlischt und schwerere Dunkelung uns umhüllt und unsere Freude des fröhlichen Anblicks beim Mahle uns raubt. Früher wird heute der Mond herauftreten, wir wollen dann nach dem Essen unter jenen begeisternden Linden uns wieder niederlassen; dann will ich meine angefangene Erzählung euch weiter vollenden.‟

---

**Adam's Hütte. Mahlzeit. Kain's Rauhigkeit. Adam's und Eva's Kummer.**

Jetzt standen sie auf und gingen miteinander. Einfältig war Adam's Sommerhütte gebaut, schön und lieblich gelegen. Vier Lindenbäume, einander gleich an geradem Wuchse, standen in der Ebene, nahe an einem Felsen, die sah sich der Vater der Menschen zur Sommerwohnung aus. Jetzt fällte er am Hügel schlank aufgeschossene Tannen, behieb sie gleich und zog sie durch die untersten Gabeln des Lindenstammes gegeneinander über; er befestigte sie

dann mit ftarken Weiden, ließ von allen Ecken ſchwanke Stämme
hinaufwärts gehen; oben liefen aber alle in eine Spitze zuſammen:
die durchflocht er nun mit jungem Gereiſig, Binſen und Rohr,
und belegte ſie mit Eichenrinden und Baummoos zum leichten, be=
quemen Dache. Die untere Seite aber durchſtach er mit ſtarken
Pfählen, durchzäunte ſie ſorgfältig und verſtopfte ſie gegen Wind
und Regen feſt mit Moos; belegte ſie unten mit Waſen. leitete
einen Graben rund um die Hütte und ſchaufelte die Erde abwärts,
daß der ungeſtüme Regen dahinein abliefe. Nur von der Morgen=
ſeite, wo der Eingang der Wohnung war, blieb der Graben ge=
theilt. So ſtanden die Linden halb in der Wohnung, halb außen;
wenn der Frühling kam, grünten ſie gar lieblich, und die Zweige
und Blätter ſchoſſen herüber und umwölbten das ganze Dach; aber
die Vögel ſangen herunter und brüteten hie und da in die Wipfel."
Schattig war's hier am heißen Tage und kühlende Winde wehten
leiſe hin und her. Gar ſicher ſtand die Hütte; kam der Sturm
von Mitternacht, ſo konnt' er ſie nicht greifen, denn der Fels be=
ſchützte ſie von hinten; ſchlug der Regen vom Abend her, ſo zogen
ſie an einer Weide die Oeffnung zu, von welcher Licht in die
Hütte hereinfiel, und auch die andere, wo der Rauch des Herdes
ſeinen Ausgang nahm. Hinter der Wohnung aber lag ein ſchöner
von Adam angepflanzter Garten, und jenſeit am Fels ſprang ein
herrlicher Brunnen, der Winters und Sommers nicht verſiegte.
Er rollte als ein geſchwätziger Bach dahin und floß unten durch
die Wieſe in einen ſchwarzen fiſchreichen Weiher hinab. So ſegen=
voll wohnte Adam, der Vater der Menſchen.

Alſo treten nun alle zufrieden hinein in die Hütte, wo auf
Blättern und holzgeſchnitzten Schüſſeln ſie ein ländlich Nachtmahl
erwartet; friſche Früchte von Bäumen und Pflanzen, dann gedörrte
Roſinen, Feigen und Mandeln ſtanden neben Honig, Milch und
Rahm aufgetiſcht, der Trank aber ging in einer reinlichen holz=
geſchnittenen Schale von Mund zu Mund. Solche zu ſchnitzen
verſtand Adam der Erzvater vortrefflich, und Abel, ſein Jüngſter,
übte ſich in aller Freude ihm nach; kleine Muſcheln waren ihre
Werkzeuge dazu, die ſie mit aller Kunſt zu brauchen wußten;
unſchuldig war dabei ihre Freude und nützlich der Gebrauch davon;
alle ihre Speiſen waren ſchon von der Hand der Natur bereitet.
Nicht ſelten genoſſen ſie auch von einem reinen Lamm, das Adam
der Vater ſchlachtete; dann buk Eva, die erſte Mutter, Kuchen
dazu und bereitete die aus Semmel und Honig. Jetzt ſtanden
alle um den Tiſch freundlich; der Vater der Menſchen aber ſtand
oben, er faltete jetzt die Hände, hob andachtsvoll die Augen gen
Himmel und ſprach alſo: „Allmächtiger, ewiger Gott! Sei ge=
lobt für deine Wohlthaten, für alles, was du gibſt, für Speiſe

und Trank, für Abeit und Ruhe, für alles, was du mir und den
Meinen erweisest. Sei gelobt in alle Ewigkeit!" Nun saßen alle
nieder, jedes an seinem bestimmten Platz; oben saß der Vater der
Menschen, zur Rechten ihm die schöne Mutter, dann von Adam's
linker bis zu Eva's rechter Seite die Kinder, Kain zuerst; doch
selten kam der nach Haus. Adam nahm also seinen jüngsten
Sohn Abel zu sich herauf, sehr lieb' er den Jüngling seiner
Frömmigkeit wegen; seitdem dies geschah, betrat Kain nicht
mehr die Laube, noch saß er mit seinem Vater zu Tische. Hier
Melboe, weiter die schwärmerische Tirza. Schön saßen so alle in
seliger Eintracht, lobten Gott den Geber alles Guten im freundlichen
Genusse. Nur Tirza allein saß einsam, voll war ihre Seele noch
von hohen, trunkenen Bildern; ähnlich einer Verliebten unter ihren
Blumenfreundinnen, krank von innerm Sehnen, sitzt sie nun
unterm Spiele, träumt sich immer ferne mit ihren Gedanken zum
Ort ihres Verlangens hin; das Herz ist ihr gezogen an süßen Stricken
aus ihrem Busen und zieht jetzt gewaltig verlangend ihre Seele
nach. Ihre geschickten Hände ruhen an köstlicher Arbeit. Ihre
emporgerichteten, von innerer Glut gebrochenen Augen sehen nicht
mehr; ferne, ferne über Thal und Hügel schwebt sie dann ganz,
schwingt sich ganz in die glücklichen Inseln, in die seligen Gärten
der Liebe hinüber an grünen Gestaden, zu den Seen und Flüssen
dahin. Dort warten Kähne, geflügelt wie singende Schwäne; schon
steigt sie ein in Gedanken, schneller segelnd, als Kraniche im hohen
Fluge, über die stürmenden Wellen, durch die hängenden Klippen;
vorbei an heulenden Grotten und wilden geborstenen Gebirgen, an
unwirthbaren Heiden, vorbei an finster-bangen, klagenden Wäldern.
Sie hört die nächtliche Stimme der Angst am Rande des Todes
oftmals, oftmals wähnt süße betrogene Hoffnung den seligen Stern
zu schauen, der dem Ziele sie nahet. Endlich einmal, nach theuer
überstandenem Leiden, nach Kummer, Trübsal und Weh, findet sie
sich im Schoße der Anmuth, wo sicher der Strom schlägt, harmonisch
in ewiger Liebe, wo nichts sie verräth, wo alles wartet im Lächeln,
im Frieden auf sie; da umfaßt sie ganz ihr Glück, genießt der
Liebe, weint, daß ihre Fülle zu schwer ihr nun wird. Ihre
Freundinnen staunen verwundernd sie an; weggeblaßt in des Todes
Armen wähnten alle sie schon, verrieth' nicht oft ein Seufzer, tief
aus dem Herzen gezogen, die Thränen, am Augenrande gereift,
das bange Lächeln noch Leben.

So saß jetzt Tirza, Adam's jüngere Tochter, genoß weder Speise
noch Trank, sie wandelte in Gedanken zum Himmel; engelrein zu
werden, war ihr einzig Bestreben, dann noch einmal aufzuschließen
das Paradies in seiner Schönheit. Ihre Schwester stößt sie sanft,
spricht leise: „Geliebte, warum issest du nicht?" Jetzt nimmt sie

ihre zarte Hand, drückt sie sanft an ihren Busen, spricht weiter:
„Du machst dir immer Sorgen und quälst unablässig dein armes
Herz mit Gedanken an Dinge, die nicht zu ändern sind. Iß des
süßen Honigseims, er ist lieblich, meine Taube; Kain mein Geliebter,
hat ihn jüngst heimgebracht. O Gott, wo wird der jetzt einsam
sitzen, der arme Traurige, unterm weiten Himmel! Wir essen jetzt,
an seinem Platz sitzt Abel; er ist fern, als wäre er unser Bruder
nicht.“ Als sie das gesagt, dreht sie ihr Antlitz auf die Seite und
weint ungesehen die Fülle ihrer Schmerzen aus.

Liebreich umfing sie nun Tirza, sie sah ihren Schmerz. „Theure
Schwester, stille doch deine Thränen, was trauerst du! Viel vermag Melboe über Kain ihren Bruder, du wirst seinen Felsensinn
mildern. Auch Adam, unser theurer Vater, hat ihm heute vor
uns allen vergeben, morgen wollen wir ihn mit Sonnenaufgang
aufsuchen und ihm das alles erzählen; das wird Licht in die
Dunkelheit seines Busens bringen. Sitze herum, Schwester, meine
Liebe; Adam möchte sonst leicht deines Kummers inne werden.“

Melboe faßt sich nun wieder, das harmloseste Geschöpf unter der
Sonne. O, ein schönes liebes Herz! Immer der Freude geneigt,
immer wohlwollend, ganz obwaltende Güte, auslassende Liebe;
ruhig alle ihre Mienen, ihre Augen stillen allen Gram; der rauhe
Kain stand oft gerührt davor und wußte sich nicht zu helfen; ein
ewiges Spiel von Unschuld, ein Gewebe von Liebe war ihr Leben.
War der rauhe Kain freundlich, o wer war glücklicher als sie! Das
genoß sie so ganz im Ueberflusse, alle Wesen mußten theilen mit ihr;
vergaß dann alles wieder, vergaß gestrigen Kummer, gestrige Thränen
gern an heutiger Freude, träumte, fühlte dann kein größer Glück
mehr; weiß auch sonst von nichts, als was sich so täglich ihr gibt;
ihren Kain zu lieben, ihre Aeltern, ihre Geschwister zu lieben, ihrer
Blumen zu warten, ihre Schafe zu weiden, ist alles, was sie
Seliges kannte. Jetzt trocknet sie ihre Augen wieder; voller Hoffnung
spricht sie zu ihrer Schwester leise: „Gott segne dich, theure
Schwester! Ja wenn ich Kain einmal zufrieden wüßte, wie selig
sollte dann mein Herz mir im Busen hüpfen.“

Also sprachen die liebenden Schwestern untereinander. Adam
aber nahm am Tische das Wort; er dreht sich ernsthaft nach Eva's
Seite und spricht gelassen leise also: „Ich fühl's, wir sinken immer
tiefer zum Fluche hinab. Eva, meine Theuerste, warum kommen
nun die Thiere nicht mehr, uns zu besuchen, wie in den ersten
Jahren unserer Verbannung? Allemal beim Anfange des Frühlings
kamen sie sonst, hielten sich eine Zeit lang um unsere Hütte mit ihren
Jungen und zeigten die freundlich und holten für sie ihren Segen
vom Menschen. Der sanftmüthige Elefant, wie er mit seinem
Weiblein gegen unsere Hütte zum ersten mal wiederkam, jetzt in der

Mitte ein Kleines führte, erinnerst du dich's, Liebste, wie wir
uns freuten und sie sich wieder freuten, uns ihren Segen zeigten
und uns entgegenschrien? Du hattest eben Kain, deinen Erstgeborenen, auf dem Schoße; du sprangst mütterlich auf und zeigtest
auch ihnen deinen Segen, auch ihnen deine Freude. Im fünften
Jahre nachher, als du unsern Abel gebarst, kam schon eine kleine
Heerde, immer die ältern voran und dann ein junger und noch
ein jüngerer und wieder ein jüngerer. Theuerste! Jetzt bekümmern
sie sich nicht mehr um uns; das kommt alles von Kain's Flüchen,
von der Uneinigkeit zwischen Bruder und Bruder und Vater und
Sohn, wovor auch die Thiere selbst einen Abscheu tragen. Alle
Reinigkeit in unserm Umgange ist schon ausgetilgt; wie wird es im
zunehmenden Alter noch ergehen?"

Also sprach der harmvolle Vater und trank; die schöne Mutter
aber legte ihre zarten Wangen auf seine männliche Hand. Der
fromme Abel ergriff jetzt am Tische schnell das Wort; er wollte
das treue Mutterherz gern wieder aufrichten und sprach also:
„Das ist wol Honigseim, den jüngst mein liebster Bruder aus dem
Walde mit heimgebracht? schön ist er und wohlschmeckend; beste
Mutter, versuch' ihn auch einmal." Ihm nahm es freundlich die
wohlgestaltete Mutter ab, bot auch Adam, ihrem Herrn, davon.
Freundlich nahm der es aus ihren schönen Händen an und genoß
es vor ihren Augen. Dann spricht er lächelnd: „Mein Erstgeborner
hat eine gute That vollendet, daß er diesen schönen Honig nach
Hause bracht; Mutter, das will ich ihm wieder freundlich gedenken."
Jetzt schloß sich Eva's ganzes Herz auf in Freude, da sie Adam
also sprechen hörte; vertraulich legt sie ihre Hand auf die seine
und schaut ihm mit wohlwollenden Blicken unter die leuchtenden
Augen. Da sie nun so liebreich sitzen, noch untereinander also
sprechen, kommt Kain der Laube vorbei; jetzt tritt er unter die
Thür und schaut wie ein Fremdling herein. Eva, ihn erblickend,
ruft liebevoll ihm gleich also zu. „Komm herein, mein gesegneter
Sohn, soeben sprachen wir von dir; du hast Honigseim nach
Hause gebracht aus dem Walde, den auch der Vater gekostet und
wohl befand. Komm, mein Gesegneter, sitze nieder zu mir, du bist
müde und hungerig." Sorgsam macht sie ihm an ihrer Seite jetzt
Platz; aber Kain nicht ihr und spricht auf Seite: „Thu nicht soviel,
Mutter; laß sein, ich bin nicht müde, hab' auch keinen Hunger."
Adam spricht jetzt auch: „Kain, mein Erstgeborener, komm herein,
sitze zu deiner Mutter oder dort zu deiner Geliebten oder hier
neben mir, wenn du willst, Abel wird dir Platz machen." Schnell
winkt Eva die Mutter ihrem Sohne Abel; da rückt Abel freundlich
hinunterwärts und spricht: „Lieber Bruder, komm, sitze wieder
einmal zu mir her, komm, mein gesegneter Bruder!" Aber Kain

schießt trotzige Blicke aus seinen Löwenaugen auf ihn und geht
murmelnd wieder, ohne umzuschauen, zur Thüre hinaus. Da
seufzt Eva laut.

Und Adam goß nun in eine Muschel süßen, aus Aepfeln ge=
preßten Trank ein und spricht zur bangen niederblickenden Mutter
also: „Besorge nichts, theure Mutter, besorge nicht Adam's Zorn
gegen deinen wilden Erstgebornen, rauh wie die Felsen ist er,
du siehst, wie er uns ehrt und seine Geschwister liebt. Aber
dennoch ist er mein Sohn; euch allen befehl' ich's, daß ihr ihn
ehrt als euern ältern Bruder. Solange Kain, gegen sich selbst
grausam, die Liebe seiner Aeltern wegwirft, unglücklich ist, weil
er's sein will, bedauere ich ihn; aber dann, wann er tückisch mehr
noch vergißt als Kindespflicht und Bruderliebe, wann er Gott ver=
gessend seiner heiligen Wunder spottet, dann will ich mich über ihn auf=
machen, ihm entgegenstehen wie ein Fels dem Strom; fühlen soll
er dann des Vaters Gewalt unter mir, ja er soll dann fühlen, daß
er mein Sohn ist. Erblasset nicht so, meine Kinder; meine Theure,
erblasse nicht so; ich hoffe mit euch allen noch, hier Melboe, meine
sanfte Tochter, soll ihn in ihren Armen wieder zurechtbringen,
ihm Freude und Ruhe wieder über die Seele gießen, ich hoffe
das." Also Adam, der erste Mann. Er suchte seine Kinder zu
beruhigen, obgleich ihm selbst tiefer Gram im Herzen saß. Eva
beugt sich nun über ihre Jüngste weg und flüstert zu Melboe also:
„Geh hinaus, sieh, daß du mit Kain sprichst, du vermagst viel
über sein Herz; bitt' ihn, daß er jetzt auch bei des Vaters Erzählen
bleibe. Verweis' ihm sein finstres, wildes Betragen; nur bitt' ich,
alles in Liebe." Melboe, die liebreiche Tochter, steht jetzt auf,
gehorsam ihrer Mutter Worte; ihrem Herzen war das ein erwünsch=
tes Zeichen. Jetzt steht sie und betet für sich allein; dann wusch
sie ihre Hände in einem großen hölzernen Becken, das Adam und
Abel miteinander an drei Sommerabenden verfertigt und das immer
angefüllt mit reinem Wasser am Eingange der Laube stand. Jetzt
eilte sie leise davon, Kain ihren Geliebten zu finden und nach der
Mutter Geheiß freundlich mit ihm zu sprechen.

---

Kain im Mondschein allein. Melboe's Liebe. Er bleibt beim Erzählen.
Adam's und Eva's Ankunft.

Nicht weit von der Laube stand der rauhe Kain auf einem Steine;
wild stieß er den Stab auf die Erde und blickte durch die Nacht
nach seinem Sterne. „Wo bist du, Kain, Kain, trotzig Gestirn?

„Ha! Schön funkelst du dort oben, schöner als alle andere; du flim=
merteft liebreich, trügst du nur Kain's Namen nicht. Kain! Kain!
Finster überall. Ha! Wie lange Melboe jetzt bleibt! Verwünscht
die Schwätzerin, die Träumerin! Wo sie jetzt bleibt? Wo sie jetzt
sitzt, zu liebeln mit dem Laffen, dem schönen zartlockigen Bruder?
Uh! — Geh aus der Nacht, aus der Nacht, schöner Stern! du
bist Kain, dich wird der Himmel ausstoßen wie mich die Erde!
Kain ist verstoßen überall! Herunter, Verbannter! Herunter, ich
will dich aufnehmen, wohn' bei mir, bei mir im kühlen Walde.
Melboe! Melboe! Melboe! Wo bleibst du? Ist mein Nacken braun,
die Sonne hat mich verbrannt im Felde; ist meine Stimme so rauh,
ha, ist Kraft auch in meinem Gebein. Melboe, komm! komm!
komm! Die Ferse brennt mich, ich verglühe, in Ungeduld ver=
glühe ich, komm, oder ich kehr' zurück in den Wald, meinen Grimm
auszulassen am Eber. Ha! sie kommt nicht — kommt sie denn
gar nicht? Schwarz ist die Nacht, schwarz mein Mädchen, dunkel
der Bergquell, dunkel ihr Auge! Verbleiben im kühlen Walde will
ich; Kain allein mit dir wohnen im kühlen Walde das warme
Jahr, das kalte Jahr. Ha! dort kommt sie endlich einmal! O
daß ein Sturm mir sie herunterjagte. Hu! mein Zorn braust ihr
entgegen, entgegen der Langsamen, der Zaubernden. Woher du?
Kehre heim, schwätz' dich zuvor satt, was verlangst du bei Kain?
Kenne dich nicht! Will nichts um dich wissen, — allein will ich
bleiben, allein in schwarzer Nacht. Du bist meine Geliebte, schwarz=
braune Nacht! Melboe läßt Kain verschmachten!"

Schon lange gewöhnt an Kain's rauhes Anfahren, gewöhnt des
brausenden Wintersturms, ging jetzt Melboe geduldig zu ihrem Bruder
hin; seine Hand berührt sie nun und spricht zärtlich also: „Du bist
auch heute wieder gar zu wild, Kain, mein Geliebter; wer wagte
zu dir herzukommen, wenn du immer so aufbrausest! Drehe dein
holdes Angesicht nicht von mir weg, Kain, du Theurer, du Bester;
deine Melboe spricht ja mit dir, Melboe, die dich liebt! Wie be=
gegnest du mir immer so hart; verdien' ich wol das an dir? Höre
vielmehr, was durch mich die Mutter dir sagen läßt; o, sie leidet
so sehr deinetwegen, deine Düsternheit benimmt jetzt alle Freude
ihrem mütterlichen Herzen. Glaub's, Lieber, sie ist dir so gut; noch
kürzlich hat sie Adam aufs neue gegen dich besänftigt. Durch mich
bittet sie dich, diesen Abend in unserer Gesellschaft zu verweilen.
O schlag ihr das, um ihrer Schmerzen willen schlag ihr das nicht
ab! Adam wird unter jenen Linden eine angefangene Erzählung
vollenden. Wie schade, daß du nicht da warst beim Anfange!"
So Melboe. Aber Kain stößt stirnerunzelnd, knirschend mit den
Zähnen, tiefer seinen Stab in die Erde. „Ha! besänftigt hat schon
wieder die Mutter den Vater, besänftigt wegen mir. Warum das?

Was will denn mein Vater? Was hat er immer gegen mich? O
weh mir, der verrätherische Junge, Abel, betrog mich wieder, hat
mich meinem Vater verrathen, mich der Lämmer wegen verklagt.
Gelt, Adam will über mich her? Fort in den kühlen Wald will
ich, nicht länger mehr unter euch bleiben."

An seinen Hals stürzend, ihn fest umklammernd mit ihren Armen,
schreit Melboe: „Nein, du mußt bleiben, bei uns bleiben! O Mond,
tritt hervor! Erhelle die Thränen an Melboe's Wangen, daß der
hartherzige Mann Kain sie alle zählen kann. Du Schmerzenfroher!
Wie wollt' er dich kränken, da ihm dein Trotz so wehe thut? Bester,
bleibe! So wahr als Gott über uns lebt, Adam liebt dich! Wie
hat dich Melboe je noch verrathen, je noch getäuscht? Bester,
Theuerster, besinne dich nur ein einziges mal; hat Melboe dir nicht
immer Treue bewiesen? O, Liebe wird dir tausendfach einfallen,
wenn du nachdenkest; aber niemals, niemals Untreue gegen dich.
Grausamer Mann, gib mir dein Angesicht, dein theures Angesicht wieder! Ja, du bleibst bei uns heut', mein Herz, dein stark
klopfendes Herz sagt es mir zu!" Mit solchen Worten hielt
Melboe jetzt Kain, den Rauhen; sie war allein das Mädchen, das
ihn lieben konnte. Im Sturme tobender Leidenschaft schlang sie sich
fest und liebevoll um sein Herz, wie Epheu um die Ulme, und wich
da nicht, bis alles vorüber war. Jetzt konnte der rauhe Mann
nicht ganz ihren Bitten widerstehen; er reicht ihr seine Hand; sie
aber spricht weiter also: „Auch Abel, Theurer, bittet dich durch
mich, Abel, der so treu dich liebende Bruder. O, du weißt nicht,
wie viel er auf dich hält, wie sehr ihn die harte Begegnung von dir
schmerzt. Gestern Abend, als ich in meinem Garten Blumen begoß,
kam er doch so traurig zu mir; er weinte von Herzen, ich mußte
mitweinen; er verklagte dich nicht bei Adam, glaube mir, Lieber;
er beklagt nur, daß er deine Bruderliebe verloren."

Kain wieder auffahrend: „Der Bube! Nein, er wird mir immer
unerträglicher. Bringt er ein Lied, oder sonst was dumm Geschnitztes
herbei, nicht der Mühe werth zu beschauen, da ist ein Lobens beim
Vater, alles wird zusammengerufen; warum Ochsen und Kälber
nicht mit? Müssen hinstehen, beschauen, und der Bube im Kreis dann,
dummer noch als seine Schafe, senkt, als schäm' er sich, die
Augen nieder und wartet aufs letzte Wort sein Lob aus. Pfui! Ich
bin doch sein Herr, der Erstgeborne, werd' ich gleich nicht geachtet, nicht
gerühmt! Mir ein Lamm zu versagen! Ein Lamm, das ich meiner
Melboe bringen wollte." — „Hat er dir ein Lamm versagt, das du mir
bringen wolltest? „spricht sanftmüthig Melboe." Mußt's ihm vergeben,
er ist ein Schäfer; Schäfer lieben ihre Schafe und Lämmer, wie wir
Mädchen unsere Blumen. Geh, laß ihn jetzt brüderlich dich umfangen'
er versagt dir gewiß nichts, warum du ihn freundlich bittest."

„Kain, bitten? Ich? Warum soll ich denn bitten? Der Ziegen wegen, die ich gefangen und gezähmt und dem Laffen in seine Heerde schenkte? Melboe, als der Wolf gestern dein Lamm stahl, er begegnete mir unten an der Wiese; ich lief nach, schleuderte meinen schweren knotigen Stock ihm in die Lenden; heulend ließ er's am Wald dort fallen, aber zerbissen in der Kehle lag es. In Abel's Heerde ging ich nun, dir ein anderes zu wählen. Da hättest du nur hören sollen, was für kluges Gewäsch mir der Junge vormachte von Arbeit und Mühe, Warten und Pflegen bei Tag und Nacht, und das mit so gescheiten Geberden, als wollte der unbärtige Milchbube mir weismachen, er habe seine Lämmer, seine Schafe habe er mit vieler Mühe selbst hervorgebracht. Aber ich kriegt' ihn; zwei der schönsten nahm ich ihm mit Gewalt, zwei braune, braun wie ich und du. Eingesperrt habe ich sie, drüben in die Waldhöhle; Liebchen, wann soll ich dir sie bringen? Komm herunter, Melboe, dir bin ich gut, dir allein; bald ziehen wir in den kühlen Wald miteinander und verlachen alles umher. Im Wald ist's lieblich; komm herab ins Grüne zu mir, bei dir will ich verbleiben, bis der Mond dort über die Waldecke hinunterschreitet, bis aus dem kalten Ost dort die wärmere Sonne hervorsteigt; aber sprich nichts mehr von Abel, sprich von mir und deiner Liebe."

Vertraulicher ließen jetzt Kain und Melboe sich auf das frischbethaute Gras nieder. Eben traten Adam und Eva, die schönen gottgeschaffenen Aeltern, aus der Laube hervor und gingen näher den Linden zu. Abel und Tirza folgten Hand in Hand, voll traulicher Eintracht, hinter ihnen her. Die seelenschwärmende Tirza aber nahm also das Wort (doch sprach sie leise, daß Vater und Mutter nicht hörten): „Geliebter Abel, daß Kain unser Bruder so unbeweglich ist! Sahst du auch des erhabenen Vaters entbranntes Antlitz über Tische? Groß, wie Gott aus Wettern, spricht Adam im verhaltenen Zorn. O des theuern gottgeliebten Mannes! Ja Bruder, laß stündlich uns für unsere theuersten Aeltern beten, unsere Hände aufheben zum Himmel, auch das abzubitten, wo schuldlos unser Herz etwa theuere Pflichten verletzt. Ach, öfters verzag' ich, wein' ich darüber, denk' ich, daß wir Menschen so ganz in Unart, in Sünden geboren sind." Ihr antwortet der fromme schöne Hirt liebreich: „Du wirst noch ganz selig hier auf Erden, meine schöne, theure Schwester; dann nicht mehr weiter unter uns Sündern wandeln wollen. O dein beklommenes, ängstliches Herz! Glaube, wer unwissend fehlt, dem verzeiht der Vater, Gott selbst verzeiht ihm gerne. Anderer Jammer, Jammer meines geliebten Bruder Kain's wegen schlägt mein wundes Herz; der scheucht oft des Nachts den Schlummer von meinen Augenlidern weg. Heut' Nacht seufzt' ich um ihn, ich konnte nicht mehr auf meinem Lager bleiben, brach auf

mit der Morgenröthe und ging in den Garten; dort vor deiner
Kammer stieg ich auf den dichten Holunderstrauch, den Adam und
Eva einst an einem schönen Abend miteinander gepflanzt. Ich dacht',
ich wollte mein Herz erleichtern, dich mit meiner Rohrflöte wecken,
vielleicht daß du mit mir über die Aue gingst, den schönen herrlichen
Morgen zu genießen. Ein gottempfundenes Lied, das ich jüngst bei
der Schaftränke gedichtet, wollt' ich dir dann vorsingen; ich weiß,
Liebe, daß dies deine einzige Freude ist. Jetzt, da ich leise meine
Flöte zum Mund brachte, sah ich Kain; früh durchstrich er schon die
Heiden, finster unter sich blickend wie einer, der Unruhe und schwere
Qual im Busen trägt; da fiel mir seine gestrige harte Begegnung
wieder ein. O und die freundlichen Knabenjahre, wo er mich weniger hassend (denn geliebt hat er mich niemals ganz, niemals
brüderlich am Herzen getragen, wie ich ihn) mich dann oft zum
freundlichen Spiele ließ — sieh, darüber vergaß ich jetzt alles.
Heiße Thränen brachen aus meinen Augen hervor, und ich verzweifelte bei mir selbst, ob er jemals anders gegen mich werde. Für
ihn laß uns beten, theure Tirza. O wie glücklich könnten wir leben,
wie gerne wollt' ich ihm gehorchen, ihm, Adam's Erstgeborenen;
aber er stößt mich weg, ich bin ihm zu weich, ein verächtliches
Weib, o Tirza!" Tirza, seinen Kummer unterbrechend (sie sah,
daß er ihm nun auf einmal zu schwer ward), pflückt vom Geländer
eine spätblühende Rose und reicht mit zarten Fingern und holden
Mienen sie ihm dar. Abel empfing sie voll Lust aus ihrer Hand,
bog sich jetzt über den Zaun hinunter und brach auch zwei Sommer-
levkoien und steckte sie wieder liebreich an ihren Busen.

Also die Kinder. Die ersten Aeltern aber gehen jetzt auch vertraulicher nebeneinander dahin; Eva, die süße Mutter, sucht Adam ihren
Geliebten immer mit angenehmen Gesprächen freundlich aufrecht zu
halten, das that sie Kain's ihres Erstgeborenen wegen; sie hoffte,
Melboe werde ihn bewogen haben, dazubleiben; dann sann sie
hin und her, wie sie ihm sein hartes Verfahren verweisen möge
daß er so unempfindlich für ihre Liebe war. Jetzt sah sie die beiden
Liebenden, Melboe und Kain, im Grünen vertraulich sitzen, wie sie
Arm an Arm verschwenderisch einander Schätze der Liebe zutheilten;
da erfreut sich die zarte Mutter, freut sich, daß Melboe, ihre
Sanfte, also den stolzen Löwen hielt. Näher drückt sie sich jetzt an
Adam's erhabene Seite und spricht also: „Was doch Liebe vermag!
Vater, sieh einmal, dort ist der Kain, der Trotzige, den Melboe
so süß umschlossen in ihren Armen hält und der ihr so fröhlich
wieder am Busen liegt. Ei sieh doch! wilde ausgeraufte Blumen
streut sie ihm jetzt aufs dunkle Haupt; er küßt sie vielmal dafür
auf ihre freudenreiche Brust. Vater, wer hätte wol geglaubt, daß
unser trotziger Sohn so zärtlich zu lieben wüßte! Noch hören sie

uns nicht einmal näher kommen, so sehr hat Freude beider Herz
eingenommen und alle ihre Sinne trunken gemacht." Adam, der
erste Mensch, drückt lächelnd jetzt der treuherzigen Mutter die Hand:
„Gebe Gott seinen Segen dazu, Mutter! Wir wollen sie bald
miteinander vermählen, sobald ich und Kain vor dem Opfer uns
miteinander ausgesöhnt haben."

Jetzt traten alle näher hinzu, umfingen die Liebenden freund=
lich und wünschten heimlich der sanften Melboe Segen und Glück.
Adam saß nun neben Kain, seinem Erstgeborenen, ins Gras nieder.
Schön saßen sie nebeneinander: zwei gleiche Gemälde, von zwei
trefflichen Künstlern verfertigt. Eins ist das Urbild, ganz geschöpft
aus der Fülle der Phantasie, ganz im Fluge himmelentrissener
Flammen; es ruft aus allen Zügen: ich bin's, des Meisters Werk!
Das andere, Nachbild, mehr Werk des Kampfs, dem Zufall des
Gerathens unterworfen, verloren alle göttliche, erhabene Einfalt.
Eher wird man den Tag mit der Nacht verwechseln, eher die Nacht
mit dem Tage, als des Kenners Herz in der Auswahl beider hin=
tergehen. So saßen jetzt Vater und Sohn, einander ganz ähnlich
und doch einander ungleich; einerlei Züge und doch verschieden im
Ausdruck und Leben. Der hohe Vater der Menschen aber nahm
das Wort und fing seine Erzählung also wieder an.

––––––

Baum des Lebens. Dessen Beschreibung. Hymnus der Engel. Sonnen-
untergang. Schwere Einsamkeit. Mondesaufgang.

„Als ich nun meine Begierden auf Pisons schöner Insel im
Genusse der lieblichen Früchte genug gesättigt, ging ich, alles zu
beschauen, viel tiefer in das Inwendige hinein. Viele tausend
Schönheiten traf ich bei jedem Schritte da an; sie alle zu erzählen,
meine Kinder, sie alle zu nennen, würde diese Nacht nicht aus=
reichen. Mich aber zog vor allem neugierige Lust zum Baume des
Lebens hin.

„Hoch schwebte der in die Lüfte, seinen Gipfel oben bedeckten
Wolken, die bald tiefer herunter=, bald höher hinaufstiegen, je nach=
dem sie die vier Winde trieben; sie drehten sich aber immer auf
des Baumes Aeste und ließen beständig lebendigen Thau durch die
Zweige niederträufeln. Dunkelgrün waren seine Blätter, dick und
breit; gerade aufgeschossen sein Stamm; seine Aeste glichen schönen
Bogen, die übereinanderstiegen und sich immer in schöner Ord=
nung bewegten; herrliche Früchte, den Aepfeln ähnlich, glühten
unter seinem Laube hervor. Heiliger Schauer überfiel mich, da

ich hinaufschaute; denn Gott der Allmächtige pflanzte selbst diesen Baum am siebenten Tage; da er von aller Arbeit hier geruhet, pflanzt' er ihn. Damals ward erst diese schöne liebliche Insel umher, sie entfloß der lebendigen Kraft des Schöpfers, denn Ruhe ist Schöpfung bei Gott.

„Und da ich unter den Baum kam, rauschten seine Aeste stärker; ich sah unter seinen Schatten hin, da saßen heilige Engel, nicht deutlich zu schauen, nur wie sie sich drehten, bemerkt' ich am Schimmer ihre Gestalt; jetzt sangen sie, und ich vernahm Lieder, zu selig für das sterbliche Ohr — sangen die Schöpfung in heiligen Chören, hoch in die Wolken drangen die Stimmen hinauf:

„«Heilig, Jehovah, mein Gott! Allmächtig in deinen Werken! Die seligen Engel beten entzückt, die Zähre der Freude rinnet darüber! Die Woge braust nieder, die Erde erhebt sich, die Sonne läuft, Wolken schweben auf dein heilig Wort!

„«Erzählet die Wunder Gottes, Meere, mit euern Zungen! Erzählt, erzählt!

„«Hoch stehen die saphirnen Gewölbe des Himmels; des Luftmeers Wogen hallen auf beiden Enden hinauf!

„«Erzähle die Wunder Gottes, Erde, mit deinen Gebirgen! Erzählt, erzählt!

„«Der Nacht gegeben hat er die schwarzen Schattenflügel; sie schwebt im heiligen Grauen wol zwischen Welt und Himmel, spreitet auf Erd' und Wasser herab ihr düsternes Haar!

„«Bald prangt im klaren Reihen der Sterne, Mond, dein Antlitz; heiliger Andacht Leiter, du Geber süßer Ruhe! Schön ist dein Gang und glorreich; die scheue Nacht erblindet, sie läßt vor deinem Licht sich tief hinab ins Meer! Erzählet die Wunder Gottes droben den Himmeln, ihr Sterne! Erzählt, erzählt!

„«Halleluja Jehovah! Ehr' und Preis sei dem Herrn, er hat alles wohl geschaffen, alles herrlich vollendet durch sein Wort!»

„So lobten die Engel; zwar blieb nur das Irdische davon in meinem Gedächtniß zurück, das Himmlische entfloh mir wieder, stieg bald dem Fluge der Engel nach. Nun kamen alle zu mir herbei in sichtbarer Gestalt, umfaßten mich voll Liebe, wandelten mit mir in den schönen kühlen Palmgängen; dreierlei Engel waren's, ein Erzengel in ihrer Mitte, alle gingen erfreut an meiner Unschuld, lehrten mich viele Wunder Gottes, viele von ihren Geheimnissen schlossen sie mir auf, von ihrem Berufe und ihrer Liebe. Sie sprachen mit mir oft durch Mienen, und ich verstand sie deutlich, und sie verstanden mich wieder, ehe ich winkte; viel sprachen wir miteinander und schnell, sie theilten in einem Augenblicke Gedanken, Begriffe mit, woran ich jetzt tagelang euch zu erzählen hätte; ich schaute nur und ab. Mächtig hatte Gott mich geschaffen, zum Berufe vollendet, in aller Kraft der Sinne, ihn, den Schöpfer, zu fühlen, ihn zu schauen in seinen Werken; aber mein Denken überließ er mir selbst. Oft stiegen dann heilige Engel zu mir hernieder, sie leiteten mich über Klippen und Abgründe hin, halfen mir Verirrtem wieder auf, wenn ich in bodenlose Tiefen des Nachforschens versank. Lange sprachen wir also, bis wir wieder an den Baum des Lebens zurückkamen. Die Sonne warf jetzt tiefer durch die Gebüsche ihre Strahlen; da segneten sie mich, zwei und zwei reichten mir immer die Hände, trennten sich dann in zwei hellen Chören, jeder von einem starken Engel geführt, und gingen so zu zwei verschiedenen Seiten der schönen Wunderinsel hinaus. Weit über die goldenen Ausgänge sah ich ihrem Fluge nach, und ihre Klarheit schimmerte von ferne wie ein seliger Stern. Jetzt brach ich auch auf, traf auf einen der goldenen Ausgänge, schöner schimmerte der jetzt bei der Abendglut und durchschoß die Wellen mit Feuer; in der Mitte des Stroms blieb ich entzückt stehen, sah in mir selbst emporstrebend umher. Jenseit am hohen Ufer standen schon die Thiere und erwarteten sehnsuchtsvoll meine Hinüberkunft; ich konnte mich jetzt nicht halten, der herrliche Abend, die schöne Gegend, die himmlische Glut umher drang mich jetzt, hielt mich jetzt; ich mußte, mußte bleiben! Geöffnet meine Seele, meine Kehle, sang ich jetzt meine Freude; sang stehend im Strome aus vollem Herzen zum Schöpfer aller Dinge empor. O der lieblichen Anmuth! Schön liegt der Wald überm Meer, schön der Abend, seine Glut spielt herunter in die Meergrotte! Wie sich die Büsche bewegen! Wie die Bäume rauschen drüben auf der Insel; jenseit am Ufer wie die Staare schwärmen, wie die Elstern fliegen, sich spiegeln in dem Wasser! O wie schön, wie herrlich! O wie herrlich schön!

„Aber die Sonne sank tiefer, die Schatten verlängerten sich, verkündigten den Abend.

„Du mußt fliehen, fliehen mußt du, schönes Licht! Sinke herunter, Sonne, sink' im Segen hinunter! Zögere länger nicht! Ja verweile, Schöne, ja verweile, du bist auch im Verweilen so schön! Warum mußt du denn fliehen, verbergen dein leuchtend Antlitz? Du mußt fliehen, so will es Gott der Herr. Er hat dich, Sonne, erschaffen, erschaffen die finstere Nacht auch; sinke, Sonne, tiefer, sinke hinunter; was zögerst du lange?

„Nicht mehr soll Adam erschrecken; bald gehen hervor die Sterne in süßem vertraulichen Schimmer; dann tritt in ihren Reihen hervor der glorreiche Mond, von dem die Engel sangen in hohen heiligen Liedern. Komm zu mir, schöner Bewohner der einsamen dunkeln Nacht!

„Ich ging nun weiter jenseit hinüber; der Löwe kam brüllend vom Ufer herunter und watete durch die Fluten mir entgegen, jetzt

stand er neben mir, schmeichelt' und hieß mich mit Brüllen willkommen. Aber hohe Wolken stiegen schon vom Meer auf, blau, roth
und licht besäumt, ein erhabener Anblick. Wie Felsen, wie Gebirge
stehen sie, thürmen sich übereinander, dehnen sich hoch über die
Sonne wie eine Felsenkluft auf, umschlingen nun, verschlingen nun
die Sonne ganz. Die Erde ward dunkler, ich fuhr auf; eine Faust
auf des Löwen Haupt gestemmt, die andere vor der Stirn, stand
ich, auszuharren den lebendigen Streit am Himmel. Lange schien
sie mir verloren, als auf einmal, o welche Freude! welch Frohlocken! durch zerrissene Wolken ihr holdseliges Haupt wieder hervor-
siegte und, als ob lebendig Feuer vom Himmel regnete, alle ihre
Feinde, alles um sie her in Glut aufschmolz: also verherrlichend ihr
letztes glorreiches Prangen im Abend.

„Nun stieg ich am Ufer hinauf, die Thiere folgten mir bis auf
den Hügel; dort saß ich unter wilden Reben, gefaßt, in freudigerm
Muthe wieder die finstere Nacht zu erwarten.

„Aber die Sonne sank am Walde hinunter, eine der höchsten
Cedern empfing sie; jetzt stand sie noch über dem Gipfel, schon auf
ihm; nun hing sie, ein Strahlennest, in den wehenden Zweigen; jetzt
kroch sie tiefer und tiefer am dunkeln Stamme hinunter, und Blitze
schossen überall ihr nach und verriethen durch die Blätter ihren
Gang, bis sie sich endlich unten im Dunkel verlor. Wie ein Kind
saß ich nun, die Augen in Freuden noch immer auf den Ort ge-
heftet, wo sie, die so schöne, verschwand.

„Da stand ich auf, tröstete die Thiere, tröstete die Welt:
Trauert nicht, o trauert nicht! Wiederkommen wird das schöne
Licht, herrlich geht es am Abend des Schöpfers Rufen nach, herr-
licher kommt es am Morgen wieder; trauert nicht darüber, ihr
Thiere, traure nicht, einsame Welt!

„Eine Weile dauerte die Glut des Abendroths; bald aber er-
kaltete der Himmel, und die Nacht mit ihren grauenvollen Gefährten
brach abermal ein. Schneller flogen nun die Vögel auf, eilten in
der Luft; die Thiere der Erde regten sich, versammelten brüllend
sich wieder, ich gab ihnen ihren Segen; nun fuhren alle der Tränke
zu, ließen mich abermals allein.

„Morgen wird auch sein, er wird kommen, der schöne Morgen,
in aller Kraft wird er kommen, meine Thiere mir wieder zuzuführen,
die mir der Abend raubte. Alles ist geflohen, alles hat mich verlassen; wer treibt sie, die mich lieben, von mir? Bin ich am Tage
ihr Herr nur, nachts der traurige, einsame Mann? Wie sie dort
heerdenweise in die Wälder ziehen; hier und dort nur auf der
Heide ein einsam sitzendes Paar. Komm, freundlicher Mond, komm
du mit deinen Sternen, tröste die bange Welt, tröste den einsamen Mann! Schnell über die Fluten schweben Meeradler dahin.

Die Rohrdommel beginnt schon unten im Sumpf ihr langweiliges Lied.

„Komm, schöner Freund der Nacht, den Engel lieben, besingen; komm, zeige dein Antlitz am Himmel, winke mir Einsamen zu!

„Der Odem der Luft ist kühl, erquickt meine Gebeine. Wo brüllst du, starker Löwe? wo bleibst du, der Thiere Meister? Ihr seid die Stärke der Wälder, wo weilt ihr jetzt in der Nacht?

„Kein Thier auf Erden so groß, so klein, es geht niemals allein, hat immer seinesgleichen. Warum ich denn allein? — Düster war's, schon hier und da glomm ein Stern am Himmel; jetzt nahm ich mir vor, auszuspähen, wohin sich die Thiere versteckt. Einsam ging ich umher; nicht weit von mir im Busche sah ich den Hirsch liegen mit seinem Reh, freundschaftlich lagen die; man sah wohl, daß sie nicht Zufall zueinandergebracht, etwas Geheimes zog und hielt sie so liebevoll nebeneinander. Nicht weit davon hielten auf einem Felsen zwei Störche; der eine saß, der andere stand über ihm und schaute scherzhaft herab. Ich wollte eben mich ihnen nahen, aber ein süßes zärtliches Gurren zog mich von ihnen weg. Hinten am Fels stand eine Eiche, unter deren hohe Wurzel Tauben sorgsam ihr Bette gebaut. Wie fand ich sie wonnevoll darin, ein Seelenanblick! Sie theilten so willig, so gern, deckten so freundlich mit schirmenden Flügeln einander. O volles Gefühl des einfältigen, doch so sehr ans Herz redenden Anblicks; ich konnte mich nicht satt sehen an der Unschuld, nicht satt weiden mein Herz an ihrer Liebe. Ich fühlte ihr wonnevolles Keuchen so nahe, wie jedes abbricht sich selber, dem andern theilen zu können; ihr Bett so klein, ihr Wesen so selig; o Gott, was zieht sie so aneinander? hast du sie so gelehrt, oder paaren sie sich aus eigenem Triebe?

„Nein, du bist's, du hast's vollbracht, dein Finger, deine Spuren! — O Adam, warum du allein? O ewiges, schweres Ermangeln!

„Ja, tausendmal schwerer und unausstehlich ward auf einmal die Einsamkeit mir; ich trug ein Bild im Herzen! Der heilige Anblick unschuldiger Liebe hatte ganz mein Herz entflammt, die Sterne quollen über mir auf; ach! sie regten nur noch mehr meine Sehnsucht, heiterten das Trübe meiner Seele nicht. Jetzt schwang sich auf brünstigen Flügeln meine Seele hinauf zum Himmel, verlor sich unter den Sternen und sucht' ihr Verlangen droben; da strömte Gesang aus meinen Lippen, also daß ich anfing aus meinem Herzen zu beten, zu jauchzen von Liebe Gottes zu dem Menschen:

„Schön glänzt ihr Sterne ohne Zahl, glänzt ihr am Himmel droben! Ihr Blumen am Gestade, wo weht des Lebens Odem! Schön sinkt die Nacht herunter, herunter in die Fluten; es quellen tausend Funken herunter in das Meer.

„O großer, ewiger Schöpfer, warum bin ich allein? auf der Erde, in deiner weiten Schöpfung ganz allein?

„Hoch an dem Himmel flimmern die Sterne immer schöner, die Sterne immer heiterer; sie lächeln, winken zu einander, sie fühlen nicht mein Leiden; wo bleibst du Mond, mein Freund?

„Der Herr der Schöpfung trauert, dem Auge ist das Dunkel nicht schwerer als dem Herzen so schwere Einsamkeit.

„Der Herr der Schöpfung trauert, ihm fließen heiße Zähren; ach, Adam ist allein! —

„So stand ich, heiße Thränen weinend; über mir brach jetzt zum ersten mal der stille Mond auf. Wie deine weiße Taube von deinem Schoße aufstieg, Melboe, du Liebe, so stieg aus Gottes Schoße jetzt freundlich der Mond und säuselt' in der Nacht auf. O liebreich ist sein Kommen, seelentröstend sein Blick! Ihm jubeln die Thiere nicht nach; aber das kummervolle gedrückte Herz fühlt wohl sein Ergehen, findet lindernden Trost und Ruhe in seinem Blick, zu leisen zärtlichen Klagen mildert er tiefen unergründlichen Jammer.

„Ach, ich fühlt' ihn auch ganz, ganz sein segnend Wandeln über meinen gedämpften Busen, fühlte sein Kommen durch alle klopfenden, sich zur Ruhe legenden Adern. Ja, du bist's, du, du bist's! Spät ist dein Kommen, o Mond! Aber ein liebreicher Zeuge, bringst du Hoffnung und Ruhe dem Herzen mit. Was ist's, das unergründlich tiefer in mich hinabsinkt, lindernd wie die Erscheinung eines Engels? Seliger Trost weht um ihn; ich will's nicht ergründen; wohl mir, es stärkt! Du bist gekommen, liebreicher Mond, Engel sangen von dir; du bist gekommen, dem Menschen ein seliger Trost."

***

Adam's Schlummer. Gott zeigt ihm Eva im Traum, erweckt Sehnsucht und Liebe nach ihr in seinem Herzen.

„Erquickender Hoffnung sank ich jetzt im Mondglanz zur Ruhe; kaum aber schloß Schlummer meine Augenlider, da umfaßt' auch gleich heiliger Traum wieder meine Seele. Siehe, Gott stand über mir in erhabener menschlicher Gestalt, in Gestalt eines herrlichen Mannes stand er mir jetzt nah, ewige Kraft ging von ihm aus; Schöpfung wehte in seinem allmächtigen Barte; der Tag fuhr von seiner Stirn, und in der Schwere seiner Locken lag die Nacht, aber in seinem Gewande braußten die Elemente, das Meer. Jetzt hob er mich auf von der Erde und führte mich. Ewige Liebe redet' aus seinen Augen; aber die zwei starken Brauen der Stirn richteten

Sonn' und Mond in ihrem Lauf und befestigten die Erde. Jetzt gingen wir über Pisons goldenen Eingang auf die anmuthige Insel hinüber, wo der Baum des Lebens blüht, da ließ mich Gott. Aber eine Stimme rief über mir: «Schau' um dich!» Ich schaute, und siehe, Menschen wandelten im Garten vor mir, Menschen an Bildung mir gleich; da ging ich unter ihnen fröhlich, ich führte sie zu den Bäumen, woran die edelsten Früchte reiften; zweimal genoß ich nun Edens Lust, da ich geben konnte, zeigen konnte all meinen Reichthum, der von Gott mir beschert war.

„In des Baumes Schatten aber, nahe bei Gott, sah ich jetzt ein Gebild stehen, das war kein Engel, obgleich himmlisch gestaltet, voll klarer lauterer Unschuld, wie eine schöne Hyacinthe; der lieb= lichste Frühlingsmorgen hat sie der Erde entlockt; liebend hängt über ihr der laue Mittag, haucht ihre süßen Blüten sanft auseinander; überlassend sich der Wonne schließt sie sich jetzt auf, zieht mit ihrem reinen Athem jedes Herz an. So stand das schöne Bild! O, meine ganze Seele floh ihr entgegen! Sie stand wie eine, die freudig zum Himmel betet, verwundernd die Hände zusammendrückt und über sich schaut; ein frommes Lächeln hing an ihrem Munde; die krausen Haare liefen ihr schimmernd am Rücken herunter und ließen von der Luft sich treiben, wie ein edler Brunnen im Grunde oder am Felsen. Vater und Kind schöpfen aus ihm, aber je mehr man schöpft, je mehr quillt nach. Also das schöne Bild. Tausend Selig= keiten zog ich aus ihrem Anblick, aus ihrer Freude herüber; tausend Seligkeiten quollen von neuem über ihr. O ewiger Gott! Ich ließ alle andern Gestalten, noch einmal ward ich geschaffen, fühlte mich erst jetzt vollendet, vollendet, ganz in ihren Armen, an ihrem Busen ganz Mann zu sein. Ich sprang hin zu dem Bilde unter dem Baume, ich sah sie von neuem; es war das Bild, nach dem ich mich so lange gesehnt, zu dem mein Inneres geschrien; sie war's, die ich in meinem Herzen gefühlt, in meinem Herzen getragen und doch mir nicht hervorbilden konnte.

„Gott stand in all seiner Pracht; sichtbare Klarheit sprang vor ihm, als ständ' er vor sieben Sonnen; da neigt' ich mich, da rief ich: Herr, sie ist's! Dies ist das Bild, das du in mein Herz ge= schaffen; du, du zogst's aus meinem Busen hervor. Ach, mein ist es, mein, ich habe lange geseufzt darnach, ich habe sie lange gewünscht, diese, diese lange getragen unter Schmerzen an meinem Herzen. O Mutter Eva! Dein Bild war es, du standest da, dein Reiz entfaltet im schönsten himmlischen Flor; so schön, als Gott nachmals dich mir gegeben, standest du jetzt vor mir da! O wie sehr sehnt' ich mich an dich hin; alles fand ich nun, was bisher mir ermangelt; wie fühlt' ich jetzt, daß du so lange, so lange mir ermangelt, daß du für mich allein, für mich allein geschaffen warst!

„Gott freute sich meiner unschuldigen Freude; jetzt führt' ich dich
in die Fluren unter die Blumen, schmeichelte dir, bat dich, beschwor
dich, immer, ewig bei mir zu bleiben; ich bot dir die herrlichsten
Früchte der Bäume, ich führte dich ans Ufer, zeigte dir den schönen
blauen Fluß, die goldenen Eingänge, zeigte dir meine Thiere, die
jenseit am hohen Ufer versammelt standen, sich neugierig hervor=
drängten, Adam's Geliebte zu sehen.   Du aber lächeltest, holdselig
lächeltest du, als ich deine langen glänzenden Haare bewundernd
und so freudig in meinen Händen wog; da brachst du Blumen und
warfst sie über mich hin, nanntest sie schnell Tulpe, Rose, Hyacinthe:
süße Namen, die sie jetzo noch tragen.   O seliges reinstes Entzücken,
das ich in diesem Schlummer genossen!   Jetzt umfing ich dich, schloß
mich ganz an dich, verwuchs in deinen Armen, an deinem schönen
freudenreichen Busen.   O ewiges, unvergeßliches, ja im tiefsten
Kummer noch erfreuliches, im Tode mir noch ergötzliches Erinnern!
O höchste Schmerzen auf höchste Wollust, als ich nun, nun meine
schmachtenden Lippen deinen holdseligen Lippen entgegenbrachte, du
mir begegnet auf halbem Wege, jetzt, jetzt meinen glühenden Mund
dem deinen genaht, ewige Wonne! — Verzweiflung! Schrecken! dich
jetzt im Erwachen mir entführt!

„Mein erster Blick ins Licht war ein Schrei: Eva! Eva!
Theure Geliebte, himmlisches Bild, wohin?   Wo bist du?   Wo?
O Meere, Berge, ihr Auen; wo ist sie?   Wo find' ich sie wie=
der?   Ich sprang von der Erde auf, sah um mich, jetzt lief ich durch
die Büsche, schrie, rief nach dir, suchte dich überall, überall dich
Verschwundene, dich Geflohene, dich mir Entrissene!   Wie war mir
doch so wehe, wie ward mir doch so bange!   Sonne, du schienst
damals vergebens so lieblich auf Adam herunter; vergeblich grüßtet
ihr damals mich, wohlwollende Thiere.   Du menschenfreundlicher
Hund, mein treuester Gefährte im Segen, im Fluch, du, dessen
ganzes Wesen an den Menschen geknüpft ist, dessen ganzes Glück
in den Befehlen seines Herrn liegt, der du sehnsuchtsvoll über mir
standest, auf mein Erwachen lauertest, umsonst, umsonst dein
freundlich Bemühen!   Ihr Enten und Schwanen und alles, was
paar und paarweise zu mir herkam, ach, Adam hörte damals eure
Grüße nicht; zum ersten mal ging er eigenen Pfades in die Wäl=
der, durch die Fluren, wohin ihn die Liebe trieb.

„Bild, seliges, in meinem Herzen loderndes, all' meine Adern
anflammendes Bild, das Himmel um mich her schuf, jetzt durch sein
Fliehen mir die Schöpfung verflucht, o wo bist du?   Wenn du
mich hörst, meinen tiefen Jammer weißt, ach Theure, Theure, so
kehre zurück! — Nein Eva, theure Mutter, ich kann den Jammer
nicht sagen, nicht aussprechen das Bange meines Inwendigen damals.
— Ja ich will hin auf die schöne Insel, wo ich sie zuerst gefunden,

die ihre liebreichen Füße betreten, wo an allen Blumen, an allen Bäumen noch ihre Lieblichkeit schwebt; ich will sie suchen, will sie finden, umfangen, ihr all meinen Jammer klagen, all mein Leiden nach ihr, sie festhalten, ewiger Gott! nicht loslassen, daß sie nimmer, nimmer meinen Armen wieder entfliehe. — Ja gewiß, meine Kinder, liebet einander! Was ist doch seliger als lieben, das reinste Gefühl, in dem sich der Mensch über die Erde zu Gott erhebt, zu Gott, dem Ursprung aller Liebe! Kain', mein Erstgeborener, Melboe, liebet euch, seid glücklich, wie Adam und Eva einst waren, eid glücklich, wie Adam und Eva noch sind! Ja du meine schöne, holdselige, theuer erbetene Eva, süße Mutter, gib Adam dem Vater einen Kuß, laß fließen unsere Thränen zusammen! O selige Liebe, edelste Gefährtin durchs mühsame Leben, Glück, das dem Mann im Weibe ward, mehr Reichthum, zu theilen an ihrer Brust, als allein zu tragen des einsamen Genusses schwerere Last! Ach, ohne dich, Eva, hätt' ich länger ohne Qual durchirren mögen Edens holdergötzliche Fluren? Dich umarmen laß mich, ausweinen über dir. Mein Herz fühlt noch einmal kräftig alle die Sehnsucht, alles, was in leerer Einsamkeit ich damals ertrug. Liebe Geliebte, die Thränen, die aus deinen Augen brechen, sind süß, Kinder genossener Freude sind sie. Du Wonne meines mühseligen Lebens, Disteln und Dornen ward unser Theil und saurer, saurer Schweiß des Tages; dennoch ward dem Mann des Weibes Liebe, ward Liebe des Mannes dem Weibe gelassen; zu sorgen füreinander, einander zu ertragen, ist süße Pflicht. Ach ewiger, wohlthätiger, erbarmungsreicher Gott! Du gabst viele der Thränen, aber der Freuden, der Freuden ließest du mehr, des Mannes Sehnen nach seinem Weibe, des Weibes Hoffen auf ihn, des Säuglings Stammeln am Busen der Mutter. Weib, letztes theuerstes Geschenk des Schöpfers, edler als Wärme, süßer denn Licht, sind wir zusammen durchgangen die Fluren der Jugend, noch stehen wir in starker Blüte, genießen des Lebens Fülle; entweht das Alter die Blüten, gehen wir entgegen der Grube, in Liebe zur Erde, aus der wir genommen sind!"

Also Adam, und Eva hängt schluchzend an seinem Halse; ein ängstlicher Schauer durchbebt aller Herzen und erfüllt sie mit innerer Pein. Kain liegt an der Erde und verbirgt in Melboe's Schos sein Angesicht. Adam aber ermannt sich und spricht weiter: „Siehst du, meine Theure, meine Geliebte, Gott, der alles in Liebe anfängt, alles in Liebe vollendet, wollte dem Manne die Sehnsucht nicht rauben, die theure Qual des Verlangens, das schwere, schwere Gefühl des Ermangelns, um hernach auf einmal ganz zu geben des Genusses seligere Wonne. Das Suchen, Fordern durch die ganze Schöpfung nach Liebe; damals das Verlangen nach dir, die du dich immer, auch fern, in meiner Seele, in meinem Herzen wie in einer Quelle gespiegelt; du schwebtest um mich durch die ganze Schöpfung, auf blumenreicher Aue, im Schmelz der blauen Ferne, im Flusse, wo alles sich sanfter spiegelt, im Wehen des Abends, im verliebten Gesang der Vögel, im Sternenschimmer, in einsamer Nacht, überall, wohin mein Herz sich wandte, ahnet' ich, fühlt' ich, hört' ich dich — das alles war nichts als Anreisen zur seligsten Frucht der Liebe, die mir nun bald an deinem Herzen ward.

„Jetzt ging ich der anmuthigen Insel zu, denn nirgends hatt' ich mehr Ruhe, dort mein bellommenes Herz auszulassen, dort in= brünstig in heiliger Andacht jeder Spur nachzuwandeln, zu stehen, wo du standest, zu gehen, wo du gingst, wo wir saßen, zu sitzen, dich zu suchen, dich im Traum wiederzufinden.

„Ich nahte der schönen Insel, lieblich wehte der Wind; o Gott, wie kann ich's aussprechen! Mein Herz war wieder erneuert bei ihrem Anblick, in alle Freude, in alles Weh! Noch einmal so anmuthig stand alles um mich her. Mit welchem Entzücken betrat ich den Boden! O wie freute sich meine Seele, wie freute sich alles mir nach! Alle Bäume bewegten sich über mir; ihre Blüten bedeck= ten mich, als ich nun unter ihnen hinging, jetzt von Gott erkorener Bräutigam. Alles, die ganze Natur feierte; ein stilles, heiteres, gott= hoffendes Gefühl umgab mich und stillte das sehnliche Verlangen meines Busens. Unter dem Baume des Lebens sank ich dem Schlummer hin, süßer Schlaf umhüllte meine Augen, mich wiegten sanfte Winde zur Ruhe, mir sangen alle Wesen süße Erfüllung, Stillung meiner Wünsche entgegen; süß drang's durch all' meine Gebeine: schlaf ein, Adam; schlaf ein, gottgeliebter Mann; deine Wonne reift schon; wie selig, wie selig wirst du morgen erwachen!"

Also Adam. Es war bereits tief in der Nacht; er stand nun auf und Eva, seine Theure, mit ihm; sie nahm seine Rechte und schmelzende Thränen rannen darauf, drückte die jetzt an ihre heiße Lippe. „Ach Theurer! Soviel hat Eva nicht verdient, segne dich Gott für deine Zärtlichkeit!"

Auch Tirza und Abel kamen nun liebreich zum Vater hin; Thrä= nen sprachen ihre Liebe, und Küsse redeten ihren Dank.

Kain stand auf, gerührt. „Wie ist mir doch so dumm!" flüstert' er jetzt zu Melboe; „ich möcht' weit fort, weiß nicht wohin, weit in den Wald, an den Wasserfall. Verzeih' mir, Vater, verzeih' deinem Erstgeborenen! Mutter! Vater! Nimm mich wieder auf! Morgen wollen wir uns am Altar versöhnen; ich will einen Bock schlachten, den mir mein Bruder aus seiner Heerde geben soll; du aber laß allen Groll gegen mich aus deinem Herzen weichen, der schwer meine Seele zu Boden drückt." So sprach er, und da er noch sprach, bog er zugleich seinen nervigen Arm um seines Vaters Knie. Adam aber legt die Hand auf sein dunkles Haupt und spricht ernsthaft: „Was ist

deinem Mund entfahren, Kain? So wahr meine Hand deinen Wir=
bel deckt, so komme Segen über dich und mich, als dir mein Herz
verzeiht, als deine Mutter und ich dich lieben. Ja, morgen wollen
wir opfern, ich will dich aussöhnen mit allen deinen Geschwistern
und mit mir und deiner Mutter, und du sollst alle unter dem
freien Himmel brüderlich umfassen. Dann begehre Melboe hier von
ihrer Mutter, und so wie dich Eva's Seele liebt, wird sie dir nichts
versagen. Gott bringe einmal wieder Frieden unter uns!" So
sprach er, und Eva hebt schnell ihren Erstgeborenen auf, drückt sich
fest in seine starken Arme und küßt unzähligemal seine männlichen
Wangen und die schönen leuchtenden Augen.

Aber Adam spricht leise nun zu Eva: „Höre, schöne Mutter,
laß uns forteilen an den Ort der Ruhe; stark sehnt sich wieder ein=
mal mein Herz nach dem Genuß deiner Liebe. Theure, laß mich
nicht länger schmachten! Schmachten verzehrt das Leben, meine Liebe,
es zerreißt die Sehnen und schneidet ins Gebein." Eva senkt ihre
Hand in die seine, leise spricht sie: „Du hast zu gebieten, mir
kommt es nicht zu, dir deinen Wunsch zu versagen." Jetzt brachen
sie auf und gehen in süßer seliger Eintracht. Gott winkt ihrer
häuslichen Liebe Freude und Segen zu.

Jetzt reicht Kain der braunen Melboe die Hand. Sie gehen
Arm in Arm geschlungen über die mondbdämmernde Aue am Hügel
hinunter im stillen Entzücken der Liebe. Abel aber begleitet Tirza
bis an die Hütte und steigt dann sorgsam wieder den Hügel hinan,
unter seiner Heerde zu schlafen.

－－－－－－

# Der Satyr Mopsus.

## Erster Gesang.

Am schattigen Ufer des Moosquells saßen die Hirten versammelt und hielten Rath, wie und wo sie ihren verlorenen Satyr Mopsus suchen wollten, der noch verwichenen Abend so fröhlich mit ihnen gezecht. „Ach", spricht einer, „lieben Brüder, was ist zu thun? Hat ihn ein Centaur uns gestohlen oder Pan vielleicht selbst, daß er sich in seiner grünen Grotte an ihm beluste? Laßt uns alle klagen; er ist fort, fort, ach, und wir sind alle verloren, und in diesem Leben seh' ich nun keine Lust weiter!"

Und die Knaben heulen alle von neuem, laufen hin und her, suchen immer noch, ob sie ihren lieben Satyr nicht wiederfänden, als fern an einem dichten Brombeerstrauch ein milchhörniges Fäunchen schreit: „Funden, funden, ihr Brüder! Hierher!" Mitten aus dem Gesträuch hervor ragte ein großer zottiger Bocksfuß, der auf moosige Klippen seinen Schatten warf; den sah von fern der kleine Weinsäufer, klettert nach und guckt und hält ihn und schreit von neuem: „Funden, funden, ihr Brüder! Hierher!" Alle Knaben kommen nun herunter, erstaunen, sehen, wie ihr lieber alter Mopsus im dichtesten Brombeerstrauch ohnmächtig verwickelt liegt; Thränen vergießend ziehen sie ihn hervor, schlagen ihre felligen Mäntel um seine zerkratzten Schultern und tragen ihn auf ihren Armen in seine Behausung ein. Neben Feuer legen sie ihn dort auf weiches Moos, waschen sein Angesicht mit feuchtem Schwamm und träufeln ihm Essig in seine Nase. Da beginnt er wieder zu athmen; kaum aber schlägt er die Augen auf, schaut er umher, heult: „Leb' ich denn noch?" Dann betrachtet er seine zerrissenen Hände, die blutige Brust, und heult von neuem.

„Wie iſt es dir, lieber Mopfus?" fragt nun der Knabe Myron, hockt ſich vor den Ziegenfüßler hin und hält ihm den ſinkenden Kopf. „Sag' um Pan's willen, wie kamſt du nur in den verfluch= ten Strauch, aus dem dich die Knaben erſt gezogen? Erzähl's doch!" — „Ja, ja! Will euch alles erzählen", ſeufzt der Satyr. „Gebt mir nur erſt ein wenig Brot und Wein, mein mattes Herz zu erlaben." Sie gaben's ihm, und als er gegeſſen und getrunken hatte, fing er alſo zu erzählen an.

„Wie ich in den verfluchten Strauch kommen, darin ihr mich gefunden, habt ihr wol Urſach', euch zu wundern. Hört nur! Aber eh' ich noch ein Wörtchen weiter erzähle, helft mir zuvor auf alle Weiber ſchmälen. O, das iſt das garſtigſte Gezücht, das Ju= piter unter der Sonne geſchaffen. O, das iſt..."

„Warum, guter Mopfus?" ſagt der nußbraune Myron. „Du ſprachſt doch ſonſt anders; wie kommt das?"

Mopfus. Ja, ja! Da kannt' ich ſie nicht, jetzt da ich beſſer weiß, was Weiberlücke brütet, will ich immer, immer ſchelten und ihnen gram ſein. Setzt euch nur um mich her! Mein Treu! lohnt ſich der Mühe, mir zuzuhören. Ihr ſollt deutlich vernehmen, warum ich nun allem Weibſen ſo ſpinneſeind bin, und was dieſe gottloſe Quellennymphe Perſina an mir verübt. Ihr wißt doch, daß ich dem garſtigen Waſſermädchen hold war, he? Was ich ihretwegen für Schmerzen und Kummer ausgeſtanden, mich vor Liebe abge= härmt, nicht geruht noch geſchlafen, wenn ich nachts auf naſſen Felſen ihrer Höhle gegenüberſitzend im kühlen Mondſchein ihr mei= nen Jammer vorgepfiffen, wißt ihr's?

Myron. Freilich, freilich wiſſen wir's. Haben dich ja oft darüber ausgelacht.

Mopfus. Gut! Wie ihr alle heunt ſchlieft, ich ganz allein noch bei meinem Schlauch wachte, fiel mir ein: was hilft alles Weinen, du mußt einmal recht Wein trinken, lachen und fröhlichen Muths ſein; wer weiß, gefällt das vielleicht dem Nymphchen beſſer. Nun ſtand ich leiſe auf, nahm meinen Weinkrug und ſchlich zu des ſtolzen Mädchens Grotte hin, lachte und hüpfte im Mondſchein, ſchrie und ſchwenkte den vollen Becher. Mir war's in der Seele wohl; ich ſang aus munterm Herzen: Komm doch hervor, Quellen= mädchen, oder laß mich zu dir ein! Dann trank ich wieder und rief weiter: Komm, thue mir eins Beſcheid! Ei, du Närrchen, kennſt noch viel Süßes nicht. Nun ward mir immer wohler und lecker ums Herz. Ei, Nymphchen, rief ich, gib Antwort; oder wo du länger ſchweigſt, thu mir einer dies und das, wo ich nicht in deine Höhle krieche und mich gar ſpaßig zu dir lege! Nun lacht's hinter mir aus dem Geſträuch hervor. Ei, dacht' ich, das iſt gut Zeichen; jetzt will ich einmal aus ganzem Herzen meinen Geſang

4*

anbringen, den ich auf meine Liebe gedichtet und worin ich ihr gar
fein gefuchsschwänzt, mehr als sie eben werth war. Setzte mich
denn auf einen abgerissenen Eichenstrunt, ihrer Höhle gegenüber,
und fing an — — Will's euch nur gerad' hinsingen, ehe ich weiter
auserzähle, damit ihr nur selbst hört, ob das nicht ein schön Lied
ist, und was für ein schändliches Mensch diese Quellennymphe Per=
sina ist, mich nicht zu lieben und mir so übel zu begegnen, als ihr
hernach erfahren sollt. Hm!

«Laß dich belauschen, laß dich ertappen, Quellenmädchen! Du
weißt nicht, wie gut das thut. Die Frühlingssonne wärmt; aber
schmelzender ist ein Kuß, saftiger als weicher Käs' und Weintrauben.
Mein Treu! du glaubst nicht, wie süß das Lieben ist; süßer als
Honigfladen! Ach, wenn ich dich nur in meinen Armen hätt', du
Süße! Hingst süßer an meiner Schulter, als Honigseim an eines
Bären Schnauze. O, dein liebes Haar ist doch so lichtwellicht, dein
Busen wie weißer Schwamm; ach, wenn du, Helle, auf meinem
Schoße säßest und dich an meine schwarze zottige Brust lehntest,
dann müßtest du erst recht hervorblinken; denn weiß auf schwarz
sticht gar gut ab.

«Soll ich denn immer jammern und leiden, und mein's doch so
herzlich treu! O Nymphchen, Nymphchen, bedenk' dich wohl! — Ich
will mit dir scherzen und spielen, wenn du mich liebst! Dich sollen
alle Jungfrauen neiden, so gütlich will ich dir thun; dich im Grü=
nen jagen, dir die Kleider vom Leibe reißen, dich hetzen und kitzeln
nach Herzenslust; dann dich herumwerfen auf den Bauch und deine
Schentel so lange pletschen, daß sie dir funkeln sollen wie eine zei=
tige Granate.

«Ach, das wär' doch eine Fröhlichkeit, dergleichen es nichts über
der Sonne gibt! Denk' an das gute Leben und sei nicht so stolz!
Ach, kein Baum wär' mir zu hoch, auf den ich nicht klimmen wollte,
dir Mandeln abzuschlagen oder der Nüsse viel; der Rebe wollt' ich
nachkriechen, an Felsen herabhangen, dir die schönsten Trauben zu
schneiden, wenn du nur sagen wolltest, du seist mein! Ach, dies
wär' ein hell Wörtlein, wie ein Licht in der Nacht! Ach, dies
wär' ein süß Wörtlein! Ich stünde früh' auf, es zu hören; ich
stünde drum Ohrfeigen aus, so lieb bist du mir, meine Herzens=
trone!

«Gewiß bin ich deiner werth! Wenn ich singe, horcht mir alles
auf. Was die Wachtel gegen den Kukuk ist, sind alle Stimmen
gegen mich; denn keine hat so viel Gewalt als meine. Ergreif' ich
die Flöte, hüpft alles um mich her; sogar meine unverständigen
Böcke lachen und tanzen um mich; sogar meine Kürbisflaschen,
meint man, klotzen mich an und paußen sich auf, als wollten sie
mich loben. Habe dir schon gepfiffen, daß 's einer nicht glauben

sollte. Mein Treu! der hungerige Wolf stand im Würgen still und
horchte mir zu.

«Und das sind meine Tugenden nicht all'. Mein Stier ist groß
und stark, groß seine buschichte Stirn und stark sein spitziges Horn.
Voll muthigen Unwillens entwurzelt er Wälder; sein eherner Fuß
zermalmt den Kiesel und trübt die Luft; weit auf reißt er seine
dampfende Nase und brüllt, daß Anger und Thal erschrickt; aber
kaum schelt' ich ihn aus, solltest's nur selbst sehen, steht er furchtsam
wie ein Kind vor mir, dreht sein großes Auge seitwärts ähnlich
dem sinkenden Monde, brummt hinab. Dann zieh' ich ihn am Horn
zur Mittagssonne auf und winke. Er steht still, und ich schlummere
geruhig in seinem Schatten.

«Auch bin ich so häßlich nicht. Mein Treu! das sagen doch
alle Mädchen zu mir. Mein Gesicht ist glatt und zart, mein
Bart kohlrabenschwarz; meine Hörner stehen aus meiner graulichten
Locke heraus wie zwei Tannen aus einem Schneehügel, und meine
Wangen? ah, die sind angespannt und voll, daß, ohne mich zu
rühmen, ich dem König Boreas gleiche, den Bacchidon mit der
Krone auf dem Haupte an eine dicke Eiche geschnitzt, wie er einst
neun Tage und neun Nächte allen Wind untergeschluckt, um
beim nächsten Feste des Oceans schlanken Töchterchen gar lieblich
die Röcke von den Beinchen zu wehen. Du solltest's nur selbst
sehen, wie wohl das geschnitzt ist, und wie groß und herrlich seine
windvollen Backen hervorhangen, daß sie einer in die Ferne für
zwei Dudelsäcke nähme. Ja, du Liebes du, betrachte mich recht,
was lustigen Ansehns ich bin. Mein Treu! du findest mein Näschen nicht in meinem dicken Gesicht. Das sieht doch so lustig-
possirlich aus, daß ich oft selbst, wenn ich mich so von ungefähr in
einer Quelle erseh', darüber lachen muß.

„«Und das alles, alles will ich dir gönnen .Ach wenn du nur
wolltest! Aber was hilft's? Dir allein will ich gefallen, dir zu
Ehren thu' ich doch alles, spiel' mir fast die Finger krumm; und du
merkst nicht darauf. Ach, schönhaariges Nymphchen, warum muß
ich nur so gar sehr in dich vernarrt sein, daß kein Rath noch Ende
mehr ist? Oft, wenn ich dir tagelang nachschleiche, dich endlich
hinter einem Dorn erhasche, schlüpfst du spottend aus meinen Armen
weg, lachst noch, wenn du mich die leere Luft oder stacheliche Sträuche
begierig an mein Herz reißen siehst. O du Grausame, du! Was
hilft da klagen? Nichts! Wenn ich's überdenke und mein Elend und
die Pein, und wie ich dich nicht haben soll und gerne hätt', das
alles macht mir die Seele ganz schwarz, daß ich mich hoch betrübe
und mir vor Trübsal das Herz im Leibe wackelt wie ein Lämmer-
schwänzchen. Ach, denk' ich doch oft: ließt du nur, Mopsus, wo
kein Windlein dich mehr träf', daß des Jammers einmal ein Ende

wär' und ich zu Frieden käme in kühler Erd'. Ja, so denk' ich oft; dann laufen mir Thränen, eichelndick, über die Nase. Ach, ach! Ja, du wirst mich noch hinrichten; denn alles ist umsonst. Oft, wenn ich Tag und Nacht deine Spur verfolg, dich nirgends finde, treibt mich die Angst zu deiner Quelle hin; brünstig stürz' ich dann bis über den Nabel darein; aber auch dann fliehst du in dein krystallenes Zimmer, lässest mich jammernden Gast allein.

«Sieh doch, der Winter verheert die Flur; alle Faune und Satyre, meine Brüder, verlassen dann Anger und Feld, verschließen sich tief in ihre Grotten, höhnen beim Weinmahl des Wintersturms Toben, singen und geben draußen alles preis. Ach die Glücklichen! Sie freuen sich und spielen und sind daheim vergnügt. Mich allein treibt die Liebe von warmen Fellen hervor. Was brauch' ich dir's zu sagen? Hast oft mein schnatternd Gewinsel gehört, wenn ich am blumenleeren Rande deines beeisten Bordes saß. Ach, da saß ich und spielte in einer Kälte, die Wölfe zum Schreien bewegt und mir fast Mark und Bein verzehrt, dir meinen Jammer vor; die Thränen, die von meinen Wangen fielen, rasselten zwar auf meiner Flöte. Aber du bliebst doch ungerührt; unter deiner gläsernen Decke lagst du geruhig auf dem Rücken, daß ich dich ganz eigentlich sehen konnte. O, du Gottlose bemerktest dann wohl mein Verlangen, und wie ich lüstern hinsah auf deinen nackten Busen, und alle meine Glieder sich gewaltig bewegten, dich zu fassen. O, du Gottlose bäumtest dich dann noch artiger, und watscheltest mit deinen runden Füßchen, und winktest mir; und — wehe! halbtrunken stürz' ich nach dir aufs Eis hin, strecke die Arme weit auseinander und schmelze leider mit meinem dampfenden Busen den Schnee.

«Thu, was dir gefällt! Der Frühling ist nun wieder da; alles genießt der Freude; es paart sich alles im Grünen und auf der Erde; mein Lämmchen, in meinem Schos auferzogen, springt fort und sucht sich einen andern Freund; das Rind springt muthig zum Bullen, und die ganze Heerde brüllt ihm froh entgegen, da er stolz zur Weide kehrt; mein Widder, gebadet im Quell, stellt sich am Buchstamm auf, trocknet sich in der Sonne. Ei sieh doch! da fallen zwei buhlende Täubchen aus der Luft, sitzen nieder auf seine verschlungenen Hörner. Der lieblichen Thierchen gewohnt, achtet's mein höflicher Widder nicht; sie spielen und schnäbeln auf seinem Haupte fort; stolz auf seine artige Last, geht er und trägt sie, so kosend, unter seine wolligen Frauen.

«Sag', soll einem nicht das Herz im Leibe zerspringen, dem allen zuzusehen, ohn' ein Gleiches zu thun? Iß deine Milch allein, wenn dir's schmeckt; aber hab's mein Tag' gehört: wo mehr sind, wohnt Segen. Hab' auch lange gedacht: schmeckt nichts besser,

als was man selbst ißt, und: wo viel' in eine Schüssel fahren, gibt's
schmale Brocken; aber ich wollte mir's absparen am Mund, siehst
du! dir wollt' ich's geben unter den Zähnen hervor. Was es nur
Gutes gäb' an Aepfeln und Trauben und Nüssen und Beeren, wär'
alles dein. O wie wollten wir leben! wie wollten wir leben!
Dich füttern wollt' ich am Tage und mästen, daß du feist würdest
und dickbackig und einen Kragen von Speck bekämst wie ein fettes
Ferkel. Ach, Amor und ihr Grazien! wie süß wär' das! So
lebten wir am Tage; und nachts schleiftest du mich, wenn ich etwa
trunken im Feld läge, an den Beinen ganz liebreich in meine Wohnung ein. Ach, ach! Dann solltest du mir jährlich Zwillinge
bringen: Buben, wie die Kälber dickköpfig und feueraugig. Ach,
ich kann's nicht mehr aushalten, wenn ich daran gedenke, wie das
artig sein müßte, wenn du mir so auf dem Rücken hingest, an jeder
Brust ein zottiger Knabe mit aufgesperrtem Maul und jungen
schwellenden Hörnchen! Ja wohl, mir steigen die Thränen ins
Auge, wenn ich nur an die väterliche Freude gedenke! Wenn ich
dann ausginge zur Weide oder am Abend wiederkäme, und du lägst
unter unsern Knaben vor meiner Höhle, freundlich wie eine Bache
unter ihren Frischlingen! O du mein Liebes, du! Ach, dann spräng'
ich wie ein Narr zu dir hin, und du hingest wie eine Närrin an
meinem Halse und unsere kleine Närrchen hüpften um uns herum.
O, O, mag dich Pan aufs grimmigste dafür strafen, wenn du
mir das Herzeleid anthust und mich mit deiner Hartnäckigkeit um
eine so schöne Nachkommenschaft bringst!

«Hab' so halber meinen Brüdern etwas von unserer Hochzeit
gesagt. Das soll einen Tanz geben! Ha ha ha! Sie mögen sich
rüsten und ihre Mädchen kränzen mit Myrten und Violen; ich will
dich auch kränzen, schöner als sie alle sollst du hervorprangen,
meine Sonne! Einen halben Wald will ich um deine Stirne zäu-
nen, der Tannenzapfen, Erdschwämme und des Fichtenlaubs unver-
gessen; einen ganzen Birkenast steck' ich selbst zwischen meine Hörner,
damit ich auch vor allen heraussteche und wir schmuck nebeneinander-
gehen, wie Braut und Bräutigam sollen. Dann müssen uns die
Knaben Maien tragen, an deren Gipfel ich Kränzchen von Violen
hängen will. O, du Liebliche! sollst dann sehen, wie wohl alles
gehen soll; und wir wollen herzlich lustig sein, tanzen und springen,
fressen auf beiden Backen, aus Kübeln Wein saufen, und die liebe
Sonne soll's sehen und überm hellen Himmel, mit uns vor Freude
jauchzen.»

Seht, so hab' ich gesungen! Ist das nicht schön? Mit solch
einem herzbrechenden Liede hätt' ich wollen Tiger auf ihren Jungen
zähmen und Steine zum Greinen bewegen. Aber ihr sollt es hören,

wie übel einem in dieser Welt gelohnt wird. Kaum war ich mit
Singen fertig, flog mir seitwärts ein Holzapfel wider die Nase;
schnell dreh' ich den Kopf um und sag': Ei! Da steht euch die
Nymphe Persina in ihrer Quelle und lacht, setzt dann ihren Fuß
aufs Blumenbord, lacht wieder und ruft: «Mopsus, dein Lied
hat mich gar sehr gerührt!» Aha! dacht' ich, hab' ich einmal das
rechte Fleckchen troffen? spring' flink auf, lauf hinzu und will sie
haschen; aber wutsch! ist sie mir die Finger durch, steht oben auf
dem Felsen, aus dem ihr Wasser springt, ruft: «Herauf, Mopsus,
du Fauler!» Ich ließ mich das nicht zweimal heißen, könnt ihr
wol glauben, klettert' wie ein Blitz hinauf; aber kaum bin ich dro=
ben, wutsch! ist sie wieder unten in ihrer Quelle und winkt mir
herab. Ich hinunter. Aber was soll ich lang' sagen? So trieb
sie's bis zwanzigmal, daß sie mich auf= und abspringen machte. Ihr
mögt es leicht denken, so artig auch das Spiel war, verdroß mich's
doch zuletzt. Ei, rief ich, Nymphchen, du bist nun drunten, ich
oben; warum bleibst du nicht? Oder wenn dir's darum ist, komm
zu mir herauf! «Ei komm doch!» rief sie und ließ sich der Länge
nach ins Wasser plumpen; «komm doch, Möpselchen, mein Böckchen!
Geh, spring' herunter auf meinen Rücken, wenn du's Herz hast!
Sieh, will dir so liegen bleiben!» Und indem sie mir so zurief,
hebt sie ihren milchweißen runden Rücken aus dem Wasser hervor,
daß mir's ganz fromm ums Herz lief und mir die Seele im Leibe
herumtanzte wie eine Goldmücke. Wie der Blitz werf' ich meinen Man=
tel hin, spei' in' die Hände und thu' einen gewaltigen Satz. Aber
— o die verfluchte Hexe, die mich so gewaltig verblendet! — statt
auf ihren milchweißen zarten Rücken zu fallen, lieben Brüder, wohin
ich so meisterlich gezielt, fall' ich über Hals und Kopf in einen
stachelichen Brombeerstrauch, so tief, daß sich über mir der gestirnte
Himmel verschloß. O mir Armen! Da stand euch noch die ver=
fluchte Zauberin — daß sie im Orkus noch dafür gepeinigt werde!
denn mein Treu, ich liebe sie jetzt gar nicht mehr —, stand euch
noch, ruft höhnend, indeß ich mit tausend Schmerzen in ein so
stachelich Netz verwickelt lieg', zu mir in Busch herein: «Komm
doch, Möpselchen! Will dir einen Schmatz geben, hast gar meister=
lich gesungen!» — Ei, daß du im Styx lägst, du abscheuliche Brut!
Hätt' ich dich nur! rief ich halb rasend, langte mit der Hand nach ihr.
Aber sie sprang lustig davon, ohne sich meiner nur zu erbarmen.
Und ich wäre gewiß vor Kummer und Elend verschmachtet, hättet
ihr, lieben Brüder, euch nicht meiner treulich erbarmt und mich
herausgezogen.

Aber will sie nun fahren lassen. Fahre hin, du stolzes Herz!
Hört ihr's? Jetzt soll mir jeder von euch schimpfliche Lieder auf
diese höllische Nymphe machen. All' will ich sie dann auswendig

lernen und den ganzen Tag auf jenem Felsen dort ihrer Grotte gegenüber absingen, und schimpfen und schmähen und schreien, daß es das ganze Thal hört.

---

## Zweiter Gesang.

---

Also der Satyr Mopsus, sein Herzeleid klagend. Und nun heult er von neuem, indem er das Blut von seinen zerkratzten Armen streicht. Die Hälfte seiner Zuhörer heulen vor Mitleid herzlich mit ihm; die andern lachen überlaut über die gräßlichen Gesichter, die der Satyr im Heulen schneidet; doch alle entbrennen in Zorn gegen die Nymphe, die so grausam ihrem lieben Mopsus mitgespielt. Auf fahren sie und schwören und lärmen, wollen in der ersten Hitze ihre Grotte zerstören und ihre Urne versenken. Und ergrimmt fahren alle zur Höhle hinaus: ähnlich einem aufgereizten Schwarm von Hornissen, denen von ungefähr ein junges Kind zwischen moosigen Wurzeln das Nest zertritt, die dann hervorbrummen in dichter Zahl, vor Wuth pfeifen sie, giftig schwellen ihre Leiber und ihre Schwänze stacheln die Luft, zum Zerfleischen versammelt fahren sie schwarz daher; Hund und Heerde fliehen darob, und die erschrockene Hirtin eilt und rettet ihren schlummernden Säugling. Also wüthig stürmen, mit Stäben und Steinen bewaffnet, die Knaben und Mopsus voraus. Und gewiß hätten sie die Thorheit begangen, die unzerstörbare Grotte bestürmt, die, von Jupiters Winke auf Briareus' Nacken gegründet, mit Vulcan's undurchdringbarem Erz umschmolzen ist, und hätten sich neue Schande und Strafe dadurch erworben: hätte nicht Myron, der schlauesten und gescheitesten Hirten einer, sie mit diesen Worten zurückgehalten: „Wohin, Vater Mopsus? Ihr Jungen, wohin? Seid ihr rasend, oder habt ihr nicht mehr Nachsinnens als die dummen Thiere, die Jupiter alles Verstandes beraubt? Was wollt ihr Narren anfangen? Meint ihr es mit Göttern aufzunehmen? He? und wenn die Nymphe ihre Felsthür verriegelt, die schwerlich Neptun aus den Angeln reißt, sagt, was wollt ihr Ohnmächtigen dann? Zurück! sag' ich. Schämt euch! Und du, alter Bursch! Steckt in deinem Horn und Bart nicht mehr Verstand? Sei nicht thöricht und hör' meinen Rath an, der gewiß aus treuem Herzen fleußt. Was nützt Schimpfen und Toben hier? Nichts; du behältst deine Wunden, und je mehr du lärmst, je mehr wird man über dich lachen; denn ein getroffener Hund, sagt man, bellt am ärgsten. Das Gescheiteste ist, wir schweigen ganz still. Der Abend ist bald da; verweilen wir hier, bis es ein wenig dunkler wird, und lauschen dann der Nymphe auf. Jetzt sitzt sie noch wie gewöhnlich bei ihren Schwestern im Thale; unter dicken Kastanien, die einen kleinen See umschatten, kommen sie dort zusammen, spielen und baden, wenn der Tag heiß wird, oder wirken und umsticken goldene Gewänder mit Florens holder Nachkommenschaft; indeß die eine goldene Fäden zwirnt, die andere bemüht ist, die Nadel zu führen, singt die dritte oder flicht sich ein Band in die Haare; andere sitzen und horchen auf Märchen und wunderbare Abenteuer der Götter, oder lassen sich die gute Wahrheit sagen und befragen sich, wie lang' die eine oder andere noch Jungfrau zu bleiben gedächte und was diese oder jene für einen Gemahl bekäme; was Alter, Farbe und Haar. Lachen und scherzen da untereinander. Wenn sie nun beim Abendstern voneinandergegangen, Persina in ihre Grotte heimgekehrt, wollen wir uns dort unter Büsche und Wurzeln verstecken, bis sie ihre goldene Arbeit aufgehangen, zum Nachtmahl ihren Tisch bereitet, das halb aus Früchten und Milch und halb aus Ambrosia besteht, so viel die Nymphe Göttliches und Menschliches an sich hat. Dann trittst du, Mopsus, hervor, sitzest wieder auf den nämlichen Platz, wo du heut' gesessen, singst und spottest recht schimpflich über die Nymphe, daß sie dann etwa auch scheltend aus ihrer Höhle tritt; dann wollen wir im Dunkeln über sie herfallen, sie an ihren fliegenden Locken festhalten. Anders sie zu bändigen, ist keinem Gott möglich, geschweige uns. Dann wollen wir sie an einen Baum festbinden und sie so lange da aufhalten, bis du dich nach Herzenslust an ihr gerächt hast. Sagt, wie gefällt euch dies?"

Dieser Rath gefiel nun allen und Mopsus absonderlich. „Guter Myron", sprach er, „ich will alles thun; aber das sag' ich dir zum voraus, und keiner red' mir ein Wort dagegen, oder ihn soll Cerberus beißen: haben wir die listige Nymphe einmal, dann wollen wir sie rechtschaffen anbinden. Hab' nur noch ein Tröpfchen Kräfte; aber ich will's gern dranstrecken, mich an der gottlosen Hexe zu rächen."

Also Mopsus. Und die Knaben bringen nun große Humpen herbei, füllen sie aus vollen Schläuchen; dann gießen sie in schöngeschnitzte Pokale ein und lassen die herumgehen, sprechen dem alten Satyr Muth zu und suchen durch mancherlei lustige Gesundheiten sein trauriges Herz zu erfreuen. Zuerst nimmt der wollhaarige Cebes den Becher und spricht: „Beim Amor, der auf diesen Henkel, den Bogen spannend, geschnitzt ist, Mopsus, vergiß allen Kummer, laß deine starrköpfige Nymphe Persina mit all ihrer Schelmerei; es gibt ja der Dirnen noch viel. Glück zu, alter Freund! Ich wollte, du müßtest des alten Oceans silberfüßige Töchter alle beschlafen; versteht sich, eine um die andere." Und Mopsus

spitzte die Ohren und schmunzelte darob. „Ja", spricht ein anderer,
„und daß du eine Heerde Buben mit ihnen erzeugtest, alle groß
und stark wie die jungen Esel." Und der Satyr nickt und bedankt
sich gar freundlich. „Gefallen dir die Nereiden nicht mehr", ruft
ein dritter, „Vater Mopsus, so wünsch' ich dir gern König Atlas'
goldfreundliche Töchterchen, die mit goldenen Kämmen sich kämmen
und über Rosen trippelnd goldene Aepfel schaukeln; kannst sie
nehmen, wenn sie dir gefallen." Und Mopsus spricht: „Ja hätt'
ich sie nur!" Und nun ergreift Myron den Becher und spricht
lächelnd: „Beim süßen Augenblicke, Mopsus, da du in den Strauch
fielst! Närrchen, wem das Glück wohl will, zu dem kommt's im
Schlafe. Traun! du bist dazu ausersehen, noch ein berühmter Liebes-
held zu werden. Betrübe dich nicht! Die Sonne geht auf und
unter; man muß das Böse mit dem Guten genießen. Siehst du!
heunt lagst du in Dornen, wer weiß, ob du morgen nicht . . ."
Und nun trinkt der Knabe. Aber der Satyr ruft: „Red' aus,
Myron; denn das Beste kommt nach." — „Freilich", ruft Myron;
„heunt lagst du in Dornen, wer weiß, ob du nicht morgen auf
Disteln liegst! Trink, du Alter! Mein Treu! ich gäb', ich weiß
nicht was, darum, wenn ich dich noch einmal so im Dornbusch
liegen sähe — versteht sich, selbander; du merkst's doch? so mit
einer . . . . tausendjährigen runzelreichen Sibylle! Was denkst du?
He? Und ein schöner Schwarm Wespen summsten dir ein Braut-
lied auf! Ha ha ha!" Alle Knaben lachen nun herzlich; und
Mopsus, unwillig, wollt' eben dem Wünscher einen Becher ins Gesicht schmeißen, als Myron ruft: „Der Abendstern ist da! Mopsus!
Ihr Knaben! Laßt uns eilen!"

Und nun brechen alle auf. Wie ein gescheiter Rabe, von ungefähr mit einem Trupp Staaren vergesellschaftet, über einen Weinberg fliegt; sie alle, die kleinen Vögel, fallen sorglos gierig herab,
die süße Aezung zu suchen; er allein sitzt erst auf einem hohen Pfahl
und dreht sich und guckt überall herum, daß ihn keine Gefahr be-
falle: so schaut sich Mopsus auf dem Felsen um, da alle Knaben
schon versteckt sind. Eben war die Nymphe Persina in ihre Höhle
zurück; am Eingang ihrer grünbeschatteten Wohnung legt sie ihre
Arbeit wieder auseinander, beschaut noch einmal, was sie den Tag
über Schönes gemacht; froh und erfreut über ihre Geschicklichkeit,
steht sie davor und wählt in ihrem Herzen, welcher Göttin sie ein
Geschenk damit machen wolle, ob der Juno oder Ceres oder einer
von den Charitinnen. Ein schöner Purpurmantel war's, auf den
sie gar artig Amorn gestickt, wie er in der Blumengöttin Schoße
liegt, und wie Flora einem neben ihr knienden Zephyr, der ihr das
Blumenkörbchen hält, thauvolle Hyacinthen abnimmt, sie muthwillig
über den nackten Schlummerer sprengt, daß er erschrocken mit beiden

Aermchen auffährt, darob seine kleinen gaukelnden Brüder lachen;
und so schön hatte sie Amor's Furcht und die Freudigkeit seiner
kleinen Gesellen ausgedrückt, daß man geschworen hätte, man höre
den artigen Buben hell auffahren, als ihm ein kühl Thautröpfchen
in den Nabel fiel. Auch die Nymphe sprang, da sie von ungefähr
ihre Augen wieder daraufwandte, selbst, Hei! schreiend, zurück und
lachte hernach aus vollem Munde.

Und nun, als sie ihren Mantel lange genug betrachtet, hängt
sie denselben an einen kostbaren Haken auf, schwenkt dann silberne
Schalen und bereitet aus himmlischen Urnen ihr Nachtmahl. Als
sie nun so sitzt und genossen und eben im Begriff ist, von ihrem
schimmernden Gürtel die Sister zu knüpfen, um in die goldenen
Saiten zum Zeitvertreib ein Lied zu singen, gaben die Knaben dem
hinten wartenden Satyr das Zeichen. Langsam hinkt er hervor,
setzt sich auf einen Eichenstrunk nieder und fängt also über die
Nymphe schimpflich zu brüllen an.

„Die Katze maust gerne. Ei gewiß, du magst mir eine feine
Jungfrau sein, Quellennymphe Persina du! Mit dem Hesper
schleicht ein Jüngling in deine Grotte; wo liegt er, bis der Phos=
phor kommt? Auf Steinen gewiß nicht; das glaub' ich wohl.
Wollt's einem gleich sagen, wo. Wollte mich nur jemand drum
befragen. Will doch nur sehen, wo das all hinaus will, o du
gottlose schändliche Nymphe du! Du Igel, die sticht und beißt und
mich so gewaltig in dein Netz verstrickt! Ja, du bist mir eine
keusche Dirne! eine keusche Nymphe, du! Meinst, ich hab' dich noch
lieb? Aber lieg' du nur wacker bei deinem Knaben drinnen; wann
die Nuß zeitig ist, fällt sie von selbst, was braucht's da Schüttelns?
Lieg' du nur wacker zu! sag' ich dir; will dir hernach auch den
Reihen bringen. Meinst du, das soll mich verdrießen? Ei, was
liegt mir daran, lägen auch ihrer zwanzig bei dir! Aber hab'
einmal meine Freude dran, hier zu sitzen. Heisa! wie gut ist's
doch hier bei meinem Schlauch!"

Nun hält Mopsus ein wenig inne, fragt ganz leise: „Hab' ich
gut gebrüllt?" Und die Knaben zischen aus dem Gesträuch hervor:
„Besser noch! Mehr noch! Sie hört's." Da räuspert sich der
Satyr und fängt wieder von neuem an.

„Wahrhaftig, jetzt hör' ich gar pispern, küssen, daß es schmatzt.
Ja, ja, so ist's mit den verschämten Quellenmädchen; am Tage thun sie
so keusch, so keusch wie wankendes Schilf, das auch vor dem gering=
sten Windhauch sich zurückbiegt; aber nachts — nachts fallen sie,
wie reißende Wölfe in eine Heerde, auf die Jünglinge los und
schleppen sie mit in ihre Höhlen.

„Pfui tausend! wie mag man sich so aufführen! Pfui · tau=
send! wie mag man nur einen Mund küssen wie dieser garstigen

Nymphe Perſina ihren! Die iſt das häßlichſte Ding, das unter der
Sonne lebt. Pfui, um alles, alles nicht! Ja, da käme mir einer
recht, der mir ſo etwas zumuthen wollte; mich peitſchen laſſen aufs
Blut wollt' ich lieber, mein Seel'! als dieſe Quellennymphe Perſina
nur einmal küſſen. Lieber wollt' ich des Cerebus Rachen ablecken
als ihren abſcheulichen Mund. Heißt wol: Küſſe glitſchen ſo ſüß
von Mund zu Mund wie Honigthautröpfchen in einer Roſe von
Blatt zu Blatt; aber bei ſo einer! Ei, ich wollte die Knotteln an
meinem Ziegenfuß nicht einmal drumkämmen, ließ' ſie mir auch
von ihren Kußmäulern tauſendweis, wie Feigen in einem Sad, zu=
kommen. Ja, ich kann andere Mädchen haben, andere, als ſo ein
mageres Ding! Mädchen wie die Kürbiſe, mit lichten Augen wie
die Gemſen! Mit denen will ich mich ergötzen; das will ich, die
ſollen Freude haben! Ja, ja, die dürfen ſich an des alten Mopſus
Schulter hängen, ihre weißen Arme um meinen Hals ſchlingen, mir
im Bart krabbeln, meine Naſe zwicken, und herzen und küſſen, ſoviel
ihnen lüſtet. Hörſt du's drinnen? Merkſt du's? Meine Hörner
ſollen ſie mir dann mit Blumen behängen, ha ha ha! mir die Wan=
gen ſtreicheln, ha ha ha! mich kitzeln, eine da, die andere da; und
ich will ſie wieder dafür mit Roſen peitſchen, ha ha ha! und im
Krabbeln meine Backen aufblaſen, ha ha ha! die Beine auseinan=
derſtrecken und meinen Bauch herausdrücken, ha ha ha! die Augen
verdrehen und mit Fleiß lachen, als ob mir's wunder gefiele, ha
ha ha! Und du ſollſt dann allein in deiner Höhle ſitzen, ha ha ha!
all dem Wohlleben zuſehen und vor Herzeleid dich todt härmen, ha
ha ha! und ich will noch darüber lachen, ha ha ha! mich von Her=
zen darüber freuen, ha ha ha! — ha ha ha!"

So ſchmähte der alte Mopſus und lacht' immer länger und
mehr. Aushalten kann es die Nymphe nicht länger; ſachte ſchleicht
ſie herbei und gießt dem Satyr ein großes Becken mit kaltem Waſſer
über den Rücken. Erbärmlich heult er darob; und die Knaben rau=
ſchen hervor. Zurück will die Nymphe in ihre Höhle; aber an ihren
langen ſchwebenden Locken erhaſchen ſie die Knaben und befeſtigen
ſie damit um die knotigen Aeſte einer Eiche.

## Dritter Geſang.

Noch ſingen die Knaben, frohlocken um die angebundene Nymphe,
ſpotten und ängſtigen ſie, indem ſie ſich untereinander befragen, wie
und was ſie mit der Nymphe jetzt anfangen wollen, als Mopſus,

das Wasser vom Rücken schüttelnd, ihr also zuschreit: „Haben wir dich? Bübin! Haben wir dich nun? Wie steht's nun, he? Wie ist's nun? Meinst du, daß mir warm war im Dornbusch, wie du mein gelacht, als ich mein jung frisch Blut vergoß und ich vor Schmerzen dir zugeheult, dich um Erbarmniß bat? Und du lachtest mein und rieffst: «Lieg' warm!» Wart', wart'! Will dich bewarmen, will dir's nun eintreiben! Geht, ihr Knaben! Hört ihr's? Eilt alle! Bleib keiner zurück! Holt Fackeln herbei! Weckt alles! Wir müssen ein Tänzlein halten. Will indessen hier im Gesträuch etliche Gerten dazu schneiden; denn gezüchtigt muß sie sein nach aller Ordnung! Das ist nicht mehr als billig!"

Also der Satyr. Und die Knaben laufen alle davon, einer hier=, der andere dorthinaus. Als nun die Nymphe den alten Satyr allein sieht, fängt sie ganz bitterlich zu weinen an, um etwa sein Herz zum Mitleid zu bewegen. „Pfeifst du nun so, Vögelchen?" spricht Mopsus, indem er eine Gerte ablaubte; „pfeifst du so? Wart', wart', ich will dich .... Nein! Gehauen mußt du mir werden! Das kann nicht anders sein." Dann tritt er vor sie hin, zerrt ihr den Schleier vom Busen, reißt ihren schönen Gürtel los, befiehlt ihr, sich herumzudrehen, damit er sie rechtschaffen treffe. „He?" schreit er; „gelt, du meinst, ich soll dein schonen? Dein schonen, he? Dein schonen, du? daß du hernach meiner Treuherzigkeit bei andern lachen könntest. Hol' dich ... Nichts, Jungfer! Du liebst mich nicht? Wohl, wohl! Darum sollst du mir auch gehauen werden; davon soll dich Jupiter selbst und dein Großvater, der blaubärtige Neptun, nicht befreien. Gelt, meinst nicht, daß ich auch Fleisch und Blut habe, gelt?" Indem er noch so scheltend der weinenden Nymphe gegenübersteht, tritt aus finsterer Wolke der Mond hervor, beleuchtet mit seinen Strahlen die weinende Göttin. Erschrocken sieht sie der Satyr, sieht das Wallen des Busens, der ängstlich steigend sich hebt; und an ihrer verschämten Wange blinken helle Thränen, die sanft aus ihrem halbgeschlossenen Auge herabschmelzen. Verstört blickt der Langohrige umher, da ihn das Mädchen also flehentlich um Mitleid beschwört. „O beim Jupiter, Mopsus: habe Mitleid mit mir armem Mädchen! Verzeih' meiner Jugend! Knüpfe mich los, daß ich vor dir niederfalle und flehentlich deine Knie umfasse! O, bei meiner Mutter beschwör' ich dich, die, den eifersüchtigen Zorn eines Gottes fliehend, mich kaum Geborene in dieser Höhle wilden Thieren zum Erbarmen hinterließ, die mitleidig vor meiner Unschuld ihren Grimm vergaßen und mich nährten und zärtlich meine Ammen wurden. O sei du nicht grausamer als sie! Höre mich! Sieh mich an! Sieh meine Thränen! Ach, ich verzweifle! Ach, ich sterbe vor Scham, wo du mich nicht lösest und mich so entblößt

die vielen muthwilligen Knaben hier finden!" So sprach das
Mädchen. Und ihre Stimme bewegte des alten Satyrs Herz.
Vor Mitleid fällt ihm die Gerte aus der Hand, da er des Mäd=
chens sanfte Bitte hört. Steif und stumm steht er, und indem
ihm gleichfalls die Augen tropfen, zieht er ein krummes Maul und
heult von Herzen mit. „So geht's, gottlose Hexe! Gelt! Warum
hast du mich nur so grausamlich martern müssen? Gelt, wenn ich
dich losließe! Geh, geh, 's wäre kein Wunder, ich zög' dir's
Fellchen ohn' Erbarmen ab! Betrügliches Kind, du! Ja, los=
lassen will ich dich wol, meinetwegen! Aber dann kommen mir
die Knaben auf den Hals. Sieh, hättest du mich nur liebgehabt,
mein Lämmchen, so wäre jetzt alles gut! Sag', willst du mich
denn liebhaben? Versprichst du mir's? He? Komm! Schwör'
mir herzhaft darauf, daß du mich künftig liebhaben willst; ich
binde dich dann los, mögen auch die Knaben mit mir anfangen,
was sie wollen, mögen sie mich auch todtschlagen! Beschwör's nur
recht kräftig, daß es künftig immer wahr bleibt, daß du mich recht
herzlieb haben willst. Willst du, sag', willst du?" — „Ei gern!"
rief die Nymphe, „herzlich gern!" Und beschwor's bei allen Göt=
tern des Himmels und der Hölle, bei allen Flußgöttern und den
Göttern der Luft, daß sie ihn künftig recht herzlieb haben wolle.
Dann gibt sie dem schmollenden Ziegenfüßler einen Schmatz, daß
er vor herzlicher Freude laut aufjauchzt. Nun bindet er sie in
aller Herrlichkeit los. Aber die Knaben kommen und schreien:
„Was machst du? Warum läßt du sie los?" bringen herbei und
umringen den Felsen, auf den sich das Nymphchen gerettet, und
wollen sie von neuem fangen.

Aber Mopsus schreit gewaltig und hebt beide Hände in die
Höhe: „Wollt ihr ruhen? He! Ruht doch! Wir sind wieder
gute Freunde; sie ist meine Braut und ich ihr Liebchen. Ich kann
ihr ja alle Dornstiche verzeihen. Gelt du, mein Eigenthum?"
Zugleich löst die Nymphe ihre Goldzister vom Gürtel, verspricht
den Knaben Gesang. Da werden alle fröhlich, stoßen ihre Fackeln
aus und lassen sich um den Felsen herum im Mondglanze nieder.

Und nun die Göttin! Die goldenen Saiten erklangen prächtig
erhaben nun; bald schauernd wild wie des Waldgipfels Murren,
wenn ihm Stürme die Locken zerreißen, gepeitscht vom gewaltigen
Donner; bald schwer wie der Mitternacht Getön, deren melancho=
lischen Laut einzusaugen, Gespenster auffahren und Verstorbene
erwachen aus modernden Träumen; bald zärtlich süß klagend, dem
Gegurgel der Nachtigall ähnlich, die von Quellen den Frühling
lockt, wenn er zu lange verweilt und Flora, hyacinthengekrönt,
unter Mandeln seiner erwartet.

Zuerst sang sie die Grotte, wo der greise Saturnus nicht, mit

ihren Hütern, Geburt und Tod; im Morgen- und Abendroth
dämmern und schlummern beide, und der lichte Fluß des Lebens
schlägt an ihre ehernen Sohlen. Dann den Drachen Chaos,
wie der gewaltige Zeus über ihm lag; siegjauchzend umflicht
er des Fürchterlichen Schuppenhals, daß er umsonst stürmende
Flügel schlägt; sie sinken und steigen, bis überwunden der
Scheußliche kreischt und nun aus seinem schwarzen Rachen aus-
speit die lichte Sonne, und von des kräftigen Gottes Armen
niedertropfen die Sterne des Himmels und Orion und der Wagen.
Dann die Geburt der Welten, und wie Prometheus Menschen
gebildet, und wie aufschwollen zum ersten Strahl neugeschaffen
die Hügel, grottenreiche Gebirge und grüne Klippen der Fichten
und der Tannen. Dann die Grotte der Sirenen und ihren
himmlischen Gesang; auch den taumelnden Bacchus, der siegreich
um Indiens schneckenreiches Ufer hinzog; das Geklapper der Muscheln und der Hörner Schall in den Jubel der Meernymphen, auf
Walrosse gebunden und umschlungen vom rasenden Chor. Dann
der Centauren würgendes Lied, Gejauchz' der Streitenden und der
Sinkenden Schall. Und nun vom zärtlichen Orpheus, der, ach! von
Liebe geleitet, stygische Nächte durchdrang. Hingesunken am glühenden Ufer strömt sein kläglich Lied, furchtbar schön klang's ins Geheul der Verzweiflung, eine Musik, Sterbliche zu entsinnen und
Seelen im Schauer aufzulösen; die Götter selbst haben noch keine
widereinanderstreitendere Harmonie gehört; bis allgemach sein sanfter Ton die Verzweiflung ganz bezwang, hingesunken zu seinen
Füßen der wedelnde Cerberus entschlief, stillsteht im rothen Ufer
der flammenwälzende Acheron, und Geheul und die Angst sich
legen, und innehalten alle Räder der Verdammniß, der Wuth;
daß mitleidig sich küssen die Schlangen auf der Erinnys schrecklichem
Haupt, und sich vergessen und all' ihren Jammer die Verdammten
und all' ihre nagende, nagende Qual. Herab rinnen nun allen
die Thränen, als der göttliche Sänger sie also um Mitleid fleht:
„Gebt mir sie, ach, gebt mir sie zurück, meine Eurydice! O, wenn
ihr auf jener Welt je geliebt, je die Angst, die zärtliche Angst ge-
trennter Liebe empfunden, o, so erinnert euch, durch all' eure Mar-
ter hindurch erinnert euch, bejammert mich, wie ich euch bejammere!
Möchten sich, ach, möchten sich die Götter eurer so einst erbarmen!
Denn lange ist die Ewigkeit!" Gerührt stehen nun alle, denken
zurück an die Oberwelt, die sie verlassen, und an ihre Freunde und
Geliebten, und wie sie sonst im grünen Thal und Sonnenschimmer
und an Quellen und Silberströmen sich ergötzt und gelebt und
geliebt und glücklich waren. Und die Thränen stürzen ihnen
schneller. Dann ihren jetzigen grausamen Zustand: wie sie nun
hoffnungslos ewig, ewig dulden und schmachten und nimmer,

nimmer ein Ende sehen. Und mit Blutblicken, mit knirschend emporgerissener Brust heulen nun alle im fürchterlichen Chor auf: „Ja, lange, lange, o Ewigkeit! O ihr Götter, erbarmt euch unser!"

Dann von Neptun's väterlicher Liebe, als er die schönsten Götter und Göttinnen beschwor, sein geliebtes Söhnchen, den artig gezogenen Polyphem, zu besuchen. Auf glänzenden Muscheln getragen fuhr der schöne Himmel über Oceans spiegelnden Rücken dahin, und es sangen und klangen die Wogen, als am goldenen Gestade sich die schöne Schar gelagert. Von Klippen herab springt nun der Riese der väterlichen Stimme entgegen; wohlgezogen reckt er zum Gruß gegen den Vater die Zunge und zupft ihn bei der Nase; dann säuft er in einem Zug einen ungeheuern Becher aus, stellt ihn vor sich nieder und zieht aus seinem Ranzen einen jungen Büffel, den er mit einem Faustschlag niederwirft und mit Haut und Knochen auffrißt. Also mit Blut beschmiert tanzt er und schäkert, die Göttinnen zu küssen, und indem er sich seitwärts bückt, die geschmeidige Venus zu haschen, dreht sie sich lächelnd weg, und der Ungeheuere schlägt nieder, daß von seinem Fall das ganze Gebirge erschallt und Silen's Esel, schreiend, mit den Vorderfüßen in den ungeheuern Weinbecher setzt und seinen dickbäuchigen Reiter in den Koth wirft.

Dann von der klagenden Meernymphe Cymodoce, die, vergeblich in den blaubärtigen Proteus verliebt, Hülfe suchend zu Amor's lieblicher Grotte kam. Mit zerstreuten Haaren und nackten Füßen trat sie in die duftende Wohnung ein, wo der kindische Gott an seiner schönlockigen Mutter Busen lag. Thränend sitzt sie zur Erde nieder, verhüllt mit ihren Händen ihr Angesicht und weint überlaut. Umsonst, daß sie Venus bittet, ihr Herz zu erleichtern und ihren Kummer vor ihr auszuschütten; denn es schien, daß die Nymphe viel Trübsal in ihrer Seele verschlösse, und Thränen rannen durch ihre kleinen Finger die weißen Arme herab, bis die freundliche Göttin beim Styx und bei ihres machtvollen Sohnes Bogen schwur, ihr zu helfen und ihr beizustehen wider jedes Gottes Gewalt. Da erhebt sie sich und trocknet mit ihren Haaren ihr nasses Angesicht, und indem sie den schönen Amor schmeichelnd mit der Linken umschlungen auf ihre Knie hinsetzt und mit der Rechten des Oceans süßeste Früchte und farbige Muscheln zum Spielwerk in seinen Schos aufhäuft, lehnt sie schamhaftig ihre Stirn an seine Schulter und fängt, oft von Seufzern unterbrochen, ihm also bitterlich zu klagen an. „Sollt' ich nicht weinen, trautes Kind, da ich durch die Grausamkeit des unbarmherzigsten Gottes, der, ach! meiner getreuen Liebe so zuwider ist, sowol dich selbst als deine unvergleichliche Mutter, die dich schönen Knaben zur Welt brachte, so tief

verachten sehe! Ach, mein Herz blutet! O wüßtest du, wie lange
ich schon der Liebe wegen dulde! Denn wie sollt' ich dir schönen
Knaben, der du ein Gott bist und mir allein nur helfen kannst,
länger meine Liebe zum alten Proteus verbergen? Ach! Ach!
Mit der Morgenröthe steig' ich vom blauen Meer auf und sitze an
seiner Grotte den ganzen Tag über, bis die schwarze Nacht vom
Himmel sinkt, schmachte und schaue nur nach ihm. Ach, und so unempfindlich ist er — o, es durchschneidet mir das Herz, wenn ich
nur daran gedenke; denn was thut einem jungen Mädchen leider
als verachtete Liebe? — so unempfindlich ist er, daß er mich nicht
einmal anblickt; den ganzen Tag läßt er mich einsam sitzen, ohne
nur einmal zu fragen: woher? oder: Nymphe, warum weilst du
so lange? oder sonst durch eine holdselige Rede meiner Blödigkeit
zu Hülfe zu kommen, das mein schmachtendes Herz erquickte. Nein,
das thut der Grausame nicht! Herum geht er lieber, singt und
freut sich seiner Künste, die tausendfach sind; verwandelt sich nach
seinem Gefallen in was er will. Bald zieht er als eine Schlange
mit seinem Schweif ein goldenes Rad in den Sand, indem er die
glitzerige Brust zur Sonne sträubt und mit geschwinder Zunge ihre
scharfen Strahlen spaltet; oder er hängt als ein grauer Meerrabe
an schroffer Klippe und schreit herab ins Thal. Wenn ich ihn dann
so verwandelt sehe, geh' ich, mich weniger schämend, herzu, rede,
daß er alles vernehmen kann, von meiner unglücklichen Liebe zum
alten Proteus, und wie und wo ich ihn zuerst gesehen und geliebt,
beim Tanz der Nymphe Galatea, wo er als einer der flinksten Jünglinge mir mein Herz stahl. Aber, o mein trautes Kind, das alles,
alles bewegt ihn nicht; kaum vernimmt er nur meinen Seufzer, so
flieht er sichtbar oder unsichtbar davon. Dann seh' ich ihn nicht
wieder, bis er abends unter seiner Heerde sitzt und melkt. Mit seinem schöngefleckten Meerochsen spielt er dann; denn unter allen
seinen Meerthieren liebt er nur den vorzüglich. Bei ihm in der
Sonne zu sitzen, seine blaue glänzende Mähne zu striegeln und seinen fetten Wampen zu streicheln, denk' nur, gefällt ihm besser als
süße goldene Liebe, und sein scheußlich Gebrüll rührt ihn mehr als
alle meine zärtlichsten Seufzer. Drum mache dich auf, mein streit-
bares Kind! Räche du meine Schmach an diesem grausamen Mann!
O sei mir gnädig und schieße ihn mitten ins Herz, damit er mich
liebgewinne und auch fühle, wie wehe verschmähte Liebe thut. Und
wenn er dann so ein Weilchen gelitten, denn lange wollt' ich ihm
nicht gern Böses wünschen, o so schenke ihn mir! Dadurch, daß
du einer Bedrängten beistehst, verherrlichst du dein Ansehen und das
Ansehen deiner glorwürdigen Mutter, der himmelreinen Venus, die
Jupiter's erhabene Tochter und gewiß die schönste unter allen Frauen
ist." Also die Nymphe. Und nun hebt sie auf ihrer Hand Amorn

zur freundlichen Mutter empor; aber Venus schlägt ihr hold=
selig lächelnd auf die Schulter und spricht: „Betrübe dich nicht,
Cymodoce; du hast ein Wörtchen gesprochen, das mir gefällt; deine
Bitte sei dir gewährt!" Dann langt sie von der Wand Amor's
goldene Geschosse und bewaffnet ihn. Siegfreudig jauchzt der Kleine,
da ihm der pfeilvolle Köcher am Nacken klingt; hüpfend zettelt er
die goldenen Spielwerke vom Schoß, erhascht rüstig den Bogen, und
leicht, wie ein ruchsendes Goldtäubchen, das vom Lilienbusch auf=
fliegt, wohin sich die traute Buhle versteckt, schwingt sich der gold=
besiederte Knabe lachend von der Nymphe Hand auf, davon, durch
die säuselnden Lüfte.

Und letztlich, wie Amor Proteus nun zu überwinden ging.
Lange schlich er dem blaubärtigen Alten nach und zielt und schießt
oft; aber immer vergebens. Denn ehe die sprühende Spitze noch
trifft, verwandelt sich der schlaue Gott in Wasser und löscht die
giftige Glut. Zur List greift nun Amor, der verschämte Schütze,
steigt als ein schöngeflecktes Meerkalb über die blaue Welle empor,
springt dann unter den Meerungeheuern her, die in der Mittagsglut
um die Grotte herumlagen und den schläfrigen Alten in Schlummer
brüllten. Süß blökend tanzt er in muschelreichem Sande, springt auf
und ab, und die ganze Heerde springt verliebt ihm nach. Aengstlich
fährt Proteus, von ungewohnter Stille erweckt, im Schlummer auf;
und wie er staunend alles still findet, entriegelt er schnell die feste
Grotte, läuft mit schwachen Füßen hervor. Im brennenden Sand
leucht und pfeift er und schreit zu spät seine Heerde zurück. „O, ihr
Unsinnigen! wo lauft ihr hin? Ach! kennt ihr euers alten Herrn
Stimme nicht mehr? Wollt ihr mich verlassen, verlassen meine
Grotte, wo so guter Meerfenchel wächst? Und du, mein blau=
mähniger Stier, der du vorangehst, o mein Sohn, dessen strahlende
Locken alle Tage die Meernymphe Cymodoce gestriegelt und mit
bunten Muscheln, mir zu Liebe, behangen, dich geküßt und glücklich
gepriesen, weil ich dich so hochschätze! Ach, deinetwegen wollt' ich
sie ja nicht lieben, weil du mir werther bist als alles in der Welt!
Kehre doch wieder! Ach, kennst du den Verräther Amor nicht, der
dich mir verführt, der dich mir raubt?" So schrie der Gott, keu=
chend am krummen Stabe; und Amor schießt den sich Vergessenden
ins Herz. Heftig schreiend fährt er auf, als er die sprühende Spitze
nun im Herzen fühlt. Aber sogleich verschmilzt auch in ihm des
blaumähnigen Stieres Bild, und der strahlenhaarigen Cymodoce
Lächeln steht hell in seiner lohen Seele; seiner Heerde vergessend,
wirft er den krummen Stab in den Sand hin; eilt, von Amorn
überwunden, zu Oceans Klippen; schnell spaltet er dort die silberne
Woge und schießt verliebt hinab zu Cymodocen's muschelreichem
Palast.

5

Also sang die Quellennymphe Persina. Die Morgenröthe klimmt schon herauf, und Mopsus und die Knaben stehen nun erfreut auf. „O!" schreit Mopsus, „komm herunter, komm herunter, hast gut gesungen, mein Täubchen, komm herunter, will dir's lohnen! Bin kein Proteus, der dich schmachten läßt. Komm herunter, will dir gütlich thun. Ei, daß dich der Kukuk, du liebes Närrchen du! Sag', wann wollen wir denn Hochzeit machen? Kann's nicht gleich den Augenblick sein? Sieh, bin dir so verliebt und ist mir so drum, ums Hochzeitmachen. Geh, sag' doch, soll's morgen oder übermorgen sein?" — „Ja, übermorgen, Mopsus, übermorgen!" spricht die Nymphe: „rüste dich darauf!"

Aber vergnügt, daß sie so dem Satyr entronnen, eilt die Nymphe laut lachend in ihre Wohnung zurück, und Mopsus und die erfreuten Schäfer begleiten sie und klatschen in die Hände.

# Der Faun.

Vom Hügel herunter kam der Faun Molon. Auf seiner Schulter trug er sein erblichenes Weib. Nun legt er sie weinend auf den Holzstoß nieder, streckt schluchzend seine Hand auf ihr Gesicht, seufzt:

„Nun todt! todt du, liebes Weib! Soll ich denn leben?

„Es trauern um dich Hecken und Stauden; alle meine Wein= becher trauern mit mir. Ach, heiliger Bacchus! bin des Kummers so voll, daß ich auch Gebet und Weintrinken vergesse.

„So kommst du denn nimmer zurück! Will von nun an keines Lebens mehr genießen. Nein, will mich lieber wälzen durch Dor= nen, wälzen in heißen Nesseln, als von nun an noch einmal mich erfreuen. An Festtagen, wenn andere lachen, will ich daheimsitzen in meiner Höhle, Wein trinken, so mir Bacchus ferner verleiht; deiner gedenken, lange gedenken, bis der Abend kommt; heraus= gehen will ich dann, hinsitzen, wo deine Urne steht; will betrachten den Lauf des Mondes über Berg und Thal, deinen Namen rufen, weinen, ja weinen, beide Fäuste voll Thränen.

„Das kränkt mich nur im Herzen: was soll ich mit meinen Klei= nen anfangen? wie die Würmchen ernähren, wenn sie ihre Mäul= chen aufsperren, lallen und vor Durst am Däumchen nullen? Oh, du lieber Gott! Oh! wenn der Erwachsene kommt: «Vater, sag's der Mutter doch, daß sie komme, Brüderchen stille»; etwa mein Kleinerer spricht: «Was macht sie draußen so lange, die liebe Mutter? Wo ist sie? Wird sie bald heimkehren vom Feld?» — was soll ich dann sagen? was? Gern gäb' ich mich dem Wolfe preis, Antwort zu ersparen. Gern, ja gern; daß sich Pan meiner er= barme!"

So weint der Faun, wischt mit beiden Händen die Thränen, löst nun von seiner Seite die Weinflasche und trinkt. „Ach, ich halt' es nicht länger aus!" seufzt er; trinkt wieder.

Vom Hügel kommen nun seine Kinder. Die Erwachsenen schleppen die Kleinsten, und die Mittlern kriechen auf allen Vieren nach
und hocken sich um den trauernden Vater, heulen mit; aber er ruft:
„Schweigt! Ich bin noch nicht fertig; danach, danach mögt ihr
Abschied nehmen.“ Nun trinkt er noch einmal, blickt lächelnd auf
sein todtes Weib und fängt freundlich also weiter zu klagen an.

„Weiß Gott! du warst ein muntres Weib; redlich, treu und
an Freundlichkeit gibt's doch wenig deinesgleichen. Will nicht aller
Tugend gedenken, das fräß' mir's Herz ab; aber auch kann ich's
nicht verschweigen, wie gut du warst. Stahlst mir oft Wein, wenn
ich nichts hatte, in Nöthen trocken in meiner Höhle saß; ja, da
genossest du nichts, wovon ich nicht auch einen Theil bekam, hättest
du's auch müssen heimbringen im Munde.

„Kam einmal Maienfest. Unser Vieh war an der Seuche gefallen, alle unsere Schläuche leer. Wir sind nicht der reichen
Faunen, die Bacchus weidet, also daß sie liegen mit fettem Rücken
auf seinem Füllhorn und wollüstig hinabbaumeln ihre Füße ins
Weinfaß. Wir hatten nichts zu nagen und zu beißen, und sollten
doch lustig sein drei Tage lang. Was war zu thun? Da gingst
du hin — ach, in meinem Leben werd' ich's nicht vergessen! — gingst
hin, du liebliches Weib du, hingst einen großen Rückkorb auf meinen Buckel, bandest Schellen an meine Hörner, um meine Brust
ein Ziegenfell; Gras und Kräuter zogst du über mein Gesicht, daß
sie herabfielen auf meinen Bart von vielfarbigem Moos; du aber
triebst gar artig, auch im Gesicht bemalt, triebst du mich mit einer
langen Gerte vor dir her, riefst laut: «Ich komm' aus Bambel-
bumbe, Bambelbunde! Wer will gute Wahrsagung? Ihr Mädchen
kommt, theilt mit, was euer gutes Herz vermag, und ich will in
artlichen Reimen was Schönes prophezeien, jeglicher, nachdem sie
reichlich gibt.» Vor jeder Höhle mußten wir nun halten. Noch freu'
ich mich darüber, wenn ich nur daran gedenke. Was flogen da
Butter, Käse, Mehl, Honig und Kürbis in meinen Korb! Also
reichlich, daß ich fast darunter zu Boden sank. Jedem Mädchen
sangst du dann was vom goldigen Buben und fremden Schäfer
mit Lämmerheerden, weiß, grau wie Holderblüt', und vom Mainachts-
Amor. Deß lachten die Dirnen gar herzlich, sprachen: «Ei! wär's
wahr!» gaben noch Milch und Most darüber, also, daß wir reich-
beladen zurückkamen mit allem, was lieb und gut ist, und wir
schmausen konnten nach Herzenswillen.

„Geh nur hin; es kann dir meinethalben nirgend übel gehen,
daß du Gut's an mir gethan. Hast mir Treu' erwiesen in allen
Stücken, Buben zur Welt gebracht, groß und stark, voll heißer Eßlust, also, daß ich nicht weiß woher nehmen, ihren Gaumen zu
füllen. Dein werd' ich gewahr werden, du Fette, im Schmalztopf

und im Keller: denn du warst nahrhafter als eine Heerde, einträg=
licher als ein Hügel, worauf Schnitter und Winzer ruhen.   Geh
nur hin; magst kecklich dich stellen vor den blinden Richter, nicht
zittern, wenn er dich Kniende erwischt am Wirbel, wenn er aus=
einandertheilt mit schwerem Scepter dein Haar, daß etwa ein süßer
Schauer durch dein Gebein sanft und deine bebende Seele zerreiß'.
Umschlinge dann mit deinem freundlichen Arm sein Knie; bring
ihm meinen Gruß; erzähle, wie viel Knaben du mir geboren, daß er
dir aufhelfe und dich geleite in Elysiums schönes Thal.

„Wenn es sein könnt' — nur noch ein einziges Wörtchen aus
deinem Munde! Ach, wenn du unter Elysiums goldenes Thor ein=
gehst, wirst du auch meiner gedenken? gedenken bei so vielem
Wohlleben?   Ich meine, ich säh's, wie du freundlich einhüpfst,
unter Blumen, ach, den Becher in der Hand; hüpfst hervor nun,
lachst mir, dir scheint das Sonnenroth unter die Nase — halt' ein!
halt ein! daß ich meine zwei krausköpfigen Buben erwische und
hinter dir herspringe!

„So fahr' denn wohl, weil es nicht anders sein kann, liebes,
liebes Weib du! Gedenke meiner, ehe du aus der stillen Quelle
trinkst — hum — grab' meinen Namen in einen Felsen — hum —
daß, wenn ich einst entgegenkomme, dir die Hand reiche — hum
— du nicht zurückgehst, mich allein stehen ließest — hum — das
würde im Himmel noch mein Herz zerreißen!"

So klagte der Faun, bestreute nun die Leiche mit Blumen,
legte dann Wachholder, Thymian und Quendel auf sie; dann be=
trachtet er seine Kinder, die ihm am Gürtel hängen und um seine
Füße herumkriechen.   „Seid ihr alle hier?   Ja, wohl mögt ihr
schreien, liebe Herzen; heult nur, heult!   Ich will nur hingehen,
einen Brand holen und den Holzstoß anzünden; denn der Abend=
thau sinkt schon.   Nehmt alle Abschied von eurer Mutter, ins Dunkle
geht sie, blickt nimmer zurück ins Licht."

Also der Faun.   Erbärmlich heulten nun die Knaben; aber der
älteste sprach:  „Laßt mich zuerst heulen, und ihr danach.   Ach!
daß du fortgehst, liebe Mutter, da die schöne Jahreszeit kommt,
ach! da Vögel Nester bauen, Junge zu hecken, die Weiden in Saft
stehen zu schönen Pfeifen!   Ach! mir möcht' das Herz im Leibe
brechen, daß ich nicht schneiden soll; es ruchsen die Tauben unter
Felsen hervor, im jungen Korn die Wachteln.   Könnt' ich Schlingen
flechten wie du, wollt' sie bald kriegen; ja, ja!   Ach, ich möchte
vor Herzleid sterben mit dir, daß du hinuntergehst im Frühjahr,
sitzen willst im Dunkeln, wohin die liebe Sonne nicht scheint."

„Ei, halt' sie", rief der Kleinere, „halt' sie, Bruder, an der
Hand; heb' mich, bin zu klein, reich' hinauf! Wenn sie nur nicht
vergißt wiederzukommen, morgens und abends, sag's ihr, mir

die Geiß am Horn hält, daß ich unten hinkrieche und am vollen Euter sauge."

„Ja, ja!" schrie der noch Kleinere und purzelte über noch zwei ganz Unmündige, die im Gras lagen. „Hätt' ich nur Nuß und den Apfel! Geh, sag', sie soll aufstehen und mir Nuß und den Apfel geben. Geh! Geh!"

So heulen die Knaben. Schon lodert der Holzstoß hell. Zurück führt nun der Faun seine Kinder. Fern stehen sie, betrachten die fressende Glut und heulen weiter. Langsam geht nun Mitternacht vorüber und seitwärts über der Flamme voll der Mond auf.

# Bacchidon und Milon.

An seiner epheuumwachsenen Grotte saß der Knabe Milon entzückt. Ihm war erst ein treffliches Lied auf den Weingott Bacchus gelungen; das gefiel ihm selbst so wohl, daß er es, weil niemand anders zugegen war, der horchen wollte, dreimal seinen Ziegen vorsang. Eben kam der immer durstige Satyr Bacchidon seiner Höhle zu. Fröhlich nöthigt ihn der Hirt also herbei.

Milon. Wie recht gehst du hier vorüber, Freund Bacchidon! Herein in meine Grotte! Will dir einen Gesang vorspielen, einen trefflichen Gesang auf den Weingott Bacchus. Eben ward er fertig. Soll dir gefallen, gewiß gefallen; ohne mich zu rühmen, es ist mein bestes Gedicht, herrlich! Wirst selbst hören.

Bacchidon. Mit deinem Gedicht! Lärmst du doch, als wolltest du einen zum Schmaus laden. Bin ohnehin schwer und unbeholfen, und du Narr machst mich noch durch die Hitze laufen, daß ich den Athem verliere. Weg!

Milon. Wirst doch nicht so sein, lieber Bacchidon! Wieder fortgehen, ohne meinen Hymnus zu hören! Bleib doch, wird dich nicht reuen. Ich hab' mir alle Mühe gegeben, was Gutes zu machen; auch läßt es so schön, wenn ich ihn spiele.

Bacchidon. Still, still! Uh! du flammender Hundsstern!

Milon. Danach hätten wir uns fröhliche Stunden gemacht, wacker gezecht; habe meinen Schlauch weidlich mit frischem Most gefüllt.

Bacchidon. Ah, so!

Nun heiterte sich des alten Satyrs Stirn auf, als er vom Most hörte. Weiter sprach der Knabe zu ihm: „Willst du horchen?"

Bacchidon. Freilich! Laß doch einmal hören, was du Gut's gemacht.

Nun saßen beide auf das Moos nieder. Bacchidon lehnte

seinen zottigen Bocksfuß auf ein zerbrochen Stück Urne, das eben
dalag, sein Haupt und Rücken aber lastet' er an eine grüne
Pappelwand; dann sprach er dem Knaben gegenüber also: „Was
das eine Hitze ist! Was ich dir Durst habe! Sirius tobt ab=
scheulich; ist ein Narr, der Kerl, möcht' uns alle gern rasend haben.
Wohl, mein Sohn, daß du deinen Schlauch wacker geflickt; aber
dreimal wohl, daß du mich zu deinem Schmaus ladest!"

Milon. Sage mir doch, soll ich allein nur singen, oder soll
ich auch mit der Leier dazu spielen?

Bacchidon. Närrchen, mach's wie du willst. Vor allem gib
was zu trinken; ich meine, Lung' und Leber brennen mir ab. Was
das heiß macht! Phu! Ist mir, als trüg' ich den Aetna im Leibe.
So, so, schon gut! Auf dein Wohlsein, pappelbekränzter Freund
Milon!

Milon. Wenn dir's einerlei ist, will ich dazu spielen; läßt
doch immer hübscher.

Bacchidon. Vortrefflicher Wein! Extragut! Extrafein! Mein
lieber Freund Milon, laß dir einen Schmatz geben! Her, sag' ich.
Stärkst meine alten Knochen mit köstlichem Balsam; delicates Gläs=
chen Wein! Verjüngst mich als ein'n Adler.

Milon. Schmeckt er? Je, Bacchidon liebt immer was Feines;
sollst's auch gleich hören.

Bacchidon. Um Pan's willen, wo hast du den Wein her?
Geruch, Farbe aus Cypern. Junge, wer gab dir ihn? Will ein
Schelm sein, wo du ihn nicht dem kahlköpfigen Silen weggemaust,
als er voll unter seinem Esel lag. Ist's so, he? Himmlischer
Wein! Der schleicht die Gurgel 'nunter! Mein Gläschen ist wie=
der leer.

Milon. Traun, er mag gut sein; hat mich auch mein schönstes
Stück Bock gekostet. Aber wenn du ein so großer Becherheld bist
als du rühmst, kannst du mir sagen, was für ein Landsmann?

Bacchidon. Beim Jupiter, ja. Gleich sollst du's hören, gleich!
Laß mich nur erst ausreden, das Herz ist mir zu voll. Was ist's
doch eine edle Sach' um ein gut Tröpfchen! Freund, daß uns doch
Zeus einmal zu Genüge gäbe und wir wie Gänse in solchem Trank
schwämmen! Wahrlich, 'n frommer Wunsch. Aber er macht's, wie
er will. Prosit! Ist Wassers Patron.

Milon. Wie ist's? Kennst du ihn nun?

Bacchidon. Was denn? Wie denn? O mein Seel', ich hab's
vergessen. Daß dich der Kukuk! Der Schurk' ist auch so glatt.
Schenk' noch einmal ein! Gar zu glatt, Milon, glätter als ein Aal.
Kaum wollt' ich den Schelm am Kopf erwischen und ihm ins Ge=
sicht sehen, da war mir schon der Schwanz zwischen dem Daumen.
Kann's nicht begreifen! — Nun guckte er ins leere Glas und

sprach: Freund Milon, ich dacht' auch wirklich, dein Pokal wär'
tiefer.

Milon. Was tiefer! Der Henker reich' tief genug! Wenn's
auch ein Ziehbrunnen wäre, du söffest ihn aus. Mein Schlauch
reicht nicht zu, wenn's so währt. Bleib ruhig sitzen; hör' hübsch
meinem Hymnus zu. Hernach, wenn ich fertig bin und dir's gefallen hat, will ich schon wieder füllen.

Bacchidon. Was hast du vor, Junge? Was soll das bedeuten? Ist das dein Ernst, wie? Ei du lieblicher Gaudieb, willt
mich nur veriren? Veriren, ha? Geh, schenk' ein; wer will warten,
wenn der Schlauch noch voll ist! Schenk' ein, sag' ich. Warten!
Daß dich die Pest! Ein schön Warten! Kind Milon, nur ein einziges Wort. Ist dein Gesang nicht auf Bacchus?

Milon. Das hab' ich dir schon zwanzigmal gesagt; wärst du
ruhig und ließest mich auch zum Wort kommen, so könntest du hören.

Bacchidon. Was? Weißt du auch, Junge, was das heißt,
ein Gedicht auf Bacchus? Was das auf sich hat, was das sagen
will, Baccho ein'n Hymnus dichten? Weißt du, wer Bacchus ist?
Frag' nicht umsonst, wer er ist. Ein munterer durstiger Mann,
freundlich und leer, der alle Dinge im Rausch anfängt, dabei ein
merklicher Feind von leeren Gläsern ist. Merkst du?

Milon. Oho, sehr leicht! Dein Glas.

Bacchidon. Was geht's dich an, wenn's leer ist und dir nicht
gefällt? Ei, du Närrchen! Füll' wieder; was hindert's? Weiter ist
Bacchus der Weinerfinder, der Weinerfinder, mein Sohn! Wenn
man ihn malt, trägt er immer in der Rechten einen vollen Becher,
in der Linken einen Traubenkloß. In Wahrheit, hab' ihn selbst
einmal so mit Kohlen an ein Faß gerissen, wie er zwei Staaren von
einer Traube scheucht . . .

Milon. Was geht's mich an?

Bacchidon. Trauben scheucht . . . zwei Staaren . . .

Milon. Meinetwegen zwei Raben!

Bacchidon. Staaren, bei meinem Horn! Hättest alle Nägel
an ihren Füßen zählen mögen und alle Federn an ihren Schwän-
zen, bei meiner Treu! Die Faunen lachten dir oft drüber. Sieh,
so ließ ich dem Bacchus den linken Arm übers Knie bambeln.
Sieh doch, den rechten hub er so in die Höh', schlug mit einem
Stecken dem einen Staarmatz auf den Kopf, daß ihm die gestohlene
Beer' aus dem Schnabel fiel. Danach stellt' ich gerad' seinen
Augen gegenüber in freier Luft einen mächtig großen Becher voll
dicker Tropfen nebenum; einen Korb voll Trauben hing ich an seine
Hörner, und setzte ihm, Trunks anzudeuten, aus freier Hand mitten
auf die Nase zwei rothe Pocken, haselnußdick, daß sie jeder von fern
schauen mochte. Gelt, das war dir was Nobl's? Noch manchen

Gott würd' ich so an die Wand hinarbeiten, aber ich kann vor meinem Bauch nimmer zu. Im übrigen all eins. Wieder aufs Wort zu kommen! Du weißt also, wer Bacchus ist. Hast du denn Verwegenheit genug, einem alten frommen Mann als mir zuzumuthen, daß er einen Lobgesang auf Bacchus anhöre, ohne zuvor durch tüchtigen Rausch sich in heilige Begeisterung zu setzen? Ah, das wag' ein anderer! Nein, Verwegenheit, grausame Sünde so was! nein, da behüte! Getrunken muß man haben, siehst du, und ich habe heut' noch kein Tröpfchen über mein Herz gebracht, mein Seel'!

Milon. Schwör', daß du erwürgen möchtest! Ei du fetter schmerbauchiger Lümmel! Nicht getrunken? Mein Schlauch ist halb leer. Nicht getrunken, nein? Nicht getrunken? So zu schwören!

Bacchidon. Schrei nur nicht so! Ist ja nur Spaß.

Milon. Schlechter Spaß. Ist dir nur ums Saufen zu thun; einen Gefallen erweisen, zuhören, kannst du nicht. Möcht' des Teufels werden! Säufst einem den Wein und thust einen noch dazu quälen . . .

Bacchidon. Ha ha ha! Was das gesprochen ist! Verzeih' dir's Jupiter, gottloser lieblicher Schelm. Dich quälen! Einen alten Mann so verleumden! Dich quälen! Ha ha ha! Ei ja doch! Den Schlauch wollen wir quälen, ihm den letzten Tropfen vom Herz drücken. Dich quälen! Unvergleichlicher Dieb! Dich quälen! Sag', wie kommst du nur dazu?

Milon. Laß mich nur einmal zum Wort! Hör' auf zu plappern! Hättest du nur deinen Wanst voll Steine und ließest auch einmal mein Maul frei; aber . . .

Bacchidon. Hörst du, Junge, wer hält dir's? Sprich soviel dir lüstet, wir haben das Maul nicht umsonst. Ah, da fällt mir ein artig Stückchen ein. Weißt du zum Exempel, warum das Maul unter der Nase sitzt, he? Die Nas' hat sonst auf dem Wirbel gestanden; gelt, das hast du vor nie gewußt? Ein herrlich Histörchen! Hör' nur, ein gerechtes Stück, ein klarer Beweis von Jupiter's Weisheit. Mir hat's jüngst ein graubärtiger Aegypter, der in meiner Grotte übernachtet, ein gelehrter Hexenmeister, der dir alles weiß, was Sonn' und Mond spricht und Jupiter träumt, erzählt. Zu Anfang der Welt, sagt' er mir, als Zeus den Menschen gemacht, schuf er die Nas' auf den Wirbel, sprach . . . Aber wart', will zuvor ein'n Schluck thun, daß mir der Hals ein bischen glätter wird, hernach weiter erzählen.

Nun trank der alte Satyr. Aber Milon sprach heimlich also: „Wollt', er läg mit seinem Märchen im Rhein; heut' komm ich nicht an, mein Lied zu spielen; und ich wollt', ich läg obendrein dort, daß ich so einfältig war und den Nimmersatt in meine Höhle gezogen. Wenn's noch lange währt, drückt es mir das Herz ab."

Bacchidon. Was geschah? Da nun jeder seine Nase unter der Kappe trug — denn Jupiter sprach weislich: „Laßt sie nicht eher aus, als wenn's euch beliebt, so seid ihr nicht gezwungen zu riechen, was euch nicht beliebt" — und kurz, meine Meinung zu sagen, mir gefiel's sehr unvergleichlich. Aber wie gefiel mir's? Zum Exempel, wenn man, wie Jupiter meint, durch des Nachbars Kuh= stall in seinen Weinkeller geht, oder sonstwo, da man gezwungen ist, einzuschnaufen, was uns muthwillige Lüfte unter die Nase trei= ben, da ließ ich nun hübsch meine Kappe sitzen, ging gerade durch. Aber zum Exempel, wenn man bei Gelagen sitzt, guten Wein trinkt, da lob' ich mir doch dies Plätzchen, wo wirklich die Nase steht; denn da kann man immer trinken, auch zugleich riechen und so doppelt genießen. Schönheitshalber möchte sie immer ganz wegbleiben; denn die schönste Nase, Wahrheit zu sagen, steht einem nicht besser zum Gesicht als das Bierschild zu einer Klippschenke. Aber wieder auf meine Erzählung zu kommen. Das ging nun alles gut mit unserer Nase; geruhig saß sie unter ihrer Kappe, dacht' an nichts, bis Bacchus geboren ward, mit ihm die Rebe hervorwuchs, da war ein Jubiliren ohn' Ende; alles freute sich, denn die Rebe wuchs kräftig voll Most und Trauben; da waren die Augen, sie zu sehen, Zung' und Maul, Trauben zu kosten, Ohren, lieblich den Most im Becher sprudeln zu hören, alles voll Lust; nur der armen Nase unter der Kappe, als ein Ei unter der Henne versteckt, ward nicht gedacht, konnt' nicht mitgenießen allerlei Freuden. Denn das muß ich dir beiseit' sagen, Freund Milon, damals war's noch nicht Mode, beim Gesundheittrinken die Kapp' abzuziehen, hörst du's?

Milon sprach heimlich: Ich wollt', hätt' keine Ohren! Gewiß, ich verbrenne langsam im Styx, so das Ding noch lange währt.

Bacchidon. Will lauter reden, daß du mich besser verstehen kannst. Endlich erfuhr's meine gute Nase. „Ei!" schrie sie zu Jupiter auf, „betrügt man mich so? Was hab' ich denn gethan, daß ich schlech= ter geachtet werde denn ein anderer?" Absonderlich that's ihr wegen des Mauls weh; das trank nun nichts, ohne zuvor der armen Nase unter der Kappe zu höhnen, schrie: „Komm herunter, Näschen, her= unter, wenn du kannst, schnüffl' ein bischen!" Jupiter schlug auf den Bauch. Jupiter ist ein feiner Mann, sah wohl, daß der Nase Gewalt geschah; was thut er? Er nimmt sein hübsch die Nase vom Wirbel runter, setzt sie recht über's Maul hin, sagend: „Weil du, Maul, gehöhnt, soll künftig Nase recht über dir stehen, sollst immer in ihrem Schatten sitzen zur Straf'; auch sollst du, Maul, künftig nichts genießen, worin nicht zuvor Nase ihre Nase stecke." So kam sie herunter. Ha ha ha! Nun, wie gefällt dir mein Spaß?

Milon. Das will ich dir gleich sagen. Solange ich hier in dieser Grotte wohne, und solange sie meine Vorfahren bewohnt, die Pan selbst hierin erzogen, hat nie ein unerträglicherer Schwätzer mit seinem Rücken an dieser Wand gelegen als du. O du unerträglicher Saufaus und noch greulicherer Plapperer, wie ermüdest du meine Geduld! Ich wollt', ich wäre zehn Meilen von hier.

Bacchidon. Was schnarrst du? Was gehen mich deine Fratzen an! Wenn dir mein Stückchen nicht gefällt, was tobst du Esel dann?

Milon. Platz' auseinander! Ich schwör' beim Cerberus, denn nun bin ich fuchswild, sollst kein Maul voll mehr zu trinken bekommen, bis du meinen Hymnus angehört, solltest auch drüber verzwatzeln.

Bacchidon. Liegt da der Has'? Ich Ochsenkopf! Hum! Milonchen, mein Närrchen, mein Hühnchen! Wirst doch nicht bös sein? Nicht gleich bös sein! Will Eilen's Reitpferd sein, Disteln fressen, mir die Ohren abschneiden lassen, wo ich's im Herzen mit dir arg meine. Wie? Singst du denn heut' nicht, mein artiger Venusteil? Laß mich doch nicht so lange warten. Geh doch, geh, mache einem alten Mann auch einmal ein Späßchen. Laß mich deinen Hymnus hören, mein Seel'! Sitze schon über eine Stunde hier, eine volle Stunde, lasse meine Ohren weit offen hängen als ein hungriges Füllen, laustre dir mit Fleiß auf. Sei doch so geizig nicht, sing doch, sing, sing, sing! Komm, will mitsingen, Tact schlagen, Baß brummen, Chor schreien, heulen, bewundern, wie's gilt. Ah, eh' du anfängst, füll' mir noch einmal dies Glas, noch ein einzig mal; und um die Welt keinen Tropfen mehr. Genug! Will dies mit Verstand trinken, spitzen, suckeln, Tröpfchen für Tröpfchen, bis du fertig bist. Fang an! Schluck; drunten ist alles. Daß dich der Geier! Wie ging das zu? Ei du Gaudieb, hast mich am Aermel gestoßen, mir das Glas in den Hals gestoßen! Kann's nicht begreifen. Wundersame Sympathie! Magnetische Kraft!

Milon sprach nun hitzig: Horch Bacchidon, das letzte Wort! Laß mich jetzt gleich mein Lied vorsingen, oder ich glaub', du stoffelst mich; will dir's dann gesegnen, soll dir nicht schmecken wie mein Wein.

Als dies der Knabe sagte, hob er erzürnt den Stock in die Höh'. Aengstlich rollte der Satyr die feurigen Augen, denn ihm war vor Prügeln angst; darum sprach er ganz leise: „Ja, ja, ich will schweigen und horchen; fang nur einmal an."

Fröhlich ward's dem jungen Hirten nun zu Muthe; entzückt nahm er die Leier, fing mit beweglichen Geberden und herzbrechender Stimme an:

„Bacchus! Bacchus! Wie soll ich dich singen, umstirnter Evan, wie, o du unvergleichlicher Thyrsusträger du! Soll ich dich mächtig

singen, wie du mächtig hinter einer Rebe lauernd der nächtlichen
Luna kämpfende Drachen erhaschest? Erhaschest, fing' ich; denn da=
mit die göttliche Schwester länger bei deinem Becher verweile, knüpf=
test du ihres Gespanns feuerschuppichte Schwänze ineinander, zogst
sie dann hoch auf, daß sie herabkreisten von deinem Weingeländer,
ähnlich Jovis flammichten Blitzen. Ja, das war ein Spiel! Oder
soll ich dich singen, wie du epheugekrönt und thyrsusschwingend durch
das heilige Cypern flohst? Um dich jauchzten taumelnde Faunen,
den Göttern entsprungen; und der Wälder und Quellen Nymphen
gossen die Urnen vor dir, pflasterten deine Straße mit Blüten. O,
da gingst du stolz und königlich einher! Deine wehenden Locken
schlugen harmonisch herab auf den goldenen Riemen, der anzog
deiner schwellenden Schulter den Purpurmantel, daß ihn nicht dir
nachgaukelnde Zephyrn mit leichten Fingern entwänden. O, wie ganz
heilig warst du! Wilde Parder führten ihre Jungen auf deinem
Pfad, die trunkene Spur aufzulecken, wo dein heiliger Fuß stand.
Krokodil und der grimmig jauchzende Löwe liefen wie weinende
Kinder nebenher, bettelten Most und Trauben aus deiner vollen
Schale. Ach, da gabst du ihnen, und sie nahmen und aßen fröhlich;
war das nicht himmlisch anzusehen?"

    Bacchidon. Halt' ein, Milon, keine Silbe weiter! Hierauf muß
erst getrunken sein! hierauf muß erst getrunken sein. Was das
gesungen! Und sie nahmen und aßen — wie weiter?

    Milon. Und aßen fröhlich; war das nicht himmlisch anzu=
sehen?

    Bacchidon. Göttlich Lied! Schenk' ein. Was das gedicht't ist!
Schenk' voll. Ei du Spitzbub', lässest das ganze Glas leer. Keine
Ehrlichkeit mehr! Muß gestehen . . .

    Milon. Hör' doch nur weiter, lieber Bacchidon, jetzt kommt
erst das Schönste.

    Der Satyr trank und sprach: „Wohl! wohl!"

    Aber der Knabe sang also weiter:

    „Auch muthig bist du im Gedräng' der Schlacht, wo Hörner
brüllen den Hügel herunter, auch beim Weinmahl. Ergriffst du
nicht einst voll Kraft jenen rußigen Bock, den ausgesandt der er=
grimmte Erebus, deinen heiligen Weinberg zu verheeren? An seiner
buschichten Stirn faßtest du ihn, schleudertest ihn hoch, daß er hin=
fuhr über den Ocean in Neptun's wellenreiches Spiel, dem brausen=
den Walroß zur Beute. Ja, ja! Aber das ist zu traurig für
meine Schalmei. Lieber will ich singen, wie du im Grünen
scherzest, da, wo hüpfende Quellen herunterfallen von Klippen und
unter biegenden Lauben plätschern. Wie munter bist du dann
und vertraulich! Wie spaßest du dann glimpflich mit deinen
Freunden! War es nicht ein ergötzlich Späßchen, als du eins=

mals deinem göttlichen Vetter, dem wackelnden Silen, einen dicken
Kürbis auf den Rücken warfst, daß er wie von Jupiter's Blitz
gerührt mit seiner krummbehörnten Glatze in den Weinschlauch
schlug? Befestigt am Horn blieb der Schlauch hangen, begoß ihn
so stark, daß er fast im herausstürzenden Most ersoff. Geblendet
lief er umher, zappelt' und spie den lieben Wein, den andere so
gern genössen, mit so lächerlichen Geberden auf die Goldmäntel der
Nymphen aus, daß lachend einer des andern Bauch halten mußte.
O du majestätische Jovisbrut, so freundlich bist du und treu!

Bacchidon. Oh! Oh! Jovisbrut! Keine Silbe weiter! Eingeschenkt! Ach! Ach! Gud, was das ein wohlgeschliffenes Glas ist.

Milon. Es ist noch lange nicht aus. O mein Herzens-Bacchidon, jetzt kommt's erst; jetzt, jetzt!

Bacchidon. Proficiat! Was das ein Jung' ist! Was mir das
einen Jungen gibt! Auf dein dichterisches Wohlsein! Hem! Hem!
Oh! Ach!

Milon. O du herzliebster Bacchidon, gefällt dir's so gar wohl?
Dir stehen ja Thränen in den Augen.

Bacchidon. Oh! Oh! Hem! O Cerberus! Fast erstickt!
Zu schnell getrunken, stecken geblieben! Daß dich der Hagel! Schenk'
ein, daß ich's geschwind aus dem Hals spüle. Wohl! Sag', du
hartherziger Knabe Milon, was machst du mit mir alten Mann?
Machst mich vor Freuden weinen als ein Kind. Kann nicht weiter!
Ist zu viel.

Milon. So hör' nur zu Ende!

Und der Knabe füllte von neuem des Alten Becher, sang also
weiter.

„Auch schrecklich bist du, Evan! Bessareus! Jacche! Freudenmehrer! Darum weihen wir dir Kränze, durchflochten mit Trauben
und Obst, hängen sie an dir geheiligte Aest' auf. Ach, du Grausamer, sieh uns nicht an, wenn die Flamme deines Zorns weht;
wir liegen auf unsern Bäuchen als gezähmte Schlangen, preisen
deine Wunder. Wer will dir bestehen, wenn du rüstig deinen Nacken
schüttelst, zurückgefallene Tiger erschroden winseln, die Augen von
deinen stürmichten Locken drehen? Ach! Ach! Hubst du nicht einst,
Schrecklicher, die Nymphe Ariadne so empor? Drückst sie an dein
gieriges Herz, daß sie wollüstig herunterlehnt' auf deinen Hals ihr
schmachtend Haupt. So glänzend beladen stehst du als einer, der
mit der Flöte ein krauses Milchlamm gewonnen und es erfreut zu
seiner Mutter heimträgt. Wehe! Wehe! Mich durchrast's ganz!
Pardel wälzen sich vor dir, Weinkönig, knurren und werfen einander mit Trauben; dennoch bleibst du stehen, erhabener Bacchus,
immer noch, theilst mit der Linken den Lockenknoten auseinander,
der wie ein gülden Horn um der Nymphe schönen Wirbel sich dreht.

Ach! Ach! Da rinnt herab deinen Schenkel wellicht ihr blinkendes
Haar, übergießt mit Glanz dein heiliges Knie. Wärst du ein Mädchen
und säßest, schwören wollt' ich, du seist Danae, ihr Haar Jupiter,
der sich gülden hinregnen wollte in deinen Schoß. Ach, aber so bist
du ein wohlgemachter Knabe; auch dieses sieht das Nymphchen gar
wohl, verbirgt ihr schämend Angesicht unter deine schattige Locke.
Aber, du Grausamer, lächelst rüstig herab auf ihre Brust, die da
hüpft artig und weich, wie zwei Turteltäubchen hüpfen nach der
Flöte gelernt. Hätten sie Mäulchen, küssen würden sie sich, so wohl
ist ihnen. O! O! O! Nun rufst du hoch, bäumst auf die wilde
Brust, wirfst über den grunzenden Tiger das Joch, sprengst hinan,
heulend: Mein ist sie! Mein! Mag ein Höllengott kommen, einer
vom Meer oder der Erde, Hand anlegen an meine schöne Beute,
daß er falle vor meinem Wagen! — So aufgeschwungen jagst du der
Grotte zu, denn dir blökt die Seele, wie ein junges Mailamm
blökt, wenn es unter der Mutter hervorspringt. Drum wende
von uns dein Antlitz, wenn die Flamme deines Zorns weht; wir
liegen auf unsern Bäuchen als gezähmte Schlangen, preisen deine
Wunder, Amen!"

Bacchidon. Bist du fertig? Haben wir nicht morgen Rosenfest
oder übermorgen?

Milon. Sag', wie hat dir mein Gesang gefallen?

Bacchidon. Wenn's Regen gäbe, könnten wir nicht tanzen. Ist
der Himmel hell? (Er schenkt ein.)

Milon. Mein Hymnus, Bacchidon! Wie ...

Bacchidon. Schweig doch, Junge! Ist eine gewaltige Sache
um Musik, erschrecklich und schwül, graus und erhaben (trinkt);
wäre lang davon zu sprechen, meinst du nicht auch?

Milon. Was? Was?

Bacchidon. Ah, dein Lied? Fragst du nach deinem Lied?
Unvergleichlich, göttlich, meisterhaft! Wie, mein rüstiger Apollo,
kannst du so was fragen, wie's einem gefallen hat? so einen ver=
suchen? Ach, mir fällt ein gutes Exempel ein, mein Seel', ein gutes
Exempel; weißt du, wie mir's gefallen hat? weißt du, wie?
Schenk' ein, dein Lied ist wie dein Wein; wie dein Wein, schenk'
ein, dein Lied ist wie dein Wein.

Milon. Ha ha ha! Machst gar Verse. Aber, lieber Bacchi=
don, hilft hier Wollen wenig. Hast so tapferlich meinem Schlauch
zugesprochen, daß er nun aufs letzte Glas leer ist. Sieh!

Bacchidon. Hab' ich so viel getrunken? Wie ging das zu?
Das ist im Entzücken geschehen! Daran ist dein warmes Lied schuld.
O der Kukuk, hättest mir's sagen sollen, hätte keinem andern um
zehn Böcke so viel gethan. Nein! Mag dir's Jupiter vergeben,
Junge, daß ich mich deinetwegen so verderbe ...

Milon. Schön, willst gar noch prahlen; gut, gut, will diesen übrigen Pokal auf die Seite stellen.

Bacchidon. Auf die Seite stellen? Ist denn noch da?

Nun guckte der Alte und sprach wieder: „Mach' keine Narren=streiche, gib doch her, wenn noch da ist. Für was auf die Seit' stellen? Was? kann mir einer sagen, daß ich solch ein Wort gesprochen? Ein schön Wegstellens; schöne Manier, einem das Wort im Maul verdrehen und zum Uebel legen. Den Becher her, oder du bist ein Erzhalunk', ein verpest'ter Dieb, der kein'n ehrlichen Blutstropfen im Leibe hat, mich verlästern will, sagen will, könne nicht aushalten, ich! Hüt' dich vor dergleichen Laster, so einem geht's hie und dort nicht zum Besten.‟

Nun gab's ihm der Knabe Milon. Bacchidon trank's aus, guckte in den leeren Grund, sprach gelassen: „So geht's. Alles dauert nur ein Weilchen. Drum, Kind, laß gehen, stehen, wie's will; wer am längsten lebt, erbt die ganze Heerde. Aber sag', wo wollen wir morgen schmausen?‟

Milon. Wenn du heut' hübsch ordentlich bist, kann's morgen noch einmal bei mir sein.

Bacchidon. Wie? Mein Herz, was verlangst du denn? Sag's doch geschwind, mein lächelnder Coridon, meine Waldlerche, mein Phönix!

Milon. Sing mir jetzt ein Lied! Komm, schadlos mußt du mich doch mit etwas halten. Habe nichts trunken; sing mir, ich weiß, du hast eine treffliche Stimme.

Bacchidon. Die Wahrheit zu sagen, nein. Meine Stimme ist nicht fein, ist so schnarrend, wie soll ich doch sagen, borstig, stre=bend, zu vergleichen als ein Igel.

Milon. Sing, Sing!

Bacchidon. Je, Närrchen, quäl' mich doch nicht so! Kann dir nicht singen. Schweig davon, sieh, daumensdick läuft mir der Schweiß, da ich nur davon höre.

Milon. Mein Lebtag keinen Schmaus mehr!

Bacchidon. Kannst du so gottlos sein, daß dir's nicht ans Herz geht, einem armen alten Mann als ich so Schweiß abzu=jagen? Wie? Soll ich verbrennen? Willst du mir tropfenweis wieder den Wein abzapfen, willt mit meiner Gesundheit dein Ohr füttern, dich an meiner Angst laben? Soll ich diese maullose Felien mit Herzwasser tränken, he? Böses will dir nicht wünschen, aber bedenk, daß du über den Phlegethon willt; mögen dir's die drei Biedermänner dort verzeihen, wenn du so denkst! Gewiß, mein Sohn, ich lasse jedem gern das Seine, mag nicht mehr können, als ich kann; wenn du neben der Leier dein Plätzchen hältst, so hab' ich das meine neben dem Becher. Neide niemand; einer kann nicht alles haben. Junge, geh fort! Hier läßt sich's trefflich schlummern.

Milon. Nichts schlummern! Beim Styx, mußt singen, oder ich binde dich und will dich zum Gespötte . . .

Bacchidon. Fluch' nur nicht! Wenn's sein muß, will ich auch; sonst um die Welt nicht. Hilf mir nur ein wenig auf. Es schallt nicht, wenn man sitzt, bleibt alles im Bauch. He, du Schlingel, läßt mich auf den Bauch fallen, zerplatzen!

Nun hielt der Knabe Milon den alten Satyr an die Wand gelehnt empor; mit der Linken fingert' er auf seinem Haberrohr, mit der Rechten hielt er den Fleischhügel von hinten umschlungen.

Der Satyr sprach: „Spiel', hilf mir ein wenig in Schuß; langsam, langsamer! nicht so springend! taktmäßig und klar! Singen soll ich, singen, und doch ist der Schlauch leer. So will ich denn hier stehen über ihm, mit Fingern herabweisen und schreien: leer! leer! Kann man was sagen herzrührender, tragischer? Bedenkt's selbst und sinnet ihm nach! Ja, du sehr leerer Schlauch, wärst du nicht leer, so wärst du voll! Wie wohl wär' dir, wie wohl wär' mir! Nicht traurig müßt' ich dann über dir stehen, Thränen mit Schweiß vermischt auf dein Grabmal herabgießen; nein, lustig säß' ich neben dir hin, wollte dich mit Rosen bekränzen, als ein Bräutigam seiner Braut thut; wollte dir süße Worte geben, als ein Bräutigam seiner Braut gibt. Aber ach, dies ist vergebens! Todt, runzlicht, entstellt liegst du, zuvor so angespannter Schlauch, ähnlich einer Barke, deren volle Segel ein Sturm zerrissen, still als ein aufgesprungener Dudelsack, unbrauchbar als ein Bogen ohne Pfeil. Gern, herzliebster Schlauch, wollt' ich länger bei deiner Leiche weinen, stünde nur, wie sich's gebührt', neben deiner Bahre ein wohlgezogenes junges vollbackiges Schläuchlein, dein Sohn oder Enkel, der mir hernach auch wieder mit Mildigkeit meine Bekümmernisse hülfe abwälzen vom Herzen, mit seinem Balsam wieder abwüsche meiner Thränen Salz. Aber wehe mir Trauermann! Der Erblichene war eine Waise. Mag's ein anderer, der ein härteres Herz hat, aussingen; mir blutet die Seele zu viel, weiter kann ich nichts als seufzen: Leer! Zu früh leer! Ach armer Weinschlauch!"

So sang Bacchidon, und nun ließ ihn der lachende Knabe los. Am Ufer taumelte der trunkene Satyr fort, seiner Höhle zu; viel heult er noch unterwegs vom leeren Weinschlauch, und der doppelzüngichte Widerhall streckt sein Haupt aus dem hohlen Ufer jenseit und heult's ihm nach.

———

# Die Schafschur.

## (Pfälzisch.)

---

Walter, Veitel (scheren), Guntel, Lotte (klen und binden Wolle).

Walter, (schert und singt).

> Der Winter kalt,
> Rauh, ungestalt,
> Hat sich gewend't,
> Kommt an ein End',
> Das bringt dem Menschen Wonne;
> Die Lerch' sich schwingt,
> Ihr Gesang erklingt
> Mit Freudenschall
> Laut überall,
> Hold . . .

Guntel. Vater! Vater!

Walter, (schüttelt den Kopf, stampft und singt).

> Ihr Gesang erklingt
> Mit Freudenschall
> Laut überall,
> Holdselig lacht die Sonne.
> Nun bricht heran die Sommerszeit
> Mit Lieblichkeit so süße,
> Daß all' ihr' Frucht die Erde geit,
> Daß man ihr mög' genießen.
> Kraut, Laub und Gras
> In reicher Maß,
> Die Bäum' ihr' Blüt' erzeigen;
> Die Reben gewinnen Augen schon,
> In Blüt' zu gohn;
> Der Ackerbau

Wächst her aufs nau,
Thut uns den Sommer eigen.
O Gott, o Gott, wie lieb bist du,
Wie freundlich und voll Se . . .

**Guntel.** Vater! Hören doch, Vater!

**Walter.** Mußt du mich denn immer verstören, wenn ich aus rechtem Herzensgrund einmal dies Lied singen will, he?

**Guntel.** O, Ihr singt's ja den ganzen Tag.

**Walter.** Ist auch ein schön Lied, Guntel! Gefällt mir erschrecklich wohl; mein Treu, nähm' keine zehn Thaler drum. Als ich's so von ungefähr in einem Wiedertäufer-Gesangbuch aufschlug, da ward's mir doch gleich so warm und herzlich dabei, daß ich's den Augenblick auswendig gelernt. Seitdem muß ich dir's überall brummen, wo ich nur geh' und steh'. Mein Treu, siehst doch selbst, Guntel, 's geht dir nichts über ein alt Lied, so recht aus der alten Zeit her; die neuen taugen dir doch keinen Schuß Pulver. Mädel, du mußt mir auch noch dies Lied auswendig lernen; komm, sing einmal die Weis' drauf, will's gleich wieder von vorn anfangen. Ein herzlich Lied!

**Guntel.** Ein andermal, lieber Vater.

**Walter.** Was? Gefällt dir's etwa wieder nicht?

**Guntel.** Hum, so.

**Walter.** Sieh doch die Dunzel! Weis' mir im ganzen Gesangbuch ein schöner Lied als dies! Sprichst, wie du's verstehst. Mein Seel', gäb' ein Morgen Aderland drum, so was Schön's gemacht zu haben. Ist doch so alt und, sackerlot! so wahr und kräftig.

**Guntel.** O, was ist denn Schön's dran?

**Walter** (bäurisch). Was Schön's dran ist? Ei, guck doch! Gelt, da stecken dir wieder deine neuen Lauslieder im Kopf, die dir der Schulmeister als zusammenflickt. Was Schön's dran ist? Ei! Was Schön's dran ist? Sollst's gleich hören, Jungfer. Ist nicht alles so herzlich wahr drinnen, wie gesagt, ist nicht alles so . . . wie soll ich's doch nennen, du verstehst mich ja, so ehrlich und treu und vertraulich drum herum, just wie's in der Jahrszeit geschieht, sieh, Guntel, daß man meinen sollte, wenn man's so singen hört, stünde man in seinem Garten im Frühjahr, wann die liebe Herrgottssonne nieder auf die Welt scheint, und die blühenden Bäume, und die Vögel in der Luft, und des Singens und Gejubels in der fröhlichen Zeit, daß wieder warm ist und einem ein laues Lüftchen in die Ohren surrt, wenn man so über Gottes junggrüne Wiesen hingeht. Verstehst du mich, Guntel, he? Was wollt' ich doch sagen? Ei, du gottloses Mädchen, kannst nicht leiden, daß ich unsern lieben Herrgott lobe, der uns doch so reichlich gibt und erhält.

Guntel. Daß sag' ich ja nicht, Vater.

Walter (fährt fort). Horch, Guntel, thut mein Seel' kein gut
mit uns; bist in der Haut nichts nutz. — He! Bringt mir doch einen
andern Hammel herein! — Lachen, tolzen, springen wie ein junger
Bock und von deinen einfältigen neuen Liedern plärren, wo ich für
zwanzig keinen Knopf gebe, das kannst du, sonst nichts. Aber —
He! Den Widder, den Widder führt mir herbei! — Aber ich will
dir's vertreiben, du sollt mir noch ordentlich werden, ich will dir
noch . . . Sieh nur deine Schwester Lotte dort, wie hübsch ordentlich die da sitzt und Wolle zertheilt; wird alle Tage gesetzter, das
Mädchen. — Hörst du's, Lotte, mein Kind? Ich spreche von dir.
Warum denn so traurig, mein Mädchen? fehlt dir was, he? — Lang'
mir doch ein wenig meine Schere, Veitel, sie liegt neben dir.
Apropos, hab' ja gehört, willt morgen schon fort?

Veitel. Muß wol!

Walter. Gut Ding um die Fremde für'n jungen Menschen,
wenn einer auch sieht, wie's bei andern Leuten hergeht. Wünsch'
dir von Herzen alles Glück. Kannst mir doch nicht anders nachsagen, wo du hinkommst, als daß ich dich allzeit wie ein Kind in
meinem Hause aufgenommen.

Veitel. O gewiß! Werd' Eurer mein Leben lang nicht vergessen; habt mir mehr Gut's gethan, als ich in meinem . . .

Walter. Halt doch bein Maul! Narr, bist ein braver, ordentlicher Junge, und was ich that, that ich gerne; 's wär eine schöne
Sach', wenn du mir jetzt wieder alles vorrechnen wolltest. Geh!
Dein Vater und ich waren immer gute Kameraden; 's thut mir
immer noch in meiner Seele leid, wenn ich an seinen Tod gedenke,
und was ich an seinen Kindern thun kann, weiß Gott, soll mir
allemal eine herzliche Freude sein. Was wollt' ich doch sagen?
Du gehst also zu deinem Vetter? Nu, das ist so übel nicht, du. —
Aber, Lotte, um tausig Gottes willen, Kind, was fehlt dir nur?
Geh, geh, sei kein Narr, sitz' mir nicht so still da! Bist doch gar
nicht mehr wie sonst. Sei doch munter! Geh, tanz' doch, lach' doch
ein bischen, das steht jungen Mädchen gar wohl an. Haben Schafschur heut', und du bist noch so still; weißt du's noch, vorm Jahr,
wie wir Pfänderchens gespielt und Veitel und du zum Spaß zusammen ein Paar wurdet? He? Gelt, da ging's lustiger als heut'?
Komm, wollen uns heut' auch lustig machen; sollt mir eins von
unsern lieben alten Liedern vorsingen, die dich deine Großmutter
noch gelehrt. Hörst du's?

Guntel. O gehen doch, Vater! Immer alte Lieder! Weiß so
hübsche neue, die will ich . . .

Walter. Halt's Maul, mir über die alte Lieder zu raison-
niren, oder ich schlag dir eins hinters Ohr! Was weißt du von

alten Liedern! Gelt, das hat dir gewiß wieder dein Schulmeister in Kopf gesetzt, gelt?

Guntel. Oh!

Walter. Weiß immer so sauber's Zeug vorzubringen, der Narr. (Stemmt sich auf den Elnbogen gegen sie.) Apropos, Guntel, hat er dir gestern nichts geklagt? Hab' ihn des Henkers wild gemacht. Saß da bei meinen Bienen im Garten; da bringt er mir, weiß der Kukuk was für ein Buch, heißt Jdyllen, Gedrucktes, so von Schäfern; schreit, lärmt und jubilirt und gaudirt sich wegen des Zeugs, so drinnen steht; liest mir dann auch hin und wieder etliches vor, das ich nicht wohl verstund, und lobt so hoch und so scharf, daß mir mein Seel' die Geduld ausging und ich ihm frei heraus gestand: Possen, Herr Gevatter, pur Possen! Da hättet ihr nur sehen sollen, wie so ärgerlich er den Kopf geschüttelt. „Was? Das Possen, das?" — Ei freilich, sagt' ich; wo gibt's denn Schäfer wie diese? Was? Das Schäfer? Das sind mir curiose Leute, die weiß der Henker wie leben; fühlen nicht, wie wir andere Menschen, Hitze oder Kälte; hungern oder dursten nicht; leben nur von Rosenthau und Blumen und was des schönen süßen Zeugs noch mehr ist, das sie bei jeder Gelegenheit einem so widerlich entgegenplaudern, daß es einem mein Seel' wider den Mann geht. Ah was! Weiß auch, wie's in der Welt hergeht, und mein Treu denk' auch ein ehrlicher Kerl zu sein; geb' gerne, was noththut, bin froh und freu' mich, was die Gelegenheit mit sich bringt; mag's vor alters mit Schäfern freilich in diesem und jenem anders gehalten worden sein, aber 's muß doch allemal so herauskommen, daß einer sehen kann, daß alles natürlich ist. Aber Sein Pack da ist nicht von Herzen lustig, nicht von Herzen traurig, alles im Traume nur; schwätzen wie die Schulmeister von Großmuth und hundert Sachen, die einen Schäfersmann nichts angehen, und das, Herr, was uns alle Tage vor Augen kommt und ans Herz geht, davon pipsen sie kein Wort; sterben aus Großmuth, und wollen vergnügt sein, und dergleichen. Und das plaudern sie dir so frisch bei jeder Gelegenheit weg, daß einer gar wohl merken kann, daß es lauter Gespaß ist. — Da wurd' dir nun das Männchen fuchsteufelswild, daß ich so schimpfirt und gelacht, daß er in vollem Zorne sein Buch zuschlug, zur Thüre hinauswischte und schwur, nimmer meine Schwelle zu betreten, und was er noch mehr aus Aerger und Galle ausspie, das ich alles vor Lachen nicht verstund, ha ha ha! Wird schon wiederkommen. Ist doch ein wunderlicher Has', der Schulmeister. Aber, ihr lieben Kinder, kann euch doch mein Treu ohne Singen nicht scheren; fällt mir doch immer ein, wie meine Vorältern geschoren, Da war eine Fröhlichkeit! Und was braucht man so weit zu gehen? Les' man nur in der Bibel

nach; da ward's auch so gehalten mit Schäferfesten und Singen,
wenn's Zeit Scherens war und die Schäfer aller Orten zusammen=
kamen bei Laban und Jakob, wie man denn dies alles ganz deut=
lich im ersten Buch Mo . . . Ei sieh! Guten Tag, Herr Schul=
meister und Schwager Schulz! Wie geht's? Stet's Leben? Wollen
ihr mithelfen scheren? Setzt euch. Rückt doch, ihr Kinder! Eben
sprechen wir davon, wir wollen in der Reih' herum singen — He!
Bringt noch zwei Schermesser herein! — in der Reih' herum singen,
jedes ein Lied. Da mein Kind Lottchen soll anfangen; sie hat so
eine zarte Stimme. — Geh, mein Töchterchen, sing mir eins von den
Liedern, die dich deine Großmutter noch gelehrt; hör' sie doch für
mein Leben gern, gefallen mir tausendmal besser als alle neue, die
man heutzutage macht. Weiß noch, wenn sie so in die Spinnstube
zusammensaßen und einander Märchen erzählt und gesungen und
ich als ein Bub' auf meinem Schemel unter ihnen in der Mitte
gesessen und zugehört, hätt' ich das nicht um ein Königreich ver=
tauscht. Nu, Lotte, greif' dich an; siehst du, Nachbar Veitel geht
morgen fort von hier, weit ins Schwabenland hinauf; wer weiß,
ob er sein Lebtag wieder hierherkommt; mußt 's ihn doch hören
lassen, daß er's auch erzählen kann in der Fremde, wie schön du
singst. Ei, warum wirst du so roth, Lottchen? Ei, laß sein, brauchst
dich nicht zu schämen, Lotte, wenn dich dein Vater lobt. Sing.

Lotte. Geht denn Veitel morgen schon?

Walter. Du hörst's ja.

Lotte. Morgen schon?

Walter. Freilich. He, was ist dir?

Lotte. O nichts. Ist mir was ins Aug' gefahren. Ach!

Walter. Bist doch mein liebes . . . hab' doch kein liebres
Lottchen als dich! Geh her (küßt sie), du mein Engel! Nu sing hübsch!

Lotte. Wenn ich nur gleich könnt'.

Walter. Sing, sing!

Lotte. Lieber Gott, was soll ich dann allweil singen?

Walter (laut). Es muß in der Reih' herumgehen; jedes muß
hernach auch eins singen, das sag' ich zum voraus. Wenn's an
mich kommt, werd' auch mein Theil thun. Nu, Lotte, fang' an!
(Lotte wischt sich die Augen.) (für sich.) Mein Treu, weiß nicht, wie mir
das Mädel vorkommt. Sitzt doch der arme Narr so kümmerlich
da, als wär' ihm Vater und Mutter gestorben; dem Mädel fehlt
was, muß heunt den Barbierer befragen.

Schulmeister. Herrn Gevattern Walter und einer ganzen
ehrsamen werthgeschätzten Gesellschaft will zum voraus geflissentlich
bedeutet haben, wie daß ich anheute nicht mit unter dieser Anzahl
Singender zu sein die Ehre haben kann, weilen vom geschwollenen
Halsweh sehr übel incomod . . .

**Walter.** Schad't nichts. Ihr übrigen alle, da gilt keine Ausrede. — Ja, was du singen sollt, Lottchen? Ei, sing das vom Pfalzgrafen Friedrich; nein, das kannst du nicht, das mag hernach Guntel singen. Sing das vom Liebesthrone, ist gar ein uraltes Ding, hat mir in meinen Kinderjahren immer gewaltig gefallen, und mein Treu gefällt mir als noch. Schwager Schulz, erinnert ihr's Euch noch, wie wir Jugend zusammen in Landstuhl gedient, wie wir als Sonntags abends da mit den Mädels aufs alte Schloß hinaufgestiegen und um den alten Thurm herumgesessen, wißt Ihr's noch? Was das eine Freude war, wenn wir so ins Thal hinunter= gesungen! Wie mir denn das alles noch frisch in der Seele steht, wenn ich's so herzlich betrachtet: das Abendroth zur Rechten, und zur Linken die grauen Wolken der Nacht, und dann die sanften Mädels mit ihren zarten Stimmen, und die alten Lieder und der Widerhall! Wie das alles in meiner Seele nachklang! Wenn ich denn so durch die verfallenen Mauerlöcher herabsah in die Dunklung, sich alles unter meinen Blicken gesenkt und verlor, daß ich nicht mehr unterscheiden konnte die vom Herbst gedruckten Nuß= bäume und den Nebel über den Hütten im Thal, und über meinem Haupte hervorkommen aus Gottes Himmel die Sternlein der Nacht; hat's mich doch allemal innerlich durchbebt, daß mir die Augen hell überliefen, wenn ich's so bedacht, die menschliche Jugend, was ich damals war, und wie vergänglich, und wie es vielleicht schon sein würde in einem Jahr, und ob wir noch einmal in unserm Leben so zusammenkommen, hier zu singen. Damal, bei meiner Seel', hab' ich meine Julle zum ersten mal liebgekriegt, erinner's mich mein Leben lang. — Wir saßen nebeneinander; Schwager, du weißt den Platz; dort, wo der brave Franz von Sickingen getroffen ward, da sangen sie just dies Lied vom Liebesthrone, das mir dann mein Leben lang im Herzen bleibt. Schwager Schulz, damal war's noch Leben! he? — Lotte, geh, sing mir hurtig das Lied; weiß, du kannst's so schön!

**Lotte** (singt). Ausgespannt
Droben in den Wolken
Steht der Thron der Liebe.

**Walter.** St! St! Das sag' ich euch, mucks' sich keins! Halt't all' eure Mäuler; wenn sich eins hören läßt . . .! Und Er, Herr Gevatter Schulmeister, nur keine gelehrte Glossen, wie Er's nennt, nur keine gelehrte Glossen!

**Schulmeister.** Nu, nu!

**Walter.** Sag's ihm zum voraus, sonst geht's wieder wie im Garten mit den Idyllen. Wenn Lotte singt, keine Glossen, Herr Gevatter; so was kann ich nicht leiden.

Lotte (fingt).

> Ausgespannt
> Droben in den Wolken
> Steht der Thron der Liebe.
> Wer hüllt den Mond in sein Gewand?
> Wer fesselt ihn mit starker Hand
> Wol unter die klaren Gestirne?
> Wer mäßigt den glühenden Sonnenstrahl
> Zum linden Kuß? Das thuet all
> Der mächtige Gott der Liebe.

Schulmeister (für sich). Strahl und all; was das gereimt ist.
·Walter (für sich). Esel.
Lotte (fingt).

> Sag' an, wo steht der goldne Thron,
> Der goldne Thron der Liebe?

> Sahst du noch nie das Siebengestirn?
> Das flammt gleich einer Kette
> Wol durch die Nacht am Himmel;
> Das schließt den Liebesthron rund ein
> Und gibt ihm einen hellern Schein
> Als tausend Diamanten.
> Ein jedes Sternlein davon ist
> Ein Aeugelein der Liebe;
> Sie sehn herab zu jeder Frist,
> Der Menschen Thun sei falsch, sei rein,
> Es sehn's die klaren Sternelein . . .

Schulmeister (für sich). . . . nelein! Reim dich oder ich friß dich.
Walter. Esel.
Lotte (fingt).

> Und sagen's dem Gott der Liebe.

> Sag' an, wo steht der Wonnegott,
> Der Wonnegott der Liebe?

> Er steht nah' an dem Orion,
> Dort hängt die Wage der Liebe.
> Er wägt die Wünsche, die Triebe,
> Er wägt die Freuden, die Leiden,
> Er wägt die Treue der Herzen.
> Nebenher brennen der Liebe Kerzen;
> Vom Morgen= bis zum Abendstern
> Schwankt ein Kranz voll Wonne und voll Freuden
> Und ein Kranz voll Schmerzen und Leiden
> An der hohen Himmelsbahn

## Die Schafschur.

Hin unter der Wage der Liebe.
Sehn die Sternlein keusche Triebe,
Dann winken sie's dem Liebesgott hinan
Zu der Wage der Liebe.
Er legt in die Schal' und wäget;
Dann steigt die Schale der Falschheit,
Die Schale der Treue schläget
Wol auf den Kranz der Freuden;
Dann träufeln herab auf die Welt
Freuden zu allen Seiten.

Sehn die Sternlein falsche Triebe,
Dann rufen sie's dem Liebesgott hinan
Zu der Wage der Liebe.
Er legt in die Schale, wäget;
Dann steigt die Schale der Treue,
Die Schale der Untreu' schläget
Wol auf den Kranz der Leiden;
Dann stürzt herab auf die Welt
Leiden von allen Seiten.

Doch viele lieben treu und rein,
Müssen doch unglücklich sein;
Wie wägt sie der Gott der Liebe?

Er wägt sie mit der Wage der Liebe.

Am Nabel des Himmels hängt ein Schild
Von feingeschliffnem Golde;
Das tönt von selbsten treu und mild
Durchs weite himmlische Gefild,
Wenn treue Lieb' soll trauern,
Tönt: Zwei treue Herzen
Sollen fühlen der Liebe Schmerzen,
Sollen kosten der Liebe Thränen,
Sollen leiden der Liebe Sehnen! —
Dann trauert jedes Sternelein,
Der Liebesgott hüllt sich in Wolken ein
Und weinet und trauert und klaget.
Dann fallen herab wie Abendthau
Ueber Blumen auf der Au
Seine wohlriechenden Zähren,
Fallen auf die Locken hin
Der Trauernden;
Und will es das Schicksal gleich wehren,
Ihre Leiber zu vermählen,

So vermählt er ihre Seelen.
Die zieht er im Traume hinauf,
Ganz umwunden vom Netze süßer Triebe,
Mit in den Garten der Liebe.

O singe mir, o sage mir,
Wo steht der Garten der Liebe?

Hoch über der Sonne
Auf hellen silbernen Pfeilern
Ruht der Garten der Liebe.
Da fleußt das Bad der Wonne,
Da blühen der Freundschaft Blumen,
Da springt der Schönheit Bronnen,
Da wäscht, da badet er ihre Seelen in Freuden
Und stärket sie zu künftigem Leiden;
Da trinken sie aus dem Strom der Wonne
Und tanzen miteinander auf der Sonne.
Oft, wenn ihr Leib keine Rast auf Erden hat,
Sitzen ihre Seelen hier auf goldnen Stühlen,
Die der Liebesgott ihnen zubereitet hat,
Der Himmel Freuden sie fühlen.

Walter. Gut, Lottchen! Mein Treu, recht sehr gut! Vergeß'
doch alles, wenn ich solch ein Lied anhöre; das hat doch noch so
etwas. Nu, Herr Schulmeister, Er red't ja nichts, spricht kein
Wörtchen. Gibt's so Lieder heutzutage? Ah was, Schwager Schulz,
wie hat's mein Mädel gesungen? Sagen, wie hat's Euch gefallen?

Schulz. Hum, so! Mein Treu, versteh' dir kein Wort davon;
gefällt mir übrigens ganz gut. Sackerlot, was das herumgeht,
rechts und links, har und hot, mit dem Liebeswagen; mein Six,
mir fiel dabei ein, daß ich noch 'n Wagner sechse Holz im Wald
sitzen hab', die mir meine Jungen morgen heimführen sollen.

Walter. So? Was ist's denn für Holz, Schwager, eichen
oder buchen?

Schulz. Narr, gut jung Buchenholz.

Walter. Könnt Ihr mir nicht etliche Klafter davon zukommen
lassen? Brauch' eben zum Branntweinbrennen. Was? Geschäh' mir
ein Gefallen damit.

Schulz. Hei, warum denn das nit.

Walter. Hum! Was wollt' ich doch sagen? Jetzt wär's
an dir, Guntel, jetzt mußt du eins singen; wart', will mir nur
vor einen frischen Hammel holen, daß ich nachher nicht aufstehen muß.

Guntel. An Euch, Vater, ist's.

**Walter.** An dir, Guntel, an dir! Wie? Willt du mich betrügen, Hexe? Sitzest du nicht da Lotten am nächsten, he? Wart',
will dich lernen, du hunderttausig Sapperlot!

**Guntel.** Ha ha ha!

**Walter.** Sing hübsch das vom Pfalzgrafen Friedrich, ist auch
ein uralt Ding. — Guck, hab' ich dich erwischt, du ehrlicher Schnei-
dersgesell'? Diesen Widder, ihr Männer, hab' ich vorig's Spatjahr
auf der Kirchweih im Scheibenschießen gewonnen; es waren ihrer
viele da, hab' euch den Jäger Fränzel mitten aus dem Schwarzen
herausgeschossen, das ihn verflucht geärgert hat. Ja, da war euch
ein alt Zigeunerweib, die vor den Thüren herumbettelte, die hat
euch Märchen gesungen! Wenn ich sie mir nur hätte abschreiben
lassen: vom braunen Fräulein, von der keuschen Genoveva, und dergleichen; die waren recht so nach meinem Gefallen. — Nu, was
guckst du wieder?

**Guntel.** Darf ich eins singen?

**Walter.** Freilich, Guntel; sing das vom Pfalzgrafen Friedrich.
Kannst's doch noch?

**Guntel.** Nicht recht mehr. Geht, will Euch ein andres schöner's dafür singen.

**Walter.** Ein neues, so vom — Schulmeister da, nicht wahr?

**Guntel.** Ei ja, hört's nur einmal an, ob's Euch nicht besser
gefällt als all' die einfältigen alten Lieder, die . . .

**Walter** (ärgerlich). Guntel, mein Seel', 's gibt Wichs! Ich
schlag' dir den Kopf entzwei, wenn du mir nur noch ein Wörtchen
wider die alten Lieder muckst. Willt du auch, he? Willt du auch die
gescheite Jungfer machen? Narrenkopf du, ich will dich . . . Aber
sieht er, Herr Gevatter Schulmeister, an dem Teufelszeug all ist
niemand schuld als ganz allein Er.

**Schulmeister.** Wie so, wie so?

**Walter.** Wenn Er derentwegen herein in mein Haus fressen
kommt, mir meine Kinder zu verstiften, daß sie keinen Respect vor
ihrem Vater haben sollen, thut Er gescheiter, wenn Er meinetwegen
lieber draußen bleibt. Sag's grad' heraus, ohne Scheu.

**Guntel.** Will ja gerne singen, Vater. Sein doch zufrieden!

**Schulz.** Nu, nu, Schwager, nit gleich bös, nit gleich bös.

**Walter.** Ei was bös! Das Mädel soll singen. Nu, machst
du? Soll ich dir helfen?

**Guntel** (fingt). Die Nacht gar klar und lieblich ist,
    Der Himmel sternenhelle,
    Kein Lüftchen unter Blumen wühlt,
    Nur rauscht des Neckars Welle,
    Schwer nickt der Klosterthurm hinein
    Und hüpft im leichtern Widerschein.

Da säuselt's durchs Gesträuche weich,
Als wenn ein Engel scheidet;
Ein junges Mädchen, geisterbleich,
In weißen Flor gekleidet,
Geht seufzend auf der Aue da,
Als ging' ihr Pfad dem Grabe nah.

**Walter.** Gut, Guntel, gut.

**Guntel** (singt).

Und von dem Felsen klimmt herab
Mit kreideweißem Barte
An seinem dürren Dornenstab
Ein Pilger auf der Fahrte,
Der freundlich sich zur Seite dreht,
Woher des Fräuleins Seufzer weht.

**Walter.** Gut, sing fort.

**Guntel** (singt.)

„Was weinst du, Tochter . . .

**Walter.** St! St! So halt't doch eure Mäuler, daß das Mädel
singen kann.

**Guntel** (singt).

Was weinst du, Tochter? Sag, verschied
Dir Vater oder Mutter?
Singt man daheim ein Todtenlied
Um Schwester oder Bruder?
Du weinst all . . .

**Schulmeister.** Mit Erlaubniß, Herr Gevatter!

**Walter.** Nu, was will Er schon wieder?

**Schulmeister.** Heißt's wirklich hier im Lied „um Schwester
oder Bruder"?

**Walter.** Er hört's ja, zum Henker!

**Schulmeister.** Bruder — Mutter, das kann unmöglich auf=
einandergehen, das ist keine gute Harmonie, das klappt nicht;
schlechter Reim, das muß nicht so sein, Herr Gevatter Walter.

**Walter.** Es muß, Er hört's ja, es ist so.

**Schulmeister.** Ei, das kann nicht, das kann nicht. Mutter
hat ein doppelt Tau, Herr Gevatter; Bruder hingegen wird mit
einem einfachen Delta . . . sieht Er . . .

**Walter** (läßt Schere und Hammel fallen). 's Wetter und der Teufel!
Soll ich dann in meinem Hause nicht Herr sein dörfen, daß mich
der verfluchte Schulmeister drin herum cujonirt? (Steht auf.) Was
Teufels gehn mich dann Seine Delte und Tau an? Geh Er zum
Henker, behalt Er das Zeugs für sich und laß Er einen singen hören!
Will noch, so wahr ich leb', jährlich fünf Malter Korn ins Almosen

geben, bloß daß mir der Schulmeister vom Hals bleibt. Ich krieg'
noch das Fieber, das ist gewiß.

Guntel (singt).

    „Was weinst du, Tochter? Sag', verschied
    Dir Vater oder Mutter?
    Singt man daheim ein Todtenlied
    Um Schwester oder Bruder?
    Du weinst allein." — „Ach nein, ach nein,
    Mein Herze presset andre Pein." —

    „Laß wissen mich's, o Tochter! Sprich ...

Walter. Jetzt spricht der Pilger.

Guntel (singt.)

    „Eh daß ich mich entferne
    Ins Thal hinab, um Gräber ich
    Zu sterben streb' und lerne.
    O zeig' mir deinen Namen an,
    Damit ich dich auch kennen kann!" —

    „Kam denn zu deinem Ohre nie ...

Walter. Jetzt spricht sie wieder.

Guntel (singt).

    „Vom Grafen Friedrich Kunde?
    Und dem verlassnen Schätzchen nie,
    Der zarten Kunigunde?
    Ach heil'ger Pilger, die bin ich;
    Der schöne Pfalzgraf liebte mich.

Walter. Nu, sing fort.

Guntel. Kann's nicht weiter, hab's wieder vergessen.

Walter. Was vergessen! Mach' mir so keine Streiche! Jetzt
kommt erst das Schönste. Jetzt kommt's, wie sie dem Pilger er=
zählt, wo sie und der Pfalzgraf zuerst sich sehn und geliebt und
einander ew'ge Treue geschworen. und wie er, nämlich der Pfalz=
graf, kurze Zeit hernach untreu ward, eine Gräfin von Straßburg
geheirathet; und wie sie sich drüber kränkt und trauert und vorge=
nommen, zu ihm, dem Falschen, nacher Straßburg aufs Hochzeits=
fest zu reiten, um da vor seinen Augen zu sterben; und wie's ihr
der Pilgersmann ausreden will und das Fräulein bit't, die falsche
Welt und alles zu verlassen und zu Gott mit ihm ein Pilgersmann
zu werden und ihres Ungetreuen zu vergessen; und wie sie weinet
und schwört, daß 's nimmermehr möglich sei, daß sie ihn nimmer,
nimmer vergessen könnte als im Tode; und wie sie nun verzwei=
felnd fortläuft in Graus und Nacht, zu Hauf' ihres blinden Vaters
Waffen umlegt, sein Schwert umgürtet und sich aufs Pferd schwingt,

um unerkannt als ein fremder Rittersmann gen Straßburg hinauf=
zureiten. Nu, erinnerst du dich jetzt . . .

**Guntel.** Ich weiß nicht weiter, Vater!

**Walter.** Hahlgans, die du bist! Ist das auch erlaubt, so
was zu vergessen? Hab' mein Lebtag kein dummer Mensch gesehn.
Wart', da fällt mir's ein . . . Nein, kann's auch nicht mehr.
's kommt nun, wie sie zu Straßburg eintrifft, just am Freudentag
ihres Liebsten. Guntel, ich möcht' dir eins hinters Ohr geben,
das schön' Ding zu vergessen! Halt . . . o der Henker, ist so schön
das, wie sie in'n Kreis hineinsprengt und ihrem Liebsten überall
nachreitet, der endlich seiner Gräfin die Hand gibt; das ihr dann so
leidthut, daß sie sich der Thränen nicht mehr erwehren kann, vor ihn
hinreitet und ihr Schwert zieht, sich vor seinen Augen zu erstech . . .

**Guntel.** Da weiß ich's wieder.

**Walter.** So mach' fort, Bestie.

**Guntel** (singt).

> Ihr Ritter blickt und blickt sie an,
> Ihr schlägt das Herzlein helle.
> Viel Seufzer schickt sie himmelan,
> Doch ach! nun brennt sie Hölle,
> Da er bei ihr vorüberstreicht
> Und seine Hand der Gräfin reicht.

> „So falsch, ach Gott! so falsch und schön
> Muß dich mein Herz noch schmähen!
> Du sollt mich, sollt mich sterben sehn,
> Mich sterben sollt du sehen.
> Bleibt lächelnd dann auch dein Gesicht,
> Wenn Kunigundens Auge bricht?"

> So seufzet sie und schluchzt und zieht
> Das Schwert, die Thränen rinnen;
> Doch ach! was sie anjetzo sieht,
> Das reißt sie ganz von Sinnen:
> Der Ritter schenkt hinweg den Ring,
> Den er von ihrer Hand empfing.

> Zurück dreht sie ihr scharfes Schwert,
> Gezückt schon nach dem Herzen.
> Sie tummelt, Wuth und Tod! ihr Pferd
> Auf ihn und heult vor Schmerzen:
> „Verräther, Falscher, wehre dich,
> Den Tod auf dich, den Tod auf mich!"

Und ach! zu ihrem Ende schwingt
Ein Engel sich vom Himmel.
Der Ritter wüthig schmäht und springt
Im Sattel, reißt den Schimmel,
Und zuckt und stößt, es knirscht sein Schwert,
Das Fräulein schreit und sinkt zur Erd'.

„Reißt, Gott! reißt doch den Helm herab,
Ich kenne diese Stimme.
Ha, Kunigunde! Kunigund'!"
Er knirscht in Wuth und Grimme:
„Ha, Vater! Daran seid Ihr schuld!
O Kunigunde! Vater!"

**Walter** (wischt sich die Augen). Ei, ist doch gewiß schön; gar schön.
**Guntel** (singt).
Er sinkt vor ihr aufs Knie und schreit
Und weint in ihre Wunde.
Eh' sie in seinem Arm erbleicht,
Seufzt sie mit schwachem Munde:
„Ich sterbe gerne; liebe mich,
Gedenke mein, gedenk' an mich!

**Walter** (für sich). Armes Mädchen! Ach Gott! Wenn's meine
Tochter wär' . . . wenn's meinem Lottchen so erging' . . .
**Guntel** (singt).
„Laß bauen mir ein Grabmal auf,
Daran dein Bildniß hauen,
Und schreib mit eigner Hand darauf,
Daß meine Freund' es schauen:
Die hier den bittern Tod erlitt,
Mein Schätzchen und mein' Weib war sie."

(Walter wischt sich die Augen. Schulmeister lacht.)

**Walter.** Lauskerl, der Schulmeister! er ärgert einen, daß
man die Angst kriegen möcht'.
**Guntel** (singt).
Er ließ ihr ein Grabmal bauen,
Drein diese Worte hauen:
„Ein Fräulein bin gewesen,
Aus Tausenden der Schönsten
Die Schönste auserlesen,
Und nachmals Pfalzgräfin;
Geliebet und getödt't hat mich
Mein liebster Pfalzgraf Friederich.
Nun sitz' ich unter Engeln
Im hohen reichen Himmel."

Daneben war sein eignes Grab,
Darein ward er geleget
Kurze Zeit hernach,
Als er mit Trauern gestorben.

**Walter** (fällt ein).

O streuet, süße Sternelein,
Auf dieses Grabmal euern Schein
Und weinet helle Zähren.
Ihr aber, Junggesellen mein
Und holde zarte Fräuelein,
Die diese Geschichte hören:
Weint helle fromme Zähren,
Den Ruhenden zu Ehren!

(Walter steht auf, holt einen andern Hammel. Schulmeister und Schulz flüstern
zusammen.)

**Walter.** Lottchen, sag', was fehlt dir nur? Was soll ich dir
denn kaufen, mein Kind? (Sitzt neben sie.) Bist du krank? Sag's
doch, mein Liebchen! Weiß ja nicht, was ich dir alles zu Gefallen
thun soll. Dir fehlt was.

**Lotte.** Was soll mir dann fehlen?

**Walter.** Weiß 's der liebe Gott, der alles weiß; ich kann's
ja nicht wissen! Geh, sag's doch, Lotte, liebes Lottchen!

**Lotte** (seine Hand küssend). O lieber, lieber Vater!

**Walter.** He? Was ist dann? So red' doch!

**Lotte.** Ach!

**Walter.** Nu?

**Lotte.** Kann's Euch alleweil nicht sagen.

**Walter.** Gelt, sagst mir's heut' Abend, wenn wir allein vor
der Hausthüre im Mondschein sitzen; gelt dann, Lottchen?

**Lotte.** Ja!

**Walter.** Du mein . . . .! (Küßt Lotte. Auf Seite zum Schulz.) Nu,
was gibt's dann wieder, Schwager? Was predigt der Schulmeister
Euch vor?　　　　　　　　(Schulz lächelt.)

**Walter.** Die Pestilenz! Schäm' Er sich doch, Herr Gevatter,
mit Seinem einfältigen Gewäsche; was behauptet Er gegen meinen
Schwager da, dies wär' auch ein einfältiges Lied? Was? Mein
Seel', Er kommt bei mir blind! (Läßt Lottens Hand fahren.) Ein so
einziges Lied, versteht Er mich, Herr Schulmeister, sag's Ihm rund
unter die Nase, ist mehr werth als zwanzig Eurer neuen alfänzischen
Dingerchens, die weder kalt noch warm sind und, Gott verzeih' mir
mir meine Sünde! so ungenießlich und einem so traußdick im Magen
liegen, als hätt' einer Hobelspäne gefressen. Das Mädel da wär'
eine Närrin, weil sie so getrauert und geseufzt, und nicht vergessen

konnte, und nicht thun konnte, was ihr unmöglich war? Einfältig, dummes Geschwätz! Nichts Herr, nichts. Weiß auch, was das ist, Betrübniß und Pein, und wohin einen Traurigkeit bringen kann. Hab' einmal müssen helfen ein Mädel zum Gericht führen. Vergeß' mein Lebtag nicht, wie's da ausgesehen. Das arme Ding! Wie sie da hinging im Todesschweiß den bittern Marterweg! Und die Ergebung und Duldung, in Gott zu leiden und zu tragen, was sie verdient; und die Hoffnung und das sehnende Verlangen, im Tode zu ruhn! Das alles, Herr, fällt mir allemal deutlich ein, wenn ich dies Lied singen höre, und ich mein' immer, ich säh' das Mädel noch mit nassen Haaren vor mir hingehen. Aber Er, auf so was gibt Er sein Leben nicht Acht. Nein, so was gefällt Ihm nicht, wenn's nicht hübsch voll von der Doris und Damötas und Myrten und Rosen und Knoblauch und Zwiebel und weiß der Henker all ist. Er ist ein Erznarr, Herr Gevatter Schulmeister, der allen Verstand gefressen haben will, versteht Er mich? — He, laßt doch den Krug herumgehen, der Hals wird einem bei meiner Seele ganz dürre. Langt doch einmal was zu trinken her!

Schulmeister (hitzig). Herr Gevatter, Er ist ein Ignorant.

Walter (springt auf). Blitz, was ist das?

Schulmeister. Bleib Er nur sitzen, nur sitzen; wir reden ja mit dem Mund und nicht mit den Händen. Ich will Ihm dieses alles ganz klar unter Augen bringen, ich will Ihm alles ausführlich beweisen. Sag' Er mir, warum findet Er dies alte Lied da so schön? Warum gefällt's Ihm so wohl? Nur dies.

Walter. Potz Stern! Hab' ich's Ihm dann nicht schon zehntausendmal explicirt, warum? Just, weil's so grad' drin hergeht, wie man's denkt, und . . . Blitz, meint Er etwa, Er hab' seine Buben vor sich?

Schulmeister. Ich merk', was Er sagen will; Er will sagen: Herr Gevatter, weil's so natürlich ist. Nicht wahr?

Walter. Nun ja doch! Hab' keinen Haspel im Maul, wie ihr Leut', daß ich alles so grad' herausklingeln könnt'. Nu, weil's so natürlich ist. —

Schulmeister. Eben darum ist es nichts nutz. (Lächelnd.) Denn sieht Er, mein lieber Herr Gevatter, warum wäre die Poesie eine so erhabene wichtige Wissenschaft, von Göttern erfunden und von Königen und Kaisern ausgeübet, wie ich Ihm denn dies alles bei einer andern Gelegenheit sehr deutlich und mit vielen Beispielen zu beweisen mich anheischig mache; warum, wiederhol' ich, wären Schulen angelegt, warum Lehrer dazu bestellt, warum Regeln festgesetzt, warum so viele gelehrte Bücher darüber geschrieben worden, wenn die Poesie, wie Er es meint, eine so natürliche gemeine leichte Sache wäre? (Noch lächelnder.) Ei, da dürfte ja mancher, der Gaben in sich fühlt, nur sich umschauen in der Natur, hier und da Achtung geben und, wie sie's zu nennen pflegen, den Menschen studiren; er dürfte ja nur niederschreiben, grad' wie er sich ums Herze fühlt. Das wär' ein gar Leichtes, ein gar Leichtes, nicht wahr? Aber was gäb' das für unsere Herren Gelehrten? Wo blieb' dann das Edle? He he he! Das Geschmackvolle, das Schöne, das Gelehrte, Herr Gevatter, wo blieb' das? He he he! Zum Exempel. Ich hab' es gar wohl in Acht genommen, daß ihm diejenige Stelle, wo der junge Pfalzgraf, da er seine Liebste erkennt, zu gleicher Zeit sein Unrecht fühlet, ganz verzweifelnd seinem Vater gleichsam Vorwürfe macht und ganz wüthig ausruft: „Ha, Vater! Daran seid Ihr schuld! O Kunigunde! Vater!" ganz vortrefflich gefallen. Es ist so übel nicht, es ist so ganz natürlich hingesagt, und wenn man so etwas mit dem Ansehen eines alten Autoren bewähren kann, daß der auch schon so was gesagt, ei dann mag's allenfalls so mit hinschleichen. Aber weit schöner ist's doch allemal, wenn zum Exempel bei heftigen Schmerzen oder Betrübniß, wie eben hier, wo ganz natürlich jedermann weinen würde, der Autor seinen Personen ganz fremde gegentheilige Empfindungen in den Mund legt; zwar nicht just Lachen, denn so was ging auch nicht wohl an, nein, sondern sie edelmüthig, erhaben und prächtig in einer stolzen, wohlgesetzten Rede über sich und sein Unglück in weisen und gelehrten Sentenzen simuliren läßt. Zum Exempel wie hier; da hätte der Autor nun schöne Gelegenheit gehabt, ein Wörtchen griechisch oder lateinisch, oder was von der Meßkunst oder sonst was Gelehrtes, das er am besten verstanden, mit anzubringen. Das, Herr Gevatter, macht Aufsehen; da, da steckt's! (Bei Seite zum Schulz.) Dank' ihm, Herr Schulz, hab' noch ein Prischen; ich schnupp' so meinen ordinären Sendemeer, das ist mein Leibtaback, he he he! — Ja, da steckt's, mein lieber Herr Gevatter! Da sagen dann hernach die Leser: „Ei um alles in der Welt, wie hat nur der Mann auf solch einen Gedanken kommen können, und dazu noch bei dieser Gelegenheit! Das ist was Außerordentliches! Wie hat er diesen weisen Spruch des Seneca, des Cicero, des Marcus, des Tullius hier anbringen können!" Dieß, mein lieber Herr Gevatter, ist der große Weg da; da hinunter muß man segeln, wenn ich mich dieses Ausdrucks bedienen darf, um auf dem Großfluß der Gelehrsamkeit flott zu werden; so was bringt Ehre! Aber etwas Hingeschmiertes schön zu finden, das vielleicht ein paar müßige Handwerksbursche in ihrer Herberge zusammengeflickt . . . denn kein Gelehrter hat ein für allemal an all diesem Quark Hand angelegt, dies sieht man an den barbarischen Reimen und häufigen Elisionen: hat's, statt hat es; er's, statt er es, und dergleichen. Und das nennt ihr Leute hernach natürlich; ja wohl natürlich, leider nur zu natürlich. Mein lieber Herr Gevatter, bedenk' Er nur künftig sein hübsch, daß das, was ihm am natürlichsten vorkommt, just allemal am schlechtesten ist.

**Walter.** Ist Er bald fertig? Nu, die Angst geht einem aus. Blitz und 's Wetter! Weiß Er was, Herr Gevatter Schulmeister? Bin nun einmal zum Lernen zu alt; wenn das so ist, wie Er's denn besser verstehn mag, so will ich in Gottes Herren Namen in meinem alten Sattel forttrotten und geruhig meinen Esel zwischen den Ohren halten. — — Da, trink Er eins. Prosit! Der Donner erschlag' mich, Gevatter, du oder ich, einer von beiden ist ein Narr.

**Schulmeister.** Ei, ei! Gut Wohlsein!

**Walter.** Was am natürlichsten, am schlechtesten? O nein, 's muß einer kein Hirn haben, so was zu glauben; 's ist zum Prügeln. — Gevatter Schulz! Ihr werdet Euch doch nicht dahinten finden lassen? Nu, frisch! Singen auch eins!

**Schulz.** Singen? Ei, hab' ja nit e mal eine Brill' bei mir.

**Walter.** Bist 'n Narr; für was denn eine Brill'? Singt, was Ihr auswendig könnt.

**Schulz.** Nu, will Euch ein Lied singen, das eine Adeliche, die einmal eine Zeit lang bei mir gewohnt, als gesungen, wenn sie ihr Kind eingewiegt. Soll ein staatisch Lied sein; ich meinestheils versteh' kein Wort davon. (Singt.)

Komm, schöne Galathee!
Die Lämmer ruhn im Klee,
Die Vögel musiciren,
Auf Zweigen sie spaziren:
Wie alles fröhlich ist,
Weil Zephyr Floren küßt!

Die Rose klimmet schon
Hervor; Cytherens Sohn
Knüpft los die grüne Binde
Und schmeichelt ihr gelinde;
Da öffnet sie voll Lust
Die ambrareiche Brust.

Ach Schätzchen, du bist mein!
Ach Schätzchen, ich bin dein!
So oft der Frühling blühet,
So lang' mein Auge siehet,
Soll dies mein Wünschen sein:
Bleib', holdes Schätzchen, mein!

Ihr Tauben in der Höh',
Ihr Schwanen auf dem See,

Die sich einander küssen,
O möchtet ihr es wissen!
Ihr Tauben in der Höh',
Ihr Schwanen auf dem See!

Fliegt, Vögel, flieget auf,
Zum reichen Himmel auf!
Ach hier, an meiner Seite
Mein Mädchen, meine Freude,
Vergeſſ' ich Sternenflug,
Ihr Kuß ist mir genug.

**Walter.** So recht! Jetzt will ich euch auch gleich ein Märchen erzählen. — He, bringt doch frische Hämmel herein; und du, mein Kind Lottchen, zieh' mir doch ein bißchen die Wolle unter den Füßen hervor. So, so! — Versteht ihr mich: vom Fräulein von Flörsheim will ich nun erzählen, die so weltberühmt wegen ihrer Schönheit war; zu der gar viele hohe Ritter des Landes, weit und nah, zusammenkamen, vor ihr turnierten mit Speeren und Lanzen und allerlei lustigen Reiterspielen und vor ihr freiten in Liebe; und wie sich damals auch ein armer, armer Schäfersjunge in sie verliebet, der von ihr wiedergeliebet ward, ohn' daß er's wußte; und wie endlich das alles so traurig hinausläuft; wahrlich, ist euch ein recht anmuthiges Schäfersstückchen. Hört nur! Fängt sich gleich mit des verliebten Schäfers Gesang an, der betrübt allein im Wald liegt. Sing's euch so grad' hin, wie ich's in meiner Jugend aus=wendig gelernt.

„Muß ich denn alleine liegen? Hört niemand meinen Seufzer? Ach, du lieber Mond! Warum wallst du die Fluren hinunter? Meine Lämmchen schlummern bereits; nur mein Herz wachet mit dir.

„Die mir die Seele verwund't, die mich erfreut und betrübet, sitzt im goldenen Saal, im Saal, wo hundert Kerzen brennen, ihre Schönheit zu erhellen, wo die goldenen Ritter sitzen und um ihre Liebe buhlen. Was bleibt mir übrig? Ich, dessen Hütte ein alter Baum, dessen Bette ein Stein, seufze nach ihr! Fliegt mein Herz hoch, was will ich ihr geben? Und ach! wer kann ihr mehr geben als ich? O heil'ge Mutter Gottes! bin wol arm und unglücklich.

„Wär' ich ihr Diener, nah' um sie ... Ha, wär' ich ihr Hirt! Dürft' ich ihre Lämmer weiden vor ihr! Dürft' ihr die Wolle scheren und bringen, und sie fragte mich dann; ach, für mich armen Jungen ein Glück! Blies' ich am Brunnen und sie käm' morgens und abends heraus, sähe mit an meine Widder tränken; ach Gott, welch ein Glück! Wollte sie mir Lohn dingen, ich thät's ja um=sonst, wär's auch rauber Winter, wär's auch warmer Sommer.

„Bald werd' ich sie nicht mehr sehen, das bricht mir das Herz.

Welcher Ritter sie erbeutet, wie glücklich ist der! Vor allen ein goldenes Lämmchen hat er gewonnen, seines Hauses Zierde. Gesegnet sind seine Tage, die Frömmigkeit wohnet bei ihm. Fremde lehnen ihre Stäbe gern' an seinen Pfosten, und sein Name wird herrlich weit und breit. Denn wo gibt's an holdseliger Freundlichkeit noch eine ihresgleichen? Mich armen Schäfersjungen sogar hat sie nicht verschmähet anzuschauen, so oft sie vor mir überging; ach ja! dann schaute sie die Seele aus meinem Herzen."

So sang der Knabe, sitzt an einem alten Stamm nieder und seufzt: „Hier will ich mir im Kühlen ein Plätzchen erwählen. Werden morgen die Ritter kämpfen? Wird sie der Reichste in seinen Armen halten? Dann will ich auch länger nicht leben."

Und er entschlief, der schöne Knabe; aber Thränen zitterten seine Wangen herab. Eine leise Stimme flüsterte durch die Büsche: Schlummre du, schlummre du sachte, trauter, lieber Knabe! Liebe getreu, und deiner will ich gedenken."

Sie war es selbst, das anmuthsvolle Fräulein, die des Knaben ängstlichen Seufzer belauschet. Süße Liebe für ihn hatte ihr Herz empfunden, als sie ihn singend einst unter ihren Schafen erblickt. Hervor gehet sie nun, betrachtet des Schlumm'rers unschuldige Reize, sein rundes Gesicht, von leichten, braunen Locken umspielt, und die Thränen, welche die Liebe geweint, unter halbgeschlossnen Wimpern hervorschwellen. Ein sanftes Beben durchfährt ihre Brust. „Ach unter allen", seufzt sie, „unter allen, allen, die um mich werben, unter keinem ihrer blinkenden Harnische schlägt vielleicht solch ein redliches Herz, so voll inniger, warmer Liebe zu mir. Schlummre du, schlummre du sachte, schöner Knabe! Deiner will ich gedenken."

Und sie drückt auf des Schlummernden Herz ihren Schleier und versinkt in die Nacht.

Aber am gestirnten Himmel sinkt der Mond hinunter. Aus wehmüthigen Träumen fährt der Knabe auf; ihm ist's, als säh' er, verlör' er auf immer die, die er so herzlich liebt. Bald fühlt er sich der Glücklichste, das Fräulein in seinen Armen und sein; dann hoffnungslos ihm wieder entrissen, in Graus und Dunkelheit davon. So reißt er sich verzweifelnd zwischen Kummer und Freuden durchs Gesträuche fort zu seinen Schafen.

Aber im prächtigen Schloßhofe fochten die Ritter schon drei Tage. Umschlossen sitzt das Fräulein von tausend Edeln, die weit und breit herbeizogen, ihrer Schönheit Wunder. Getreue und Ungetreue, Freunde und Feinde stehen in eins hier vereinigt, das Fräulein zu lieben und ihren holden Besitz zu erkämpfen. Und schon blinken die Speere im Schimmer, die Federn sausen nach dem Wind; es schäumen die Hengste, die Schwerter erklirren; es schreien und stoßen erhitzt die Reiter und sprengen einander vor.

Doch keiner konnte des Fräuleins Herz erreichen. Ach lange, lange schon hielt es die Liebe in zärtlichen Banden gefangen.

Und du weinst an der Quelle, schöner Schäfer! Ins Gelispel schwanker Buchen glitscht dein Seufzer. Deine Thränen bewegen die Flut. Siehe, deine Gedanken schweifen umher; im Schloßhofe standst du, sahest das Gejubel und der Ritter stolze Pracht. Deine Niedrigkeit fühlend, schlichst du von dannen und blicktest schamhaft zum Fräulein zurück. Und nun liegst du, liegst sterbend an der Quelle und weinest die letzten Thränen nach ihr. O halt ein! Beweine dein Unglück nicht! Weine, daß du dein Glück nicht weißt! Ach, unter allen Jünglingen der Fluren, unter allen blütenbekränzten Knaben ist keiner geliebet wie du. Nur an dir hängt des Fräuleins Seufzer. Dich nur zu denken, deine Flöte zu hören tönen durchs hallende Thal, dich zu erlauschen, bedeckt von wispelnder Birke, ist ihrer Seele Gedanke des Frühlings. Schon steigt sie den Söller herab; unergötzt vom fürstlichen Spiel, sucht sie die Pfade der Flur. Die Ritter brechen die Lanzen, die Splitter durchsausen den Mähnbusch, es jubelt in Freuden die ganze Bahn; nur sie allein sitzt einsam am Fels, achtet der Freuden nicht mehr. Die glühende Wange gegossen in ihre hohle Hand, denkt sie ihrer Zärtlichkeit nach, denkt sie an dich. „Sollt' ich ihn, konnt' ich ihn vergessen! O, er liebt mich, er liebt mich gewiß! An welcher Klippe nickst du, Zärtlicher? Deine Thräne hab' ich gesehen. Wo zittert im Winde dein Haar? Komm her! O komm doch und sage mir, daß du mich liebst! Sollt' ich dich verachten, mein Knabe! weil du arm bist, ich reich? Nein, ich will dich vor allen Rittern mir erwählen. Ewig wollen wir uns vereinigen. Denn gerne tausch' ich Reichthum um frohe, süße Liebe." So spricht das Fräulein und eilet der Quelle zu. Winde der Nacht umflattern sie; ein ängstlicher Schauer hält des Fräuleins Fuß. „Wer schlummert im Mondglanz dort? Ach, mein Knabe! Soll ich mit Blumen erwecken ihn? Er hört mich nicht!" Sie küßt ihn; aber kalt seine Stirne, erloschen sein Aug', seine trauernde Seele war schon zum Himmel entflohen.

Und das Fräulein sitzt neben den Leichnam hin und weint in die Quelle.

So weit geht das Lied. Aber wie sie hernach gestorben, und wie die Ritter alle zusammen beider Treue und unglücklichen Liebe zum Andenken eine stattliche Kirche haben bauen lassen und vorn an den Giebel in Stein das Fräulein und den Schäfer mit seinem Hund und Dudelsack haben aushauen lassen — wie man dies noch heutzutag' alles sehen kann —, können einem alte Männer noch gar ausführlich erzählen. Ei, Kinder, ihr müßt die Kirche gesehen haben, sie liegt rechter Hand am Walde, wenn man auf Trippstadt zu geht. Ihr wißt's ja, gehört dem Baron von Hacke. Es war

euch auch noch an dem nämlichen Felsenbrunnen, wo der Schäfer=
knabe gestorben sein soll, eine Schrift zu lesen, die, wie man sagt,
das Fräulein mit eigener Hand hineingehauen. Sie war gar weh=
müthig. Weiß noch, als ich einmal einen Sommer dort gehütet,
haben wir Buben und Mädels uns oft dort herum gelagert — das
war immer so meine Sach' —, haben dann als die Schrift gelesen.
Ein schöner grüner Platz, voll Blumen und Hecken, war da an=
gepflanzt, und oben aufm Fels stand euch eine dicke Buche, die
warf Schatten herunter. Sag's euch, 's war immer ein' Lust und
Leben um diesen Platz da herum; und mein Treu nirgends sind
euch mehr Liebschaften gemacht worden als eben bei diesem Brun=
nen: denn ich sag' euch, er war über die maßen angenehm. Aber
was geschieht? Da reit't euch der Teufel, Gott verzeih' mir meine
Sünd'! einen von den Kirchenältesten, dem war das Aergerniß
und Sünde am Brunnen; der geht euch hin, zerhaut, zerstückt
euch die Schrift, daß nirgends mehr was zu sehen war. Und, hört
ihr's! grad' als wenn die Quell' Leben und Menschengeist gehabt,
hat sie ordentlich drüber getrauert, lief schwächer und schwächer,
bis sie sich hernach ganz verlor; die Kräuter und Blumen da herum
versturben auch, die milde gutherzige Buche auf dem Felsen ver=
dorrte gleichfalls, und ist hernach von diesem so schönen herrlichen
Brunnen nichts übriggblieben als der kahle Fels, wie er heutzu=
tag' noch steht. — Nu, Veitel, sing jetzt du eins! Was zum
Kukut? Hast ja Wasser im Aug'. Glaub', du Narr hast gar drüber
gegreint. Hast drüber gegreint, Veitel, he? Gib' mir deine Hand!
Bist, mein Seel', ein braver Jung'. Geh, fang jetzt an und thu
ein wenig dein Maul auf. Sitzest ja da wie meine Lotte. Man
sollt' euch zwei zusammensperren.

  Veitel. Wär's wol zufrieden.

  Walter. Nu, ein Lied!

  Veitel. Soll ich dann? Ach, Lottchen!

  Walter. Was Hübsches!

  Veitel. Will was singen, das mir gewiß von Herzen geht.
Lottchen, Lottchen! (Lotte guckt unter sich.) So soll's dann, muß es
dann geschieden sein? (Lotte schluchzt.)

  Walter. Einfältiger Streich, so zu plaudern! Narr, machst
mir nur das Mädel greinen mit deinem dummen Geschwätz.
Geh, sing!

  Veitel. Oh! (Singt.)

> Hon wol en gutes Mädchen ich,
> Gäb's nit um Gold und Geld;
> Um Gold und Geld mein Mädchen ich,
> Nit um die ganze Welt.

Ihr Aug' so sanft und himmelrein,
Ihr Busen warm und treu!
Für mich ging' sie in Tod hinein,
In bittern Tod ohn' Scheu.

Muß reichen ihr nun meine Hand,
Ich scheiden muß und soll.
Dem lieben Gott ist nur bekannt
Mein Herz, so trauervoll.

Vergesse mich, o Schätzchen, nit,
(Lotte schluchzt laut.)
Wann ich dich nimmer seh'!
Vergessen will ich deiner nit,
Wo ich auch geh' und steh'.

Umschweben soll mich dein Gesicht,
Dich denk' ich jederzeit,
Wenn's donnert und der Fels zerbricht,
Wenn's regnet und wenn's schneit.

Und wenn der Hirsch vor Hitze schmacht't
In heißer Sonneglut,
Den ganzen Tag, die lange Nacht,
Wenn alles schläft und ruht:

Gedenk' ich deiner Treue doch
Und seufze nur zu dir:
Wär' ich bei meinem Schätzchen noch,
Ach, wär' ich noch bei ihr!

Leb' wohl! Leb', süßes Mädchen, wohl!
Die Stimme sinket mir.
Ach, daß ich dich verlass' . . .
(Lotte springt auf und weint.)

**Walter.** Was ist? Was gibt's? Lotte, Lotte, he!

**Lotte.** O sterben! Ich will sterben! O Veitel, Veitel!

(Veitel wirft dem Walter den Hammel auf die Brust, daß er zu Boden schlägt, springt zu Lotten hin; weinen und küssen einander.)

**Veitel.** Ne, ne, Lottchen! Ich geh' nit! Sollen uns nimmer, nimmer trennen.

**Walter.** Einfältiger Streich, wirft einem den Hammel an den Hals. Zum Teufel, hast du dann keine Augen zum Gucken? Narr, der du bist! (Kämmt sich mit den Fingern das Stroh aus den Haaren.) He! Was tausendsapperment gibt's denn da? Ich glaub', ihr

küssen euch da und hängen zusammen in meiner Gegenwart! Der
Donner, ist das Respect? Wie, Lotte?

Guntel. O lieber Vater! Lassen sie doch zusammen! Sie
haben einander lieb. Lottchen weint sich die Augen aus dem Kopf,
wenn Veitel weggeht; sie stirbt, lieber Vater, sie stirbt gewiß!

Walter. Ist's so? Was? Wie? Was?

Schulz. Um Gottes willen Schwager, Nu . . .

Schulmeister. Herr Gevatter Walter! Ich bitt' Ihn ums
Himmels willen, lieber Herr Gevatter, stell' Er kein Unglück an,
mag's auch sein, wie es will. Bedenk' Er, daß schon manches
braven Manns Kinder . . . Bedenk' Er . . .

Walter. Geh Er zum . . . Was will denn Er wieder? Muß
Er denn sein Maul überall haben? Was soll ich bedenken, was?
Ist ein ehrlich Mädel, mein Mädel; was braucht's da weiter?
Wenn ich sie nun zusammenlassen will, was tausend Schwer . . .
hat denn Er dawider? Kann meinen Kindern so gut Leges vor-
schreiben wie Er, versteht Er mich? He! Canaillepack! Was weinst
du denn, Lottchen?

Lottchen. O! Ach! (Küßt ihm die Hand.) Vater, lieber Vater!

Walter. Nu, was willt du dann, Kind? Könnt euch ja zu-
sammenscheren. Hab' nichts dagegen.

(Veitel wirft die Kapp' in die Höh'.)

Veitel. Isch Lotte mein, juhe! isch alles mein.

Walter. Dein? Ja, ich will dich bedeinen. Was? Meinst du,
hab' keine Kinder mehr als euch, daß ich dir alles anhängen soll?
Will euch zappeln lassen zusammen. Warum habt ihr's ohne mein
Vorwissen gethan! Sollt fühlen, was das heißt, hinter deinem
Vater löffeln, du Canaille! Eine Heerde Schafe geb' ich euch mit
und, mein Seel', keinen Schwanz mehr; zwölf Kühe, da könnt ihr
zusehen; dreißig Morgen Ackerland und zehen Morgen Wiesen und
ein Häuschen im Dorf, das ist alles. Will euch den Daumen
aufs Aug' drücken! Will euch . . . Getröst't euch nur keinen Heller
baar Geld weiter als zwölfhundert Thaler; ihr sollt mir! Hätt'
ich das in meinem Leben gedacht, Veitel, daß du mir darum nachts
so ums Haus geschlichen mit deinen verwünschten Märchen und
Teufelspossen, wollt' dir anders aufgezeigt haben. Aber dacht',
Gott straf' mich! nicht anders, als das gescheh' nun alles pur aus
Lieb' und Freundschaft zu mir. Verhenkert Pack!

Guntel. Seid zufrieden, Vater, das arme Lottchen greint sich
sonst todt; laßt sie gehn. Sie singt Euch auch von Euern alten
Leibstückchen, wenn Ihr's haben wollt.

Walter (lächelnd). Ja, komm mir nur! — Aber, Herr Gevatter
Schulmeister, sag' Er, könnt' man nicht aus dem Dings da all
miteinander eine vortreffliche Idylle machen, he?

Schulz. Seid Ihr gescheit, Schwager? Seid Ihr gescheit?

Schulmeister. He he he! Will's heunt Nacht einmal überlegen.

Walter. Thu' Er's, Herr Gevatter; und damit's recht lustig drein hergeht, so bring' Er mich mit hinein, wie ich, der alte Walter, euch all' zum Lustigsein aufmuntre, mit meiner Julle den Vortanz thue, alles hereinnöthige. Merkt Er, Herr? Das müßt' eine rechte wahre gute Idylle geben.

Schulmeister. He he he!

# Das Nußkernen.

## (Pfälzisch.)

---

(In des Schulzen von Lämmerbach Stube.)

**Schulz.** Muß mir da 'n Weilchen den Klotz zum Aufhämmern zurechtstellen, damit alles schon in Ordnung ist, ehe die andern ankommen. Frau! Rück' du einstweil den Tisch und hol' Oel, die große Hänglamp' anzufüllen. (Ruft zur Thür hinaus.) Hört ihr's drauß! Holt 'n Weilchen die Nüss' 'runter, nehmt große Körbe mit, vergeßt nit Licht mitzunehmen, ist dunkel auf der Trepp', wird heut' früher dämmrig; trüber Märzentag! — Wenn's noch drei Abende hintereinander so voll wird wie gestern, werden wir dies Jahr mit dem Kernen bald fertig. Walter's ganze Haushaltung kommt heunt her. Sag', hast du auch schon Obst und den Aepfelwein parat? — Ei sieh doch! Guten Abend, Wetzstein, woher noch so spät? Auch 'mal wieder bei uns eingesprochen?

**Wetzstein.** Sag' lieber: schon wieder da. (Er setzt sich.) Guten Abend, Frau Bärbel.

**Schulzin.** Vorige Woche seid Ihr uns vorbeigangen, waret hierüben in Lämmerbach . . . wir wissen's gar wohl.

**Wetzstein.** Ah! hatt' damals den Kopf so voll Verdruß und Zank, daß mir's nicht drum war, gute Freund' zu besuchen.

**Schulz.** Schon wieder! Will's denn mit dem Amtmann noch nicht voran?

**Wetzstein.** Der Schindhund, daß er nur gleich am Galgen hing'! Gott verzeih' mir meine Sünd' . . . daß ich ihn nur gleich mit eigenen Händen . . . Nein, es ist mein Seel' nicht erlaubt, 's ist zu arg, wie sie's einem machen, die Schelmen; daß sie alle der Teufel hol'! Hast nicht 'n Schluck zur Hand? Aerger' mich, wenn ich nur daran gedenk'.

**Schulz.** Pfirsichkernwasser, doppelt abgezogen. Nu, was hat's denn wieder von neuem? Oder ist's als noch wegen deiner Schwägerin?

**Wetzstein.** Freilich, als noch des Lumpenhandels wegen mit meiner Schwägerin. Der Amtmann will nun 's Geld nicht wieder 'rausgeben, das meine Schwägerin hier hinterlegen mußt', als ihr Tochtermann, der Halunk', hier ihre Fuhr' arretiren ließ. Hundert Thaler mußte sie damals Caution hinterlegen bis zur ausgemachten Sach'!

**Schulz.** Weiß das wohl; aber . . .

**Wetzstein.** Nu, da jetzt alles geschlicht't und gericht't ist und aller Zwist abgethan, wie du selbst wohl weißt, will der doch nichts mehr 'rausgeben, macht dir jetzt allerhand Schwänk' und Sausereien von weiterer Berichtigung und sagt endlich gar: er hab's schon mit dem Tochtermann so weit verglichen, der hab' nun die Erstattung der hundert Thaler selbst übernommen; jetzt lauf' ihm nach.

**Schulz.** Der Tochtermann, gesteht er's auch so ein?

**Wetzstein.** Was will er machen? Steckt dem in den Klauen ganz und gar, muß zu allem jetzt Ja sagen, am End' ist aber doch meine Schwägerin allein drum gesprengt.

**Schulz** (stampft). O Gerechtigkeit! Werd's doch nochmals erleben, daß unser gnädiger Herr Graf wieder hier ist! Ihr müßt's nicht so dabei lassen. Deine Schwägerin muß sich an die Regierung wenden.

**Wetzstein.** Verklag' du den Teufel in der Höll'; wirst dort schön angehört. Sind auch Blutigel mit, die sich gerne von dem mästen, was unsereinem abgeschröpft wird.

**Schulzin.** Ja, das sag' ich und bleib' dabei: Gott behüt' einen vor dergleichen Processen! Lieber'n bischen was gelitten und nachgeben, sag' ich immer zu meinem Mann, als denen unter die Klauen gerathen. Was die einmal in ihre Gewalt kriegen, ist, Gott verzeih's, als wär's in Ewigkeit verflucht.

**Schulz.** Das schwör' ich dir, Wetzstein: kommt unser gnädiger Herr mal wieder zurück — er hält was auf mich, das weiß ich selbst, das weißt du und der Amtmann und die ganze Nachbarschaft; er hat's mir auch oftmals bewiesen —, ich reit' ihm dann zehn Meil Wegs voraus entgegen, sag' ihm dann alles schnurstracks, wie alles beschaffen ist und seit der Zeit über in seiner Verwaltung zugangen. Der Amtmann soll dir sein Fett kriegen, hat ohnehin schon was bei mir im Salz. Gelt, wie unser Graf hier war, was er dir da so höflich um einen herschwänzelte und dir so freundlich und manierlich that; da war dir kein Hochmuth auf hundert Stund', da hieß es immer: mein lieber Herr Gevatter Schulz, und: lieber Confrater und Socius! Und jetzt? Da klingt's anders. Aber wart', wart'! O, daß der gnädige Herr so lang' in Wien bleibt! Hier, hier sollt' er jetzt sein, wollten's dann bald anders ausmachen!

Das Nußkernen. 111

Wetzstein. Aber das hilft nun all nichts. Große Herren sitzen gerne in großen Städten, lassen sich's dort brav gefallen und wohlsein, und denken wenig an uns aufm Lande; sollen doch unsere Hüter und Hirten sein, und wissen nicht, daß der Wolf derweil bei uns die Runde macht, und wie armselig da ihre Schäflein geschoren und geschunden werden.

Schulz. Frau! Wo ist doch der Fetzen Papier? Hab' dir's letzt zum Aufheben geben, war Selleriesamen dreingewickelt. Ist dir so was Gedruckt's, eine herrliche Regel für große Herrn. — Da ist dir ein Philosophus, Wetzstein, der mit einem jungen Fürsten spricht, wie mir's letzt der Schulmeister ausgelegt; der hält ihm eine Predigt, die nicht links ist: wie sich's schickt und was einem großen Herrn wohl ansteht, wenn er regieren will. Der Henker! wüßt' ich nur, wie das Buch heißt, aus dem's gerissen ist, kauft' mir's gleich. Ah! jetzt fällt mir's ein, hab's drin im Schränkchen zwischen andern Papieren liegen. (Schließt das Schränkchen auf und sucht nach.)

Schulzin. Wie geht's denn sonst daheim? Was macht Frau Gertrud? Noch gesund?

Wetzstein. So, so; geht anfangs 'n bischen besser, da ihr nun der ungerathne Jung' 'n bischen mehr aus'm Sinn kommt.

Schulzin. Kinderkreuz, schwer Kreuz! Sie nimmt's aber auch gar zu schwer auf sich. Der arme Fritz! Freilich, daß er draußen so 'rumschwärmt, ist nicht schön; Böses aber habt Ihr doch weiter nichts von ihm erfahren. Wie lang' ist's, daß Ihr keine Nachricht mehr von ihm habt?

Wetzstein. Ueber drei Jahr'. Ihr wißt nicht alles: was er für Kapital' hinter mir aufgenommen . . . Hätt' ich's in meinem Leben geglaubt, daß mir der Jung' so viel Herzeleid noch verursachen sollt'!

Schulzin. Wer glaubt uns armen Aeltern, der nicht selbst erfahren, was Kinder erziehen heißt! Kleine Kinder, kleine Sorgen; große Kinder, große Sorgen: das wächst mit jeder Stund'. Woher schrieb er Euch denn das letzte mal?

Wetzstein. Aus Hamburg an der Elb', wo man den guten Lachs fängt. Schrieb mir, daß er eben auf den Walfischfang nach Grönland zu wolle unter guten Conditionen als Schiffschirurgus und hernach bei seiner Rückkunft über Moskau hin nach China zu eine große Reis' mache.

Schulzin. Ei was, Schiffschirurgus? Hat er das seitdem gelernt? Das läßt sich ja hören, Wetzstein.

Wetzstein. Aber kurz hernach hat ihn jemand Bekanntes in Holland im Haag gesprochen. Dort erschien er wie ein Cavalier in bebrämten Kleidern in Komödien und öffentlichen Spielhäusern.

Nun weiß ich doch, daß er sein Felleisen Schulden halber in Bre-
men sitzen lassen; wo er nun das Geld dort hergenommen . . . 's
dreht sich alles in mir, wenn ich dran gedenk', fürcht', am End' noch
schön's Zeug an ihm zu erleben.

Schulzin. Was meint Ihr denn?

Wetzstein. Ha, was sich meinen läßt! Vielleicht unter eine
Gesellschaft von Beutelschneidern gerathen, oder vielleicht gar . . .
wozu bringt einen das liederliche Leben nicht!

Schulzin. 'n Freimäurer geworden, he? Gott woll' uns in
Gnaden beistehen! Die kriegen's, sagt man, und niemand weiß
woher.

Wetzstein. Ah, wär' was anders . . .

Schulzin. Hört Ihr's: Fritz ist nicht unartig, boshaft, lüg-
nerisch, tückisch oder von falschem Gemüth; gewiß, das ist er gar
nicht, er hat ein gut's Naturell, gewiß, das hat er. Flüchtig was,
aber das vergeht mit der Zeit. Seiner Freundlichkeit wegen muß
er überall wohl aufgenommen werden, bei Vornehmen und Ge-
ringen. Hat er nur erst mal 'n bischen ausgetobt . . . Ausgetobt
in der Jugend, macht im Alter stille Leut'; ehe der Wein mild
wird, gärt er brav in die Höh'. Bleibt doch heunt bei uns, wir
lernen Nüsse, kommt diesmal hübsche Gesellschaft beisammen.

Wetzstein. Kann diesmal nicht, muß noch zum Oberkeller
'nauf der Quittung wegen des abgelieferten Korns; hab' auch sonst
noch was Weiters mit ihm abzumachen. Der Oberkeller ist so so,
aber doch fast ein ehrlicher Mann, wenn man ihn gegen die andern
Bärenhäuter vergleicht. Liebt er gleich 'was schmierige Finger,
nimmt er hohe Procente, reißt er's einem doch nicht so mit Gewalt
vom Herzen.

Schulzin. Den trefft Ihr aber heut' gewiß nicht an, kommt
erst bis morgen wieder zurück nach Haus, ist heute früh mit dem
Förster 'naus auf die Dachsjagd geritten.

Wetzstein. 's Wetter auch, daß er nicht eher zurückkommt! 's
ist doch auch verdammt, auf 'n Lieferungstag nicht daheim zu sein!
Sie treiben's, wie sie wollen; wir armen Hunde sollen das alles so
geduldig einschlucken.

Schulzin. Geduld! Seht, da kommt Walter's Mutter herein.
(Frau Hämmerlin tritt zur Thür herein.) Sie verliert nach und nach das
Gesicht und Gehör, geht so immer bei uns aus und ein den lieben
langen Tag.

Wetzstein. Wie alt ist sie jetzt?

Schulzin. Fünfundachtzig vorbei.

Wetzstein. Schön Alter! Ist sie noch bei Sinnen und gutem
Verstand?

Schulzin. Probirt's, gebt ihr ein Räthsel auf, noch so schwer:

sie wird's Euch rathen. Sie treibt's so beim Spinnrocken und im Garten, wo sie gern das Unkraut zwischen den Pflanzen nachgätet und dabei ihre alten Reime singt. Hört Ihr's?

Hämmerlin (spinnt und singt).
        Der Hab'ichgern denkt Ränk' und List,
        Der Hätt'ichgern aufs Büden.
        Dienst, Lieb' und Ehr' verschieden ist;
        Die Wahrheit hinkt an Krücken.

Wetzstein. 's ist vorbei, Frau Bärbel, wo unsereiner noch ans Räthseln denken konnt'; ja, jetzt nehmen einem die Haussorgen die Zeit hinweg!

Schulzin. Ei, doch manchmal noch so ein paar. „Kein Dörfchen so klein, des Jahrs doch einmal Kirchweih drein", sagt's Sprichwort.

Wetzstein. Das könnt Ihr leicht sagen, Frau Bärbel.

Hämmerlin (singt).
        Sollt' Wollen und Wünschen wirklich werden,
        Es ritten die Narren wol all' auf Pferden.

Schulzin. Das meint Ihr nur, das meint Ihr nur, mein guter Wetzstein.

Hämmerlin (singt).
        Wenn ein Esel den andern ehrwürdig schilt,
        Der Mist mehr als der Pfeffer gilt:
        Das ist wohl Wahrheit
        Wie Sonnenklarheit.

Schulzin. Was habt Ihr zu klagen?

Wetzstein. Kein Kreuz und Sorgen, so wie ich mit meinen Kindern. Euer Karl . . .

Schulzin. Still doch damit! Der beste Sohn hat immer zu viel Vaterschweiß und Mutterthränen auf dem Kerbholz. Schickt erst mal einen Sohn auf Universitäten 'naus und, sprecht nachher. Was wir schwitzen müssen! Ueberall Kosten; da heißt's immer: Vater, thu' den Beutel auf! 's Blechen nimmt kein End'!

Wetzstein. Erlebt dafür auch brav Freude an ihm.

Schulzin. Hoffen's, wenn Gott will.

Hämmerlin (singt).
        Hänsle, lern' mir nicht zu viel,
        Mußt sonst leiden und streiten viel!
        Hätt' das Kälblein mehr Verstand,
        Wär's nicht an die Wand gerannt.
        Schlacht' nicht mehr, als du kannst salzen,
        Koch' nicht mehr, als du kannst schmalzen;
        Ist am Löffel auch kein Stiel,
        Gott schenkt's jedem, wie er's will.

Wetzstein. Gott segne's der Alten, sie ist noch wohlgemuth
bei ihren grauen Jahren. Euer Karl ... Ja, mein Taugenichts,
hätt' er sich so geartet, wollt' gern Rock und Wams verkauft haben,
alles an ihn zu wenden.

Hämmerlin (singt).
Laß dir rathen, liebes Kind:
Besser schel als gänzlich blind.
Ist das Thierlein noch so klein,
Dünkt ihm Lob und Leben fein.

Schulz. Hab' ich dir's doch endlich erwischt! Schwitz' dir
wahrhaftig überm Suchen. Sapperlot, das ist mir ein Fetzen,
wahre Victoria zum Lesen; und Halleluja, der's geschrieben! Die
Brill' her, Bärbel! Gib mal Acht, Wetzstein! Ha, wenn's so wär',
dergleichen heutzutag' noch geschäh' wie vor vielen hundert Jahren,
wo das goldne Zeitalter floriret, wie mir der Schulmeister erzählt,
wo niemand geraubt noch gestohlen, kein'n Doctor und Apotheker
gegeben ... und dann nachher zu Argus Nautus' Zeiten und
Hannibal der Große, die von lauter tüchtigen Philosophen auferzogen wurden und gelehrte Herrn wurden und voll Verstand und
was dazu gehört, zu regieren. Hör' mal. (Liest.) „Wenn es deine
Gesundheitsumstände erlauben, so schaue dich ferner im Lande selbst
um und übe mir strenge Gerechtigkeit. Unsere eigenen Augen und
Ohren sind uns getreuere Kundschafter als die Augen und Ohren
anderer. Es gibt der Wahrheit und dem Recht mehr Stärke und
größere Behendigkeit, das Bessere zu bewirken, wenn der unbestech-
bare Richter öfters selbst Zeuge von Handlungen sein kann; das
macht wachsam jedes Individuum auf seine Pflicht. Ein Fürst soll
nie seine Gewalt übernehmen, bevor er nicht das Land, das er
regieren will, genau kennen gelernt; verstellt, gleichsam als ein
Frembling, soll er seine eigenen Städte und Dörfer durchziehen, den
Schatz und Mangel seines Landes bestimmter zu untersuchen, nach-
zusehen den Gebräuchen und Uebungen, was Gutes und Böses
daraus entspringe, die Richter und Gesetze recht zu prüfen, seine
Vögte und Amtleute nicht dem Namen, sondern vielmehr ihren
Handlungen nach kennen zu lernen und gleichsam wie das Auge
Gottes, ungesehen und unbemerkt, alle heimliche Schlupfwinkel zu
durchforschen, wohin Ungerechtigkeit und Trug sich so gern verbirgt;
der Gemeinden ungeschminkte Meinung zu vernehmen; anzuhören,
was sie drückt, wo zu heben und zu bessern wäre, so wie einen
Kranken der Arzt anhört, wie Bruder den Bruder. Ein Kittel
spricht doch immer vertraulicher zu einem Kittel als zu einem
verbrämten Talar" ... Just da hört's auf, wo das Best' noch
hätte sollen nachkommen; recht so Wasser auf unsre Mühle!
Gäb' gleich 'n Kopfstück drum, wenn ich's ganz auskriegen könnt'.

Was meinst, Wetzstein, wenn großer Herren Kinder so auferzogen würden; wenn's unser Herr Graf auch so gemacht, he?

Wetzstein. Ach freilich! Aber was hilft's? Man weiß gar zu wohl seit langer Zeit, was gut und schön und auch nützlich wär', steht auch schon in vielen Büchern gedruckt; aber was hilft's, sag' ich nochmal, solang 's nicht geschieht? Vom Wünschen wird unsereiner nicht heil. — Schau', dort kommen ja schon deine Gäste den Hof herauf! Muß dir heunt recht flink gehen, Hände im Ueberfluß.

Schulz. Bleib dann als bei uns heunt!

Wetzstein. He, meinetwegen dann.

Schulz. Seht, der ganze Schwarm! Herr Fröhlich auch dabei, ein Schwänkemacher wie weit und breit keiner. Sollst mir da 'nen lustigen Gesellen kennen lernen, Wetzstein, dort im blauen seidnen Wams der!

Wetzstein. He, sieht einem ganzen Lüftling gleich.

Schulz. Macht dir des Henkers Zeugs daher, zum Kranklachen. Was er heute aber wieder für 'ne Mummerei treiben wird, bin's curios zu sehen.

Wetzstein. Wer ist er denn? Wie heißt er? Woher?

Schulz. Weiß das keiner genau von uns; sein Nam' ist Fröhlich, das heißt er nun mit allem Recht. Jeder ist ihm gut: in Walter's Haus ist er wie's Kind daheim; zu Waldthal drüben beim alten Baron gilt er dir alles, der hat ihn auch mit sich aus England herübergebracht. (Leise.) Sieht Walter's Guntel gern und schleicht so um sie 'rum.

Wetzstein. Wieder 'n Stich durch alle Knochen! Meinem Halunk', dem Tagdieb, war sie von Jugend auf versprochen. Jetzt . . . (Fröhlich kommt zur Thür herein.)

Fröhlich. Einen extrafeinen Guten Abend dem ehrliebenden Herrn Schulz von Lämmerbach sammt seiner gedeihlichen und preislichen Hausfrau! Da wir zum Nußkernen eingeladen worden auf diesen Abend, so wollen wir uns einstellen, wie's wackern Arbeitern gebührt, damit wir hernach auch desto feinern Lohn fordern dürfen; und der soll nun darin bestehen, daß ihr uns den Zehnten vom besten Vorschlagöl auf einem schönen gelben selbst gepflanzten Salat genießen laßt. Dafür aber wollen wir anjetzt schön danken und das liebe Glück anrufen, daß es so überschwenglich reiche Gaben auf euch regnen lasse, soviel Stern' am Himmel, oder soviel wir uns das Jahr über Haar' unter der Nase wegbalbiren lassen.

Schulz. Da bekämen wir's dünn genug. Habt kaum ein halbes unter der Nase zum besten.

Guntel (ruft zum Fenster herein). Uebel gefahren, Herr Postillon! Huft um!

8*

Fröhlich. Gut, Jüngferchen! Wollen schon noch mal ins
rechte Gleis zusammenkommen mit der Zeit, hoff' ich. — Ei Guten
Abend, lieb's alt Mütterchen! Noch gesund und wohl? Hab' was
für Euch mitgebracht zum Kauen für eine Weile. Große Patsch=
hand, Mütterchen! Will Euch 'n Räthsel aufgeben, daran Ihr zum
Aufbeißen Eure drei Zähne probiren könnt. Soll mir eher einer
durch den Schornstein hinauf einen Dachs schießen, als er mir dies
auslegt. Sagt mal, Mütterchen: Wer sind die Leute, die ihre Füße
in den Händen, die Zähne zusammengelegt und die Augen in der
Tasche tragen?

Hämmerlin. O weh! Hab's schon vor funfzig Jahren ver=
gessen. Willst dein Gespött mit meinem Alter treiben. Alte Leute
sind's; der Stock ist mein Fuß, die Brill' mein Aug', das Messer
mein Zahn. Ist's wahr?

Fröhlich. Wißt auch alles zu rathen, Mütterchen. Wo soll
man's auf die Letzt' hernehmen für Euch? Wenn ich als nicht Zeit
zum Inventiren hab', les' ich so Alt's und Neues zusammen, komm'
aber gemeiniglich übel bei Euch angefahren; Ihr seid ein ganz
Räthselmagazin. Aber jetzt 'was Nagelneues! Merkt wohl auf;
eh' Ihr mir dies rathet, will ich Nüsse vom Dornbusch herunter=
schwingen.

Hämmerlin. Laß mal hören, was 's Gut's ist. Aber sag's
recht deutlich und laut.

Fröhlich. Daran soll's nicht fehlen.

Tränk' einer Wein aus Malaga
    Und ließ' sich's wohl behagen,
Trüg' einen Wams aus Genua,
    Aus Brabant einen Kragen,
Wär' immer froher, freier Laun'
    Und wollt' dies Räthsel wagen:
Da wett' ich drauf, er wird mir, traun!
Viel dürrer als ein Steckenzaun,
    Eh' er mir's soll erjagen.

Doch wer mir's räth fein frisch und gut,
    Fürwahr ein wackrer Kerl!
Vermach' ihm gleich 'nen Doctorhut,
    Verbrämt mit Schmuck und Perl'.
Und dir, lieb's feines Mütterlein,
    Erräthst du's ohn' Verdruß,
So drück' ich dir aufs Backenbein —
(Leise.) Ich möchte gern dein Enkel sein —
    Hübsch frischen, derben Kuß.

Hämmerlin. So, Fayenmacher? War vor Zeiten auch voll Fleisch an meinen Backen. Da blühten wol Rosen und Lilien zu Hauf, manch stattlicher Ritter schaute darauf! Jetzt ist's vergangen, alles vergangen . . .

Fröhlich. Mütterchen, Achtung jetzt! Oel in die Pfanne; der Fisch wird gebacken!

Kein Mensch und auch kein Thier ich bin,
  Kein Vogel, Fisch und Kraut;
Leb', schweb' in frohem, freiem Sinn,
  Trag' weder Haar noch Haut.

Mein Vater hoch im Bauch mich trug,
  Grünhaarig, schwank und alt;
Die Mutter, die mich aus ihm schlug,
  Klein, bucklig, ungestalt.

Ess' weder Salz noch Schmalz noch Ei,
  Bin weder Fleisch noch Bein,
Und muß doch zwischen Weiber zwei
  Aufs schlimmst' verkuppelt sein.

Die erste schwer und corpulent,
  Die andre schmal und rahn;
Wenn die mich stößt und niederrennt,
  Fängt die' zu poltern an.

Und Plump und Plapp, und Kniff und Pfiff!
  Muß fahren in den Schacht,
Hinauf, hinab als wie ein Schiff,
  Wenn Sturm und Donner kracht.

Ist roth nicht, schwarz; ist Freud' nicht, Leid;
  Nicht Hochzeit, Trauermahl;
Wol manchen meine Unruh' freut,
  Dem andern bringt sie Qual.

An mir ein Mann sich spiegeln kann,
  Wenn er es fein bedenkt;
Sich trösten, daß er lobesan
  An Einem Weib nur hängt!

Hämmerlin. Schon gut, hab' alles recht bemerkt. Will dir's schon finden und auslegen, laß mir nur Zeit. (Sie spinnt wieder fort.)

(Guntel und Liesel zur Thür treten herein.)

**Guntel.** Guten Abend beisammen! Guten Abend, Vetter und Base! Großmütterchen, auch hübschen Guten Abend!

**Hämmerlin.** Ei laß mich jetzt ungeschoren! Guten Abend.

**Fröhlich.** Scharr' mir fast die Füß' ab, Jungfer Guntelchen, mein schön Compliment zu machen; Sie will nicht sehen und bemerken.

**Guntel.** Wo herumgestrichen diesen ganzen langen Nachmittag, Herr Bruder Liederlich? Das Baumstück hat gewartet.

**Fröhlich.** Und ich im Baumstück. Bin fast drüber erfroren.

**Guntel.** Lügen! Hätten Euch dort gesehen. — Lieschen, wie er dir wieder aufschneidt! Er wär' draus gewesen! Ja, brav nicht wahr.

**Fröhlich.** Was wetten wir? Liesel, aufs Gewissen! Rein ausgesagt!

**Liesel.** Hi hi hi!

**Guntel.** Wo warst du dann? Warum lachst du so, Liesel?

**Liesel.** Hi hi hi!

**Fröhlich.** Commod hab' ich freilich nicht gesessen, hab' so ein Weilchen den Winterkukuk im Stroh agiren müssen. In dieser un= höflichen Märzenluft thut's einem nicht sehr klau.

**Guntel.** So? 's gilt mir auch gleich.

**Fröhlich.** Wer oben am Dach sitzt, ist so gut da wie die, die drunten stehen. Nu, Guntelchen, bleibt's bei dem, was ihr dort miteinander gesprochen, Lieschen und du? Ich hätt' von dem, was ihr euch da zusammen gesagt, um hunderttausend Thaler kein Wörtchen verhören mögen.

**Liesel.** Hi hi hi! Er weiß alles, was du mir dort gesagt, hat alles von der Mauer 'runter mit angehört.

**Guntel** (wird roth). So soll Ihn ja der Geier! (Sie schlägt Fröh= lich auf die Schulter.) Du Schelm! Du Schelm!

**Fröhlich.** Noch zu früh zum Schlagen, Schätzchen! Wart' Liebchen, bis wir einmal erst zusammen sind, darnach geht's eher.

**Guntel.** Auf deinen heimtückischen Rücken! Alles angehört? Was hab' ich denn gesagt? Gar nichts hab' ich gesagt. So auf die hohe Mauer hinaufzuklettern, die alt und baufällig ist! Hättest gar leicht herunterstürzen, Arm und Bein brechen können, du ver= wegner Strick!

**Fröhlich.** Jagt' ich doch gleich hundert Meil Wegs her und, fänd' ich nicht gleich einen guten Klepper, säß' ich wol auf Schusters Rappen, mein Steckenpferd nebenher, und machte mich voran, Jungfer Guntelchen schön Kußhändchen zu überbringen! Sollte mir's wol mühsam sein, auf eine armselige Scheune hinaufzuklettern, Arm und Bein ein bischen daran zu wagen, so was Lieb's selbst mit anzuhören; wie?

Guntel. Will dir den Streich gewiß nicht vergessen! Geh, loser Vogel.

Fröhlich. Bei Leibe! Vergiß ja nicht, Guntelchen! Setz' es lieber zum Uebrigen, was noch Maul's hat, Gut's für mich bei dir zu sprechen, und laß es zu seiner Zeit in Wirkung kommen. Guntelchen! Bin dir von Herzen so gut, lieber Schatz! Wenn ich ein Schelm wär', ich sagte dir wol tausenderlei schöne Dinge vor; aber ich kann nicht! Ich mein's so rein mit dir und so treu und wahr! Es geht mir alles so durch Herz und Seel', wenn ich dich anschaue und du mich anschaust, und ich bin so fest und mein', ich könne und müsse niemals mehr von diesen lieben blauen Augen weg.

Guntel. Heute so; aber morgen? Aprilenwetter, Männerschwüre! Heut und morgen sind zweierlei Tage.

Fröhlich. Nur Einer für mich in dem Sinn, und der bis in Ewigkeit! Wolle Gott mir niemals Ruhe verleihen, wenn ich sie irgendwo anders suche als bei dir, vor diesen lieben traulichen Augen, die mir in die Seele hineinschauen können, guck her! — bei diesem rothen Mund und Wangen! Nein, ich kann dir nicht weiter; 's zieht mir die Kehl' zu, mein Treu; es beißt mir scharf in die Nase, als hätt' ich Meerrettich gessen . . . . Guntelchen! Prüfe dein liebes süßes Herz; was du heut' unter der Scheune gesprochen, wenn's dein Ernst wär' . . .

Guntel. Was wär's dann, wenn's wär'?

Fröhlich. O dann wär' alles genug für uns beide und genug für mich! Mehr braucht' ich nicht, um glücklich zu sein.

Guntel. Meinst das wirklich? — Da kommt mein Vater.
(Walter und Hans treten zur Thür herein.)

Walter. Guten Abend, Schulz! — Ah sieh, Wetzstein! Auch mal wieder hier? (Gibt ihm die Hand.) Das ist ja hübsch! Willst heunt Abend auch mithelfen?

Schulz. Wo ist denn Veitel, kommt der heunt nicht?

Walter. Ist die Amme abholen drüben von Waldthal 'rüber. Lotte ist drauf und dran, heut niederzukommen. — Base, thätet mir und ihr großen Gefallen, wenn Ihr hinginget.

Schulzin. Ei freilich, den Augenblick! Bei so was muß ich ja hauptsächlich dabei sein. (Schnell ab.)

Schulz. Setzt euch dann in Ordnung her, damit's mal vorangeht! Können nachher beim Kernen schon fortplaudern. — Hans, stell' du die Körbe in die Mitte, daß alle zulangen können; will selbst hier am Block die Nüsse aufschlagen. — Liesel, schür's Licht, damit's hell brennt. — Walter, Wetzstein, hieher zu mir; die alte Welt so zusammen.

Guntel. Hier wär' mein Platz. (Setzt sich.)

Liesel. Meiner hier.

Fröhlich. Ich in die Mitte, mit Erlaubniß, so hübsch eine Rose zwischen zwei Dörnchen.

Guntel. Wie heißt das?

Fröhlich. Ist's nicht recht, wenn ich euch beide für ein paar echte Rosenknöpschen und mich mit euerm Belieben für den Dorn in der Mitte gelten lasse?

Guntel. Anders umgedreht!

Fröhlich. Stolpert ja ein Pferd auf vier Eisen! Müssen respectshalber 'n bischen sachter zusammen reden, wenn alte kluge Leute in der Gesellschaft sind. Schätzchen Guntelchen, sag' mal, bist mir auch recht von Herzen hold?

Guntel. Willst's Maul halten jetzt! Husch!

Fröhlich. Husch! Nur näher angerückt! 'n Küßchen! Wir sitzen so hübsch im Dunkeln; der gute breite Lichtrücken! Gesegn' Gott den guten Zinngießer, der ihn so fein breit gemacht. Das Händchen, das liebe Patschhändchen! (Er küßt ihr die Hand.)

Guntel. O Schelm! Weg doch! (Er küßt ihr das Gesicht.) Zu arg! Weg!

Walter. Wetzstein! Was ist denn das mit des Pfarrers Tochter von Bollenbach, die die Zigeuner gestohlen und ihre Wei= ber nachher umgebracht haben sollen? Habt Ihr nichts davon ge= hört? — Ei, Guten Abend, Herr Schulmeister! (Schulmeister kommt herein.) Wett' drauf, der wird die Geschicht' am besten wissen. Setz' Er sich hieher neben mich.

Schulmeister. Guten Abend allen zusammen! Schönen guten Abend dem Herrn Schulz, allen ehrsamen alten Männern voran, und dann auch den feinen Jungfrauen und ehrbaren Junggesellen!— Die Herren sprechen vermuthlich von des Pfarrers von Bollenbach Tochter? Weiß nun die Geschichte sehr genau; mir hat's eben mein Gevattermann, der Schulmeister von Waldthal, der mich heute be= sucht, sehr umständlich erzählet. Hum, Hum! Ich kenne den Pfarrer sehr genau; er war ehedessen mein Schulkamerad, wir besuchten miteinander das Gymnasium zu Grünstadt; hab' auch noch das Mädchen, seine Tochter, sehr wohl gekannt. Sie hatte von Jugend auf so was Besondres, Stilles, Melancholisches; aber sonst sehr manierlich und freundlich im Umgange gegen jedermann. Sie ver= liebte sich nun, wie es stadt= und landkündig ist, in einen Zigeuner= burschen, der die Geige spielte und öfters an Festtagen ins Dorf hinabkam; ein schöneres, wohlgewachsneres Mannsbild soll man nicht leicht haben finden können. — Will mich mit Erlaubniß erst hierhersetzen, wenn dieser Stuhl niemand anders zugehört, so zum alten Vater Wetzstein; 's ist schon ein Weilchen, daß wir nicht mehr so beieinander gesessen, he he he!

Wetzstein. So so! Ein ziemlich Stück . . .

Walter. Voran, Schulmeister.

Schulmeister. Ah, wie gesagt, sie verliebte sich in einen Zigeunerburschen, der die Geig' spielte. Dem ging sie nun manches Wegs zu gefallen. Das ward bald in dem Dorfe und in der ganzen Nachbarschaft bekannt, auch erfuhr es der Vater und hielt sie deswegen sehr scharf zu Hause. Und um das Ding recht gut und bald abzuändern und allen üblen Folgen auf einmal vorzu= beugen, suchte er sie geschwind an einen alten sehr reichen Land= krämer, der eben um sie freite, zu verheirathen, und drang sie mit Gewalt, ihre Einwilligung zu geben. Dies machte ihr verliebtes Herz ganz aufrührisch und verzweifelnd; sie weinte Tag und Nacht, wie man erzählet. Endlich ward sie wieder ruhig und versprach ihrem Vater, sie wolle mit allem zufrieden sein. Den Abend vor ihrem Hochzeittag schlich sie sich aber aus ihres Vaters Haus, nahm mit, was sie in Eil' wegbringen konnte, traf ihren Liebhaber, den sie schon am gewissen Ort und zur gewissen Stunde bestellt, und zogen also miteinander glücklich davon. Sie war nun, wie man sagt, bei der Rotte sehr willkommen und in kurzer Zeit ihres höf= lichen, freundlichen Wesens wegen äußerst beliebt; alle Männer hingen ihr an und suchten ihr Gefälligkeiten zu erweisen. Das verdroß die übrigen Weiber aufs äußerste; alle sahen sie mit nei= dischen Augen an, und nicht lange dauerte es, so brach das Feuer hell aus. Die Weiber rathschlagten bald untereinander, wie sie diese wieder los würden, und sannen auf mancherlei Ränke und Mord. Eines Tags, als alle Männer hinaus auf den Fang ge= zogen waren, überfielen alle auf einmal wie wüthige Wölfinnen die arme Verlassne in ihrer Hütte, schlugen sie ohne Mitleid nieder, zerbissen und zerschnitten ihr Angesicht und ihre Brüste gräßlich, und wälzten sie nachher über den Fels hinunter an die Landstraße. Hier ließen sie den mishandelten Körper liegen und machten sich ihres Wegs davon.

Walter. Gott im Himmel, was ist das! Aber der alte Vater hat gefehlt; er war selbst schuld dran, daß das Mädchen davon= lief; er hätte sie nicht so zur andern Heirath zwingen sollen, er hätt' es anders machen können. Ueble Neigung an einem Kind läßt sich wol mit Vernunft bezähmen, dazu hat der Vater das Recht; aber Neigung zu einem andern hin läßt sich nicht erzwingen. Und gar bei solchen Umständen! Das geht wider die Natur.

Schulmeister. Freilich hätt' er viel klüger gehandelt, wenn er ihr mit Sanftmuth begegnet und nach und nach durch Zureden und vernünftige Vorstellung sie aus ihrer verirrten Leidenschaft wieder auf die rechte Bahn zu leiten gesucht. Die Zeit allein ist der einzige Doctor bei dergleichen Liebeskrankheiten; Sanftmuth thut hier mehr als Gewalt.

Walter. Ah, freilich, freilich.

Hans. Sie war gewiß schon schwanger, wie die Leute sagen.

Walter. Desto betrübter ist's. Behüt' Gott jeden braven
Vater davor, so was in seiner Familie zu erleben! — Wie ist's
Guntelchen, mein Kind? Hast noch Nüsse? Du lachst immer und
hörst nicht zu. Liebe Tochter, gib mir die Kerne von deinem Schos
zu, will die ausleeren und frische Nüsse reichen. Sitzest so weit ab
im Dunkeln.

Guntel. Sitz' recht gut hier, Vater.

Walter. Kannst doch wol sagen: Lieber Vater. Bin ich dir
denn gar nicht mehr lieb?

Guntel. Mag's Euch lieber beweisen als sagen, lieber Vater.

Walter. Gutes Mädchen! Werden jetzt bald Freude haben.
Deine Schwester Lotte, will's Gott, wird's nun bald überstanden
haben, dann wollen wir daheim lustig sein.

Schulmeister. Ebensolch eine wunderliche Geschichte hab' ich
mir vergangenes Jahr erzählen lassen. Reiste da im Herbst mit
meinem Schwager in seine Heimat gen Albersweiler zu; er, als
damaliger Herbstschreiber von pfälzischer Seite, hatte viel mit dem
dortigen Weinzehnten zu schaffen; ich hatte also recht gute Muße,
für mich allein in der Gegend herumzustreichen und alles durchzu-
stören und recht genau in Augenschein zu nehmen. Das ist nun
so mein Hauptgaudium, neue Gegenden zu entdecken und zu durchwandern; da mein' ich denn immer, wenn ich zuerst so in ein fremd
Thal eintrete, ich wär' einer von den Kundschaftern, die Josua in
das Gelobte Land vorausgeschickt, um alles auszuspähen, und nun
müsse ich auch recht genau Acht geben und jedes Ding recht seiner
Natur nach bemerken. Da schau' ich mich denn überall um, und
ein Tag streicht mir manchmal so dahin wie eine Minute. Hauptsächlich gibt's nun in dortiger Gegend viele alte Bergschlösser und
verstörte Klöster; und so in den alten verfallnen Mauern herum-
zuklettern ist eine wahre auserlesene Herrlichkeit für unsereinen,
der so ein bischen das Handwerk versteht und weiß, was ein alt
Monument oder eine alte seltne Inscription auf sich hat, die man
oft und unvermuthet bei solchen Gelegenheiten entdeckt. Da ist nun
das berühmte Schloß Madenburg in der Nähe, nicht weit davon
Neu-Kastell, und dann das weitläufige Kloster Eiserthal, eine präch-
tige gothische Ruine; recht dauer und schade, daß so ein herrlich
Stück so gewissenlos zerstört worden. Das haben wir denn all' den
lieben Franzosen zu danken. Eheu, sie haben uns an Leib und
Seele angesteckt und auch selbst im Lande ruinirt. Ging nun oft
hin, besagtes Kloster zu beschauen; es liegt auch in einem so angenehmen, mit zwei Bergwäldern besetzten grünen Thal, das in
der Mitte ein kleiner murmelnder und durch die Wiesen sich hinschlän-

gelnder Bach durchschneidet. Ich machte bald Bekanntschaft mit dem dortigen Geistlichen, der ein sehr artiger umgänglicher Mann war, auch eine hübsche Jungfer Base bei sich hatte, die in Litteris sehr wohl versiret war; ein recht liebes Paar Leutchen. Sie thaten mir alle ersinnliche Freundschaft, gaben mir auch alle Gelegenheit an Hand, die dortigen sehr merkwürdigen Inscriptionen und Epi= taphien zu copiren. Einsmal, als der Pfarrer und ich so zusammen vor einer alten Wand standen, zeigte er mir oben ein mit Dornen und Gesträuchen verwachsnes Loch und erzählte mir dabei folgende sehr merkwürdige Geschichte. (Putzt die Nase.)

**Walter.** Still, ihr Kinder! Bst! Ruhig, dort hinten!

**Schulmeister.** Hm, hm! Es lebte vor einigen Jahren hier im Dorf eine Wittfrau; diese hatte eine Tochter, ein stilles, ehr= bares, fleißiges Mädchen. Man konnte Mutter und Tochter in keinem Stück was Unehrliches nachsagen, und sie waren auch beide ihres ehrbaren Wesens wegen bei jedermann sehr beliebt und werth= geschätzt. Es geschah nun, daß sich das Gerücht auf einmal ver= breitete, als sei das Mädchen schwanger. Alle Leute beobachteten sie deswegen sehr genau; man konnte aber nichts mit Gewißheit entdecken. Es war nichts anders von ihr bekannt, als daß sie vor einigen Jahren der Sohn eines reichen Bauern heirathen wollte, daß es aber sein eigener Vater verhinderte, weil ihm das Mädchen zu arm war. Das Mädchen betrug sich auch bei der ganzen Sach' sehr vernünftig; sie ging aus und ein und zur Kirche, trieb wie vorher still und bescheiden ihre Geschäfte fort und that, als ver= stünde sie das Sticheln und Reden nicht, was man ihr hie und da am Brunnen und an andern Orten zu verstehen gab. Sie war aber doch in der That schwanger, kam auch, ohne daß es jemand erfuhr, selbst, wie man behaupten will, ohne Wissen ihrer Mutter nieder und bracht' ihr Kind gleich nach der Geburt um. Sie steckte den Leichnam des Kindes in einen Hafen und trug den des Nachts hinaus auf einen Acker, vergrub ihn dort stille. Da war es nun sicher und wäre gewiß verborgen geblieben, aber nichtsdestoweniger däuchte es ihr da nicht richtig genug. In der dritten Nacht also nachher stand sie auf und ging hinaus, es wieder auszugraben, und brachte auch das Kind wieder mit sich nach Haus zurück, um es, wie sie nachher gestand, im Keller zu verbergen. Da ward ihr nun auf einmal so schwer und bange, sie wußte in der Angst nicht wohin, sie glaubte sich schon verrathen mit dem Kinde, ihr war's, als schrei's noch und beständig und ließe sich durch nichts stillen. Sie bedeckte also den Hafen aufs neue und stieß ihn in der Küche ins Aschenloch unter den Feuerherd und vermauerte das Loch überall mit Asche. Aber auch hier blieb es nicht lange, es sollte und mußte nun einmal heraus! Sie konnte jetzt nachts nicht mehr schlafen, es war

ihr, wie sie nachher selbst gestanden, als ob das Haus brenne oder
als höre sie drunten auf dem Feuerherd sieden und backen und
allerlei fremde Menschenstimmen, die von dem Kinde im Aschenloch
und von ihrem grausamen Mord sprächen. Dann hörte sie sich
aufrufen, den Stab brechen, die Trommel rühren, und wie die
Henkersknechte kämen und der Karren hielt, sie abzuholen und zum
Gericht zu führen.

Liesel. Herr Jesu! Still doch, Guntel; bst, still!

Guntel. Andre Nüsse her, hi hi hi! Gießt mir diese über den
Schurz! Wart', will dir diese wieder an den Kopf werfen, daß 's pufft!

Liesel. Still doch, Guntel! Walter schmählt, der Schulmeister
kann nicht erzählen.

Walter. So halt't doch eure Mäuler dort, kann kein gescheit
Wort vor euch reden. Guntel, he!

Guntel. Ei warum ruhen die auch nit, he he he!

Walter. Ei was, schweig! Schulmeister, fort, fort.

Schulmeister. Bald träumte ihr, der Hafen wüchs' hervor
wie ein Berg so groß und das ganze Dorf stünde drum herum,
zu beschauen und anzuklagen; dann fuhr sie auf, schlich barfuß
und im Hemd herunter, lauerte an der Treppe, ging wieder zurück
zu Bette, kam bald wieder, setzte sich vor das Aschenloch, starrte,
seufzte, wußte nun in aller Welt nicht, wohin mit dem Kind und
wie sie es gewiß verbergen möchte, damit es ihr doch einmal wieder
ruhig würde. So trieb sie's fünf Nächte. In der sechsten stund
sie auf, trug's wieder in den nämlichen Wald hinaus und vergrub
es dort von neuem in die Erde. Aber auch da sollte es nicht lange
bleiben, es sollte nun einmal an Tag hervor und mußte sich alles
dazu schicken. In der achten Nacht kam's ihr vor, als habe sie
das Kind nicht tief genug begraben, es reiche mit einem Aermchen
noch über die Erde heraus. Sie ging also am Morgen sehr früh
wieder in den Wald hinaus, grub es von neuem wieder aus und
brachte es hieher in diese Ruinen; auf einer Leiter stieg sie an
diese Wand hinauf und setzte den verdeckten Hafen mit dem Kinde
in dies Loch hinter die Hecken und Gesträuche. Ihr ward nun,
als wär' sie auf einmal erlöst und frei von allem Uebel; sie ward,
wie sie nachher gestand, innerlich wieder sicher und ruhig. Es war
wol ein halb Jahr vorüber und alles mit dem Mädchen und ihrer
Schwangerschaft längst vergessen. Einsmals, an einem Sonntag
Nachmittag, da einige Jungen während der Kirche hier außen herum
nach Spatzennestern stiegen, sah einer von ungefähr dort von der
Mauer herüber den verdeckten Hafen hier im Loch stehen; er rief
das sogleich seinen Kameraden herunter, die neugierigen Jungen
schleppten gar bald eine Leiter herbei, stiegen dann hinauf, zu sehen,
was in dem Hafen dort oben sei. Sie langten ihn herunter und

fanden zum größten Erstaunen aller das Kindlein drinnen. Dies ward nun bald ein lautes Geschrei, es liefen mancherlei Leute herbei an den Hafen, das halbe Dorf stund drum herum, das Gemurmel kam bis in die Kirche unterm Gottesdienst, eins um das andere schlich hinaus, zu schauen, was draußen vorging. Das Mädchen war nun auch in der Kirche und kam, da ohnehin der Gottesdienst gleich zu End' war, auch heraus. Als sie des Wegs näher kam und den Hafen erblickt, faltete sie ihre Hände und schrie überlaut: „Herr Jesu, das ist mein Kind!" Sie ward nun natürlicherweise gleich arretiret, gestund auch freiwillig ihr ganzes Verbrechen den Augenblick; nur den Vater des Kinds wollte sie niemals nennen, und war auch durch keine Gewalt der Richter noch Zureden der Geistlichen jemals dahin zu bewegen. Ihr ward nun bald darauf der Proceß gemacht und sie nach vierteljährigem Sitzen verdammt, mit dem Schwert gerichtet zu werden. Nun ist in Eisersthal kein Hochgericht, sondern die dortigen Delinquenten werden nach Germersheim abgeliefert; die Lieferung aber ist eine Sache der Gemeinde unter sich und geht immer um. Es traf sich also in der Reihe, daß es just an einen der reichsten Bauern kam. Da der Vater krank lag, mußte der Sohn an seiner Statt die Lieferung übernehmen. Er spannte also seinen Karren an; das halbtodte Mädchen ward darauf festgesetzt. Es weinte alles, da dies geschah; die Wächter selbst, die nebenher ritten, seufzten überlaut; die alte Mutter lag im Herzeleid halbtodt am Weg, raufte sich die Haare, rief ihrer Tochter zum letzten mal zu, man trug sie zurück. Der junge Kerl, der das Mädchen fahren sollte, saß vorwärts gebückt auf seinem Schimmel und weinte, daß die Thränen in die Mähnen herunterkandelten; die Geißel entfiel ihm, da er fahren sollte. Bald brach er überlaut aus: „O Jesu, o Jesu, wie bitter!" Und dann schwieg er wieder und schnaufte und rang innerlich. Es war nun der halbe Weg bald gemacht und die germersheimer Gemarkung nicht mehr weit, wo der Delinquent abgeliefert und, wie gewöhnlich, von andern Schergen empfangen werden sollt'. Hier hält der Kerl auf einmal stille, dreht sich im Sattel, springt auf den Karren zurück, fällt mit ausgespannten Armen über das halbtodte Mädchen hin, faßt sie heftig und fest an seine Brust, schreit beklommen: „Ach Hannchen, Hannchen! Soll ich dich nun selbst zum Tod hinführen und hab' dich doch in dies tiefe Herzeleid gestürzt! Ich bin's, der dich dazu brachte, hab's mit meiner Falschheit ausgericht't . . . bin Vater zu deinem Kind! Führt mich zum Galgen hin, bringt mich um, du bist unschuldig!" Und sie wieder: „Nein, bin's allein, Christoph! Laß mich allein für meine Sünden büßen! Bet' für meine arme Seel'!" Man riß ihn nicht ohne die größte Gewalt von ihr los den Karren herunter, er verwundete sich und andere,

man band ihn an beiden Armen und Füßen und bracht' ihn für
todt ins Dorf zurück. Ein Wächter stieg aufs Pferd und versah
seine Stelle.

Liesel. Ach Gott, ach Gott! Das arme Mädchen ward doch
nicht gericht't?

Schulmeister. Sie ward gericht't.

Walter. Schaudert mich. Armes Mädchen! Hätt' ihr wahrhaftig Gnade geben, und hätt' ich's auf meine Seel' verantworten
sollen! Und hätt' ich Gottes Richtschwert geführet, Gnade hätt' ich
ihr gegeben, hätt' mit Barmherzigkeit und Milde ihr zerschlagnes
Herz erquickt, mein Seel'!

Wetzstein. Ja, ja! Aber sie war doch allemal eine Mörderin.

Walter. Das war sie; aber wie? Was bracht' sie dazu?
Hätte sie das Kind allein in einer Wüste unter wilden Thieren zur
Welt bracht, gewiß hätte sie es nicht ermordet. O Menschen, Menschen! Ihr seid ärger als Thiere! Hätte das ganze Dorf nicht mit
boshaften Augen das arme Mädchen zuvor so bewacht, allen Schimpf
und Schand' vorbereitet, die sie im Fall zu erwarten hatt' . . .
Die Schadenfreude, die sich so recht an solch einem armen Ding
weiden kann — jeder Mensch hat ohnehin seine Feinde, die immer
auf der Lauer sind —, und dann der Gedanke noch obendrein, daß
solch ein arm Ding nur eine Ehre hat, und daß die jetzo hin und
auf immer dahin sein soll: das ist's, was die Natur ganz verdreht,
Sanftmuth und Liebe in Raserei und Blutdurst verwandelt und das
weiche mütterliche Herz eisenfest härtet. Wie in aller Welt wär's
denn sonst möglich? Wo kann eine Mutter sein, die ihr Erzeugtes
nicht liebet? Es müßte Gott, der alles so vollkommen gemacht,
einen Fehlgriff in die Schöpfung gethan haben und sein Meister-
werk hier unvollkommen sein.

Schulmeister. Ganz gewiß. Gelehrte sind auch deswegen der
Meinung, daß eine solche Kindermörderin nicht wohl am Leben zu
strafen sei, weil sie im Delicto sich nicht mehr im eigentlichen Stand
der Natur befinde, sondern vielmehr theils durch Schrecken, Angst
und Verzweiflung sinnlos und abgeschwächt, theils durch das Leiden
der Geburt außer sich versetzt sei und daher niemals einer solchen
That wegen ganz zur Rechenschaft gezogen werden könne. Hier
kommt nun alles auf die Umstände an; wie bei diesem Fall zum
Beispiel, da der Kerl nachher selbst gestanden, er habe dem Mädchen vor Gott und Menschen unter dem freien Himmel versprochen,
sie zu heirathen nach seines Vaters Tod, er habe kurze Zeit nachher
sich mit ihr zertragen und ohne ihre Schuld, habe sich zu einer andern gewandt und, als ihm das Mädchen ihre Schwangerschaft zu
wissen gethan, sie ohne Trost und Hoffnung von sich gestoßen. Das
arme Mädchen trug also ihr schweres Kreuz ganz allein, und leider

wurde es ihr zu schwer. Sie that's, und hatte den Kerl doch noch zu lieb, ihn nachher mit in ihr Unglück hineinzuziehen; sie verschwieg ihn lieber, trug ihr Leiden geduldig und großmüthig allein. Sollt' ein so treues Herz nicht Mitleid bei Menschen verdienen?

**Walter.** Bei Engeln und Menschen! Gott, wer kann's ihr versagen?

**Schulmeister.** Aber solche arme, durch Liebesunglück zerrüttete Mädchen, wie unbarmherzig geht man mit ihnen um! Sie sind die schwächern Geschöpfe, und sollen doch alles allein entgelten und tragen. Wo soll so ein armes Kind die Kraft hernehmen, dem zischelnden Hohngelächter einer Welt zu begegnen? Absonderlich, wenn sie unter den Klauen unempfindlicher, unbarmherziger Anver= wandten sich befindet, die, statt sie zu trösten und ihren Schmerz zu lindern, durch ihre Vorwürfe sie noch mehr zerrütten und desto sichrer der Verzweiflung entgegentreiben. Die Schande ist gar zu arg, zu weit! Und ist denn das so was Erschreckliches, ein Jungfern= kind? Hm, Hm! (Spricht leise zu Walter.) Absonderlich, so in wahrer Liebe gezeugt, he he! Hab' so meine eigenen Glossen darüber; aber man darf eben nichts davon pipsen, es fällt einem gleich die Orthodoxie auf den Hals, und das liebe tägliche Brot schmeckt einem doch süße.

**Walter.** Freilich gibt's so unbarmherzige Anverwandte, die mehr Schuld an dergleichen Verbrechen tragen als die Thäter selbst. Sollten aber dafür auch nach Maß bestraft werden.

**Wetzstein.** Was war das für 'ne Geschichte mit des Kürsch= ners Tochter von . . .

**Guntel.** O weh, von neuem mit den jämmerlichen Geschichten! Wollt ihr uns damit ganz umbringen? Um Gottes willen, ist ja so gräßlich, davon zu hören, 's geht in einem 'rum . . .

**Liesel.** Laß als, Guntelchen! So was von Henker und Rich= ten und Spitzbubenhistorien . . . hi hi, man sitzt so still dabei, könnt' eine ganze Nacht aufhorchen, ohne zu schlafen.

**Guntel.** O pfui! Lieber von was Lustigerm! Meine Schwester wird bald Kindtauf' halten; laßt uns 'n Weilchen vorher Gevatter machen. Wen räthst du, wer wird's, wenn's ein Bübchen ist?

**Schulz.** Recht so, Bäschen Guntelchen! Mein Treu, es soll beim Nußkernen lustig drein gehen; will nicht haben, daß 's heißen soll, beim Schulz von Lämmerbach ist Betstund'. Lieber so ein Kirchweihstückchen und was von Tanz und Fastnachtabend! — Hört Ihr's, Herr Fröhlich! Ei, Ihr sitzt ja heunt wie zugefroren. Gestern ging's lustig her, nicht wahr? Als Ihr da mit Schlafrock und der Perücke und in Pantoffeln hereingeschlurft kamt und als der be= rühmte Doctor Mückenschwanz jedem seinen Puls befühlet und mit Stock und Takt Lectionen vorsunget. — Walter, hättet's sehen sollen, hättet Euch drüber krumm und bucklig gelacht.

Walter. So?

Schulz. Heraus damit, mit Euern Schneckentänz', Herr Fröhlich, damit's die Leute auch sehen und mir glauben. Macht mal
Eure Komödie von Herzog Ernst, wenn Ihr's noch wißt.

Fröhlich (pfeift und steht auf, geht in der Stube herum und klopft überall).
Wo steckst du denn, he he? Aus dem Tornister heraus, du lustiger
Hans Springinsfeld! Was sitzest du da wie ein Kalendermacher,
der auf Regen und Wind studirt? Hörst nicht? Der theure Herr
Schulz von Lämmerbach will dich haben. Aufgewart! (Er geht herum
und klopft bei den Frauenzimmern an.) Wo hast du dich hin verkrochen?
Meine Herr'n, meine Frauenzimmer! Sie werden mir erlauben,
nachzusuchen.

Liesel. Und warum nicht gar, hi hi hi!

Fröhlich. Da sitzt er! Hört ihr, wie er wie ein in'n Schwanz
gebißner Kater brummt? Der faule Bruder will nicht heraus, man
muß ihn wie den Bären herausstacheln; aber nur Geduld, soll bald
leicht werden. Will ihm die Füß' ein wenig mit Heuschreckenfett
salben, daß er lüstig springen soll. Hasa! Husa! Lustig, lustig!
Wer Pillen und gute Waare kauft, herbei, herbei! (Steigt auf den
Stuhl hinauf.) Ihr Jungfraun, ihr Herrn, was wär' zu Befehl?
Blecherne Mausfallen, daran halbverdorrte Rattenschwänze kleben;
sind böse Omina für schmachtende Herzen! Blaue Augen und rothe
Lippen, vertreiben Jungfern Melancholie. Hütet euch in diesen bösen
Zeiten, daß eure Beständigkeit nicht den Schnupfen kriege; ihr wer-
det's wissen, was für ein schrecklicher Komet regiert, der bald eine
noch schrecklichere Tragödie nach sich ziehen wird, daß nächsten Tags
ein Doctor sich in seinem eigenen Uringlas ersäufen soll, auf welchen
Klagfall wirklich schon dreißig müßige Poeten mit ihren Elegien
warten. Die Ursach aber ist, dieweil die Männlichkeit in unsern
Tagen gar sehr auf der Neige steht und zwanzig Jungfern, wie
ehmals ein Dutzend Weiber um ein Paar Hosen, sich jetzt um einen
Nagel schlagen, an den sie die baufällige Rüstung ihrer abgezehrten
Liebesritter hängen können; eine Krankheit ohne Remedium! Indessen laßt uns hier ein bischen Luft schöpfen. (Er langt die Geige
oben vom Bret herunter.) Bink bink bink! (Singt und spielt.)

Einem jeden gefällt seine Reise so wohl,
Drum ist die Welt der Narren so voll.

Und was meinen denn meine Herrn und Frauen zu dem, was
ich weiters in der weiten Welt erfahren, besonders da ich als Herzog Ernst der Zweite das hohe Meer überschifft? Ihr werdet vermuthlich schon von meinem Urgroßvater Herzog Ernst dem Ersten
vernommen haben, der in kirschfarbnem Mantel und in Holz ge-
schnitten auf allen Messen und Jahrmärkten floriret. Ich habe eine

große Seereise gethan von einer Spitze des Pols zur andern, allerlei
Wunderdinge erfahren, die kein Poet vor mir weder in Reimen
noch in Prosa erzählet; es wäre wol genug damit, hundert Fast=
nachtsabend' zu decoriren. Verspare mir's deretwegen, umständlicher
zu erzählen, bis zur gelegenen Stund' und thue anjetzo nur zu
wissen, daß, nachdem ich den Krieg mit den Pygmäen glücklich
geendigt und ihren König Däumerling, ein'n andern Alexander und
Hercules, gefangen genommen, auch in meines Großvaters Namen
einen Handlungstractat mit den streitbaren Kranichen, Riesen, Zwei=
köpflern, Einfüßlern, Mohren, Tataren, Kalmucken, Afrikanern
et cetera geschlossen, nahm ich meine Fahrt weiter nordwärts. Der
Wind pfiff mir garstig in die Segel, endlich drehte sich das Schiff
und wir kamen bald dem Magnetberg nahe; diesmal aber ent=
wischten wir glücklich. Wir hatten uns durch unsers Großvaters
Journal warnen lassen, hatten das Schiff statt Eisens mit Nägeln
von Speck beschlagen und rutschten also glücklich und unversehrt in
den hohlen Berg hinein. Was wir inwendig drinnen für Wunder=
dinge angetroffen, wäre einer Amme kaum all zu glauben. Genug,
der große Greif, der sein königlich Nest von gediegenem Gold und
den kostbarsten Granaten oben auf der Spitze des Bergs hat, der
Notabene beständig vom Morgenroth beschienen wird, dieser, sag'
ich, kam herunter und machte uns in höchsteigener Person eine Visite.
Er hat sich seit meines Großvaters Zeiten sehr modernisirt und ist
umgänglicher geworden; machte mir ein höflich Compliment, ver=
ehrte mir auch beim Abschiednehmen ein Stückchen von seiner ma=
jestätischen Klaue und nahm dagegen von mir Nürnberger Lebkuchen
an. Den Streich, den ihm mein Großvater mit den Ochsenhäuten
gespielt, hatt' er noch nicht ganz vergessen; dennoch aber war er
nichtsdestoweniger sehr aufgeräumt. Er zeigte uns auch sein Rari=
tätencabinet und wies uns die berühmte holländische Windmühle,
worauf alte Weiber wieder jung gemahlen werden, also, daß wenn
man ein Dutzend alte, zahnlose, krumme, buckliche, triefäugige
Mütterchen oben aufschüttet, nach Verlauf einer Stunde zwölf
junge, frische, hellaugige, gerade, wohlbezahnte Dirnchen heraus=
fallen, die weiß und roth wie Lilien und Rosen blühen. Der Him=
mel weiß, was wir all's noch mehr da gesehen, man vergißt nichts
leichter als Lügen oder einen Traum, und meine Memorie ist nicht
schneller als meine Imagination. Doch hoffe ich, daß wir noch
einmal zusammenkommen, ehe noch die siebzigtausend Jahre des
großen philosophischen Weltcirkels herumgelaufen; wir wollen auch
dann das Weitere, was noch hie und da eckicht ist, rund biegen;
knüpfen für jetzt aber die Materie hier fest, gleichwie jenes Mädchen
den Strick, woran der rostige Ritter im Korb sich zur schönen Ku=
nigunde hinaufhaspeln ließ. Der arme Schlucker schwebte zwischen

Himmel und Erde beim frischen feuchten Sternenglanz und seufzte
seine Liebesqual den Spatzen und Schwalben vor, die alle ihre
vorwitzigen Nasen aus allen Löchern hervorstreckten, den halb=
verfrornen Schlucker zu belachen. Es war eine bitterkalte Nacht,
der arme Tölpel stak zusammengeschrumpft wie ein Taschenmesser
und schnatterte, daß ihm der Hauch auf dem Zwickbart reifte. Purr!
Purr! Wie heißt das hitzige Winterlied, betitelt: «Amor's verlorner
Köcher im Schnee»?

> Ach Schätzchen, thu dein Fensterlein auf
> Und zieh mich armen Schelm hinauf!
> Das Herz im Busen knarret mir,
> Die Seel' im Leib verfrieret schier.
> Ach Schätzchen, zieh mich schnell hinauf,
> Sonst geht dein armer Schlucker drauf!

Purr! Purr! Wenn jemals einer in einer Gänse=Akademie ein
zärtlich Gänse=Adagio schnattern gehört, der komm', und ich will
ihm einen Kiesel zur Haselnuß geben, woran er seine Zähne probiren mag. Uebrigens sind das lauter Possen und Eitelkeit, ob
man auf den halbzerbrochnen oder doch die meiste Zeit verstimmten
Pfeifen dieses Lebens drei Griffe höher oder tiefer herumfingert;
ich strecke mich oft wie der hebräische König bei Festivitäten und
Feierlichkeiten, wo Narren so klug aussehen, und gähne eins tüchtig
herunter, und wenn's mir dann etwas unregelmäßig unter die Nase
surrt, denk' ich wie jener Aesculap hinterm Pflug: «Freiheit ein
goldnes Haus! Der Vogel spricht's und fliegt zum Käfig hinaus!»
Und dann dreimal auf'm Absatz herum und frisch und fröhlich!
Der ich bin, der bin ich und bleib' ich, lasse den Wind sein schnur=
ren, woher und wohin es ihm beliebt.

> Mir ist oft so hämisch, so dämisch und dumm,
> So hurrig und schnurrig, und weiß nicht warum,
> So hippig und schnippig, und weiß nicht wonach;
> Das ändert und wendert mit jeglichem Tag.
> Hei hopsa, hei lustig! Das Faß ist noch voll!
> Nimmt Schätzchen ins Bett mich, wie ist mir so wohl!

(Leise zu Guntelchen.) Wie meinst? — Genug also, ihr Herrn, da=
mit ihr sehet, daß ich von meinen vielfachen und weitläufigen Reisen
hinlänglich profitiret, sodaß ich manch schön Exempelchen aus dem
Vorrathsschrank eigener Experienz euern hungrigen Ohren auftischen
könnt', sag' ich jetzt nur, daß ein günstiger Wind mich bald anfaßt'
und mich aus Holland den Rhein heraufblies — Notabene, meine
Löwen, Krokodile, Mohren, Affen, Papagaien, die ich von meiner
Reise mitgebracht, ließ ich alle zu Amsterdam unter dem Rathhaus

in sichrer Verwahrung — heraufblies, sodaß ich jetzt in meines
werthen Herrn Schulzen von Lämmerbach Stube sitze und Nüss'
lerne, zwischen ein paar gelecte niedliche Jüngferchen hingepflanzt,
die so artig sind, wie ich auf allen meinen weitläufigen Reisen und
auch selbst mitten im Magnetberg und bei Jhro Majestät König
Greif's Windmühle keine so muntre und keine artigere angetroffen.
Jst's nicht wahr, meine Herren?

Schulz. Ordentlicher Advocat. Wo das verzweifelte Zeug durch=
einander her ist! Eine ganze Dorfschaft bringt nicht so viel zusammen.

Guntel. Man kann ihm doch nicht unhold sein.

Liesel. Gewiß nicht, hi hi hi!

Wetzstein. Hum, Hum!

Walter. Warum schaust so, Wetzstein?

Wetzstein. Nichts. Kam mir so was in Sinn. (Geht auf und
ab, betrachtet Fröhlich, setzt sich wieder.)

Walter. Jst dir was?

Wetzstein. Gar nichts. Da kommt Frau Bärbel wieder zu=
rück; werden jetzt hören, was sie uns Neues bringt.

Schulzin. Gut Glück, ihr Kinder! 's ist vorbei, haben's
glücklich gewonnen, Lotte ist entbunden.

Liesel. Mutter, was ist's?

Walter. Jch wette drauf, ein Junge!

Guntel. Ein Mädchen!

Schulzin. Hm, hm! Wer räth's?

Alle. Was ist's? Sagt's!

Hämmerlin (kommt hervor und stellt sich in die Mitte, sieht alle an und
spricht laut). Ein Glockenschwengel ist's. (Alle lachen.) Dümpeldäumchen!
Lacht, lacht, was ist's denn weiter? Jst's etwa das erste mal, daß
ich so ein Räthsel herauskrieg'? Der Vater ist der Eichstamm, die
Mutter das Beil; die zwei Weiber, an die er verkuppelt ist, Glock'
und Seil; wenn ihr die eine anzieht, plumpt und plapt die andre;
bei Hochzeiten und Leichen hat er zu thun. Nun, ist's so, hab'
ich's getroffen?

Fröhlich. Aufs Haar, Mütterchen. Hier habt Jhr Euern
Lohn. (küßt sie.)

Hämmerlin. Fazenmacher! Wart', will dir . . .

Fröhlich. Das Enkelchen geben und noch was Kleines mit?
Könnt' angehn!

Hämmerlin. Warum nicht gar!

Wetzstein (auf den Fröhlich los). Sag', bist's oder bist's nicht?
Halunk'! Fritz! Wie kommst hieher?

Fröhlich. Vater, hab' Euch gleich gekannt, als ich nur zur
Stube hereintrat; wollte nur sehen, ob Jhr mich auch kenntet. Da
bin ich nun, wenn Jhr mich wiederhaben wollt.

9*

Wetzstein. Tagdieb! Wo bist du überall herumgestrichen? Hab' Rechnung mit dir zu halten, wart!

Schulz. Wa wa was? Wetzstein's Fritz leibhaftig? Wetzstein's Fritz!

Guntel. Hab' ich doch immer gemeint, ich kenn' ihn schon von lange her. — Liesel, Liesel, du Bosheit! hast gewußt, hast mir's nicht gesagt!

Schulz. O du vertrackter Jung'! Sag', wie hast bu's angestellt, daß ich dich so lang' nicht gekannt? Bin ganz dumm.

Schulzin. Da sieh einmal an! Wetzstein's Fritz! Wie oft hab' ich ihm als Butterbrot und Käsfladen geschmiert, ihm und meinem Karl, und hab' ihn nun so lang' nicht gekannt. Was er der Zeit in die Höhe geschossen, stark geworden! War sonst so eine schmale Gerte. — Mütterchen, he!

Hämmerlin. Was ist da zu thun durcheinander?

Schulzin. Wetzstein's Fritz ist da!

Hämmerlin. Wo dann?

Schulzin. Da, hier ist er.

Hämmerlin. Du Faxenmacher! Laß dich mal recht beschauen. Wart', will dich gleich probiren, ob du auch noch gut Gedächtniß hast. Was geschah vor funfzehn Jahren auf Ostern?

Fröhlich. Aha, liebes Mütterchen! Setztet damal ein jung lebendig Häschen in'n Rosmarinstrauch, als Guntelchen und ich zusammen dort Eier holen gingen. Der purrte nun, als wir näher kamen, heraus; Guntelchen erschrak, brach alle ihre Eier und weinte, weil sie gebrochen waren. Da gab ich ihr meine ganzen für ihre zerbrochnen; da sagtet Ihr zu Guntelchen: „Sieh, das ist schön vom Fritz, behalt ihn auch lieb, Guntelchen, er ist ein braver Jung', sollt zusammen auch einmal ein Pärchen werden."

Hämmerlin. Hab's so gesagt, Wort für Wort. Ist mir auch lieb, daß du so behalten, was Mütterchen gesagt. Wenn ich nun noch einmal sagte: Guntelchen, gib ihm deine ganzen für seine zerbrochnen, und ihr sollt zusammen noch ein Pärchen werden?

Fröhlich. Dann spräng' ich so hoch in die Höh'! Gib, Mütterchen, einen Schmatz!

Hämmerlin. Bist denn genug draus 'rumvagirt? gefiel' dir's jetzt daheim?

Fröhlich. Und mehr als jemals.

Hämmerlin. Hast du auch des Ausreißens satt, wolltest jetzt hübsch gut thun und hier bleiben?

Fröhlich. Gern, Mütterchen, wenn's mir danach ging'. Ich begehre kein Glück weiter zu suchen, und müßt' ich, ewig würd' ich unstet in der Welt herumlaufen, wenn mich solch eine Hand nicht ruhig hält. (Nimmt Guntel's Hand.) Ich habe gefunden, was ich gesucht, diefe allein; mit ihr möcht' ich leben und fterben. Mein Glück, mein Alles fteht jetzt in Eurer Einwilligung.

Walter. Hm, Hm!

Guntel. Ach Vater, Vater! Gott hört die Schwüre. Ich kann nicht anders, hab's ihm gefchworen auf meine Seele, beftän= dige, ewige Liebe bis in den Tod. Gott verhelf' mir zu Euerm Willen.

Walter. Schön's Zeug wieder! Geht wieder mal gut her. Hm!

Wetzftein. 'Naus du!

Fröhlich. Wie Ihr befehlt, Vater. (Geht ab.)

Guntel. O Wetzftein, Wetzftein, verzeiht Euerm Sohn! Seht, wie fromm und gehorfam er ift.

Wetzftein. Hm, was thunlich ift, wird gefchehen. — Was meinft dazu, Walter?

Walter. Was foll ich meinen? Die Sach' ift immer fchon richtig, ehe man unfereines Meinung braucht. Meine Mädel ver= ftehn's Handwerk, wie man zu Männern kommt . . . Auch gut; wenigftens kann mir keine den Vorwurf machen, ich hab' fie zu was gezwungen. — 'Naus du! (Guntel geht ab.)

Wetzftein. Was foll's lang? Du weißt, wie wir von jeher geftanden.

Schulz. Freilich! Gebt fie zufammen! Sie waren ja fo gut wie einander verfprochen von Jugend auf.

Schulzin. Da fag' mir einer! Ja, ja, da fieht man's: den Knochen, der einem befchert ift, trägt einem gewiß kein Hund davon.

Wetzftein. Alfo willft, Walter, willft meinem Schlingel das Mädel geben?

Walter. Soll fie haben. Aber dein Jung' muß mir jetzt nicht mehr davonlaufen, wenn er mal mein Mädel hat.

Wetzftein. Heiß einen davonfchwimmen, der 'nen Mühlftein am Hals hat. Sie wird ihn fchon zahm machen.

Schulz. Der Jung' ift Euch wahrhaftig gut, wird fich gewiß machen, verfprech's Euch, mit der Zeit.

Wetzftein. Wollen's Beft' hoffen. Schulz, Ihr wißt, in unfrer Jugend waren wir auch nicht von den Stillften.

Schulz. Flickerment, nein, das waren wir gewiß nicht. Weißt, wie wir die Werber geprügelt zu Lautern, und dann die Hiftori' zu Bretzenheim und zu Kreuznach an der Nah . . .

Schulzin. Laßt fie doch hereinkommen: — Hört ihr's, Fritz? Guntel! (Guntel und Fritz kommen wieder herein.)

Walter. Nu, wollt ihr denn einander? Guntel, willft den Fritz?

Guntel. Ja, lieber Vater! (Fritz küßt fie.)

Wetzftein. Weißt nicht zu reden, du?

Fröhlich. Dank' euch, liebe Aeltern, vollen, warmen Herzens=

dank! Wollen unſre Glückſeligkeit ſo genießen, daß ſie künftig die eure werden ſoll. — Mütterchen, jetzt ſoll's gut gehen. Euer Enkelchen bin ich jetzt; was ſoll nun geräthſelt und erzählt werden bei langen Winterabenden!

Hämmerlin. Wart'! Nicht eher Handſtreich und Ringwechſel, bis ich wieder zurück bin. Hab' erſt noch was zu holen. (Geht ab.)

Schulz. Gewiß noch ein paar Sparpfennige! Hat's bei Vei-tel's Hochzeit auch ſo gemacht. Aber ſag' mir, du loſer Vogel, warum haſt dich mir nicht gleich zu erkennen geben? Weißt doch, daß ich dir von Jugend auf ſo gut bin.

Fröhlich. Iſt's anjetzo nit all eins? Auch ſo gut ausgangen! Apropos, da habt Ihr einen Brief indeſſen vom Karl.

Schulz und Schulzin. Von unſerm Karl? Wo . . .

Fröhlich. War in Göttingen bei ihm, kam eben von Halle; hab' den Brief ſchon einige Monate in der Taſch'.

Schulz. Gottlos! Gibſt ihn ſo lang' nicht her; wenn mein lieber Sohn indeß was benöthigt wär' . . .

Fritz. Ohoho! Weiß ſchon, was drinnen iſt. Was Gedrucktes von ſeiner Arbeit. Schickt ſo 's erſte Pröbchen; 's wird euch freuen.

Schulz. Was Gedrucktes von meinem Karl? Heiſa, Victoria! Wer hat's gedruckt? Hat er's ſelbſt gedruckt? O, das wird gewiß die Predigt über den heil'gen Drei-Königs-Stern ſein! Jetzt weiß ich's, Walter! Er war noch ein kleiner Jung', mein Karl, da kam dir ſeine Pathe von Tiefenthal rüber, beſah den Jungen, wie er zunahm und ſo fein verſtändig daſtund und nicht wie die andern Jungen herumjackerte. Da ſagte er: „Karl, du mußt ein Pfaff' werden; du biſt plump und ſtark, will dich einſt ſtudiren laſſen" — nun gewiß, er trägt auch jetzt das Seinige redlich bei —; „die erſte Predigt aber, die du mir machſt, ſoll über den heil'gen Drei-Königs-Stern ſein, alſo: die heil'gen drei König' mit ihrem Stern, freſſen und ſaufen, und zahlen nicht gern! Wenn du das gut und gelehrt machſt, will ich nachher von dir ſagen, du haſt deine Sach' wohl ſtudirt." — Victoria, Mutter! Jetzt müſſen wir auf Tiefenthal nüber zum Gevatter, die Predigt iſt da!

Schulzin. So brich doch nur auf! Ei Herr Gott! Drucken laſſen! Was man doch erlebt! — Herr Schulmeiſter, wo ſteckt Er dann? Er hört und ſieht ja nicht.

Schulmeiſter. Ich obſervire und mache meine Gloſſen. Die liebe Frau Schulzin glaube nur ſicherlich, ich bin anjetzo activer, als ich wol ſcheine; beobachte hier die ganz eigne Gnüge der lieben Natur, die ohne Winkel und Maßſtab ſich ſo ſicher ineinanderfügt. Wieder ein Paar Leutchen zuſammen, ohne daß des Pfarrers und Schulmeiſters Rath im mindeſten dabei nöthig geweſen. Auch gut, recht ſehr gut, he he he!

Schulz. Wo steht denn sein christlicher Nam'? Hinten, vornen nichts ... 's ist nicht von ihm! Wollt mir nur was weißmachen.

Fritz. Auf meine Ehr'! Heutzutage ist's nicht mehr Mode, seinen Namen vornen dransetzen zu lassen. Man weiß doch ohnehin gleich, von wem ein Ding ist, wenn's gut gemacht ist.

Schulmeister. Nicht übel! Immmer sehr politisch! Hat einer fehlgeschossen, so zieht er sich zurück und duckt sich, wie ein Feldhuhn oder schlau Häslein, die Ohren hart am Rücken; da mögen die kritischen Windspiele über ihn wegsetzen. Man steht da wie eine Scheibe, wonach ein jeder zielt, wenn man den Namen hinsetzt, und da geht's gern mitten in den Bauch oder auf die Brust. Die Herren Kritiker sind böse Leute, machen es armen Autoren oft sehr gefährlich. Wär's nicht so scharf, hätt' auch schon manches fahren lassen. Ueber die verhenkerten Berliner! Die allgemeine deutsche Bibliothek ... 's ist unerhört! Wer denen unter die Finger geräth, ab ... (Er schaudert mit der Hand.)

Schulz. 'n Schelm will ich sein, wenn ich ihm noch 'n Kreuzer Geld schick'! Was? Schämt er sich seines ehrlichen christlichen Namens? Wer weiß so, die Schwerenoth, ob das des Schulzen von Lämmerbach Sohn hat drucken lassen? Sein Nam' soll da sein, sammt meinem und Pathens seinem, und dann auch der Geburtsort. So gehört sich's und ist gerichtlich.

Schulzin. Laß doch mal sehn, was es ist. O Jesu, sind ja gar Reime! — Herr Schulmeister! — Gib's doch dem Herrn Schulmeister, der wird's am besten verstehn, ob's eine Predigt ist.

Schulmeister. O ja, weiß schon damit umzuspringen. (Setzt die Brille auf und liest.) Keine Predigt ist das wol nicht, hm. (Liest laut.) „Crispin's philosophisch-heldenmäßiger Entschluß, oder Melinens und Leander's Rendezvous. Zur Erbauung aller halb in Liebes-Morast versunknen Herzen, meinem Freund Schönfeld zum musikalischen Spielwerk mitgetheilt." Hm, hm! Was ganz Neues! „Tragikomische Serenade"; neuer Titul! Soll ich's etwa lesen?

Walter. Freilich! Haben doch jetzt nichts Bessers zu thun, bis die Großmutter wiederkommt. Bin doch begierig, zu hören, was der Junge Gut's gemacht hat; hatte immer so seinen eignen Schuß. — Aber 'n Wort zuvor, Bärbel! Wie steht's mit Lotten? Was ist's denn, was hat sie?

Schulzin. Ein Mädchen. Sie und das Kind, beide sind ganz wohl.

Walter. Segne's Gott! Auch willkommen, wie ein Bübchen. — Hergesessen jetzt, still zugehört! — Schulz, du machst ein Gesicht, als wenn du Essig getrunken.

Schulmeister (liest laut). „Charakter der Symphonie: leicht

scherzhaft, wie jugendlich muthwilliges Necken der Liebe; bald lachend
und jauchzend, bald eifersüchtig scheltend in kurzen, kleinen Sätzen,
die aber, wo die Leidenschaft ein wenig zu stark wird, bald wieder
in ein sanftes Murmeln zurückfällt; ein leichtfertig komisch Spötteln,
das hie und da gewaltsamer Ausbruch polternder Eifersucht unter=
bricht, bis die süße sanfte Melodie reiner, klagender Liebe sich nach und
nach loslößt, die emphatisch und voll wie die Sehnsucht zweier un=
schuldvollen, gleichliebenden Herzen tönet. Da, wo sie am sanftesten
und mildesten wird, zerreißt sie auf einmal wieder ein mürrisches
Poltern, und man hört nur noch dann und wann ein süßes  ver=
liebtes Girren durch.  Die Leidenschaft von Zorn und Eifersucht
wächst immer und endigt sich in den gewaltsamsten, höchsten, doch
immer komischen Ausbrüchen.  Diese letzte Stelle muß ganz in dem
Charakter eines grämlichen Alten gesetzt werden, der alles schilt, mit
den Altersschwachheiten und seiner verzweifelten Liebe zugleich ringet."

Schulz. Schwitz', daß mir das Wasser die Stirn herunter=
läuft. Kein Wort! Der Jung' ist, glaub' ich, des Teufels.

Walter. Geduld nur! Wird sich schon declariren, was es ist.

Schulmeister (liest).

　　　„Chrispin (liegt oben am Fenster, um Mitternacht).

O Jem'ni, o Jem'ni,
　　Wie's überall juckt!
Am Leib, an dem Schenkel,
　　Im Herzen drein zuckt!

O Liebchen, süß Mädchen,
　　Denk' immer an dich!
O Schätzchen, o Täubchen,
　　Sag': liebest du mich?

Ei freilich! Hab's deutlich
　　Am Lachen bemerkt;
Dein Aeuglein, dein Näschen
　　Hat alles bestärkt.

Du gabst mir ein Blümchen,
　　Was war's doch für'n Tag?
Mein Vetter stand nahe,
　　Der schielte darnach.

Da sagtest du lächelnd,
　　Verschlagen und fein:
«Ach dürft' ich doch Euer . . .»
　　Ich ward wie ein Stein,

Verstund, was sie wollte,
  Wonach sie gezielt!
Leander, der Lümmel,
  Hat mächtig geschielt.

O Liebchen, Melinchen,
  Halt fest in der Pein!
Sollt glücklich im Ehbett,
  Mein Weibchen bald sein!

Was ist's doch ein Leben
  So hurtig und frei,
Lieben Leute, hat einer
  Schön's Liebchen so treu!

Hat einer 'n süß Mädchen,
  Von Tugenden rar,
An Leib und an Seele
  So voll und so klar! —

Was gibt es? Wer macht doch
  Dort unten noch Rund'?
Hum! Ist so der rechten
  Verliebten ihr' Stund',

So Mitternacht. Holla!
  Hört, Zither! Bink bink!
Am Hause dort meiner . . .
  Ein Husten, ein Wink!

Potz Stern! Potz Wetter!
  Wer hat das geschickt?
Das Zipperlein, ui!
  Wie's juckt und mich zwickt!

Zum Henker, stoß gar jetzt
  Den Nachttopf noch um!
Die Kniee verschunden,
  Die Beine halb krumm!

Mein Podagra, wehe!
  Mein Chiragra! Ei!
Dort hat sie der Henker
  Schon all' in der Reih'.

Wer bist du? O Mondlicht,
  Nur hell und nur klar!
Leander! Wie, Bös'wicht?
  Mir sträubet das Haar!

Ermorden, erstechen,
   Erschießen will ich
  Dich Lümmel, dich Vetter,
   Halunken dich, dich!
    (Chor von Musikanten tritt näher herzu und fängt an.)"

Nu, wie gefällt's euch bisher? Das nennen sie Laune heut=
zutag', so komisch=grotesk Zeug; da geht's nun auch schon mit den
Elisionen und hie und da übler Construction drein. Es läßt drum
possirlicher, als wenn einer Purzelbaum unter den Capriolen schlägt.

    Schulz. Frau, was meinst du zu dem Dings da von unserm
Herrn Sohn hier, wie gefällt dir's?

    Schulzin. Was soll ich meinen? — Walter, was meint Ihr?

    Walter. Laßt erst mal fertig lesen! Müssen doch sehen, was
der Chor von Musikanten zu bedeuten hat; und der Herr Leander,
mich däucht, der wird's dem guten alten Vetter Crispin nicht zum
besten kochen.

    Schulmeister. Kommt mir auch so vor. Assa! (Liest.)

      "(Chor von Musikanten fängt an, Leander spielt auf der Laute.)

### Chor.

Liebe, deine Freuden
Das Leben vermehren,
Liebe, deine Leiden
Die Seele verzehren!
Du strafest, bald
Werd' ich verlacht.
Wie Feuers Gewalt
Ist deine Macht.
Hoch zu dir wir unsre Herzen schwingen;
Sei uns gnädig, wir bringen
Opfer deiner Gottheit dar.
Liebe, du reinigst das Leben,
Uns süßere Freuden zu geben!
In Wonne gebar
Der Himmel dich.
Laß unsre Wünsche gedeihen,
O laß uns hoffen, uns erfreuen;
Wir ehren dich, wir preisen dich!"

Jetzt kommt ein Solo, meine Herrn, merkt drauf: der junge
Leander singt seiner Geliebten was vor; das muß nun freilich dem
alten Herrn Haar in der Suppe sein. Assa!

    "Schöne Meline,
  Krone dieser Welt,
  Sanfte Blondine,
  Die mein Herz in ew'ger Fessel hält,

Ach, wonach ich Tag und Nacht
Unter Wonnethränen schmacht',
Wär' an deinem Busen süßer Herzenszug!
Trunkner Flug
Verwirret die Sinnen,
Bald zu beginnen,
Bald zu genießen des Himmels genug!

Zürnet auch Schönheit,
Wenn Lieb' ihr Opfer bringt,
Wenn treue Beständigkeit
Das Herz durchdringt?
Alle Adern wallen
In froher Pein!
Du allein, ach, du allein
Kannst mir gefallen!

Vollkommne Frau,
Schön wie die Au',
Wenn holder Lenz sie schmücket:
Wem es glücket,
Wer dich hört und sieht,
Dem Gram entflieht!
Wer dich drücket
Im vollen Arm
Am Herzen so warm,
Entzücket
Hin über alle Welten!
Vor dir gebücket
Knien auch stolze Helden,
So schöne Fessel zu tragen
Droben am Wagen,
Drein Venus den Himmel durchflieget.
Ihn tragen
Wol holder Tauben Paar;
Dran hängen die Kränzlein alle gar,
Die deine Schönheit ersieget.

Herrlich Gebild,
Sanft und mild,
Geschaffen dem Entzücken,
Wend' o wende doch dein Zauberauge nie!
Ach, in deinen Blicken
Sich Herz und Seele verstricken;
O, den süßen Blicken
Gab Amor Gewalt der Melodie!
Wie mein Herz nachströmt dem Zauberklange!
Meine Seele dürstet so lange

Nach dir und nach dir allein!
Süße, schmelzende Thränen!
Banges, girrendes Sehnen!
Herrlich erhabene Pein!

Du kannst Leiden in Freuden verklären;
Vor dir ziehen die schweren
Augenblicke seliger hin.
Wirst du mich auch bald erhören,
Der ich vor Liebe trostlos bin?
Hab ich's gewonnen,
Satt mich zu sonnen
In beinen Strahlen, Freudenschöpferin?

Komm, o komm und lindre die Last,
Gib der kranken Seele Rast!
Willst nicht zur Qual der Schönheit Gaben tragen!
Komm, o komm, und lindre die Last,
Eh' der kalte Tod mich faßt,
Um meine Bahre Freunde klagen!

### Chor.

Meline, dein Name
Gleicht Frühlingsgesange!
Blühe lange
Zum Trost unsrer Fluren!
Zum Sternenhange
Steige dein Ruhm!
Zu dir meine Thränen,
Mein Hoffen und Sehnen,
Verlangen und Wünschen wenden sich,
Du Zier und Preis der Schönen!
Alle Dichter und Helden krönen
Zur Liebesgöttin dich!"

Hier scheint die Serenade ein Ende zu haben, denn es heißt:
„Leander zahlt die Musikanten, und diese machen sich nach abgeleg=
tem Kratzfuß sogleich aus dem Staube davon"; vermuthlich, damit
die zwei jungen Verliebten desto bequemer miteinander schwätzen können,
denn es heißt gleich nachher: „Meline erscheint oben am Fenster."
    Schulz. Ah, so soll ihn ja der Teufel holen, wenn er so was
thut! Er prostituirt mich, der verfluchte Jung'!
    Walter. Geduld, Geduld doch, bis 's fertig ist!
    Schulmeister. Assa! Meline spricht:

„Wer hat mir die Musik so lieblich gebracht?
Leander, mein Engel! Komm näher.

### Leander.

Ach, Schätzchen, Gute Nacht!
Wie war mir's so traurig,
Wie weilt ich allhier!
Meine Seele, die schwebet
Alleine bei dir.

### Meline.

Sowie die junge Flur
Der holde Mai erquicket —
Die trunkene Natur
Folgt seiner Spur
Entzücket,
Der Morgen lacht, es prangt der Tag —:
So ziehest du mich nach,
Ich fühle tausendfach,
Daß ich dich liebe!

Himmel und Erde,
Seid Zeugen meiner stillen Qual!
Jene treuen Sterne
Blinken tausendmal,
Und in jener Ferne
Hört's ein reines Thal!

Ach liebe mich treu!
Ach schwör' mir dabei!
Dich untreu zu sehen,
Ich stürbe wol eh';
Treue Herzen verschmähen,
Treue Lieb' hintergehen,
Mein Engel, thut weh!

Wie tief in der Nacht
Die Stürme rauschen,
Die Donner brüllen,
Die Wolken hüllen
In Flammen sich roth,
Des Waldes kleine Sänger lauschen
Erschrocken und fürchten den nahen Tod:
Mein Herz oft erwacht
In Unruh' und Pein.
Ach liebe mich rein!
Dich untreu zu sehen,
Ich stürbe wol eh'!
Treue Herzen verschmähen,
Treue Lieb' hintergehen,
Mein Engel, thut weh!

Ich denk' an dich so manchen Tag
Und wein' und klage
Und seufz' und frage
Und weiß nicht, wonach.
Mir fällt dann Kunigund' ein,
Das alte Kinderliedchen:
Verlassen sitzt sie auf dem Stein
Und singt ihr Trauerliedchen.
Ach, süße Zeit,
Du kommst nicht wieder!
Du Blumenzeit,
Die 's Herz erfreut,
Du kommst nicht wieder!
Es ist vollbracht.
Die lange Nacht
Rückt schon herbei;
Im Sterbekleid
Ruhn meine Glieder.
Ihr Mädlein, hört
Mein letzt Gebet:
Traut Rittern nie!
Die Taube, sie
Girrt treuer nicht als sie.
Traut Rittern nicht!
Die Schlange sticht,
Nein, falscher nicht als sie!

So sind oft meine Augen trübe
Von heißer bittrer Zähre;
Doch wie durch schwere
Gewitternacht
Die Sonne wieder freudig lacht,
Kommt bald die tröstende Liebe
Und zeigt mir wieder
Dein treues Bild,
Dein Aug' so rein, dein Herz so mild,
Deinen Mund so süß, dein Wesen so gut;
Froh wird mir dann wieder, meine Seele voll Muth!

Ach liebe mich treu!                        .
Ach schwör' mir dabei!
Dich untreu zu sehen,
Ich stürbe wol eh'!
Treue Herzen verschmähen,
Treue Lieb' hintergehen,
Mein Engel, thut weh.
                        Leander.
Ich schwör' dir!

**Meline.**

Ach, schwöre, schwöre mir!

**Leander.**

So groß dort oben der Sterne Zahl,

**Meline.**

So viel der Blumen im Frühlingsthal,
So viel der Lieder im süßen Mai:

**Beide.**

Schwören wir einander Lieb' und Treu'!

**Leander.**

Ach, kann dich meine Seele je verlassen,
Viel lieber wollt' ich tausendmal erblassen,
Mein Engel, denke nur daran!

**Meline.**

Und wird mich deine Seele je verlassen,
Meline würde bald erblassen,
Die ohne dich nicht leben kann.

**Beide.**

Nein, ewig sollen unsre reinen Flammen währen,
Der Tod selbst soll sie nicht verzehren,
Im Grab noch brennt mein Herz für dich.

**Meline.**

Für mich?

**Leander.**

Ja, für dich!

**Meline.**

Ach, für mich!

**Beide.**

Nein, ewig sollen unsre reinen Flammen währen,
Der Tod selbst soll sie nicht verzehren,
Im Grab noch brennt mein Herz für dich.

**Meline.**

Machst mich so weinen!
Gewiß, gewiß!
Doch die Thränen sind alle süß,
Thauen wie am Morgenroth.
Ich liebe dich treu bis in den Tod!
Leander, auch treu noch nach dem Tod!
Doch laß uns schweigen,
Sonst wird mein warmes Herz so bang.
Leander, wo bliebst du gestern so lang'?
Gewartet hab' ich unter den Eichen.

Zürnen möcht' ich, dir Vorwürf' machen;
Doch nein! Jetzt nicht. Hi hi hi!

### Leander.

Was lachst du?

### Meline.

Muß doch fast bersten vor Lachen!
Was dein alter Vetter nur will
Mit all den Siebensachen,
Die er mir täglich vorspricht?
Den Brief, den er mir heute schrieb,
Versteh' ich doch gar nicht.

### Leander.

Glaub' gar, der alte Knasterbart hat dich lieb?

### Meline.

O Schätzchen, Leander, wie soll das sein?
Verliebt dein alter Vetter? Ach nein, ach nein!
Wie wär' das möglich,
Wie wär' das erträglich?

### Leander.

So grau und schwächlich,
Lahm und gebrechlich!

### Meline.

So schielend und schleichend,
So hüstelnd und keuchend!
«Mein Herzchen, mein Schätzchen,
Schön Täubchen, lieb Kätzchen,
Hübsch Püppchen, Melinchen,
Mein Krönchen, mein Bienchen!»
Und wackelt mir nach.
Dann hüpf' ich gemach
Die Hecke herüber
Und denk': lieber Alter, ach!
Wär's Vetterchen da, das wär' mir brav lieber!

### Leander.

Auf der Nas' eine Brille!

### Meline.

O stille, o stille!

### Leander.

Ein Fontanell am Arm!

### Meline.

Die geißhaarne Perrüke, hi hi hi!

# Das Nußkernen.

### Leander.

Die dornknotige Krücke, hi hi hi!

### Meline.

Daß Gott erbarm'!
Und der in mich verliebt soll sein?
O Schätzchen, o Herzchen, wie fällt dir das ein?

### Leander.

Er hat brav schöne Dukaten,
Sollen uns fein sauber rathen,
Sind wir zusammen einmal ein Paar,
In Kisten Gold und Silber klar.
Sollen brav auf unsrer Hochzeit glänzen!
Den alten Kauzen müssen wir schwänzen.

### Meline.

Hi hi hi! Schelmchen, du bist
Voller Bosheit und Junggesellenlist!
Fang auf jetzt schön dies Perlenband,
Geflochten von der Liebsten Hand!
Trag's auf dem Herzen bloß und treu,
Denk meiner in Liebe oft dabei!
Hörst: thut jetzt eins nach Mitternacht schlagen,
Gar zwei! Adieu muß sagen,
Gute Nacht schön!

### Leander.

Willst schon gehen?
Bleib doch noch!
Ist ja schön und freundlich allhier.

### Meline.

Stünd' gern noch tausend Jahr' bei dir;
Aber, Lieber, was sein muß . . .

### Leander.

Einen Augenblick noch! •

### Meline.

Macht mir ja selbst Verdruß,
Glaub's, daß ich so scheiden muß.
Nun, schlafe süß, schlafe wohl!
Und träum' auch was von mir.

### Leander.

Von dir ich, Liebchen, träumen soll?
Ach wär' ich doch bei dir!

**Meline.**

Hier oben? Ach, das kann nicht sein!
Die Mauer hoch, das Fenster klein.
Mein liebes enges Kämmerlein
Ist hart und fest verriegelt.

**Leander.**

Und schließt mir auch kein Schlüssel auf,
So schwing' ich mich bald frei hinauf,
Mich hat die Lieb' beflügelt.
Sieh! diese Leiter hier zur Hand;
Drauf kann ich sicher stehen.

**Meline.**

Ach würde dies Mama bekannt!
Wenn's falsche Augen sähen!
Ach nein, ach nein, es kann nicht sein,
Du fällst, du brichst dir Hals und Bein',
Wie wird's mir doch ergehen!
Ach nein, ach nein, es kann nicht sein!
Ich lasse dich gewiß nicht ein,
Bleib lieber drunten stehen.

**Leander.**

Und willst du denn so grausam sein,
Nicht lindern meine Qual und Pein?
Soll ich in Angst vergehen?

**Meline.**

Ach gerne stillt' ich deine Pein;
Doch, Lieber, ach, es kann nicht sein!
Wenn's falsche Augen sehen!

**Leander.**

Nein, falsche Augen sehen's nicht,
Hab' immer gute Ruh'.
Der liebe Gott verbirgt das Licht,
Hält falsche Augen zu.

(Steigt hinein und sie hilft ihm. Crispin wird wüthend, schmeißt die Kapp' zum Fenster
hinaus und schreit:)

Ist mir ein Schandzeug!
O Höll', o Schmach!
Was? Ist er wirklich hinein?
Mein Seel', wie der Fuchs in'n Hühnerschlag!

O Hexe, o Falsche!
Vetter! Spitzbub'! O weh!
Crispin! Was thust? . . . Ja, was?
Geh, alter Narr . . . steh . . . nein, geh . . .

Erhäng' dich! Stürz' dich in'n Bronn! ...
   Vom Fenster runter? Hum! Ziemlich hoch!
Eine Pistol' her! ... Nein, bohr' mir lieber ein Loch,
   Daß heraus kann der garstige Liebesgeist!

Armer alter Mann!
   Das alles selbst anzusehen!
Ueber die Weil' soll nachher
   Gar noch zu Gevatter stehn!

Desperat! ... Doch halt, Crispin!
   Besinne dich! ...
Eines Mädels wegen dich umzubringen?
   Erhängen, ich, mich?

O Schand' für 'nen Philosophen!
   Was liegt mir dran?
Besser, die Hexe jetzt untreu,
   Als wär' ich ihr Mann.

Aber verfluchter Vetter! ...
   Doch einerlei!
Hinweg dann, Liebe, höllische Liebe!
   Ihr Grillen, vorbei! ...

Könnt' ich nur recht lustig sein,
   Ich schert' mich nichts drum;
Wollt' gern recht schimpfen,
   Ich weiß, es ist dumm.

Muß halt eins bechern!
   Die werden itzt
Drinnen zusammen sein ...
   Was ich schwitz'! ...

Da dacht' ich nun wirklich',
   Hätt's sauber erwischt;
Meint' mich auf Rosen,
   Und lieg' auf dem Mist.

Nehmt all' ein Exempel,
   Ihr, wer hier schaut!
So gehet's, wenn einer
   Auf Mädchentreu' baut.

Ungetreu das Mädel,
   Der Nachttopf entzwei —
Der Henker hol's Lieben!
   Nun bleib' ich dabei."

Schulz. Kein Heller mehr! Das Geld so weggeschmissen! Einmal siebenhundert Thaler, und noch drei, und wieder fünf! Um des dummen Zeugs all das Geld geben! Heißt das Pfarrers Werk?

Fröhlich. Pfarrers? Oho, wißt Ihr denn noch nicht? Er hat lange schon umgesattelt, von der Theologie zur Medicin über, wird ein Doctor . . .

Schulz. O du Absalom, was muß ich erleben! Kein Pfarrer werden? Ich unglücklicher, geschlagener Vater! (Läuft zur Thür hinaus.)

Walter. Nu, thut ja wie toll! Was ist denn die Sache mehr oder weniger? Studir' er, wozu er inclinirt.

Schulzin (weint). Ja, lieber Walter, das wißt Ihr auch nicht, wie leid das armen Aeltern thut, die so viel an ihren Sohn gewendt wie unsereiner! Hat doch mein Mann oft zu mir gesagt: „Bärbel, was soll uns das gutthun und 'n Freudentag sein, wenn ich erlebe, daß unser Karl auf der Kanzel steht und allen Menschen oben herunter Leges vorliest!" Das werden wir aber jetzt nicht mehr erleben.

Fröhlich. Aber wie ist's dann, wenn's einmal heißt: der weltberühmte, weltbekannte Doctor Oberbein, des Schulzen von Lämmerbach Sohn, der weit und breit zu Fürsten und Grafen in Kutschen und mit sechs Pferden geholt wird, von dem das ganze Land umher spricht, der Todte gesund und Kranke lebendig macht! . . . Auch kein Pfifferling, mein Seel'.

Walter. Ei, ganz gewiß!

Schulzin. Herr Gott, 's ist freilich auch wol wahr; aber ist doch nicht so! . . . Will zu meinem Mann hin und hören, was der sagt. Der gottlose, ungerathne Sohn!

Walter. Nu, Herr Schulmeister, was sagt Er denn zu dem Zeugs?

Schulmeister. Das Gedruckte? Capriccen, Launen, wie es die jungen Genies heutzutag' zu benennen belieben, luftiges Zeug! Nicht viel dahinter; doch aus dem Ganzen mag schon mit der Zeit etwas werden, wenn er sich solider appliciret und classische Autores studiret. Das ist der einzige Weg und kein andrer!

Hämmerlin (kommt, ein Bündelchen Dukaten in der Hand). Da, du! Sind hundertfunfzig, alle neu! 's ist mein Sparpfennig. Hörst, beim ersten Kindbett steh' ich zu Gevatter.

Fröhlich. Tausend Dank, lieb's Mütterchen! Schöne Butter, junge Eheleute damit zu schmalzen. Für jeden Dukaten zehn Sprüch' und zehn Räthsel, dann haben wir den langen Winter genug. Lohn's Gott!

———

# Lieder und Balladen.

# Das braune Fräulein.

Laßt an dem Stock die Lilie,
  Laßt Ros' und Holderblüt'
Am Stengel, holde Mädchen,
  Und horchet meinem Lied.

Ich sing' zerrißner Treue,
  Verlaßner Liebe Schmerz;
Euch schmelzen zarte Klagen
  Das wehmuthsvolle Herz.

Und du, aus tausend Mädchen
  Die Frömmste, höre du
Des braunen Fräuleins Klagen
  Und ihrem Jammer zu.

Es beb' dein junges Herzchen,
  Verborgen jeder List,
Dein junges fühlend Herzchen,
  Das ganz nur Unschuld ist.

Wenn durch die bange Saite
  Des Fräuleins Seufzer steigt,
Des Fräuleins, das an Treue
  Dir holdem Schätzchen gleicht:

O wenn von deinem Auge
  Auch nur ein Thränlein fiel',
Gekrönt wär' dann, geheiligt
  Wär' dann mein Saitenspiel! —

Dort sitzt an einer Eiche
　　Das Fräulein in dem Moos;
Viel helle Thränen rinnen
　　Herab in ihren Schos.

Dreimal schickt sie den Knaben
　　Zur hohen Burg hinan,
Zum Führer blauer Greise,
　　Dem schönsten Rittersmann.

Die Sonne eilt; sie harret
　　Lang' unter Glut im Thal:
„Wo bleibst du, holder Ritter,
　　Du Trost in meiner Qual?"

Doch seht, die Zweige beben,
　　Es rauschet um den Bach.
„Mein Ritter kommt!　Du bist es,
　　Geliebter Heinrich, ach!"

Geflügelt springt sie, hänget
　　An seinen Nacken sich,
Küßt froh die braunen Wangen
　　Und weinet bitterlich.

„Wo bliebst du, meine Ruhe,
　　Mein bester Trost, so lang'?
Lang' harrt' ich dein im Thale,
　　Ach, auf der Aue lang'.

„Denk, unsre stille Liebe
　　Ist jedermann bekannt!
Mich stoßen meine Freunde
　　Hinweg mit harter Hand.

„Schütz' du mich, holder Ritter,
　　Mich, die ich elend bin!
Dir gab ich meine Liebe,
　　Ach, alles gab ich hin." —

„Sei ruhig", spricht der Ritter,
　　„Nur ruhig bis zur Nacht.
Neun Schlösser hat mein Vater,
　　Bethürmt und wohl bewacht.

„Reitst mit mir in das schönste,
    Vor allen ausgeschmückt,
Sobald vom Sternenhimmel
    Die Nacht herunterblickt." —

„Sollt' ich im Dunkeln fliehen,
    O Rittersmann, mit dir?
Im Angesicht der Sonne
    Schwurst du einst Treue mir.

„O führ' vor allen Augen,
    Im Hochzeitkranz, beblümt,
Mich aus der Jungfraun Kammer,
    Wie's, Liebster, sich geziemt." —

„Ha, stolzes Fräulein! Glaubst du,
    Mit Musik sollt' ich dich
Aus deiner Kammer führen
    Als eine Braut für mich?

„Den Blumenkranz dir flechten
    Um das gelockte Haupt?
Dem Mond zur Seit' zu stehen,
    Ist Sternen nur erlaubt.

„Zwar du bist süß und lieblich
    Wie Frühlingssonnenschein;
Doch von dem feinsten Golde
    Sieh hier ein Ringelein.

„Es funkelt in der Mitte
    Ein doppelter Rubin,
Ein Bild der warmen Lippen
    Der jungen Raugräfin,

„Die mir mit ew'ger Treue
    Ihn zum Geschenk heut' gab;
Vom Thurme, holdes Fräulein,
    Blickt sie nach mir herab." —

„Was, lieber holder Ritter?"
    Schrie hier das Fräuelein.
„O bei dem hohen Himmel!
    Dies kann nicht möglich sein.

„Mich, mich willst du verlassen,
    Verlassen nun, ach Gott!
Dein armes braunes Fräulein,
    Zu aller Menschen Spott?

„Nein, nein, es ist nicht möglich,
    Daß du mich so betrübst!
Hast doch so oft geschworen,
    Daß du mich ewig liebst!

„Wirf in die tiefsten Fluten
    Den falschen Ring von dir!
Laß, laß mich ihn zerreißen!
    Den Ring, den Ring gib mir!" —

„Den Ring? Daran denk niemals,
    O zartes Fräuelein!
Gleich Zwillingsbrüdern stehen
    Zwei Schlösser an dem Rhein.

„Solang' an meinem Finger
    Der Ring blinkt, sind sie mein;
Drum bitt' ich dich, o Fräulein,
    Stell' alles Klagen ein.

„Was hilft's, daß ich geschworen?
    Dein Weinen kommt zu spät!
Der Wind hat dreingesaufet,
    Hat alles weggeweht.

„Sieh, bist du mir zu Willen,
    Du zärtliche Jungfrau,
Sollst blühen und gedeihen
    Wie Blumen voller Thau.

„Du wohnst in einem Schlößchen,
    Schön wie ein Schloß der Lust,
Dein Gast bin ich fein öfters,
    Verweil' an deiner Brust."

Und voller Gram und Jammer
    Dreht sich das Fräulein um:
„Du raubst mir meine Ehre,
    Mein einzig Eigenthum,

„Und willst mich nun verstoßen,
　　Mich, die so schmerzenwund
Dich ewig zärtlich liebet,
　　Dem Himmel ist es kund.

„Hab' ich gleich keinen Vater,
　　Kein'n Bruder, der die Schmach,
Die du mir gibst, könnt' rächen,
　　So wird's der Himmel, ach!

„Doch für dich will ich beten,
　　O Jüngling, höre mich!
Laß von der reichen Gräfin,
　　Sie liebt dich nicht wie ich.

„Ach, wälz' nicht neue Schmerzen
　　Auf mich, die jammervoll
Die Schmerzen einer Mutter
　　Ohn'dies bald fühlen soll!"

So schluchzet sie und senket
　　Sich vor ihm hin aufs Knie.
Es nickt die dunkle Eiche
　　Und säuselt sanft auf sie.

Durch ihre Locke seufzet
　　Das Windchen hin und späht
Der Blume nach, die thauicht
　　Von ihren Thränen steht.

Ach, dein so zartes Klagen
　　Rührt alles, Fräuelein,
Schwellt auf die heischre Quelle,
　　Erweicht den Kieselstein;

Nur er, der harte Ritter,
　　Schenkt dir nicht einen Blick.
„O", ruft sie, „eh' du scheidest,
　　Sieh noch einmal zurück!

„Ach, von mir Tiefgekränkten
　　Geh nicht mit Zorn erfüllt,
O Ritter, wenn du grausam
　　Mich nicht mehr lieben willt.

„Noch einmal diese Stimme,
　　Die sonst das Herz mir band!
O reich mir noch zum letzten,
　　Zum letzten mal die Hand!

„Dann geh zu deiner reichen
　　Geliebten Gräfin hin!
Vielleicht wird dich es reuen,
　　Wenn ich gestorben bin."

Du weinest schon, mein Mädchen?
　　Wisch' nicht das Thränlein ab.
Mehr als die reichste Perle,
　　Die Indien je gab,

Schmückt sie die warme Wange,
　　Schmückt sie dein schönes Aug'.
Wie lieb' ich diese Thräne
　　Am seelenvollen Aug'!

Ja, Mitleid, süßes Mitleid,
　　Vom Himmel stammst du nur,
Vom Angesicht des Schöpfers
　　Stahl dich einst die Natur.

Des Wilden Herz ist grausam;
　　Der beßre Mensch allein
Kann tragen fremten Jammer,
　　Kann fühlen fremde Pein.

Laß, laß die Thräne rinnen
　　Bald stürzet sie hinab,
Lockt tausend goldne Schwestern
　　In deinen Schos herab.

Der wilde Ritter gehet,
　　Er geht, betrachtet nicht,
Wie nun am Felsen ringend
　　Des Fräuleins Herz zerbricht.

Stumm sitzt sie an der Erde,
　　Schaut bang' den Himmel an.
„Ach, er geht fort, ich Arme!
　　Was soll ich fangen an?

„Die du an meinem Herzen
　　So süß und sanfte ruhst,
Du Zeuge meiner Treue,
　　Daß du mit welken mußt!

„Doch besser noch, es decket,
　　Ach, dein' und meine Schand'
Ein einzig's Grab auf ewig
　　Im kühlen weichen Sand.

„Einst kämest du, erwachsen:
　　«Wo, Mutter, ist der Mann,
Den ich soll Vater nennen?
　　Hab' ich kein'n Vater dann?» —

„Verstoßen, sagt' ich weinend,
　　Bist du, o Söhnelein;
Er liegt in andern Armen,
　　Nennt andre Kinder sein! —

„Dann würdest du, durchdrungen
　　Von Scham und Haß, auf mich
Und meine Wehen fluchen,
　　Die einst geboren dich."

So schluchzet sie und stürzet
　　In zärtlichem Gemisch
Von Raserei und Liebe
　　Ins dunkelste Gebüsch.

Wie eine trübe Quelle
　　Durch Klippenmoos nun bang
Zum schwarzen Thale flüchtet
　　In schwermuthsvollem Drang;

Wo sie nur irret, fühlet's
　　Des Schäfers horchend Ohr
Am seufzenden Gemurmel
　　Vom Weidenbusch hervor:

So fliehet sie drei Tage,
　　Am vierten steht sie still.
„Hier ist es, wo ich ruhen
　　Und wo ich sterben will.

„Hier unter dieser Buche,
   Wo oft bei der Natur,
Beim Himmel selbst, der Falsche
   Mir Lieb' und Treu' beschwur.

„Einst kommt er mit der Liebsten,
   Die er nun zärtlich küßt,
Vielleicht zu meinem Grabe
   Und fraget, wem es ist.

„Weht, Lüftchen, weht's gelinde,
   Daß es das meine sei,
Das Grab des braunen Fräuleins,
   Die für ihn starb aus Treu'."

Sie schweigt. Da fällt vom Hügel
   Ein heller Glockenschall,
Ein frommes Lärmen hallet
   Zurück durchs ganze Thal.

Von hohen Thürmen flosse
   Der Harfen Silberklang
Zum Hochzeitfest der Gräfin
   Und ihrem Brautgesang.

Auch rühmten die Trommeten
   Des Heinrich's stolze Zier,
Der siegreich sich bezeiget
   Im adlichen Turnier.

Der Lilie gleich, die stürmisch
   Ein Regen niederschlägt,
Sitzt hinter dunkeln Aesten
   Das Fräulein unbewegt.

„Gott, dieses war sein Name,
   Dies seiner Stimme Ton!
Du freust dich, holder Ritter,
   Und ach, ich sterbe schon.

„Ach, ach, dein Mädchen sinket!
   Vielleicht denkst ihrer nie!
Vielleicht, daß du sie suchest,
   Und nimmer findst du sie!"

So seufzet sie und blicket
  Zur hohen Burg und schweigt.
Ihr braunes Auge dämmert,
  Ihr Rosenmund erbleicht.

Viel goldne Thränen blinken
  Herab in ihren Schoß,
Noch einmal seufzt sie: „Heinrich!"
  Und sinkt ins weiche Moos.

Du fällst, o braunes Fräulein,
  Ein Opfer deiner Treu'.
Schleicht, zärtlichste der Winde,
  Vom Blumenthal herbei,

Faßt auf das letzte Thränlein,
  Das ihr im Auge blinkt,
Und tragt's zum Stern der Liebe,
  Der tief in Trauer sinkt!

Ihr aber, Mädchen, höret
  Das schreckliche Gericht!
Lang' weilt des Himmels Rache,
  Doch ewig weilt sie nicht.

Der wilde Ritter sitzet
  Am hochzeitlichen Mahl,
Zwar Freuden in den Augen,
  Im Herzen Angst und Qual.

„Ach", denkt er, „die Verstoßne,
  Wo mag sie jetzo sein,
Ihr Aeuglein Thränen gießen,
  Wo jammert sie allein?

„Ach! Hab' sie doch betrogen."
  Ihn peinigt Angst und Qual;
Zerreißt die Hochzeitkränze
  Und flieht hinab ins Thal.

Umsonst der Freunde Flehen,
  Der Gräfin banger Blick,
Sein Fräulein sieht er liegen
  Und schreit und schlägt zurück.

„Ist's todt, das sanfte Händlein,
    Das freundlich mich umschlang?
Ha! Todt das zarte Herzlein,
    Das dann vor Freude sprang!

„Ha! Freunde, seht ihr's, Freunde?
    Mein erstes Weib liegt dort
Erblasset! Wenn ihr's höret,
    Ich, ich hab' sie ermord't!

„Was soll ich länger schweigen,
    Zerreißt mich innrer Schmerz?
Ihr brach ich Lieb' und Treue,
    Und dieses brach ihr Herz.

„Vollend's nun, Höll' und Teufel!"
    Er knieet auf die Erd',
Zieht wild und voller Feuer
    Sein scharfgeschliffnes Schwert:

„Zerschmettre falsche Herzen
    Und Untreu, Donnerkeil!
Hinweg aus meinen Augen,
    Die Hölle bleibt mein Theil!

„Ja, süßes, sanftes Mädchen,
    Aus Treue starbst du, ach!
Muß grausam dir nun folgen,
    Dein Geist, er winket nach!"

---

## Soldatenabschied.

Heute scheid' ich, heute wandr' ich,
    Keine Seele weint um mich.
Sind's nicht diese, sind's doch andre,
Die da trauern, wenn ich wandre:
    Holder Schatz, ich denk' an dich.

Auf dem Bachstrom hängen Weiden,
　　In den Thälern liegt der Schnee;
Trautes Kind, daß ich muß scheiden,
Muß nun unsre Heimat meiden,
　　Tief im Herzen thut mir's weh.

Hunderttausend Kugeln pfeifen
　　Ueber meinem Haupte hin!
Wo ich fall', scharrt man mich nieder
Ohne Klang und ohne Lieder,
　　Niemand fraget, wer ich bin.

Du allein wirst um mich weinen,
　　Siehst du meinen Todesschein.
Trautes Kind, sollt' er erscheinen,
Thu im stillen um mich weinen
　　Und gedenk auch immer mein.

Heb zum Himmel unsern Kleinen,
　　Schluchz': „Nun tobt der Vater dein!"
Lehr' ihn beten! Gib ihm Segen!
Reich' ihm seines Vaters Degen!
　　Mag die Welt sein Vater sein.

Hörst? Die Trommel ruft zu scheiden:
　　Drück' ich dir die weiße Hand!
Still' die Thränen! Laß mich scheiden!
Muß nun für die Ehre streiten,
　　Streiten für das Vaterland.

Sollt' ich unter freiem Himmel
　　Schlafen in der Feldschlacht ein,
Soll aus meinem Grabe blühen,
Soll auf meinem Grabe glühen
　　Blümchen süß Vergißnichtmein.

———————

## Dithyrambe.

Ha, schon schwindeln meine Sinne,
Ha, es fliehen meine Sinne!
Reicht den mächtigen Pokal,
Freunde, reicht ihn noch einmal!
Wie von meinen blöden Sinnen
Alle Nacht und Nebel fällt!
Ha, nun steh' ich aufgehellt!
Götter, was soll ich beginnen,
Tret' ich ein in fremde Welt?
Welche Tön' in meinen Ohren?
Trommel, Pfeif' und Cymbelnschall!
Neu geboren, neu geboren!
Mir entsinkt der Erdenball!

Bacche, Bacche, Bacche, Bacche!
Vater Evan, Vater Jacche,
Freudenmehrer, fass' ich dich?
Freudenmehrer, zwingst du mich?
Schlag den Jubelthyrsus nieder,
Daß der rauhe Fels ertönt,
Jauchze volle Taumellieder,
Daß der Kithäreon dröhnt.

Jacche, Jacche, Jacche, Jacche!
Vater Evan, Vater Bacche!
Helfer, reich' den starken Arm!
Ueber mir Centaurenschwarm!
Pferdbeschwänzte Mädchen springen,
Drängen fester mich in Schluß!
Sieh die Satyrn mich umringen
Mit behaartem Ziegenfuß!

Donnernd hallt der Zug herunter,
Stürmt herunter, braust hinunter!
Welch ein Strudel reißt mich hin,
Mitten fort zum Wagen hin?
Näher seh' ich dich, Lyäen,
Seh' dich, stolzen Liber, kühn
Auf dem goldnen Wagen stehen;
Wie die Flammenlocken wehen,
Wie vor ihm die Pardel knien!

Frei und flüchtig, rasch und munter,
Welch ein göttlich hohes Wunder!
Ha, die Schlange windet sich,
Schöner Evan, hell um dich!
Gold- und silberschuppig blinkend,
Hängt sie dir am Busen mild,
Mit gespaltner Zunge trinkend
Thau, der deiner Lock' entquillt.

Wie so flüchtig, wie so munter!
Welch ein göttlich hohes Wunder!
Milchhaar schwebt um Wang' und Kinn!
Nymphen, laßt mich zu ihm hin!
Näher, schöner Thyrsusschwinger,
Näher, näher zu dir hin!
Thyrsusschwinger, Wagenspringer,
Den gefleckte Tiger ziehn!

Neuer Zug stürmt schon herunter,
Dort herunter, da hinunter!
Welcher Strudel reißt mich hin,
Fort zu Liber's Wagen hin?
Ha, er winkt mir, winkt mir, winket!
Wie sein Purpurantlitz blinket,
Wie ihm Aug' und Wangen glühn!
Darf ich, schöner Gott der Reben,
Froher Bacchus, darf ich kühn
Heut' den grünen Thyrsus heben,
Mit an deinem Wagen ziehn?

Heilig brünstige Gesänge,
Die ihm jede Nymphe zollt,
Rauschen her durch Epheugänge;
Götter, wie sein Wagen rollt!
Wie ihm Löw' und Pardel brüllen!
Wie sein stolzer Wagen rollt!
Aus des Rades Naben quillen
Taumelströme, Wein und Gold.

O ihr Brüder, o ihr Brüder!
Selig, selig, selig, Brüder!
Evan steigt zu mir hernieder,
Lehnet sich an mich vertraut!

11*

Selig, selig, selig, Brüder!
Seht, es rauscht um meine Glieder
Tief herab die Pantherhaut.

Kröne meine Schläfe Kröne
Meine Stirne, neugeschmückt!
Tanzet vor mir, Silbertöne!
Götter, Götter, wie entzückt!
Flieb' ich auf des Meeres Wogen?
Tret' ich den gehörnten Rhein?
Meine Seele ist entflogen,
Wuth durchschauert mein Gebein!

Jacche, Jacche, Jacche, Jacche!
Vater Evan, Vater Bacche!
Jacche, Jacche! Gnade, Gnade!
Reiß mich von dem Flammenrabe,
Reiß! Schon taumelt aufeinander
Erd' und Himmel und Gestirn!
Auf mir steht ergrimmt der Panther
Und zernaget mein Gehirn.

Ach, du kommst, du kommst und rettest
Vater Evan, rettest, rettest,
Kühlst in süßer Wonneflut
Meiner heißen Locken Glut.
Wehe, Vater Evan, wehe!
Ich versinke! Ich vergehe!
Ha, schon zieht mich Morpheus hin.
Welche Wollust! Kühle Lüfte
Hauchen süße Blumendüfte,
Silbern säuseln sie im Fliehn.

## Der schöne Tag.

O Leben, o Freude!
Wie lachet die Haide,
  Der Anger und Hag;
Wie schwellen die Lüfte
Die blumigen Düfte,
  Welch lieblicher Tag!

O seht, auf den Wiesen
Die Blümchen aufsprießen,
   Süß rieselt der Quell;
Wie blühen die Zweige,
Wie schlägt im Gesträuche
   Der Finke so hell!

Wie summen im Grünen
Um Thymian Bienen,
   Wie schwätzet der Rab';
Wie blöket die Heerde
Auf thauiger Erde
   Den Hügel herab!

Wie klatscht durch die Laube
Die lachende Taube,
   Horcht, wie sie nun girrt!
Wie singen die Wälder,
Wie jauchzen die Felder,
   Wie pfeifet der Hirt!

Wie flattern die Weste
Durch plaudernde Aeste,
   Durchs Thal und die Flur!
Es taumelt vor Freude
Und Seligkeit heute
   Die ganze Natur.

So liebliches Wetter
Erwählte der Götter
   Erhabenster sich,
Wenn er in dem Haine
Der Sterblichen eine
   Als Jüngling beschlich.

---

## An den Frühling.

Du schwebest vom Hügel
Mit thauigem Flügel,
Mit blumigem Kleid,
O Frühling, hernieder
Und weckest uns Lieder
Und weckest die Freud',

Und führest gelinde
Umschmeichelnde Winde
Zum schilfigen Bord,
Und fesselst geschwinde
Den schnaubenden Nord.

Du kleidest die Haiden
Und nackigten Weiden,
Du schwängerst die Luft
Mit Balsamgerüchen
Und lieblichem Duft.
Du gibest den Quellen
Belebende Wellen
Mit lächelndem Blick,
Dem schmeichelnden Bache
Die freundliche Sprache
Und Stimme zurück.

Dich grüßet der Himmel,
Dich grüßet die Welt
Im frohen Getümmel,
Thal, Wiesen und Feld.
Dich grüßet durch Lieder
Das bunte Gefieder,
Das Büsche durchzieht;
Dich grüßen die Hirten
Bei schattigen Myrten,
Dich grüßet mein Lied.

Mit blendenden Füßen
Entschlüpfen den Flüssen
Nun Paar an Paar
Die frohen Najaden;
Sie ruhn an Gestaden
Und trocknen ihr Haar;
Sie eilen, Violen
Und Rosen zu holen
Vom schattigen Hain,
Und grüßen sich singend
Und küssen sich schlingend
In lächelnde Reihn.

Mit fröhlichem Spotte
Steigt aus der Grotte

Der Satyr hervor,
Treibt Lämmer und Geißen
Und lodet den weißen
Wildbrüllenden Stier.
Nun trinkt er und singet,
Und grüßt dich und springet
Mit fröhlichem Muth,
Und wirfet sich nieder
Und wälzet die Glieder
In sonniger Glut.

Auch Amor, der Kleine,
Durchtanzet die Haine,
Den Satyr sieht er;
Er winkt die Najaden
Und blauen Dryaden
Vom Frühlingsfest her.
Da eilen von Tänzen
Die Nymphen hervor
Und schmücken mit Kränzen
Des Schlummernden Ohr.

---

## Jägerlied.

Auf, rüstige Knaben,
    Eh' Lucifer sinkt!
Auroren nun haben
    Die Stunden gewinkt!
Schon blasen bei Netzen
    Die Jäger im Wald
Zum Treiben und Hetzen;
    Das Echo erschallt!

Nach sausen die Lanzen
    Dem Wilde durchs Thal!
Am Abend da tanzen
    Wir lustig ums Mahl.
Selbst Amor, der Kleine,
    Jauchzt mit ins Geschrei
Und treibet uns feine
    Brünetten herbei.

Tallara! Taltara!
  Das Jagdhorn erschallt!
Taltara! Tallara!
  Der Doggen Laut hallt!
Auf Rossen wir eilen
  Gleich Stürmen dahin,
Bepflanzen mit Pfeilen
  Den Eber im Fliehn!


Tallara! Taltara!
  Vom schäumenden Quell,
Taltara! Tallara!
  Stürzt muthig Gebell!
Gebt, Jäger, die Spornen!
  Auf, Hunde, hieher!
Schon wälzt sich durch Dornen
  Der zornige Bär!


Diana hält innen
  Die Drachen und blickt
Von wolkigen Zinnen,
  In Jagdlust entzückt;
Und läßt nun am Himmel
  Den Mondlauf verkürzt,
Und spornet den Schimmel
  Als Jüngling geschürzt.


Wie lechzen die muthigen
  Doggen! Wie eilt's
Dort über die blutigen
  Klippen! Wie heult's!
Ha! Cynthiens mächtiger
  Ruf in den Klang!
Dem Bären ein prächtiger
  Sterbegesang!


Tallara! Taltara!
  Juch, lieblich Getön!
Taltara! Tallara!
  Von blühenden Höhn!
Ei, seht doch, wie bieder
  Jagt Amor, der Mann!
Ihm treiben die Brüder
  Die Mädchen voran!

Schnell gibt er ein Küßchen
   Der Jüngsten, hi hi!
Entblößet ihr Füßchen
   Und wächsernes Knie.
Sie hören ihn lachen,
   Und schreien: Ei, ei!
Und lachen und jagen
   Geschwinder vorbei!

Auf, munter, ihr Schützen,
   Zum sprudelnden Quell!
Wir schmücken die Mützen
   Mit Eichenlaub hell!
Vorbei ist das Jagen!
   Dort reiten sie her,
Und führen auf Wagen
   Den Eber und Bär!

Auf Rasen nun nieder!
   Herr Bacchus schenkt ein
Und salbet die Glieder
   Mit rheinischem Wein!
Laßt Hörner ertönen
   Dianen allein,
Ertönen der Schönen
   Die Gläser voll Wein!

Schon tanzen, ihr Brüder,
   Dort Mädchen in Reihn;
Sie locken durch Lieder
   Uns, kühner zu sein.
Sie lachen und scherzen
   Um Amorn, das Kind,
Und küssen und herzen
   Den Flatterer blind.

Die Lanzen beiseite,
   Ihr Jäger, und springt
Und fröhnet der Freude,
   Bis Hesper euch winkt!
Dann schlummert auf Rosen
   Und Lilien ein,
Und träumet von Rosen,
   Von Küssen und Wein!

## Aufschrift auf Amor's Köcher.

Mit furchtbarn Zügen
Des Schicksals leuchtet
Auf Amor's gewaltigem
Köcher die Schrift:
„Ich trage die süßesten
Pfeile der Wonne;
Ich fasse die bittersten
Pfeile der Schmerzen:
Olympus, Erebus
Ruhen in mir.“

———

# Faust's Leben

## Fragment.

# Zuschrift an Otto Freiherrn von Gemmingen.

Wer doch so dasitzen und sein Lustschlößchen gemächlich nach Herzensgefallen ausbauen kann! Es thut einem wohl in der Seele, drängt einen oft ganze Stunden wie nach Schlaf, daß man sich's endlich nicht länger mehr erwehren kann, wenn Moment und Lage so recht die Phantasie dazu anregt. Wir sollen und müssen eben oft hinaus, wenigstens mit unserm Herzen, in die Fremde. Es gehört mit zu unserm Wesen, wie die Bienen über Thal und Auen die Schöpfung zu durchwandern, um tausend neue Schätze zu finden, wo die Liebe mit allmächtiger Ruthe anschlägt; nicht immer mit dem Gedanken an einem Herd zu hausen, wär's auch nur dann und wann Bewegung und Ausbruch der Glut zu geben, die sonst auf eins verschlossen unser Herz endlich ganz verzehrte. Fühlten wir doch oft süßen Drang, Theuerster, zum Schaffen; und mit welchem Entzücken legten wir Zauberstab und Bleimaß wieder hin und freuten uns der vollendeten Schöpfung, freuten uns der Erholung danach, wenn die verschlossene Seele, durch Imagination geöffnet, behaglich ihre Fülle entließ, wie nach segenreichem Gewitter, das in üppigem Umfangen die lechzende Natur wieder erquickt. Neu gestärkt dann, Unsterblichen gleich, sprangen wir in Ihren Heldenwagen, gastfrei und bieder Sie, ein anderer Odysseus, den Zügel ergreifend, die zwei braunen stolz wiehernden Halbgöttinnen voranzujagen, die ihrer Kraft wegen mir so lieb sind. Leben, du bist süß! jeglichem süß, welcher als Mensch dich genießt, des angestammten Rechts fühlt, daß alles unter der Sonnen meiner Freude gegeben! Voran ging's dann immer im Sturm, an Wasser und Wald, Steg und Hecken jetzt vorüber, dem Flug erhitzter Jugendphantasie nach, die taumelnd sich stolzerer, hoffnungsvollerer Zukunft entgegenschwingt. Man glaubt schneller zu schweben hinein in die Zeit. Dann und dann was fällt einem nicht alles ein! Erste Liebe, erste

Freundschaft, erste Lieblingsideen, erstes Wonnegefühl an der Natur!
Dann spiegelt sich noch einmal alles vergangene Herrliche durch die
Seele zurück und paart sich mit den Hoffnungen der Zukunft; die
erzeugten Kinder sind schwärmerische Träume, die Herz und Seele
eine Zeit lang in wollüstigem Schlummer wiegen.

Nehmen Sie, was ich hier gebe, rein, wie es aus meinem
Herzen sprang; das Stück eines Dinges, das in meiner Jugend
mich oft froh und schauerlich gemacht, mich bald erschreckt und ent=
zückt und doch immer das Spielwerk meiner Imagination blieb;
entschossen jetzt der Baum mit Ranken und Blättern dem Körnchen,
das einst mit Taubenmund meine Amme den Schos herab mir zu=
gelullt; Kindermärchen, das sich zuerst in meiner Jugendphantasie
befing, mit mir ins stärkere Leben wuchs, festgehalten von dem
Herzen wie ein Fels, den die Klaue der Eiche packt. Was ist's
geworden? Ihrem Blick überlaß' ich das; mir war's oft Leit=
faden, an dem ich in die Vergangenheit wieder zurückschlich, wenn
es mir in der Heutigkeit nicht besser gefiel, und das ist doch wol
nicht wenig; und wem kann und darf es auch mehr sein als mir!
Gedanken der Liebe sind immer die Vorläufer des Künstlers; wir
entzücken uns lange an einem Wesen, ehe wir es schildern und
schreiben; wir losen ihm und herzen und sparen es bis zum süße=
sten Moment. Oft ist uns nach langem Streben die Ueberzeugung
schon genug, gewiß durchzubringen, wenn wir jetzt wollten; wir
befriedigen uns am vollen Gefühl unsers Vermögens und lassen's
stehen, wie's steht. Was dacht' ich, jemals einen „Faust" niederzu=
schreiben! Das Erzählen, das Nachdenken über einen Mann, der
mir gefiel, die Begierde, ihn gegen alle zu vertheidigen, die ihn
unrecht nahmen, ihn als einen boshaften oder kleinen Menschen in
die Rumpelkammer herabstießen, das Zurechtrücken in ein vortheil=
hafteres Licht, brütet allmählich mit mütterlicher Wärme an. Wir
sehen das Ding vor uns entstehen und tragen Gewissen, es sogleich
wieder der Vernichtung entgegensinken zu lassen. Eine Weile neh=
men wir es gastfrei in unser Herz auf, und sitzt es einmal da, so
hat's gewonnen. Es ißt, trinkt, träumt, lebt, nährt sich in uns;
es steigt und wächst in uns und ruht nicht, bis es zur Welt
kommt. Und siehe da, aus Scherz wird endlich Ernst, der Leb=
hafteste kriecht und kriecht und trägt sich und versagt sich und kann
doch nicht anders und muß endlich in sein Nestchen, wo er nach
Herzensgefallen bequemer gebären kann. Ist das Kind einmal
völlig zur Welt, was will man thun, wer fühlt dann nicht Vater=,
Mutterpflicht? Alles, was man an= und aufbringen kann, wird
darangehängt und =gewendet, das Närrchen womöglich in die Welt
honnet auszustaffiren.

So entsprangen „Genoveva" und dieser „Faust". Lessing und

Goethe arbeiten beide an einem „Faust"; ich wußte es nicht, damals
noch nicht, als der meinige zum Niederschreiben mir interessant
wurde. Faust war in meiner Kindheit immer einer meiner Lieblingshelden, weil ich ihn gleich für einen großen Menschen nahm;
einen Menschen, der alle seine Kraft gefühlt, gefühlt den Zügel,
den Glück und Schicksal ihm anhielt, den er gern zerbrechen wollt'
und Mittel und Wege sucht; der Muth genug hat, alles niederzuwerfen, was ihm in Weg tritt und ihn verhindern will; Wärme
genug in seinem Busen trägt, sich in Liebe an einen Teufel zu
hängen, der ihm offen und vertraulich entgegentritt. Das Empor-
schwingen so hoch als möglich, ganz zu sein, was man fühlt, das
man sein könnte — es liegt doch so ganz in der Natur! Auch
das Murren gegen Schicksal und Welt, die uns niederdrängt und
unser edles selbständiges Wesen, unsern handelnden Willen durch
Conventionen niederbeugt. Die erste oberste Sprosse auf der Leiter
des Ruhms, der Ehre zu besteigen, wer wagt nicht danach?
Wo ist das niedrige duldende Geschöpf, das immer gleichgültig,
aus der Tiefe nicht einmal in Gedanken hinauf wünscht? nicht
fliegen wollte, wenn einer Flügel ihm gäbe; nicht steigen wollte,
hüb' ihn einer auf allmächtigen Armen empor? der freiwillig
resignirte, sich an seiner Niedrigkeit weidete, lieber das letzte vor
dem ersten wählte? Ich habe keinen Sinn für solch ein Geschöpf,
seh's als irgendein Monstrum an, das unzeitig dem Schos der
Natur entging und an das sie auch keinen Anspruch weiter macht.
Was Wunder denn, wenn der starke, kräftige Mensch sein Recht
nimmt und wenn auch sein Muth ihn über die Welt hinaustreibt,
ein Wesen zu suchen, das ihm ganz genüge? Es gibt Momente
im Leben, — wer erfährt das nicht, hat's nicht schon tausendmal
erfahren? — wo das Herz sich selbst überspringt, wo der herrlichste,
beste Mensch, trotz Gerechtigkeit und Gesetzen, absolut über sich selbst
hinaus begehrt.

Von dieser Seite griff ich meinen Faust. Sie wissen am
besten, Theuerster, was für Wege ich genommen, wonach ich eigentlich gezielt. Die Fortsetzung wird schnell oder langsam folgen,
sowie mir Lust zum Ausrunden wird. Sollte ich in Italien
sterben, wird man alle meine Papiere Ihnen einhändigen, und Sie
mögen sich hernach der rückgelassenen Waisen annehmen, wie sie es
für gut finden. Ihnen allein sind alle meine Ideen klar. Dies
wäre alles, was ich hier zu sagen hätte.

Jetzt leben Sie wohl und verzeihen Sie mir diese Plauderei.
Ich hoffe, unsern vortrefflichen Dalberg diesen Mittag in Ihrer
Halle zu treffen. Wie wäre es, wenn wir gegen Abend durch
Neckarau am Rhein hinpilgern? So in Ihrer oder Ossian's Ge-
sellschaft, köstlich! Wir ließen die Sonne vor uns hinter das

Rheingebirge hinabsteigen, sähen den Mond dann die silberne Flut heraufwandeln, uns in die Zeiten der Heiden zurückzuwinken. Aber da müßten Sie mir auch versprechen, nicht mit einem Wörtchen zu gedenken, daß es heutzutage noch Leutchen gebe, die ihr buntes Pfeifengequäck dem blitzerhellten Nachtgesang des blinden Königs der Lieder anzuflicken suchen; sonst bin ich auf einmal für alles verdorben.

**Mitternacht.** Sturm. Ruine einer verfallenen, mit Schutt überwachsenen gothischen Kirche.

Berlidi, Bitzliputzli, zwei Teufel.

**Berlidi.** Willkommen, Hoffspaßmacher!

**Bitzliputzli.** Doctor, wir geben immer einander die Hände. Willkommen, willkommen! Riß Euch dieser greuliche Sturm aus der Hölle los, Vetter, oder hat Eure Alte Euch heraufgebrummt?

**Berlidi.** Bin ich nicht Lucifer's Leibarzt, der jetzt diese Oberwelt mitwisitirt?

**Bitzliputzli.** Rüst' eine Weile ein Dutzend Pillen; unsre Könige sind in gewaltigem Zwist aneinander. Lucifer rast abscheulich vor Galle.

**Berlidi.** Wie so?

**Bitzliputzli.** Wird jetzt ausgemacht werden im allgemeinen Rath, ob diese Welt künftig noch Ansprüche an unsre Hölle machen darf. Wollen die Menschen fernerer Protection entziehn. Doctor, sprich bei Gelegenheit ein wenig für das Menschenvölkchen; ist freilich jetzt verlegne Waare, machen einen aber doch manchmal noch lachen, wenn sie so in ihrer Lechheit zu uns in die Hölle herabmarschirt kommen.

**Berlidi.** Hätt' auch ein Wort zu reden, he he he! Lucifer ist alt und hypochondrisch, das lange Sitzen auf seinem eisernen Stuhl bekommt ihm nicht wohl; alles geht zu Grund, wenn ich ihn nicht restituir'. Sieht alles so monstros um sich her. Hab' eine Weil' alte Bibliotheken durchfahren . . . phu! was es drinnen staubig macht! — Um welche Stunde kommt Lucifer und der Rath zusammen?

**Bitzliputzli.** Mitternacht. Horch! Hörst, wie sie lärmen? Moloch trennt sich von Lucifer's Haufen; die Welt behagt dem lieblicher als jemals. Mephistopheles, das Höllengenie, lacht und macht ſich, kein Zeuge ihrer erhabnen Narrheit zu ſein, aus dem Staub weg.

**Berlidi.** Mephiſtopheles ſtreicht ſchon lang' über die Erde. Weißt du nicht, wohin er eigentlich ſeine Ausflucht nimmt?

**Vitzliputzli.** Seit es hier oben ſo voll Genies wimmelt, bringt ihn nichts mehr hinab. Sitzt meiſtens zu Ingolſtadt unter von Koth zuſammengeblaſnen Erdhalunken, haſelirt da breit in den Tag hinein; werden noch all' durch ihn in beſondern Reſpect unter den übrigen Weltkindern gerathen.

**Berlidi.** Pfui! Pfui doch! So ſich auch degradiren! Horch, Lucifer's Trompete! Der Sturm war es, der dort die naſſe Felſen= wand herunterheult. Lieb iſt mir's, daß ſich der König ärgert, da kollert ſein Blut ein wenig auf, ſonſt gefriert's. Was wollt' ich doch ſagen? Wie? In Ingolſtadt als ein ſchwärmender Bru= der alſo?

**Vitzliputzli.** Ja, ja. Hat ſich dort eines Doctors wegen zum Fuchs erklären laſſen, trägt Kragen und Federkappe, einen eiſernen Degen und ſteife Handſchuh trotz einem Renommiſten, bringt nach= her auch Ständchen vor Marcibillens Kammerfenſter als Jungfern= knecht, kurz, taucht ſich ganz in den Menſchen hinein, ihn deſto richtiger zu ſtudiren. Haben künftig viel von ihm zu hoffen, wenn er ſo fortfährt; wird traun bei Bier und Toback unterm pro und contra fideler lieber Conſorten der Höll' ein neu Geſetzbuch ſchmie= den, wo allemal das Pflaſter für jeden Staatsbruch probatum vor= herdictirt ſteht.

**Berlidi.** Was das Leutchen ſind! Genie und Genie! Man verliert allen Reſpect mit ihnen. Was iſt's denn für ein Laffe von Doctor, an den er uns alle proſtituirt? Kennt Ihr ihn? Bin einmal einem um Mitternacht erſchienen, mit dem Baretchen auf dem Haupte und Stäblein in der Hand, unter der Geſtalt des Hippokrates; aber der hudelte mich infam. 's war einer von den Naturaliſten, die nichts auf Syſteme zählen, ein boshafter, lieder= licher, ausgelaſſner Bube, der aller gelehrſamen Gründlichkeit Hohn ſprach; aber ich gab ihm wieder dafür, plagt' ihn wie den Job, ſchlug ihn für ſein ungeſittetes Naſenrümpfen mit Ausſatz, ſalbt' ihn mit Geſtank, regnete Eiterbeulen über ſeinen Leib, bis er vor den Schwellen eines Kloſters erlag, ſelbſt mildeſter Barmherzigkeit zum Ekel. Aber kurz darauf verlor' ich ihn wieder aus den Augen; ſah ihn bald im ſeidnen Gewand beräuchert und muthvoll wieder ein= herſtrotzen, die goldne Kette um den Hals. Ihm ſtarb, ſagt Mogol, ſein Vetter, ein reicher Filz, und ſetzte ihn allein zum Erben aller zuſammengeſcharrten Schätze ein, die er verpraßt. Da knirſch' ich mit den Zähnen; der Erznarr Mephiſtopheles hat ihn mit Gewalt meiner Rache entzogen! Wenn's der iſt, wohlan, ſo laßt ihn hinab=

kommen, hi hi hi! Eher wollt' ich dem Erzengel verzeihn, der mir
die Donnerwunde in die Stirn ſchlug, als dem jungen Gelbſchnabel
ſeine Stiche.

Vitzliputzli. Hörſt? Hörſt?

(Poſaunenſchall.)

Berlichi. Die Sterne des Mitternachthimmels blinken hell
herunter. Der König kommt ſchon. Sieh, Pferdtoll, der Zer-
ſtörer, voran.

Pferdtoll. Uh! Uh! Uh! Vermaledeites Licht! Schatten
unter mir! über mich! Schatten, kühlen ſchwarzen Schatten!

Vitzliputzli. Bruder, hat dir ein Mondſtrahl das Hirn ge-
ſpalten? Hier ſteht der Doctor, dich zu verbinden.

Berlichi. Leih ihm deine Kappe zum Hirndrücken; die iſt von
je eines zerbrochenen Schädels gewohnt.

Mogol (tritt auf). Aus dem Weg! Der König! Der König!

Vitzliputzli. Wie der ſo ſteif hingeht, der Scharrer und
Schrapper! Friß ihm nichts, Wind, von ſeinem Kleid; ſaug ihn
nicht an, Luft! Schnauft aus Geiz nur halber.

Berlichi. Hörſt, da kommt ein andrer; kenn' den ſchon am
Huſten: Mehu, der Melancholiker. Den Kerl purgir' ich ab;
mache an dem alle meine Experimente. Hörſt? Kündigt ſich immer
mit Ach und Weh an; ihm iſt wohl, wenn er ſeufzen kann; lechzt
nach Gelegenheit, Unglück und Graus vorherzuſpüren.

Mehu (keuchend). Die Welt fällt morgen zuſammen im Sturm,
die Hölle zerbricht, wo wollen wir arme Teufel hin!

Vitzliputzli. Der Bengel, ſein Pfund ſo zu vergraben! Wie
meinſt, Doctor, wenn du ſeine Nieren hätteſt? Sieh, der Malerteufel Babillo.

(Poſaunenklang, Geſchrei.)

Berlichi. Still, Buben! Der König!

Vitzliputzli. Deine Pillen! Sieh, blauroth vor Zorn ſein
königlich Geſicht. Die Gall' iſt ihm ins Blut geſchoſſen.

(Lucifer, von Satan, Atoti, Babillo, Cacal und einer großen Schar anderer
Geiſter begleitet, ſitzt auf ein alt Epitaphium nieder; die zwei erſten knien vor ihm,
die andern liegen mit dem Angeſicht zur Erde.)

Alle. Macht und Ehre dem König der Hölle! (Stehen auf.)

Lucifer. Die mir gefolgt, ſind mein und tapfer; die andern
Buben können ziehn, wohin ſie wollen. Moloch ſoll ſich verkriechen,
wenn ich zu ihm hinabkomme! Gefällt ihm dieſe Welt? Hi hi hi!
Der Schuft, ihm ſoll's nicht gefallen; will's nicht leiden. Wenn ich
den ſchweren Scepter über ihn losdonnre, raſſeln ſoll er im Staub.
Phu! Mein Athem, wie trocken! — Doctor, ſtellt Euch her neben
mich. Phu! Daß die Welt nur in dieſem einzigen Hauch verſengte!
Doctor, plagt mich gewaltig hier in der Hüfte.

(Berlichi fühlt bedächtlich den Puls.)

Berlich. Wollen Euch was geben, das die Hitze niederschlägt.

Lucifer. Was das ein Wesen, Satan, eine Welt! Die soll's sein, woran wir Geister unsre Kräfte üben? Hohn! Ewiger Hohn! Du droben höhnst mich so. Meinen Narren her! Wo ist Vitzliputzli? Will ihn gleich mit allen Ansprüchen auf diese Welt belehnen. Mephistopheles!

Satan. Blieb jenseits, da wir zurückkehrten, schwebt noch über der Welt.

Lucifer. Dummkopf Moloch, mir zu widersprechen! dies Rund erträglich zu finden! Will ihn auseinanderreißen, andern zum Exempel, sobald wir hinabkommen. Satan! Hundert und zweimal hundert Jahre zum ersten mal wieder in dieser Luft! Wie seitdem alles ins Kleine auseinandergerollt! Dauert einen des Heraufsteigens. Die Hefe vom Menschengeschlecht!

Alle. Hu hu hu! Haben doch wahr gesagt.

Lucifer. Entnervt doch alles vom kleinsten bis zum größten; am Altar und im Freudenspiel schwächlich! Majestät sinkt unter ihrer eignen Kronenlast zu Boden; Minister und Courtisanen, Maler und Poeten, Maitressen und Pfaffen, alles zusammengehängt in einen Pack, worauf marklose Erschlaffung lechzt. Lohnt sich der Mühe nicht mehr, den Teufel unter diesen vermatschten Weltkindern zu spielen, die nicht mal mehr volle Kraft zum Sündigen übrighaben.

Alle. Den Stab gebrochen, die Hunde laufen gelassen, wohin sie wollen!

Vitzliputzli. O, bitt', bitt' fürs arme Menschengeschlecht. Verstoßt's nicht ganz! Wo wollen denn die armen Narren sonst unterkommen, wenn Ihr sie gar nicht mehr aufnehmt.

Satan. Ha ha ha! Laßt alles untereinander aufschießen wie Unkraut nach der Ernte; wollen beim Dreschen schon schwingen und worfeln, daß der Staub in die Lüfte fliegt.

Lucifer. Wären's noch starke Kerl', die uns mit ihren Tugenden zu schaffen machten, oder ganze Schufte, angefüllt vom Wirbel in die Zehe herab von Mordsucht und Gift der Hölle, wie du, Christiern, Ruggieri, Nero — wackre Bursche! Wie heißt doch der brave Gesell, der den Nachtmahlwein vergiftet, dem's nicht ganz gelang? Ein Republikaner! Ein einziger solcher Schädel könnte mich gleich wieder mit diesem schalen Jahrhundert aussöhnen. Hab' ihm auch einen Stuhl neben meinem Thron gestellt, da er hinabkam; ein derber determinirter Bengel, bei dessen Ankunft die Höllenthore weiter auseinanderfuhren als jetzt bei einer ganzen Heerde solcher, die ich meinetwegen alle lieber dem Himmel vergönnen wollt'. Verdammt! Verflucht! Du Tatar-Chan aus China stehst gleich einer ehernen Säule, überschattest drunten die ganze europäische

Region! Vergeſſen wir nicht ganz unſere Exiſtenz und Kraft, da
wir länger uns mit ſolchen Dampfſeelen hunzen, die weder für
Himmel noch Hölle geſchaffen ſind!

**Alle.** Die Thore verriegelt! Die können zur Noth ſich in der
Vorhölle behelfen. Verriegelt nur immer die innern Thore!

**Lucifer.** Uſurpiren der Braven Plätze, nicht wahr? Den
Stab gebrochen, und dann fort! — Was ſagſt, Mogol? He! Wie
ſtehſt du in deiner Beherrſchung? Gib mal Antwort.

**Mogol.** Uebergüldete Armuth, meine Beherrſchung! Da mein
Gold ſich in ſo viele kleine Kanäle jetzt verſchleußt, findet ſelten
ſich ein Strom zuſammen, laſtbare Schiffe der Ueppigkeit empor-
zutragen. Die Beutel ſind Gedenktöpfe geworden, die von außen
blinken und inwendig leer ſind. Es zehrt der Wind an Narren-
Kapitalien, frißt Quaſt' und Bort' von ihrem Leibe. Selten fällt
eine blinkende Hauptſumme von Gewicht, als in Richterhände, aufs
Aug' den Daumen zu drücken, die blinde Gerechtigkeit an der
Naſe zu zupfen; oder etwa in die Hände der Mutter, die ihrer
Tochter Ehre dem Meiſtbietenden preisgibt.

**Cacal.** Bruder, weg aus meinem Reich! Hier fängt meine
Beſtallung an, hi hi hi! Hab' wol manche Summe klingen gehört;
aber das geht dich nichts an. Bin der Wolluſtherr, dem dieſe
Welt am meiſten dient. Wem brennen Opfer wie mir, von allen
Ständen und Klaſſen, von allem Alter, groß und klein, hoch und
niedrig? Und doch muß ich klagen. Wenn ich Kirch' und Schulen,
Gerichts- und Tanzplätze, Gefängniſſe und Gaſtereien durchſchlupft,
im ſtillen und beim Gelärm, heimlich und öffentlich, bei Tag und
Nacht, manche Tochter der Mutter entriſſen, den Bruder geſtellt,
die Schweſter dem Patron zuzuführen, dadurch ein Amt zu er-
ſchnappen, den Mann die Frau: ſelten traf ſich's, daß mir volle
Sündenfreude ward. Die ſchwachen Hunde können's auch nicht
einmal genießen, wie es ſich gehört.

**Lucifer.** Das Wurmgezücht! Still doch! Daß ſie nur alle
in meinem Pfuhl drunten zerſtäubten! Schaut, wenn ich einmal
aufgebracht das Steuerruder in die Hände nehme; lüften will ich,
daß es bis in die Geſtirne hinaufkrachen ſoll! — Ihr, Atoti, der
Literaturteufel, wie geht's bei Euch? Kein großer Kerl in Eurer
Beherrſchung?

**Atoti.** Da kommt Ihr an! Wenn jener Schafe nicht einmal
ſcherenswerth, was ſoll ich zu meinen Schweinen ſagen? Was
mancherlei Gewimmel und Getümmel, Geheckel und Gepäckel! Wie
ſie ſich aneinanderhalten, aus Intereſſe und aus Lobſucht einer dem
andern den Steiß beleuchten! Einige tragen ihre Merkzeichen und
Uniformen, an denen man ſie vor allem herauserkennt, recht bunt
aufeinander hingekleckſt; und wenn die ſich untereinander Fänge

geben, iſt's nur Hätſchel und Tätſchel, wobei keinem die Naſe über=
läuft. Andre gehen immer geſpornt und kampfbereit wie die Hah=
nen; andre, denen die Natur Klauen zum Kratzen verſagt, zerſchlagen
ſich jämmerlich ſelbſt das Hirn und binden Splitter an die nackten
Finger, auf Rechnung ihres Kopfs beklaut zu ſein. Einige, die
geſehn, daß geſunde Kerl' mit Karbatſchen und Bengel mit Kolben
um ſich herum Kröten und Füchſe aus dem Wege ſchlagen, führen
Strohhalme in den Armen, mit denen ſie gewaltig durch die Stra=
ßen ſchwingen, immer ſchreiend von Kraft und Stärke, Sturm und
Drang, ſchmähen über Pedanterei und Schulgelehrſamkeit, wollen
alles ſchinden und zuſammenbauen, was ihnen in Weg kommt, zu
beweiſen, daß auch Schwung in ihren Armen ſitze. Andre rennen
einander in Koth nieder, zu Aerger und Betrübniß der Trippelnden,
die mit rothen Federn auf der Naſe wie Papageien einherſchwänzen
und vor überſanftem Gefühl zerſchmelzen. Andre verſtecken ihre
Geſichter in Mäntel, ſicher, der namenrufenden Polizei zu ent=
wiſchen, wenn ſie dumme Streiche gemacht; dieſe halten ſich ge=
meiniglich Schlucker im Sold, die für die Gebühr ſie verehren
und anbeten müſſen. Dies iſt nun die leerſte Spreu von Kerl,
woran auch die langweilige Geduld ſich zum Narren kaut, ohne
ein Körnchen Mark in ihnen aufzufinden; niedrige Buben, die Mutter
Literatur die Scham aufdecken, ohne einmal ſelbſt darüber zu er=
röthen; eine verfluchte Sorte, die aller gelehrten Abgötterei auf
einmal den Hals gebrochen. Mancher Gelbſchnabel, der ſonſt ſich
geſcheut, einem großen Mann in den Bart zu ſchauen, hält ſich's
jetzt für Pflicht, ihn unter die Naſe zu proſtituiren. Ho ho ho!
Wo kommt's endlich hin? Die Alten erſt! Die Alten!

Lucifer. Mein Bauch ſpringt auseinander! Donnerwetter,
mach' fort! Daß du Hund glühend wärſt!

Atoti. Die Alten, das ſind langweilige Narren; gehn mei=
ſtens mit vollgeſtäubten Perrüken gravitätiſch einher wie Gänſe,
ſprechen von lauter Solidität und Echtheit, ſchöpfen immer aus
reinen Quellen und trinken nicht, was nicht hundertfach geläutert
iſt; conveniren untereinander, ſich alle tiefe Ehrfurcht zu erzeigen
und einer dem andern hohe Weisheit zuzutrauen; halten viel auf
Wohlſtand und Anſtand, und kränzeln einander die Eſelsohren.
Andre tragen ein Compendium von Politik und Philoſophie in den
Falten ihrer Stirne, und ob ſie gleich weder Oel noch Docht im
Lämpchen haben, heißen ſie doch nicht minder wohlilluminirte Her=
ren. Andre ſchwitzen am Drehbret, wollen neue Verfaſſungen und
Sitten ſchnörkeln und mit einem Hundsbein die Welt ausglätten;
ſehen nicht, wie ihr armes Geniunculus in Zügen liegt und Fieber=
imagination für Wahrheit hinträumt. Kurzum, wenn einer alle
dieſe buntſcheckigen Narren auf einer Brücke zuſammenſtellte, jeden

ſo nach ſeiner Schattirung, es gäb' die groteskeſte Perſpective, die
je die Hölle von unten hinauf geſehen. Tagtäglich aber unter ihnen
zu weben und mit ihnen umzugehn, iſt wirklich keines braven Teufels Spaß mehr! Die Schnecken abzuſchleimen, oder zu ſehn, wie
ſich Jungen auf der Folter dehnen, große Kerl' zu ſcheinen, und
ſo lange ſpannen, bis Herz und Kopf verrückt, ſich nicht mehr aneinander befaßt, daß das arme Dunſtgeripp' bald vollends im
Windhauch darüber hinſtiebt!

Lucifer. Schweig! Das Facit: dieſe Welt keines Pfifferlings
werth. Laßt uns den Stab auf hundert Jahre brechen! In die
Hölle zurück! Treffen doch dort Qual an unſrer würdig. Keinen
einzigen großen Kerl mehr zu finden! Seht ihr, wohin das gekommen! Ein Generalbankrott! Der droben ſpottet, würdigt hinab
unſer edles ſelbſtändiges Weſen, Hüter und Zuchtmeiſter ſolchen
Geziefers zu ſein. Wohin wird's noch kommen! wohin, wohin,
meine Geiſter! Den Scepter her! Mir ſchwillt die Galle; her! her!
Will ihn an dieſen Steinen zerſchlagen.

Alle. Babillo, der Malerteufel, ſoll auch reden!

Lucifer. Er ſoll. Sprich!

Babillo. Um Vergebung, Majeſtät; ſeid jetzt zu ſehr im
Gallauslaſſen. Von keinem Extremum aufs andre, wenn ich bitten
darf; thut niemals gut. König, wenn Ihr einmal hautſatt zu
lachen Luſt habt, ſo laßt mich referiren. Es gibt wol nirgendum
ſchnackiſchere Geſellen als in meinem Reich; kein wohlgemutherer
Teufel durch die ganze Höll' als ich. Macht alles die Kunſt!
Amuſir' mich den ganzen lieben langen Tag von morgens früh bis
in die ſinkende Nacht. Nehmt herzhaft die Hälfte meines Salarii,
wenn Ihr wollt, nur laßt mir meine Function. Was kümmert
mich die übrige Welt, groß und klein? Seht ſie an, wie Ihr wollt;
meine Bürſchchen ſind mir alles, die tagtäglich ſo luſtig Affenſpiel
mir beſorgen und Caricaturen ſchneiden, daß ich manchmal vor
Lachen berſten möcht', ha ha ha! Will Euch die Herrchen nächſtens
in einem Drama aufführen, wie ſie untereinander ſtolpern, ſchleichen,
hinken, ha ha ha! Sollt ſie ſehn, hören; ausrufen: das geht
über alles! Ha ha ha! Majeſtät, das ſind Euch Leutchen, die die
allerſchiefſte Imagination rechtfertigen, die Unwahrſcheinlichkeit zur
Wahrheit umſtempeln und den allerkoſtbarſten Glauben in ein Höken-
weib verwandeln, die zehn Wurf für einen Heller gibt, ha ha ha!
Eine Raſſe, die nur ganz und unvermiſcht für ſich allein exiſtiren
darf, ha ha ha! Glaubt mir, es geht über alles, ha ha ha! ab-
ſonderlich von denen, die ihr Gewiſſen ſo im Zaum halten, daß
es nicht einmal erſchrickt, wenn man ſie mit dem Namen Künſtler
brandmarkt, ha ha ha! Wie ſie daſitzen in ihrer Glori, drauf los-
pfuſchen wie kleine Herrgöttchen, immer drauf hinauf, des großen

Herrgotts Schöpfung zu proſtituiren, ha ha ha! Wenn alle ihre
Sünden einſt angerechnet, alle die verkrüppelten von ihnen in die
Welt geſandten Kinder gegen ſie an jenem Tage aufzeugen werden,
alle ſchiefe Naſen ſie anriechend, verzerrte Augen ſie anſchielend und
krumme Mäuler ſie anſchnauzend, ha ha ha, rufen werden Ach
und Weh über ihre Erſchaffer; wie denen da die Haare überm
Kopf ſauſen werden, ha ha ha! Ihr könnt's nicht begreifen, mit
was für Liebe und Ergötzen die Hunde ſich abmartern, ha ha ha,
ſich Gewalt anthun, das, was ſo natürlich grad' vor ihnen daſteht,
mit Mühe krumm zu finden, und wenn ſie's endlich gefunden, ſich
ſo herzinniglich darüber freuen, daß, wenn Ihr's ſähet, Herr König, und Kenner und Liebhaber genug wäret, ſo recht ins Detail hin-
einzugehen, ha ha ha, Ihr lüſtern würdet, auszufahren von Euerm
eiſernen Thron in den Leib eines ſolchen Flegels hinein, Antheil
an ſeiner Caricaturfreude zu nehmen, ha ha ha!

Lucifer (ſchleudert ihn weg). Lieg, du ihres Gelichters, verdammt,
auf der Oberwelt hundert Jahre lang als ſolch ein Schmierer
herumzukriechen! Hündiſch, ſich über ſo was zu freuen. Uebers
Knie jetzt den Scepter! (Will den Scepter zerbrechen.)

Berlichi, Bitzliputzli. Halt ein, König!

Mephiſtopheles. Halt ein!

Lucifer. Woher? Sprichſt du zu der Menſchen Ruhm, falle
nieder auf deinen Nacken mein Schlag! Will noch alle zertreten,
die mir nur in Gedanken weiter unrecht geben; hört ihr?

Mephiſtopheles. Bin herumgeſchwärmt hin und her, auf
und ab, habe gefunden, wie du geſagt, des Matten und
Schwachen die Menge, des Starken, Feſten ſoſo, des Herrlich-
Großen wenig.

Lucifer. Nichts, gar nichts! Wer iſt groß? Was, kann
man noch Großes in dieſer Welt ſuchen? Will einen einzigen großen kennen lernen, einen einzigen feſten ausgebacknen Kerl, zu dem
man ſagen könnt': fix und fertig iſt der! Wagſt du's, mir ſolch
einen zu zeigen?

Mephiſtopheles. Meine Hand drauf!

Lucifer. Höllengenie! Ich bin König, ich! Euresgleichen
nehmen ſich gerne viel heraus; merk' dir, daß ich König bin. Will
nicht geniemäßig gerne geſoppt ſein oder mich länger pro patria
herumſchrauben laſſen. Iſt's nichts, ſo reſignir' ich; nehme, wer
will, ſolchen Scepter auf. Die Hölle mag wie eine verlaſſene Heerde
ſich ſelbſt hüten. Mag nicht Regent ſein, über ſolche Elende zu
herrſchen. Oder muß ich bleiben, auf mein Feuerroß dann und
die neuangekommenen Seelen mit meinen ſchwarzen Höllenhunden
wie Haſen verhetzt; will ſie doch auf eine Art loswerden. Jetzt
Punktum! Die Luft hierum iſt mir ganz zuwider. — Uh! mich pei-

nigt's! Doctor, Ihr werdet zu ſchaffen kriegen. Uh, mich reißt's in allen Gliedern gewaltig! Doctor! Doctor!

**Alle.** Seht, wie er zerrt, die Fäuſte ballt! Hilf, Doctor!

**Berlichi.** Still! Still! Ich beobacht' einen der ſchönſten, ſeltenſten Paroxysmen. Ei, ei, was Extra's! Wenn er nur nicht ſo ſchnell vorübergeht. Still! Alle Symptome! Daß ich mein Tollelixir nicht zur Hand hab', ſie noch um einen Grad zu verſtärken. Schön! Schön! Schreib' ohnehin eine Abhandlung über die Raſereien der Könige; dies kommt mir jetzt trefflich zu ſtatten.

**Lucifer** (ſpringt auf). Wohl! Oh, der Tag befeuchtet ſchon die Welt. Mephiſtopheles, erinnere dich, was du Uns verſprochen; ich erwarte dich drunten auf Unſerm Reichstag, den Wir ſogleich durch all' Unſre Lande ausſchreiben. Auf jetzt, was unter meiner dunkeln Fahne geſchworen! Will hier nicht den Morgen erwarten, der ſchon dort an den Gebirgen heraufdämmert. Folgt mir!

(Gemurmel. Ab mit dem ganzen Gefolge.)

**Mephiſtopheles.** Will mich ſtellen (Sieben Geiſter treten auf), ſobald ich hier meine Befehle gegeben. Auf! Auf! Sieh da, meine getreuen Leibeignen, alle zu meinem Dienſt ſchon bereit, meinen Befehlen gehorchend; unterſchieden zwar an Willen, Art und Meinung, wie Menſchen, Thiere und Kräuter, aber im Punkt des Wirkens ſich immer im Höllenintereſſe umſchlingend. Ihr habt vernommen, was ich Lucifern verſprach, wohlan denn! Gefunden nun mein Wild, hab's ausgeſtöbert; ihr ſeid die Hunde, nun es vollends herabhetzend nach meiner Höhle. Auf denn, ihr meine dunkeln Geſellen, die Liebe zu mir vereinigt, obgleich ſchmerzliche Liebe ähnlich der bängſten Qual! Auf! Auf! Verſenkt euch und ſchießt umher, jeder in ſeiner Kraft. Verliert euch wie die Strahlen des Lichts im Schatten, unmerkbar nahet durch alle Elemente hinzu. Fauſt ſoll dieſe Nacht uns aus der Hölle heraufbeſchwören. Er ſoll! (Ab.)

**Alle.** Er ſoll! Wir wiſſen's, was du heiſcheſt, wiſſen's und vollbringen's.

**Zweiter.**
Wo ich ihn pack'!

**Dritter.**
Ich halt' und drück!

**Vierter.**
Wo über ihn das Netz ausrück'!

**Fünfter.**
Gefangen feſt an Leib und Geiſt,
Wie 'n Vogel an der Stange!

**Alle.**
Wohlan! Wohlan! Ihr Brüder, auf!
Des Morgens Schimmer graut herauf.

### Erſter.

Ich flieh' zuerſt, mein Werk geht ſchon
Vor mir —

### Zweiter.

Nach dir ſchwing' ich den Flügel gern';
Wir ſtammen beid' aus Einem Stern.
Was iſt zu thun, Bruder?

### Erſter.

Sieh hier!
Betrug hab' ſchon voran geweckt,
Der Bosheit Rath und That entdeckt.
Der Peitſche Knall! Hörſt's in den Wind?
Der Wechsler flieht mit Weib und Kind,
Führt Fauſt's Vermögen jetzt davon
Und läßt ihm Gram und Spott zum Lohn.
Hu! Hu! Da bring' ich noch ein Paar;
Die zog er aus der Grube gar,
Verbürgt für ſie ſein Gut und Ehr'.
Bruder, geleit' ſie bis ans Meer.

(Man ſieht durch die hintere Oeffnung Kutſch' und Reiter im Sturm vorbeieilen.)

### Alle.

Zur Stadt! Die Morgenglocke ruft,
Wo wir nicht eilen durch die Luft.

### Dritter.

Jetzt die Gläub'ger all' zu Hauf!
Holla! Holla! Ihr Juden, auf!  (Ab.)

### Vierter.

Fahr' in die Schelmen gar hinein,
Damit ſie Stahl und Eiſen ſei'n.
Komm, hilf mir!  (Ab.)

### Fünfter.

Streif'
Nur voran, ich bin dein Schweif.  (Ab.)

### Sechster.

Juheia, Brüder! Eilt mir nach,
Das Ding geht gut; eh' grauer Tag
Ersteht, verſinkt die ſchwarze Nacht:
Wohlauf denn, unſer Werk vollbracht!  (Alle ab.)

————

Ingolſtadt. Morgendämmerung. Vor Jud' Mauſchel's Haus.

Izid (klopft). Au wai! Au wai! (Klopft wieder.)
Mauſchel. Wer is draus an mei Lade?
Izid. Mauſchelche, ich, ich, mach uf!
Mauſchel. 's iſch noch eitel Nacht drauſe, ich mach die Lade
nit uf. Kannſt ſein e Dieb. Wer biſt du?
Izid. Izidche. Kennſt mich nit an di Stimm'?
Mauſchel. Jau, biſt du's? Was willt, Izid?
Izid. Au wai! Au wai! 's war vor mei Bett ſchwarz, ſo,
ſo, mei Bärtche gezupft, au wai! Mein hundertfufzig Dukate!
Die Nacht durch, die ganze Nacht getramt vun eitel Mauſerei un
Schelmenſtrach! So mit die Hand hot's mich kriegt, gerufe, hell:
Izid! Izid! Wach uf!
Mauſchel. Is der en Unglück paſſirt?
Izid. Au wai, gute Mauſchel, dir un mir un di Schummel
un Lebche un uns all! Manſt, die zwa Mosler, die zwa Schulden=
mächer, durchgegange ſind ſe heut' nachts glatt un ſchön mit alles!
Mauſchel. Nu, der Fauſt hot uns vor ſie gebürgt; was willt
mehr? Er hot uns vor alles gutgeſproche, hörſt's?
Izid. Au wai! Der Fauſt, was will er bürge? E Lump
wie der ander, jetzt ag e Lump! Hörſt's, guter Mauſchel! Heunt
mit die Mosler ag fort is der Wichsler Goldſchmid, dem de Fauſt
all ſei Geld geſchoſſe; ich war in ſei Haus; all, all leer! Au wai!
Mei hundertfufzig Dukate!
Mauſchel. Was? De Goldſchmid fort? Mei verzig Dublo=
nen! 's reißt mich in mei Bauch ganz kalt.
Izid. Zieh an e Strump, e Schuch, daß mer fortkomme; der
Schummel wart drunte. E Lärm, e gewaltige Lärm, hörſt? Mer
wölle all'ſammt wecke, all' mitnander den Fauſt! Hörſt, is glatt
caput, glatt un ſchön, ſag ich! 's Lebche laft in aller Früh zu die
Obrigkeit rum, bohnt, Vollmacht z'erlange, anzegreife all all des
Docters Meubels, Silberwaar, was do is, Bücher, allerhand Gelds=
werth, eh noch zuviel uf Seit geſchaft werd. Mach fort! Es bricht
e klare Bankrut aus. Mauſchel, was e Schade! Au wai! Is e
Gelärms un e Gelafs überall; hätt' aner nur ſechs Füß, z'ſein
überall!
Mauſchel. Nu ſoll mer ſage vum Goldſchmid! Wer hätt'
das geglabt, ſo e Mann, un ſo e Name! Krieg de Dippel uf bei
Kop! 's is nit wohr.
Izid. Mach' fort! Au wai, ſchun hell Tag wie e Licht.
Mauſchel. Gleich, gleich! De Doctor mag jetzt zuſehn, wie
er bezahlt, gucke in die dicke Bücher; hätt' er geſtedt ſei Naſ' mehr

in die Leut', mehr in die Welt, wär' ihm nit gepaſſirt der Strach. So e Mann, un ſo e Gelehrſamkeit, un ſei Geld ſo e Goldſchmid anzevertraue uf e bloße Handſchrift — Izick, wie dumm! wie dumm!

Izick. Mach fort, Mauſchel!

Mauſchel. Er ſoll bleche. Kannſt nit warte, bis ich fertig bin? Die Memme hilft ſchun. Izick, unſeraner hätt mer Segel im Roſch.

Izick. Mach' fort, Mauſchel!

Mauſchel. Gleich, gleich! (Kommt heraus.) Nu, was 's der Doctor ſchun?

Izick. Sag' dir, na. Mer wollen en wecke. De Schummel wart drunte; komm!

Mauſchel. A Wort! Hulch hin zu de Schummel; will gehn zu de Magiſter Knellius, der a große Bekanntſchaft hat bei die Räth', is e große Todfeind vum Fauſt, ſoll uns verhelfe zur Voll- macht.

Izick. Jau! Jau! Thu's, guter Mauſchel, thu's ag!

(Beide ab.)

---

## Fauſt's Stubirſtube.

Fauſt (ſitzt und lieſt aufmerkſam). Da müßt' es endlich hinkommen! Alles oder gar nichts! Das ſchale Mittelding, das ſich ſo die hin- tere Scene des menſchlichen Lebens durchſchleppt — weder Ruh' noch Befriedigung da zu erjagen! Ein einziger Sprung, dann wär's gethan! (Lieſt.) Lieber aller Bequemlichkeit beraubt, genährt und gekleidet ſo ſparſam, als die ſtrengſte Philoſophie erduldet: nur die Kraft, das auszuführen, was ich nahe meinem Herzen trage, die Belebung dieſer aufkeimenden Ideen, was ich mir in ſüßen Stunden erſchaffe und das doch unter Menſchenohnmacht wieder dahinſterben muß wie ein Traum im Erwachen. Daß ich mich ſo hoch droben fühle und doch nicht ſagen ſoll: du biſt alles, was du ſein kannſt! Hier, hier ſteckt meine Qual. Es muß noch kommen, muß! Mit wie vielen Neigungen wir in die Welt treten! Und die meiſten zu was Ende? Sie liegen von ferne erblickt wie die Kinder der Hoffnung, kaum ins Leben gerückt; ſind verklungene Inſtrumente, die weder begriffen noch gebraucht werden; Schwerter, die in ihrer Scheide verroſten. Warum ſo grenzenlos am Gefühl dies fünfſinnige Weſen? ſo eingeengt die Kraft des Vollbringens? Trägt oft der Abend auf goldenen Wolken meine Phantaſie empor, was kann, was vermag ich nicht da! wie bin ich der Meiſter in

allen Künſten, wie ſpanne, fühl' ich mich hoch droben, fühl' in mei=
nem Buſen all' aufwachen die Götter, die dieſe Welt in ruhmvollem
Loſe wie Beute unter ſich vertheilen! Der Maler, Dichter, Muſikus,
Denker, alles, was Hyperion's Strahlen lebendiger küſſen und was
von Prometheus' Fackel ſich Wärme ſtiehlt: möcht's auch ſein und
darf nicht; übermann' es ganz unter mich in der Seele, und bin
doch nur Kind, wenn ich körperliche Ausführung beginne; fühle den
Gott in meinen Adern flammen, der unter des Menſchen Muskeln
zagt. Für was den Reiz ohne Stillung? O, ſie müſſen noch alle
hervor, all' die Götter, die in mir verſtummen, hervorgehen hundert=
züngig, ihr Daſein in die Welt zu verkündigen! Ausblühen will ich
voll in allen Ranken und Knospen! So voll, voll! Es regt ſich
wie Meeresſturm über meine Seele, verſchlingt mich noch ganz und
ganz. Wie dann? Soll ich's wagen, danach zu taſten? Es ragt
über mir und bildet ſich in den Wolken ein Koloſſus, der das Haupt
über den Mond ſtreckt. Ich muß, muß hinan! Du Abgott, in dem
ſich mein Inneres ſpiegelt! Wie ruft's? Geſchicklichkeit, Geiſteskraft,
Ehre, Ruhm, Wiſſen, Vollbringen, Gewalt, Reichthum, alles, den
Gott dieſer Welt zu ſpielen — den Gott! Ein Löwe von Uner=
ſättlichkeit brüllt aus mir; der erſte, oberſte der Menſchen! (Wirft das
Buch weg.) Weg! Du verſtörſt mich. Mir ſchwindelt das Gehirn;
reißeſt mich da nieder, wo du mich erheben willſt; machſt ärmer,
indem du von ferne zu reiche Hoffnungen zeigeſt. (Sitzt in Gedanken.
Man hört von außen die Juden lärmen.) Was iſt das?

Wagner (hereinſtürzend). Um Gottes willen!

Fauſt. Was für Lärm?

Wagner. Ei, draußen!

Fauſt. Wie? Was plagt dich wieder, lieber Grillenfänger?
Komm her, ſprich zuvor. Biſt du krank, Wagner? Deine Augen
voll Thränen?

Wagner. O, ich wollt', ich wär' im Himmel! Dieſe Welt...

Fauſt. Daß dir doch immer das Leben zur Qual wird! Ich
kann dich nicht begreifen. Junge, unſere Herzen weichen beide aus
ihrem engen Cirkel, aber deines ſchwebt höher droben. Die Welt
könnte mir alles werden, und dir? Du findeſt nichts unter der
Sonne, an dem deine Liebe ganz haften möchte.

Wagner. Ach Minchen! Minchen! Ihr wißt's nicht; Min=
chen iſt ja mit ihrem Vater davon! Euer Vermögen, der Gold=
ſchmid, die Mosler, alles! Die Juden draußen . . . Unmöglich!
Unmöglich! (Will ab, Fauſt faßt ihn. Man hört die Juden ſchreien und lärmen.)

Fauſt. Halt! Halt! Du mußt ausreden, kommſt mir nicht
von der Stelle los. Was iſt's? Ha! Wie?

Magiſter Knellius' Stube. Tiſch, worauf Papiere, Schriften,
Bücher und Briefe in Unordnung hingeſtreut liegen.

**Knellius, Sandel** (hinkend am Stock.)

**Knellius.** Verzeihen Sie! Da bin ich wieder, Herr Sandel;
den Augenblick alles ausgemacht; ein Wort, und wie der Blitz.
Die Juden haben die Vollmacht an Fauſt's Vermögen, Bücher,
Hausrath et cätera. Iſt doch billig, daß man ſich ein wenig der
armen Teufel annimmt, damit ſie nicht alles verlieren; die Menſch=
lichkeit befiehlt das. Von hier aus kann man grad' an das Haus
ſehen. Wie die Juden einſtürmen! Sehn Sie doch, Herr Sandel!
Das wird des Doctors Muth ein wenig daniederlegen; ſo auf ein=
mal alles verloren und noch obendrauf die Proſtitution . . .

**Sandel.** Wie das freut! Ha ha ha! Ei, Saderment!
das Lauſtintenfaß da, hätt' mir's faſt übern Leib gegoſſen. Ei,
ei! Mein Fuß! Ei! (Sitzt.)

**Knellius.** Sieht ein wenig gelehrt, heißt das, ſchweiniſch,
unaufgeräumt bei mir aus. Nicht wahr, Herr Sandel, trinken doch
ein Schälchen Chocolade bei mir? Extrafeine; hab' ſie von einer
Dame zum Präſent bekommen; die ſoll Ihnen Ihr Podagra ver=
jagen.

**Sandel.** So? Warum kann Er den Fauſt nicht leiden, Herr?
Ei warum? Sag' Er mir, warum?

**Knellius.** Iſt ein Narr, Herr Sandel.

**Sandel.** So?

**Knellius.** Mit dem kein ordentlicher Menſch ſich vertragen
kann; ein Haſenfuß, ohne Sitten, mit einem Wort, ein Genie!

**Sandel.** Ha ha ha!

**Knellius.** Da arbeit' ich eben an einer Disputation wider
ihn; kann mich jetzt unmöglich viel mit ſolchen belletriſtiſchen Kleinig=
keiten abgeben, bin zu ſehr mit ſolidern Geſchäften occupirt. Dann
und wann ſo ein Augenblick, ein Stündchen zu Erholung, zum
passer le temps, nicht anders.

**Sandel.** O natürlich! Der Herr hat immer zu viel zu thun!
Ueberhaupt, alles wendet ſich an ihn, der Herr muß immer für
andre rennen und laufen. Das frißt Zeit, ha ha ha, ſo den
Miniſter, den Protector zu ſpielen! Ha ha ha!

**Knellius.** Meine große Ueberſetzung, Herr Sandel, die frißt
Zeit weg. Dies weitläufige Werk, worauf das ganze gelehrte
Deutſchland aufmerkſam iſt, von ſo weitem Umfang, wozu Rieſen=
arme eines Halbgottes gehören, und das ich mich erkühnet, allein
zu unternehmen.

Sandel. Schwerenoth! Was ist denn das für ein Werk?

Knellius. Die Uebersetzung des chaldäischen Corpus Juris, mit Noten und Erläuterungen verschiedener arabischer Scribenten.

Sandel. Chaldäisch versteht Er einmal nicht; wo kriegt Er denn die Leute her, die übersetzen?

Knellius. Für Geld und gute Worte finden sich überall Leute, die das schon so grob obenweg zu machen wissen; muß es doch hernach erst poliren. Eigentlich ist das das letzte, wofür ich immer sorge; erst für Pränumeranten und dann fürs Privilegium.

Sandel. Herr, das Buch ist schon übersetzt heraus, hab's selbst in meiner Bibliothek. Er hat gelogen, da Er sich in den Zeitungen als der erste annoncirt hat.

Knellius. Wie? Wie, Herr Sandel? Nu, wenn's auch schon da wär': der erste oder der zweite, das thut ja nichts zur Sache. Ein jeder überzeugt sich selbst und schreit hin, so laut er vermag: Ich bin der erste! Das Publikum mag hernach glauben, wem es will.

Sandel. Aber tausend Sackerment! Ei, mein Bein! — 's ist hundsfüttisch, Herr! spitzbübisch!

Knellius. Ah Possen, ha ha ha, Possen! Herr Sandel, ein jeder dämmert auf diesem Erdenrund sein Fleckchen wie der andre; ein jeder hat so viel Recht wie der andre. Wer heißt die Lümmel mir alle guten Einfälle vor der Nase wegschnappen, die ich vielleicht in futuro auch noch haben könnte? Und wenn auch der eine erfindet, der andre cultivirt's weiter! Die Art, mit der man heutzutage eine Sache thut, macht alles, Herr Sandel. Vaterlandsliebe! Menschenliebe! Liebe zur Ausbreitung der Literatur! Ein wenig wohlfeil; Vignetten; was nur in die Augen leuchtet: Sächelchen, die einer, wenn er's nur im geringsten mit dem Verleger versteht, anderswo hundertfältig wieder einzubringen weiß: omne tulit punctum! Geld, Herr Sandel, Geld regiert die Welt! Wer Geld hat, hat Genie und Verstand; Geld ist mein Genie und Lorberkranz, und wenn ich das hab', pfeif' ich auf alle Lorberkränze, wo sie auch herwachsen.

Sandel. Hätt' auch nicht sonderlich Ursach' mehr, danach zu haschen, ha ha! Kam schon wüst ins Gedräng', ist schon so zusammengeritten worden, daß Ihm der Appetit nach Lorberkränzen vergehen sollt'. Magister, die Wahrheit, Er hat schon wüste Püffe gekriegt.

Knellius. Ah so, ha ha ha!

Sandel. Nicht ah so, sondern in optima forma. Sieht Er, das gefällt mir jetzt wohl an Ihm, daß Er die Poeterei ganz auf Seite geschmissen und sich mit was anderm abgibt, das Ihm vielleicht besser zur Hand schlägt.

Knellius. Ich auf Seite geschmissen? Auf Seite geschmissen? Im Gegentheil! Jetzt will ich erst recht anfangen. Meine Elegien sind in ganz Deutschland als erbärmlich ausgepfiffen worden; weiß alles, warum; kenne die Cabalen! Aber das soll mich nicht schrecken; jetzt will ich erst hervorrücken all den schelsüchtigen Recensenten= siegeln zu Trutz; hervorwischen mit zehn, zwanzig, dreißig, hundert auf einmal, hier und da und dort, daß sie nicht wissen, wie und woher. Und da will ich feuern mit den übrigen, die ich an der Hand habe, daß sie meinen sollen, der Himmel blitzt über ihnen zusammen. Nein, mein werthester Herr Sandel, da kennen Sie mich noch nicht! Wer nachgibt, hat verloren; wer zuerst aufhört, hat unrecht in dieser Welt. Ausgehalten, bis auf den letzten Mann, sollt' einer auch drüber zu Kraut zerhackt werden! Das letzte Wort, das beste Wort! Gut oder schlecht, all eins! Wenn zehn, zwanzig schreien: das ist nichts nutz, muß man vierzigmal wieder entgegen= schreien: ihr versteht's alle nicht; und dann hinter ihre eigenen Sachen hergehen, wie sie auch sei'n, noch so groß, thut nichts! Streiten mit großen Männern macht immer Aufsehen und Lärmen, und wenn man auch zertreten wird — thut nichts! Man wird doch immer in der Polemik neben einem großen Namen genannt. Und dann bleiben ja noch so viele übrig, mein lieber Herr Sandel, bei denen unsereiner auch recht hat, und noch Patrone, bei denen es obendrauf noch etwas einträgt.

Sandel (aufstehend). Aber am End', Magister, wenn der Pa= tron merkt, daß hinter dem gelehrten Mann im Grunde doch ein fauler Fisch steckt, wie dann? Die Thür, Magister! Er weiß, wie das zu gehen pflegt.

Knellius. Spaß, Herr Sandel! Wenn der Fuchs Drohungen scheut, wird er sein Lebtag nicht fett. Die Weiber sind meine Haken, mit denen ich nach den Männern angle. Hab' ich das Weib einmal, was will der Mann? Es gehört Uebung dazu, sich durch die Welt zu schicken, und einem armen Teufel geht's oft hinderlich genug. Sottisen und Weiberlaunen mit einem lächelnden Gesicht von sich wegzupauken und eine angenehme Pille nach der andern zu verschlucken, ohne sein Ziel darüber aus den Augen zu verlieren, dazu gehört desperate Courage; und ein Kerl, der das vermag, ist in meinen Augen kein H . . . Jeder Bube kann seinem Humor nachlaufen, jeder Narr, jedes Genie; aber Leute, denen man fatal ist, an unser Gesicht zu gewöhnen, sich trotz aller Heterogeneität mit andern in eine Gesellschaft einzupassen . . . Herr Sandel, die Chocolade ist fertig, kommen Sie. Ist doch alles in der Welt nur pro forma; pro forma, was wir leiden, wo unser Interesse impli= cirt ist; haben wir einmal, was wir wollen, die Leutchen gebraucht, dann lachen wir, ha ha ha! Attachement und Ehrfurcht blaſ' mir in Hobel! (Ein alt Weib bringt Chocolade und ſetzt ſie auf den Tiſch.)

Knellius (gießt ein. Man hört Lärmen auf der Straße). Was iſt das? Aha! Sehen Sie, Herr Sandel, Soldaten und Gerichtsdiener ziehen in Fauſt's Haus hinunter; wird ein schön Gepäck geben, wollen unſern Spaß haben. Sehen Sie, wie die Juden weg: schleppen! Der Fauſt weiß nicht, was ihm noch grünt! Wenn's da nicht auslangt, Herr Sandel, kann's ihm an Kragen gehen, daß man ihn noch bei den Ohren feſtnimmt und eincarcerirt.

Sandel. Er iſt ein Eſel! Wie kann man das? Für andere Schelmen alles hergeben und noch dazu . . .

Knellius. Die Gerechtigkeit, Herr Sandel! Ein altes Sprich: wort: „Bürgen muß man würgen", Herr Sandel. Warum hat er's gethan, damit geprahlt, ha ha ha! Meine Disputation freut mich nur, wie die noch vor ihrer Exiſtenz ſcheitert. Er wär' wüſt gekämmt worden, hab' ſo recht all' meine Galle hineingebracht.

Sandel. Doch auch ein unterthäniges Rauchwerk dem Mäcen? Ei, ſo ſchlag Ihn das . . . Muß Er mich juſt da an mein link Bein ſtoßen.

Knellius. Nicht böſ' gemeint, Herr Sandel. Kommen Sie, wir wollen die Chocolade drüben im grünen Zimmer nehmen; können gemächlich ſehen, was unten auf der Straße vorgeht. Luſtig, ehe ſie kalt wird! (Nimmt das Chocoladebret.)

Sandel. Hört Er's? Geh Er zu allen Teufeln mitſammt Seiner Chocolade! Will Seine Chocolade nicht verſuchen; huſt' Ihm in Seine Chocolade! Er Flegel! Er Eſel! (Hinkt an die Thür, dreht ſich um.) Hört Er's? Daß Er mir in der Stadt nicht ſagt, hab' mit Ihm Chocolade geſoffen, ſonſt . . . ſonſt . . . (Winkt mit dem Stock. Ab.)

Knellius (ſtellt wieder nieder). Der alte Kracher, mich ſo zu be: flegeln! Der Henker! Hat's ihn vielleicht verdroſſen, daß ich ihn der Juden wegen ſo allein daſitzen ließ? Will's gleich erfahren, wenn ich ſeiner Alten ihre runzelichten ledernen Hände einmal küſſe. Was hab' ich denn gleich bei der Hand, ihr vorzuleſen? (Greift in alle Taſchen.) Das war eine ſchöne Gelegenheit, den Fauſt hinter den Rippen zu kitzeln; hätte den Juden gleich auf der Stelle küſſen mögen, der mir ſie verſchaffte. Ha ha ha! Gelt, Herr Doctor? Was ihn das ärgern, grämen, grimmen muß, ſeinen Hochmuth, der den Wolken entgegenlief, niederſtreichen muß! Soll noch beſſer kommen. Solange der in Ingolſtadt exiſtirt, ſchlaf' ich nicht ruhig. Er iſt mir ein Dorn in meinen Augen bei Tag und Nacht. Wenn ich's nur dahin bringen kann, daß er jetzt feſtgeſetzt wird. Die Juden! Laß ſehen, Knellius, haſt ja noch Kopf und Leute an der

Hand, etwas auszuführen! Gut. Will alles anſpannen. Aber Blitz! Da verſpät' ich mich mit Monologiren, indeſſen der alte Podagrämer mir davonſchleicht, in der Idee, als hätt' er mich be= leidigt. Das iſt keinen Teufel nutz, macht eine gewiſſe Lücke in der Converſation, eine gewiſſe Unbeholfenheit, die gar nicht zu meinen Planen zweckt; der Kerl nimmt mich dann gleich genauer aufs Korn. Chocolade hin, Chocolade her! Muß den Augenblick nach= laufen und ihn mit ein paar närriſchen Hiſtörchen wieder herum= bringen. Wenn man nie ſchreit, iſt man nie troffen worden. Spaß iſt kein Spaß, wenn man nicht darüber lacht; Sottiſe keine Sottiſe, wenn man ſich nicht darüber ärgert. Ueberhaupt mein Principium: mit Leuten, die einem nutzen können, muß man's nicht ſo genau nehmen.

**Schwamm** (buckelig). **Blaß** (ſtockfüßig). **Amſel** (einäugig). **Ahas= verus** (ſtammelnd).

**Alle.** Empfehlen uns, Herr Magiſter.

**Knellius.** Ei, meine lieben, lieben, lieben Freunde, herzlich willkommen! Den Augenblick wollt' ich zu Ihnen gehen. (küßt jeden.) Hab' nothwendige Sachen, zwar nicht von Wichtigkeit, aber doch ſo, ſo! Geſpaß, Einfälle, wozu Sie mir vor allen behülflich ſein können.

**Alle.** Wir ſind Ihre Diener.

**Knellius.** Freunde, lieben, guten Freunde, ohne alle Com= plimente! Herr Ahasverus, Sie müſſen mein Herold in einer Sache werden.

**Ahasverus.** Sch—ſch—ſch—ſteh, ſteh zu zu zu Be—Be— Befehl.

**Knellius.** Aber eilen müſſen wir; kommen Sie, kommen Sie! Will Ihnen alles unterwegs ſagen. Noch einmal, von Herzen mir willkommen, meine Lieben! (küßt jeden.)

**Blaß** (der Stockfüßige). Hat uns nur darum lieb, weil er unter uns einem ordentlichen ganzen Kerl gleichſieht. Wie er uns zuſammen= gebracht, den, den und den und mich . . . Schande, wenn wir uns ſo untereinander anſehen.

---

### Straße vor des Goldſchmieds Hauſe.

#### Wagner. Eckius.

**Eckius.** Wie geht's, Wagner? Du trippelſt wie ein verſcheucht Huhn in den Straßen herum. Wie iſt dir?

Wagner. So, ſo — wie du mit allem Witz nicht ausholen kannſt. Mir iſt wohl und nicht wohl und doch wohl. Ich wollte, du thäteſt mir die Liebe und fragteſt darüber nicht weiter.

Eckius. Wenn dir meine Invitation nicht behagt, kann ich dir nicht helfen. Wo iſt denn der Doctor?

Wagner. Er zieht allein mit dem Degen unter dem Arm hin und her; ſcheucht alles von ſich, was ihm nahen will.

Eckius. Das iſt ſo ſeine Manier, wenn ihm etwas im Hirn rumgeht. Hat er recht geſpieen, als er die Nachricht vernahm?

Wagner. Er knirſchte mit den Zähnen und lachte; ſtieß dann ein paar ſaure Worte aus und ging ſchnell in einen miſanthropiſchen Humor über, worin er die Welt und ſeine eigene Thorheit perſiflirte, indem er ſich eine Spielkatze der Fortuna nannte, die ſie nach ihren Capricen herumhudle, einen Affen, den der Fuchs in den Korb geplaudert und indeſſen die Eier verzehrt, einen Pfannen=flicker und ſo weiter. Du weißt ſchon, wie er's treibt, wenn einmal ſeine Imagination rege wird.

Eckius. Hat im Grund nicht viel zu bedeuten. Er iſt keine von den hohlen Tonnen, die gleich gewaltig von innen hervorhallen, wenn das Glück von außen nur im geringſten an ſie anſchlägt; einer von denen, die innen voll Lieblingsideen umhergehen, ganze Jahre lang eine Idee herumtragen und ſich ſo in ihr verweben und verhängen, ganz in ihr denken und leben, daß alles Neue, plötzlich um ſie herum Erſtandene nicht ſo ſtark auf ſie wirken kann, und wenn auch, doch nur momentan, weil die Seele, mit eigener Fracht überladen, unter neuer Aufnahme erliegen müßte. Tröſtet euch untereinander! Was man nicht mehr hat, hat man nie gehabt, und damit aus dem Sinn!

Wagner. O, wenn's drauf ankäm', ich wollte dir auch pre=digen und ſagen, was gut iſt. Aber du weißt nicht alles. Wenn Sagen und Thun einmal in der Welt in gleicher Uebung wären! An meinem Platz, Eckius, würdeſt du vielleicht anders reden.

Eckius. Pfui! Was wär' das! Siehſt du mich für eine an=gekleckſte Lehmwand an, die der erſte Sturmregen verwäſſert und verrüttelt? Geſunde Nerven und das Herz frei, bäumt ſich's über jeden Zufall leicht hinaus. Fluchen, ſchelten, ſchreien, über eine Lumperei lärmen, das laß ich mir gelten; 'n braver Kerl kann ſich wol ärgern, auch vor Zorn und Galle obendrauf die Schwindſucht kriegen, wenn zu viel Nichtswürdigkeiten ihm über den Leib fallen und ihn droſſeln. Aber das iſt auch alles; zum Wimmern wird mich nichts leicht bringen. Wein und Bier und Waſſer iſt mir einerlei. Wo's auf dieſen Punkt ankommt ... Bin der Juris=prudenz entritten; aber würf' mich das Glück ſo, daß ich morgen Matroſe werden müßte, glaubſt du, ich würde um ein Haar weniger

Ecius sein? Possen! Der Faust ist in diesem Punkt noch ein ganz andrer Kerl; und du bist ein angehauener Schacht, der noch erst der Welt zeigen muß, was für Metall in ihm wächst. Bei der ganzen Pastete dauern mich die zwei Mosler, die des Goldschmieds Mädel über diese Begebenheit zu Bärenhäutern gemacht; waren keine übeln Leute!

Wagner. Du peinigst mich. Des Goldschmieds Töchter? Sie? Vielmehr haben die niederträchtigen Schufte den Vater ver=führt, die Mädchen zu erhalten; ganz gewiß! Ich kenn' auch seinen Eigennutz; aber so weit hätt' er's gewiß nie ohne andere Verstärkung gewagt. Und wer konnte die geben? Minchen, die tugendhafte Seele, würde allein widerstanden haben, würde mit ihren Thränen sogleich den Entschluß ihres Vaters zu Boden gelegt haben, hätte sie nur im mindesten Verrath und Betrug geahnt. Und du vergehst nicht darüber, sie so etwas fähig zu halten? Den Engel! Wirf Feuer auf den Altar, brenn' Kirch' und Kloster nieder; du thust verzeihlichere Sünde als in der Gewalt so harter Beschuldigung der reinsten Unschuld.

Eckius. Bist brav, Wagner; aber wenn dir einmal der Bart einen Zoll hinauf in die Backen gewachsen, wirst du mehr erfahren und vermuthlich über diesen Punkt etwas anders denken gelernt haben. Mir ist die weibliche Natur eine hohe respectable Natur: honny soit qui mal y pense; aber auch eine sehr wankelhafte Natur, über die der behendeste schärfste Schütz sich verfehlt im Lieben und Geliebtwerden, Hoffen und Verlangen. Er färbt und malt und schildert sogleich alles nach seinem eigenen Lichte. Die Mädchen und Buben sind gar lustige Dinger unter der Sonne. Narr, es hat mich ein wenig stutzig gemacht, wenn ich wohlbemittelte und reich= beamtete Jünglinge gesehen, die wunders hoch in der Rechnung bei ihren Lieblein zu stehen glaubten und am Ende doch nichts anders als nur die Bräme auf ihren Mänteln waren, wofür sie auch galten. Adieu, lieber Junge; hör' dort eben ein paar Degen an=einanderwetzen. Nu, kommst du diesen Abend zum Essen auf meine Stube?

Wagner. Zum Nachtessen schwerlich, aber noch immer zeitig genug, ein paar Worte mit Euch zu plaudern.

Eckius. Bedenke, was ich gesagt. Ich, Herz und Kölbel reisen bald von hier nach Straßburg zurück; wenn du dort mit und unter uns leben willt, bist du Patron. (Ab.)

Wagner. Alles untereinander! Ja, wer das ganz ins Reine bringen könnte! Das Hirn fällt mir fast zum Kopf heraus. Faust! Faust! An deiner Stelle, ich wüßte nicht, was ich thät', wüßte nicht, wo es mit mir hinkäm'; und wie ich dich kenne, ich fürchte mehr für dich in dieser Lage, als alle deine übrigen Freunde wähnen.

Deine armen guten Anverwandten, denen du einen Theil der rei=
chen Erbſchaft noch ſchuldig biſt! Und nun du ſelbſt alles verloren,
zugleich mitverloren, was ihnen gehört! Ihr Eigenthum, nicht
deines! Es iſt nicht zu ertragen. Wie ſie ſich deiner Redlichkeit
freuten (zieht ein Papier heraus), mir ſchrieben: „Unſer Vetter Johann,
ſegne ihn Gott für ſeine Redlichkeit! Wir alle danken ihm und
wollen mit eheſtem einen Vertrauten zu ihm hinaufſchicken, der das,
was er für unſer erkennt, in aller Namen empfangen ſoll; es kommt
uns ſehr zugut.‟ Die Thränen kommen mir in die Augen. Und
jetzt, wenn ſie's erfahren! Einer iſt ſchon auf dem Weg hierher,
in ihrem Namen alles zu empfangen und abzuholen. Mir ſchau=
dert die Haut! Was man nur ſagen kann und ſoll? Will mit
Fleiß immer hierum auf= und abgehen; dort im Ochſen kehren ge=
meiniglich die von Sonnenwedel ein; ob ich den Abgeſchickten nicht
antreffe und ihn wenigſtens abhalte, daß er nicht in dieſer Lage
dem Fauſt über den Hals falle. Gut, ſchwätzen und ſich mit Phi=
loſophie und Vernunft durchhelfen; aber wer in der Klemme ſteckt,
weiß immer am beſten, wie's thut.

---

## Marktplatz.

### Fauſt (den Degen unterm Arm).  Kölbel.

Fauſt. Immer den Buben zu ſpielen, mit giftiger Zunge über
die Sterne zu fluchen, unter denen man geboren ward, jeder ge=
meine Schurke hat das zum Ausweg! Hohn und Spott iſt meiner
Seele Nacht und Abſcheu. Aber ſo weit iſt's auch noch nicht mit
mir gekommen, daß ich dies fürchten müßte. Es lebt etwas in
mir, das über alle Erniedrigung erhaben iſt.

Kölbel. Lieber Doctor!

Fauſt. Ich ſeh' es in Gedanken, und haſche danach . . .

Kölbel. Hörſt du? Bruder Fauſt!

Fauſt. Ob ich's wage? Der große kühne Gedanke, der über
mir ſchwebt: zu weit erhaben über kleine Köpfe! Der Athem ver=
läßt mich in freier Luft. — Ha! Biſt du da? Wie geht's, Kölbel?

Kölbel. Ohne fernern Eingang, Bruder, noch weitläufige
Condolenz über das, was dir zugeſtoßen: ich komm' hierher, dich zum
Nachteſſen einzuladen. Eckius und ich, wir ſuchen dich ſchon eine
gute halbe Stunde. Beliebt's?

Fauſt. Dank euch! Aber haltet mir's zu Liebe, ich bin heute
nicht ſonderlich dazu aufgeräumt.

Kölbel. Hätteſt herrlichen Spaß haben können. Zwei Mädel

von Strasburg ſind hier angekommen, alte gute Bekanntſchaft von mir, mit einem Knaſterbart von Onkel, der den Argus über ſie macht. Das Ding war anfangs äußerſt übel; man konnte vor dem Alten kein Wörtchen an Mann bringen, immer hatte ihn das Wetter dazwiſchen. Eine allein auf Seite zu kriegen, daran war nun gar nicht zu gedenken, und ob er gleich ein großer Liebhaber von Zei= tungsneuigkeiten war und ich Kerlchen genug mitbracht', die ſich einander faſt die Lunge ablogen, den Ketzer immer aufmerkſam zu erhalten, half's doch nichts; ſah er, daß ich eine oder die andere nur mit der Hand berührte, gleich dazwiſchengeſchnüffelt: „ Ei, ei, ei, was gibt's denn da?" Und machte dabei ein Geſicht wie eine Papierſchere, die man auf= und zumacht, indem Naſe und Bart, beide gleicher Länge, einander beſtändig küßten, wenn er ſo was übers Zahnfleiſch wegraffelte. Endlich half uns Herz aus; der Gau= dieb verkleidete ſich heut' früh, legte die Kleider ſeiner Hausfrau, der dicken Schneiderin an, rieb ſeinen blauen Bart mit Röthel und Bleiweiß, daß es ein Elend war; ich mußt' ihn dort als eine Be= kanntſchaft von mir unter dem Namen der Frau Conrectorin dem Alten und ſeinen zwei jungen Bäschen vorführen, und da hätteſt du den Teufel nur ſehen ſollen, wie er das ſo meiſterlich ineinander= gemacht! O es war zum Freſſen! Der Burſch' iſt zum größten Komödianten geboren. Kurzum, er wußte den ſo zu ſtreicheln und einzunehmen, ein Spaziergang wurde vorgeſchlagen, Herz hing ſich in des Onkels Arm und zog ihn mit ſich voran, ich mit den Mädel hintendrein und huſch in ein Nebengäßchen hinein, eh' der ſich's verſah! Nun ſitzen ſie auf meiner Stube, und mein Hauswirth, der alte Podagrämer Sandel, der ſich mit ſeinem Weib des Magiſter Knellius wegen brouillirt hat, hält ſie für meine zwei Bäschen. Ich ſuchte gleich, um dich bei dem Spaß zu haben; ſind zwei mun= tere fidele Mädel. Komm mit! Hörſt? — Wie? Was? Er hört nicht auf mich? Was fehlt dem? Davon mit dem Geiſt! Sieht umher wie einer, der im Schlaf umgeht. Was murmelt er zwiſchen den Lippen? — Fauſt!

Fauſt (für ſich). Schande wär's, abzuſtehen! Gefährliches Unter= nehmen! Und doch Schande! Was iſt's, das meine Gedanken ſo zuſammenfaßt und immer nach dieſer Ausſicht hindreht, wo alle Gaben des Glücks vor meinen Füßen hingeſtreut daliegen? Meine Seele ſträubt auf und ahnet irgendein gefährlich Weſen umher, das ſie fangen will: der Inſtinct der Taube, die den Marder am Schlag ſpürt. Dies Beben und Klopfen, es geht um mich herum und herum, dorthin und dorthin will's immer mit mir. Was es auch iſt, ich will ihm folgen. Ha, dieſe goldenen Träume, die um mich her wandeln und ſich in mein Inneres hineinſpiegeln, ſind zu lieb= lich im Anſchauen, zu ſchmerzlich wieder zu verlaſſen, wenn man ſie

einmal gesehen! Warum zag' ich denn? Weg! Ein andermal
mehr darüber. Für jetzt, was ist gleich zu thun? Hin ist hin; und
ich habe auch schon den Quark von Verlust vergessen. Vielleicht
wollt' es Schicksal so; sie mußten sich auf meinem Rücken vom
Untergang retten, ich war der Mäkler, sie wieder mit dem Glück
auszusöhnen, und mir ist die Anwartschaft auf eine erhabenere Stelle
verliehen. Nur das einzige, es greift mir in die Seele: was werd'
ich meinen armen Verwandten jetzt geben? Ihre Hoffnungen so
hintergangen; es ist zu arg! Doppelt, doppelt, mir anvertrautes
Gut so unachtsam zu verschleudern! (Zieht einen Beutel unterm Mantel
hervor.) Mir fällt etwas ein, ja, ja. Muß erst alles versuchen; über
dem Geschwätz verliert man endlich alle Activität. Das will ich.
Gewinn' ich nur so viel wieder, zum Theil die auf so lange zu befriedigen, bis ich dorthin näherkomme, dann wär' ich ein Weilchen
ruhig. Dies mein ganzer Rest!

Kölbel. Nun, ich will doch sehen, wann er wieder zu sich
selbst kommt. Jetzt athmet er leichter und blickt gelassener umher. Ist er vielleicht nicht wohl? Was er mit dem Beutel in der
Hand will?

Faust (für sich). Zu wenig und zu viel in meiner jetzigen Stel-
lung! Gut denn. Draußen vor der Stadt versammelt sich, gegen
das öffentliche Verbot, in ödem, finstern, verfallenen Thurme, wo
Eulen und Gespenster bei Nachtzeit herbergen, heimlich eine Gesellschaft Spieler; vermummt und maskirt schleichen zu ihnen nur Leute,
die mißvergnügt mit Gott und Welt, oder junge Waghälse, oder
andere mit Elend Beladene, am Rand des Verderbens Schwindelnde,
dort Trost und Hülfe gegen das Unglück zu suchen, das sie auf
allen Wegen hetzt; die, wenn sie das Letzte hier gewagt, hernach
auch mit Recht sich der Verzweiflung ganz in die Arme werfen
dürfen. Diese Gesellschaft will ich heute vermehren; gewinn' ich
nur so viel, meine Verwandten zu befriedigen, wohlan, so ist mir
wieder eine Weile wohl. Will sehen, wie es geht. Verlier' ich,
immer hin; mir bleibt am Ende doch noch mein letzt Refugium. —
Wie, Bruder Kölbel, noch hier? Ich dachte, du wärst schon weiter.

Kölbel. Du warst in tiefem Nachdenken begriffen, Bruder...

Faust. Ach ja! Es fiel mir etwas aus den vorigen Zeiten
ein. Die Zukunft und die Vergangenheit sind es immer, wonach
wir Menschen unsere meisten Blicke wenden; wir sehen uns oft
größer in der schmeichelnden Zukunft und müssen, um wieder die
richtige Proportion zu treffen, die Vergangenheit zu Hülfe nehmen,
die dann den wahren Spiegel vorhält und uns weist, was wir werden können, indem sie zeigt, was wir waren. — Wie, sagtest du mir
nicht vorhin noch was anderes?

Kölbel. Ich sprach viel, du merktest aber nicht darauf.

Fauſt. Bin in einem wunderlichen Humor heute. Mir iſt
nicht wohl; doch das wird ſchon wieder vergehen. Leb' wohl,
Bruder! Grüß' mir deine Kameraden. Ich habe nothwendig an
einen Ort zu gehen. (Ab.)

Edius (tritt auf). Kölbel, wo läuft denn der hin? Wie iſt's?
Kommt er dieſen Abend? — Kölbel, du biſt ein herrlicher Kerl von
Lebensart, die Mädel ſo allein auf deinem Zimmer hocken zu laſſen.
Schön! Schön!

Kölbel. Seit wann kommt's dir ein, über dieſen Text zu
predigen? Ich glaub', eine von meinen Bäschen hat dich über=
rumpelt. Horch, daß du mir nur nicht an die Blonde gehſt! Was
Henkers! Sogar deine Schuh' und Schnallen heut' gepußt? Ja,
jeßt iſt's aus!

Edius. Narr, es muß mir doch einmal kommen. Bin ja
bei dir in guter Kamerabſchaft; werd' doch beim Element etwas
profitiren!

Kölbel. Den Fauſt kriegen wir heute nicht. Es fliegt ihm
noch zu viel durchs Hirn; der ſtand vorhin da wie einer, der in
einer Verſteigung gern mitbieten möcht' und doch kein Geld in
der Taſche hat. Die Augen und Lippen zielten nach etwas, aber
die Worte blieben in der Gurgel ſtecken. — Wie ſteht's mit dem
Herz?

Edius. Gut; der ſoll bald erlöſt werden. Hab' dem Alten
ſoeben ein Quartier beim Bartkraßer Aßel gedungen, der ihn in
ſein hinterſtes Kämmerchen im Hof den Mittag über einſperrt und
zum Zeitvertreib ihn eine Weile balbiren, klyſtiren und laxiren
machen ſoll. Der Kerl freut ſich wie ein Narr darauf, daß er ein=
mal wieder ſolch einen Spaß unter die Finger kriegt.

Kölbel. Der Donner! Daß ihm aber auch ja kein Leibs
geſchieht!

Edius. Dafür laß mich ſorgen. Warm Waſſer wird er brav
in den Leib bekommen; das iſt alles. Weiß ſonſt kein Mittel, ihn los
zu werden. Der dicke Herz, was der flucht und ſchwißt! Sollteſt ihn
nur mal durch die Straßen patſchen ſehen, ha ha! übern Markt, durch
die Mühlen, über die Brücke, durch alle Winkelgaſſen, in Hoffnung ihn
los zu werden. Am Spital zog er ihn durch den Kandelunrath; aber
alles vergebens! Panzer klammerte ſich mit beiden Händen nur noch
feſter an ihn und behammelte Herz zugleich mit, indem er immer
rück= und vorwärts mit dem Kopf nach den Teufelskindern, ſeinen
Canaillen=Niecen, ſchrie. Die Ungeduld übermannte endlich Herz und
er fing ſo heillos zu donnern an, daß dem Alten alle Knie und
Beine zitterten und ich vor Lachen durchgehen mußte. Will ihn
jeßt gleich aufſuchen.

Kölbel. Geh, sieh, daß du ihn losbringst. Der gute Teufel thut doch alles unsertwegen.

Edius. Was für eine Erscheinung?

(Gottesspürhund tritt auf.)

Gottesspürhund. Eure Hand! Ihr seid Faust.

Kölbel. Freund, wer sagt Ihm das?

Gottesspürhund. Was man nicht sehen kann. Eigentlich, Physiognomik versichert mich's.

Kölbel. Ein Beweis, daß sich die betrügen kann. Ich bin Faust nicht.

Edius. Physiognom? Ha! So schaut mir doch auch mal in die Fratze.

Gottesspürhund. Meine Augen haben euch verwechselt. Du bist Faust.

Edius. Herr, nochmal fehlgeschossen. Bin so wenig Faust, als ich der Sedler bin, der Euch Eure langen Tolpatschhosen genäht.

Gottesspürhund (dreht sich nach seinem Lehnlakai, der im Grund steht). Wieder einmal durch solch einen Schurken mich prostituirt! Aller Effect jetzt hin!

Kölbel. Im Grund immer ein Vergnügen, für einen Löwen oder Elefanten angesehen zu werden, wenn man nur Marder oder Dromedar ist. — Guter Freund, dieser hier ist Edius, Doctor der Rechte, und ich Kölbel; beide Faust's Freunde. Darf ich jetzt fragen, wen wir vor uns haben?

Gottesspürhund. Bin Spürhund, aus der Schweiz.

Kölbel. Woher?

Edius. Aus der Schweiz, sagt er.

Kölbel. Ein schönes, liebes Land die Schweiz, wo noch reinste Sitten, wahrer Menschensinn und Freiheitsgeist hier und da im Schwang gehen. War auch drinnen; mich freut's immer, von dort her was zu hören; ein jeder Schweizer hat für mich besondern Werth. Willkommen also! (Gibt ihm die Hand.)

Edius. Ist der Herr ein Literator, oder treibt er sonst ein Geschäft?

Gottesspürhund. Bin Spürhund aus der Schweiz; mein Name und meine Beschäftigung sind bekannt. Ihr habt wol auch von mir gehört?

Kölbel. Wüßte mich nicht zu besinnen.

Gottesspürhund. Ist nicht vor vierzehn Tagen ein Theolog hier durch, der bei Faust und Faust's Freunden mein Kommen gemeldet?

Edius. O ho! Das war ohne Zweifel der zerfetzte Bettelpfaff', der sich für einen Sklavenerlöser ausgab und sich um einen

Schoppen Wein in der Wirthsſtube mit dem ſtärkſten Doggen her-
umbiß. Recht, recht! Er ſprach immer von einem gewiſſen aus
Zürich . . . Ihr ſeid alſo der reiche Ochſenhändler ſelbſt, Herr?

Gottesſpürhund. Bin kein Ochſenhändler. (Bei Seite.) Die
Bengel! (Geht ab.)

Eckius. Phu! Der wär' gepatſcht!

Kölbel. Machſt's auch zu grob. Hab' ihn eben mit aufs
Zimmer invitiren wollen; wir hätten die beſte Gelegenheit gehabt,
ihm recht auf den Zahn zu fühlen. Er ſieht wirklich nicht übel
aus; wenn er ſchon kein Originalkerl iſt, merkt man doch, daß er
gern einer ſein möchte.

Eckius. Wenn man die Burſche ſo rumoren ſieht, muß man
ſie gleich mit Einem Hieb vom Platz heben, ſonſt ſpringen ſie einem
auf den Rücken und reiten einen wie 'ne Mähre zu Schanden. Ich
kenne die Sorte; das iſt ſo die wahre Art: zuvor Lucifer zu ſen-
den, um deſto ſicherer hinterdrein Wunder zu thun. Laß ſehen,
ob ich auf der rechten Fährte bin. Er logirt im Schwanen; ich
ſah ihn heut' früh auf einem Schimmel anreiten. Schick' hin und
laß ihn invitiren; er darf kein Flegel ſein und wegbleiben, oder
wir wollen ihn Mores lehren. Sieh! Sieh! Wer kommt da?

Kölbel. Blitz, der Panzer! Ich muß fort, ſonſt ranzt er mich
um ſeine Niecen an. Hilf jetzt dem Herz los! (Ab.)

Eckius. Gut, will ſchon machen.

(Panzer an Herz' Arm.)

Panzer. Musje! He, Musje! — War's nicht der nämliche Herr
Kölbel, der meine Niecen weggeführt? Kommen Sie, Frau Conrectorin, laufen Sie doch mit mir nach! Kommen Sie!

Herz. Hol' Ihn der Hagel! Lauf Er allein, wenn Er Luſt
hat! Ich bin kein Musje. Kenne keinen Musje. Lauf' nicht gern.
Lauf Er allein nach!

Panzer. Ach nein. Ich bin hier fremd; Sie muß mich wieder
zu meinen Niecen führen. (Hält ſich mit beiden Armen an Herz.) Ich laſſe
Sie nicht, um alles.

Herz. O alle Wetter! Alle Wetter!

Panzer. Um Gottes willen, ſagen Sie mir nur, wo Sie wohnen. Haben mich ſchon dreimal die Stadt auf- und abgeſchleppt!
Mein Bein! Meine Kleider!

Herz. Die Hunde von Kameraden! Mich mit dieſem Unthier
ſo allein zu laſſen! Er hängt wie ein Hörnerteufel an mir! Sollen
mir's entgelten! — Komm Er, Herr Panzer, muß ein bischen aus-
ruhen. (Setzt ſich auf einen Stein am Haus.)

Panzer. O weh! O weh! Unter der Dachtraufe! Es tropft
mir in die Anke; der Schnupfen, Rothlauf . . .

Herz. Das thut mir nichts, Herr Panzer.

Panzer. Ja ich ſprech' von mir.

Herz. Thut Ihm auch nichts, Waſſer in der Anke iſt neu Leben, Herr Panzer! Sitz' manchmal ganze Stunden lang ſo unter
der Dachtraufe.

Panzer. Ei behüte! Ei behüte!

(Edius gibt Herz ein Zeichen.)

Herz. Ah ſo, ihr Höllenhunde! Kommt ihr einmal? Jetzt will
ich Ihn zu Seinen Niecen führen.

Edius (zwiſchen Herz und Panzer.) Wie, du Vettel, treff' ich dich
hier an? Gleich ins Zuchthaus mit dir Nickel! Du unterſtehſt dich
noch, mit ehrlichen Leuten umherzugehen, dich für eine Frau Conrectorin auszugeben? (Reißt ſie auseinander und hält Panzer.) Lauf!
Lauf! (Herz läuft davon.) Will dich ſchon kriegen! — Wer iſt denn Er,
Herr? Wie kommt Er in dieſe Geſellſchaft?

Panzer. Ich weiß ſelbſt nicht; ein gewiſſer Musje, der meine
Niecen beſucht . . . Meine Niecen, Herr, ſind verloren! Ich bin
fremd hier, ſie ſind mir geraubt worden, ach Himmel!

Edius. Mit ſolch einem Laſter umherzuziehen! Wahrhaftig,
Herr, Er iſt ſehr erſchrocken und erhitzt; ich will Ihn hier nahe in
eine Apotheke führen; muß roth Halliſch Pulver einnehmen.

Panzer. Wie Sie meinen!


### Ahasverus. Amsel.

Ahasverus. J—i—ich ſo—ſo—ſo—ſoll . . .

Edius. Was quäckt der Froſch da? Will Er zu mir?

Amſel. Wir kommen eigentlich in Herrn Magiſter Knellius'
Namen, wir ſuchen Doctor Fauſt. Möchten ſelbem eigentlich zu
wiſſen thun, daß ſchonbeſagter Herr Magiſter Knellius . . . ſeiner
Ehre wegen, unmöglich jetzt mit dem Doctor . . .

Edius. Wie? Was? Ehre und Magiſter Knellius, was ſoll
das? Er will vielleicht nicht ſeine Disputation halten?

Amſel. Ja, wegen der Disputation. Er kann nicht, es thut
ihm leid . . . Aber die Schande und Schmach, worin jetzt der
Doctor ſteckt . . .

Edius. Er muß! Was Schande und Schmach! (Gibt beiden
Naſenſtieber.) Ihr Schufte!

Amſel. Darüber wollen wir uns eine Explication ausgebeten
haben.

Edius. Sehr gern, ſie wächſt in meiner Hand. (Gibt jedem eine
Ohrfeige.)

Ahasverus. Ah—ah—en . . .

Amſel. Gut, wir wollen alles hinterbringen, und Er ſoll
ſehen, was Er zu thun kriegt! (Beide ab.)

**Eciuß.** Für was man noch Klingen hier in der Scheide trägt! Wenn man ſich nicht vor den Spiegel ſtellt und hineinſieht, bringt man keine bloße Spitze gegen ſich. Pfui! — Nu, will Er roth Hallifch Pulver?

**Panzer.** Ach ja, ja, ſo viel Sie wollen, wie Sie meinen; alles, alles, was Sie für gut finden. Wie mir's noch ergehen wird! Der böſe Herr Dchſel, der mir meine Niecen verführt! (Ab.)

---

### Sonnenwedel.

Hanne, Fauſt's Mutter (im Bette, hüſtelnd); ihre zwei Enkel ſpielen davor.

**Minchen** (in Reiſekleidern, ſchnell zur Thüre herein). Grüß' euch Gott da beiſammen, lieben Leute! Geſundheit und Ruhe der Kranken im Bett! Hier iſt Geld in einem Briefchen auf Ingolſtadt, Geld für die Mühe. Auf Euer Gewiſſen leg' ich's, den Brief richtig zu beſtellen. Adjes! (Legt das Geld und den Brief auf das Bett, und ab.)

**Mädchen.** Eine ſchöne Jungfer, Großmutter! Ein Engelchen, Großmutter! Hätt' ihr mögen eine Patſchhand geben und mich verneigen.

**Bube.** Und ich ſie auf meinem Hengſt reiten laſſen. Guck, gehl Geld, Großmutter!

**Hanne.** Weiſt her, ihr Kinder! Nach Ingolſtadt, ſagte ſie? Und ſo reichlich bezahlt! Der Großvater iſt den Weg, euern Vetter beſuchen zu gehen. Wie heißt die Aufſchrift? Wie? Wie! An Wagner, bei, bei . . . Wenn mir nur die Augen nicht ſo wehe thäten, daß ich's leſen könnt' . . .

**Bube.** Großmutter, der Schulmeiſter wird gleich kommen, der kann Euch alles leſen.

**Hanne** (dreht ſich im Bett um und ſchluchzt). Leg's auf den Tiſch, das Geld dazu. Ach Johann! Johann! Mein Sohn! Ingolſtadt hör' ich nicht nennen, dann klopft mir's bang' in dem Herzen deinet= wegen! (Die Hände zuſammen.) Daß der allmächtige Gott ſein Herz regieren, daß er ſeines Vaters Ermahnungen folgen, daß ich ihn bald aus dieſem Greuelleben wiſſen möge, bald! Sonſt bringt mich's unter die Erde.

---

### Ingolſtadt. Wirthsſtube im Ochſen.

**Fauſt's Vater.** Endlich einmal hier und auch ſchon nach dem Wagner geſchickt. Iſt mir ſauer ankommen, dieſe Reiſe. Ach! (Setzt ſich und ſteht gleich wieder auf.) Doch kann ich nicht ruhen, bis ich weiß, woran ich bin, wie's mit meinem Sohn ſteht; ob's wahr iſt, daß er auf ſolch gottloſen verbotenen Wegen wandelt, wie man mir berichtet. Wagner iſt ein frommer, ehrlicher Junge; iſt bei ihm im Haus, muß am beſten wiſſen, ob's wahr iſt; er wird mich nicht hintergehen. Und dann, wenn's ſo iſt, Doctor und alles beiſeite! Ich will der Obrigteit zu Füßen fallen, daß ſie einem ſchwachen Vater beiſtehe wegen eines ungerathenen Sohnes; will mich ſein mit Gewalt bemächtigen, wenn er im Guten nicht folgen will.

**Keller.** Was befiehlt der Herr?

**Fauſt.** Ein Glas Wein und eine Kruſte Brot. Iſt ſchon hingeſchickt worden?

**Keller.** Ja. — Wie geht's, Steffen?

**Steffen.** Hör'! Wein her und vom beſten! Hab' einen Korb draus, den wir füllen müſſen.

**Keller.** Wer iſt alleweil im Thurm draußen?

**Steffen.** Aber ſtill! Der Hals wird mir gebrochen, wenn ein Wörtchen herauskommt. Studenten, fremde Offiziere und der Fauſt.

**Keller.** Der Fauſt auch?

**Steffen.** Der verliert alles. Sollteſt ihn nur mal ſehen, er ſpielt wie ein Kind. Je mehr Unglück, je verwegner drauf los. Mach' fort, muß nach meinem Korb ſehn, daß mir ihn niemand wegputzt. (Ab.)

**Keller.** Ha ha! Der Fauſt draus! Gut, daß ich's weiß, den Augenblick ſoll das der Magiſter droben im Zimmer erfahren; der erkundigte ſich gewaltig nach ihm; ſetzt ein gut Trinkgeld! (Bringt Brot und Wein. Ab.)

**Fauſt's Vater.** Will auch keinen Tropfen eh genießen, noch den Gaumen erfriſchen am Labetrunk, bis ich's weiß. Da iſt er ja. — Gott mit dir, Wagner!

**Wagner** (ſtutzend). Ihr hier, Vater Fauſt? Willkommen! Wo führt Euch Gott am Abend her? Grad' von Sonnenwedel? Wie geht's mit der Geſundheit?

**Fauſt's Vater.** So ... Es will nicht mehr recht voran, hier und hier, auf der Bruſt und in den Füßen ... Was iſt zu machen, lieber Junge! Das Alter kommt.

**Wagner.** Ah, Ihr habt noch ein friſches Anſehen. Seid ja noch im beſten Thun, erſt an der Schwelle des Alters.

Fauſt's Vater (lächelnd). Lieber Junge, das ſpricht ſich nicht weg. Ich fühl's am beſten, wie's weicht. Setze dich her zu mir.

Wagner (ſitzt nieder). Was macht Mutter Hanne, Euer Weib?

Fauſt's Vater. Was macht ſie! Härmt ſich eben auch ihres Sohnes wegen, wie ich. Wir hörten der Tage viel Schlimmes von ihm. Wie ſiehſt du aus, Junge? Ich weiß nicht, du biſt doch der alte Wagner noch? Da! Iß von meinem Wiſſen und trinke aus meinem Glas, und ſag' mir auf deine Seele die Wahrheit, wie's mein Johann hier treibt. (Bricht Brot und gibt ihm.) Daß ich dir trauen darf! (Schenkt ihm ein.) Frei heraus wie ein ehrlicher Junge: Wie geht's mit der Erbſchaft? Wir hören, daß er ſie verpraßt, verthut, ohne unſer und ſeiner Anverwandten mehr zu gedenken.

Wagner. Ihr fragt auf einmal viel, Vater Fauſt!

Fauſt's Vater. Nu! Eins ums andere. Zuerſt ſag' mir, iſt er noch wohl?

Wagner. Ja.

Fauſt's Vater. Das freut mich. (Steht auf und nimmt den Stock.) Komm, führ' mich gleich zu ihm in ſein Haus; ich muß ihn ſehen.

Wagner. Jetzt iſt er nicht anzutreffen, iſt ausgegangen.

Fauſt's Vater (ſetzt ſich). So wollen wir warten, bis er nach Haus kommt. Trink eins; jetzt will ich auch eins trinken, da er wohl iſt. Ach, er weiß nicht, was er mir und ſeiner Mutter ſeit= her für Kummer verurſacht. Tagtäglich liegt ſie mir ſeinetwegen in den Ohren. Da kriegen wir einen Brief über den andern von unbekannter Hand, worin uns zu wiſſen gethan wird, wie er die Theologie verlaſſen und ſich der Nigromantia, heißt zu deutſch Schwarzkunſt oder Teufelsbannerei, mit aller Macht zugewendet. Ich erſchrak in meinem Inwendigen, da ich das las, und Mutter Hanne fiel gar in Ohnmacht darüber. Seitdem hat ſie dir Tag und Nacht keine Ruhe; wenn ſie zu Bette geht, ſchreit ſie um ihren Johann und ſpricht: „Soll ich denn nicht hoffen dürfen, ihn einſt im Himmel wiederzuſehen? Hab' ich denn darum ihn unter meinem Herzen getragen? Er vergißt uns, er hat uns wol alle vergeſſen?" Dann betet ſie und beſchwört alle Engel, alle Heiligen, um ihn zu wachen und ihm beizuſtehen. Was iſt's doch um ein Mutter= herz! Wer kann das ergründen? Nachts, im Schlummer ſogar, ſtößt ſie mich auf, wenn ich, von der Tagesarbeit ermüdet, ruhe. „Steh auf, alter Vater!" ſchreit ſie, „und ſieh nach deinem ver= lorenen Sohn!" Es ging mir durchs Mark, die ehrliche Mutter ſo leiden zu ſehen. Drum macht' ich mich trotz meiner ſchwächlichen Geſundheit auf den Weg. Trink doch, Wagner, trink! Es wird ſehr dunkel, rück' ein wenig zum Fenſter hin. Es mag meinem Sohn ſehr wohl gegangen ſein ſeither; aber wir, wir haben doch gelit= ten. Kind, du glaubſt nicht, wie kummervoll mein ganzes Weſen iſt.

Wagner (wischt sich die Augen). Daß ich's nicht glaube! O Gott, wie wird's mir auf einmal vor meinen Sinnen! Welch schrecklich Licht geht mir auf! — Wer da?

Strick, Fang, zwei Gerichtsdiener, und Soldaten treten zur Thür herein.

Strick. Keller! Wo ist der Keller? Er soll hereinkommen.

Keller. Was befehlen Sie, Herr Strick?

Strick. Was Gut's, und geschwind! He! Geb einer Acht, wenn die Bürgerwacht vors Thor ausrückt, daß man gleich hierherspringt und uns avertirt. Wir wollen das Nest voll flücker Jungen ausheben und den Vogel dazu.

Keller. Ich weiß schon, weiß schon! Will Ihm was Gutes bringen, Herr Strick, und hernach auch mit; bin auch gern bei dergleichen Vorfällen, wo's so was gibt. Der Herr Magister! Herr Strick, der Herr Magister ist da. (Ab.)

Magister Knellius. Ahasverus. Amsel. Blaß.

Knellius. Guten Abend, Strick. Frisch auf! Der Faust ist draußen bei ihnen, hört Ihr's? Geschwind! Geschwind!

Strick. Den Augenblick! Wollen nur einen Krug ausleeren, und dann dahinter her. Was ist das? (Geschrei und Gelärm auf der Straße.) Was gibt's? Schon da? Allo! Allo, Kameraden! Die Bürgerwache!

Knellius. Tummelt euch! Fangt all' die Schelmenspieler! Oder laßt sie durchgehen, wenn ihr wollt, nur den Faust, hört ihr's? den Zauberer, den Erzschelm Faust, den fangt mir und bringt ihn herein!

Fang. Ja, aber haben wir denn auch gewiß Ordre dazu? Strick, wie ist das?

Strick. Halt's Maul! Komm nur! Weiß alles!

(Strick, Fang und Soldaten ab.)

Knellius. Bin wüthig, ihr lieben Freunde! Er muß mir fort aus der Stadt, eincarcerirt, relegirt, beschimpft, geschmäht, und alle seine Kameraden mit ihm! Muß ich mit ihm disputiren? Will's ihm weisen, ob ich muß!

Blaß. Ja, aber Ihr habt ihn doch selbst erst herausgefordert.

Knellius. Der Teufel ritt mich! Ich mußt' es ehrenhalber. Voran, voran! Wenn das Eisen warm ist, muß man's schmieden. Eure Ohrfeigen (zu Ahasverus und Amsel) sollen ihm theuer zu stehen kommen, bitter zu verschlucken! Fort, durch die Straße! Schreit

Weiber, Männer, Bürger, Kinder, Greiſe, alles in Lärm! Immer
Fauſt! und Brand! und Mord! und Alter Thurm vorm Thor!

**Alle.** Wir wollen.

**Knellius.** Aus der Stadt muß er! Will's ihm weiſen, ob
ich mit ihm disputiren muß! Er ſoll fühlen, was es heißt, mich
zum Feind zu haben. (Alle ab.)

**Wagner.** Wie iſt's, Vater? Wo ſeid Ihr im Dunkeln verloren?

**Fauſt's Vater.** Wollt', ich fände mich ſelbſt nicht mehr!
O Gott! Gott! Bald werd' ich noch mehr erfahren.

**Wagner.** Ein ſchrecklich Licht mir angezündet!

---

### Nacht. Straße.

(Trommeln und Sturmgeläute. Man hört durch die Straßen laufen und lärmen.)

**Einer.** Mord! Brand! (Ab.)

**Kölbel.** Wo iſt das Feuer denn? (Läuft nach.)

**Zweiter.** Vor dem Thor. Am Markt drunten.

**Dritter.** Gott ſteh uns bei!

**Stimmen** (Lichter zu den Fenſtern heraus). Was gibt's? He! Was
geſchieht draußen auf der Straße?

**Kölbel.** He! Eckius! Eckius!

**Eckius** (oben am Fenſter). Was gibt's?

**Kölbel.** Geſchwind herunter! Deinen Degen mit!

**Die Mädchen oben.** Herr Vetter, kommen Sie herauf zu uns!
Was wollen Sie bei dem Tumult?

**Kölbel.** Den Augenblick, den Augenblick! Bäschen, laßt euch
die Zeit droben mit Herz nicht lang werden.

**Eckius.** Nu, was ſoll's?

**Kölbel.** Geſchwind! Man will den Fauſt arretiren, die Phi-
liſterwache . . .

**Eckius.** Schwerenoth! Wie? Wo? Man muß das nicht leiden!
He! Wo iſt er denn?

**Kölbel.** Draußen im Thurm. Komm, komm! (Ab.)

---

### Im Thurm. Saal.

**Weibsleute. Spieler. Fauſt** (vorn an einem Tiſch würfelnd).

**Fauſt.** Hab' eine ziemliche Portion Geduld, aber da reißt
ſie aus.

**Erster Spieler.** Voran!

**Zweiter Spieler.** Die Würfel her! Wer hält dies Klümpchen?

**Faust.** Ich.

**Zweiter Spieler.** Drei Fünfter. Passirt! (Faust zahlt aus.)

**Faust.** Noch einmal! Alles.

**Erster Spieler.** Alle Teufel! Der passirt bis übermorgen. (Faust zahlt wieder.)

**Faust.** Es ist schon spät. Noch einmal!

**Zweiter Spieler.** Banco!

**Faust.** Banco für Euch!

**Zweiter Spieler.** Getroffen! Ich danke Ihnen, daß Sie mir diese Banco vor der Nase weggenommen.

**Faust** (wirft den Becher hin). Auch nicht einen einzigen Zug die ganze Zeit über! (Auf und ab.)

**Dritter Spieler.** Brave Kerl', die gut zur Haushaltung arbeiten; mein Weib erwartet euch heut' beim Nachtschmaus. — Wie? Wie? Was gibt's, Steffen?

**Steffen.** Auf ein Wort! (Auf die Seite.)

**Dritter Spieler.** Wenn wir nur noch den Ring und die goldene Kette erwischen!

**Vierter Spieler.** Was`, was, Steffen? Die Thüren sind verriegelt drunten, niemand kann herein. (Es klopft.) Was für ein Lärm! (Es klopft wieder.) Komm mit, wir wollen sehen. (Mit Steffen ab.)

**Faust** (den letzten Beutel in der Hand.) Der letzte! Das ist alles. Wie leicht das gesagt ist! Und sollt' ich's noch wagen? Andern hätt' ich Rechenschaft von dieser Summe zu geben, so verächtlich sie mir auch ist. Gut, ich will diesen letzten Beutel noch retten, hinschicken meinen darbenden Verwandten. So wenig, ist's immer noch genug für einen und den andern, damit etwas zu erlernen und ein Mann zu werden, braver, brauchbarer für die Welt als ich; ein Nothpfennig, der einem Genügsamern im Unglück noch trefflich zu statten kommt. (Die Spieler rufen laut.) Doch wär's auch Thorheit, gerade jetzt aufzuhören, da mein launiges Glück just sich drehen und mich nachher verlachen könnte. Ich will's noch einmal wagen, das Verlorene wenigstens wiedergewinnen, oder auf dieser Probe vollends zu Grunde gehen! Dann weiß ich auch, was das Schicksal mit mir will und wohin es mich mit Gewalt treibt. (Er geht hinzu, setzt, würfelt, verliert; die andern ziehen das Geld.)

(Steffen und Spieler kommen bestürzt herein, reden miteinander und gehen alle ab.)

**Faust.** Gut! Da müßte sich einer wie ein Mann fassen. (Drückt den Hut in die Stirn.) Es liegt noch ein Weg vor mir, trüb und dunkel; doch hab' ich Kraft, ihn zu gehen. Nicht länger will ich der gebundene Affe bleiben, der ewig seinem Wollen und Gefühl unterliegen muß, sich sträubt, ohne loszukommen; ich will's ver-

ſuchen, mein eigen Schickſal mir vorzeichnen, dem launigen Ding,
das dieſe Welt beherrſcht, zum Trotz. Juh! Juh! (Er ſchlägt mit der
Klinge auf den Tiſch.)

Spieler (zurückkommend mit den andern.) Herr! Herr! Drunten der
Thurm umringt! Man begehrt Sie, man fordert Sie!

Fauſt. Fort aus meinen Augen, oder ich durchbohr' dich!
Wenn du irgendeine andere Geſtalt trügſt als die menſchliche, wollt'
ich dir nicht fluchen. Die Menſchen ſind mir alle zuwider!
(Der Spieler läuft fort.)

Alle. Wie iſt's? Was ſagt der?

Ein anderer Spieler. Er iſt wahnſinnig, laßt den Narren
allein ſitzen! Die Zimmer wohl verriegelt, daß ſie ſobald nicht her=
auskönnen, indeſſen wir hinten über den Gang und zum Secret
hinunter ans Waſſer! Wir kommen ſo durch, daß kein Menſch
weiß wohin.

Alle. Gut, gut gerathen! Kommt, Freunde! Kommt!

Stimme. Fauſt! Vergiß mein nicht!

Fauſt. Mein Genius.

Stimme. Freund!

Fauſt. Weſſen Freund?

Stimme. Dein Freund.

Fauſt. Weg, in die Hölle nieder! Ich will keinen Freund.

Stimme. Dein Feind.

Fauſt. Ha! So könnt' ich dich lieben!

Stimme. Ruf mir, wenn du mich brauchſt.

Fauſt. Wie's auch ſei! Kommſt du, mir Hülfe zu leiſten;
was fürcht' ich mich jetzt an dieſem Ort der Schande, dem Tempel
zügelloſer Sünde, mich dir zu nahen? Hierher gehören ſolche Be=
kanntſchaften. Ew'ge Dämmerung herrſcht hier. Ein Gefängniß
der Ehre; der reine Tag dringt nicht unbeſudelt durch dieſe ver=
roſteten Gitter. (Er bläſt die Lichter aus.) Wohlan denn, ich will im
Dunkeln mit dir ſprechen! Bin nun vom gewöhnlichen Pfade ge=
wichen. Biſt du mein Freund, ſo zeige mir's; biſt du's nicht, ſo
bleibe tief in der Hölle!

(Die hintere Wand geht auf. Man ſieht hellerleuchtete Klumpen Silbers und Goldes,
gemünzt und ungemünzt, in Haufen und Säcken; Juwelen und Kleinodien in gol=
denen Schränken.)

Stimme. Die Güter der Welt, die ich meinen Freunden
zutheile!
(Der Vorhang fällt zu.)

Fauſt. Iſt's ſo?

(Die hintere Wand zum zweiten mal auf. Man ſieht Kronen, Scepter, Orden,
Adelsbriefe auf dem Tiſch.)

Stimme. Die Herrlichkeiten der Welt, die ich meinen Freun=
den verleihe!

(Der Vorhang fällt zu.)

Faust. Ah! Kronen ...

(Die Scene zum dritten mal auf. Man sieht Mädchen in wollüstigen Gruppen auf dem
Kanapee; andere tanzen und singen; eine liebliche Musik läßt sich hören.)

Stimme. Freuden der Welt denen, die ich liebe!

(Der Vorhang fällt nieder.)

Faust. Eins noch fehlt.

(Der Vorhang zum vierten mal auf. Eine Bibliothek im Hintergrund, vorn die
Künste und Wissenschaften emblematisch in Marmorgruppen um eine Pyramide, worauf
oben Faust's Bildniß, von der Ehre gekrönt, steht.)

Stimme. Ruhm und Ehre denen, die mir hold sind!

(Der Vorhang fällt zu.)

Faust. Wo bin ich? Im Wirbel mir selbst entrissen! Ist's
Wahrheit, was ich sah, oder träum' ich nur und steigen in meiner
erhitzten Phantasie diese Bilder vorüber? Aber nein! Ich fühl's
durch alle meine Adern hindurch, fühl's, daß es Wahrheit, tiefe
Wahrheit ist; bin durchaus ergriffen von diesem Anblick! Wie's in
mir lechzt nach dem Besitz, nach dem vollen Genuß! Wie lieb' ich
den, der in mir dies Schauspiel erregt! Wohlan, mächtiger Geist,
wo du auch bist, komm! Komm, ganz mir beizustehen, wenn du's
vermagst!

Stimme. Vermag's.

Faust. Willt auch?

Stimme. Blöder, daß du keinen Glauben hast!

Faust. So komm! Ich rufe dir.

Stimme. Meinst du, ein Wort, das deiner Lippe entfährt,
sprenge die Thore der ew'gen Hölle?

Faust. Ich verlange nach dir. Komm! Ich wünsche, hoffe
zu dir.

Stimme. Ha ha ha!

(Die Scene wird heller; ein in Scharlach gekleideter Fremder tritt herein.)

Fremder. Verzeihen Sie dem Entzücken, das mich unwiderstehlich
hinreißt, Sie zu suchen, zu schauen, ganz den künftig großen, un=
sterblichen Mann in Ihnen zu schauen! Hab' Ihre Gedanken über
Nigromantia gelesen; ein guter Freund theilte mir sie in Witten=
berg mit; das Herrlichste, Reichhaltigste, was je über diese Materie
gesagt, gedacht und geschrieben worden. Mir ahnte Ihre Phy=
siognomie bei jeder Zeile, so wie Sie jetzt vor mir dastehen.

Faust. Ihr Name, wenn ich bitten darf.

Fremder. Thut nichts zur Sache; bin ein Physiognom, reise
incognito, um so mehr, da ich dadurch die nothwendige Gelegen=
heit erhalte, zu handeln zu urtheilen, wie ich's denke und für gut

14 *

finde; immer im Dunkeln ergründend und forſchend, mit dem Blei=
maß in der Hand, um auf einmal, mit neu hervorgegangenen
Wahrheiten bereichert, ans Licht zu treten. Welch ein Adel in den
Lineamenten! Ein königlich Profil! Dieſe den Wolken zufliegende
Stirn, eine Predigt gegen alle Unterwerfung! Dieſer Mund, der
über ſeine Erniedrigung ſelbſt höhnt; der ſtolze Aufſchwung dieſer
Naſe: kein kleiner Mann kann ſo etwas haben! (Zieht die Schreibtafel
heraus und zeichnet.)

Fauſt. Immer war es mein Gedanke, die Summe unſerer
innern Wirkungskräfte trügen wir in leſerlichen Ziffern in unſern
äußern Lineamenten, das Aeußere müſſe Dolmetſcher des Innern
ſein durch die ganze Natur. Das fühlen und erkennen auch die
Unmündigen, ja ſelbſt die Thiere; wer ſagt's dem Hund, wer dem
Kinde, daß ſie ſogleich verſpüren, was ſie liebt und duldet? Aber
das ſchiebt mich wieder der Prädeſtination in den Rachen, ſchnürt
aller handelnden Freiheit auf einmal die Kehle zu. Sind wir mit
dieſen Kräften zur Welt kommen? Sind wir auch beſtimmt, dieſe
Kräfte gerade ſo zu brauchen, wie und wohin ſie ſtreben? Denn
wer will dem vollkommenſten Werkmeiſter eingreifen, wie er die
Maſchine geſtellt? So ward ich wol zum Columbus der Hölle aus=
gerüſtet, und mein Anſtand und Bangen vor der That gehört mit
in die feinern Federwerke, die das große hingezogene Rad ein wenig
einhalten, daß es nicht in Schnelligkeit überſpringe. Wenn's denn
ſo iſt, was quäl' ich mich, eine That zu wagen, die zu wagen ich
ſchon von Anbeginn der Welt beſtimmt war? Mit Nerven hin=
bewogen, aus Millionen gerade der eine, ſie zu wagen?

Fremder.

So wage denn und wage denn!
Wer wagt, hat halb verloren.

Fauſt. Ha!

Fremder.

So, ſo iſt's Zeit!
Gefahr und Noth iſt nicht mehr weit;
Und hin und her und auf und ab,
Ruft es und ſchreitet: Klapp! Klapp! Klapp!
Die Treppen hoch, die Treppen tief.
Hörſt doch?

Fauſt. Du erregſt Bangigkeit in meinem Inwendigen! Wel=
chen Spiegel zeigſt du mir? Du lieſeſt meine Gedanken! Weh
mir! Du antworteſt mit Blicken, was meine Seele dich fragt!
Wie wird mir!

## Fremder.

Hätt' ich mein Werk und Kunſt vergeſſen,
Trüg' dann umſonſt dies Kleid mit Treſſen.
Horch' auf! Horch' auf! Es ſtürmt herauf
Mit Wehren ſtark, mit Stangen.

Fauſt. Biſt kein Phyſiognomus? Ha!

## Fremder.

Bin, was ich bin, ha ha ha!
Frag' weiter nicht, frag' weiter nicht.
Hörſt draußen lärmen? Hopſaſa!

(Ein Gelärm und Getöſe vor der Thür; man hört ſchreien: „Fangt den Fauſt!")

Die Angel bricht, der Riegel bricht;
Es ſpringt und bringt in hellem Hauf
Soldat und Jud' und Bürger auf,
Zu fangen dich, zu fangen!

Fauſt. Wohin, wohin? Sag'!

## Fremder.

Vertrau' mir wohl, dann kommſt mir nach.
Dies Buch, nimm's hin in deine Hand;
Frei fliegſt du über Meer und Land,
Durch Thor und Thür und Mauer feſt.
Willt du's?

Fauſt. Gib's her!

## Fremder.

Das Allerbeſt'
Vergiß ja nicht, die Schuldigkeit!
Biſt los und ledig.

Fauſt. Her indeſſen!

## Alle Teufel (laut).

Sonſt kommen wir nach kurzer Zeit,
Zu heya! Brüder, all' bereit
Und holen die Intreſſen.

## Fauſt.

Wo Noth uns drängt und Hang uns zieht,
Wie leicht nicht da ein Ding geſchieht!

(Die Thür wird aufgeſprengt. Fauſt durch die Luft davon. Soldaten und Bürger
prallen zurück.)

Soldat, Bürger (mit Fackeln). Iſt nicht da! Niemand!
Bürger. Wie? Wie? Kein Menſch und Seel'!
Soldat. Alle Wetter, es ſtinkt hier abſcheulich.
Bürger. Die Herrn Studenten ſtehn all' auf Fauſt's Seite.
Wird jetzt ein garſtig Gelärm geben, da wir ihn hier nicht finden.
Soldat. Wer hat's denn geſagt, daß er da war? (Fang und
Strick kommen herein.) Ein unausſtehlicher Geruch! Nicht zum Blei=
ben. Phu!
Herz (im Weiberrock, den bloßen Degen in der Hand). Wo iſt nun der
Fauſt? Wer hat's geſagt, daß er hier ſei? Wer? Satisfaction, ihr
Höllenbunde! Satisfaction! Den Augenblick Satisfaction!
Eckius. Bruder, du voran! Alle Wetter, wie kommſt du
hierher im Weiberrock?
Herz. All eins, wenn mein Freund in Noth iſt. Beim Ele=
ment! Satisfaction! Wie, Eckius? Zieh aus!
Strick und Fang. Ihr Herrn! Ihr Herrn!
Herz. Satisfaction wollen wir und den dazu, der den Fauſt
angeklagt. Wollen den Schuft kennen lernen, und wenn's auch
der Judex magnus ſelbſt wär'. Der Bube!
Strick und Fang. Ihr Herrn! Ihr lieben Herrn!
Herz. Was Herrn, was liebe Herrn! Satisfaction wollen
wir, nicht liebe Herrn! Ihr Bengel, ſeid ihr's nicht, die den
Doctor zu fangen hergekommen? Wie und auf weſſen Geheiß kamt
ihr her? Wer hat euch angeführt? Wißt ihr, unter wem der
Doctor ſteht? Wißt ihr's, oder wißt ihr's nicht?
Strick und Fang. Wir wiſſen's, ihr lieben Herrn.
Herz. Wißt ihr's, Buben? — Kerl, laß mir die rußigen Finger
von der Bruſt, oder ich hau' dir eins über! — Ihr Lumpenkerls,
denen man den Buckel ſegen muß! (Schlägt mit der Klinge nach Strick.)
Strick. Ihr Herrn! Ihr Herrn! Bedenkt, wer ich bin.
Eckius. Bruder, halt ein! Was Donnerwetter! Sah dich in
meinem Leben nicht ſo wild, biſt ja ganz außer dir.
Herz. Weg! Er ſoll geſtehen, wer den Fauſt angegeben, wer
ihn beſchuldigt! Solch ein Hund (ſchlägt immer zu), einen Fauſt an=
zubellen! Solch ein Geſchmeiß! Wie?
Strick (pfeift). Holla! Will bald Hülfe kriegen! He! Hülfe!
Herz. Da haſt du noch eins zum Pfiff! Noch eins! Noch
eins!
Strick. O weh! O weh! (Läuft zurück.)
Eckius. Laß, Bruder! Es iſt hier nicht der Mühe werth.
Ich weiß ſchon, wer den dummen Brei angerührt; drunten ſteht
Kölbel mit einem Trupp wackrer Burſche. 's iſt niemand anders
als der Bube Knellius.
Herz. Der? Der Maulaffe? Der Lauswenzel? Der mit

ſeiner aus dem Lazareth zuſammengekrebſten Leibgarde, der? Mei=
nen Fauſt proſtituiren? Der? Wo iſt er? Wo? Wo? Wer?
Solch ein Burſch', den die lungenſüchtigſte Imagination nicht krüp=
pelhafter zuſammenſtoppeln kann, das Nonplusultra von Armſelig=
keit, der Plauderer, Nichtswiſſer, die Nachleſe des menſchlichen Ver=
ſtandes, der?

Eccius. Gut, ich will dir darauf antworten, wenn du Luſt
haſt, und wir wollen einen Wechſelgeſang zu ſeinem Lobe anſtimmen
Bei mir hat er auch noch im Reff!

Herz. Wohin ſich nur die menſchliche Thorheit verſteigt! Solch
ein Froſch ſich gegen ſolch einen Stier aufzublaſen! Es muß her=
aus, ſonſt drückt's mir die Leber ab! Seht mir den Burſchen, hin=
geſtellt mit gebogenem Rücken wie ein Iltis, der Eier ſtehlen will
oder die Henne vom Dache herab mit lieblichen Sophismen per=
ſuadirt; wie er im Comparativo das Netz auswirft und im Super=
lativo angelt, exempli gratia: Herr Patron, du König der Muſen,
du Weiſeſter, Holdſeligſter, Getreueſter, Bewährteſter, Erhabenſter!
oder, iſt's ein Weib: du Schönſte, Holdſeligſte, Schweſter der Grazien,
Tochter der Venus, Ambra und Lilien, Roſen und Biſam! Himmel!
Und ſolch ein Bengel, ſolch eine zuſammengeſtohlene Kleiderpuppe
ſoll einen Mann ſcheren, und ein ehrlicher Kerl ſoll's anſehen und
dulden und nicht Rattenpulver nehmen, aus ſo einer elenden Welt
herauszukommen, oder den Hund nicht aus aller Geſellſchaft heraus
wenigſtens prügeln? Wie? Ein Magiſter, dem man ſeines Un=
verſtandes wegen wieder die Hoſen abziehen und ſeiner Bosheit
wegen ein Paar eiſerne Kniebänder anlegen ſollte, ſolch ein Kerl
wird angehört, darf Geſellſchaften beſuchen, findet Gönner und
Patrone, darf laut ſprechen, kann andere brave Burſche obendrein
noch ſcheren, kann einem Fauſt wehe thun? Solch eine Bremſe
dem edeln Roß aufſitzen! Der Nichts iſt, wenn man Nichts theilen
könnte, auch nicht einmal der zwanzigſte Theil einer Null! Solch
ein Ding, das in allem zuſammengekehrten und aufs höchſte ange=
ſchlagenen Werth neben dem Fauſt hervorleuchtet wie der ſchmuzige
Pfennig auf eines Tollhäuslers Hand gegen die Schaumünze, die
einer edeln Frau an dem Buſen ſchwimmt!

Eccius. Brav geſpien! Biſt du fertig? Hätte mir einer die
Rede auf dem Papier gewieſen und dabei geſagt, der dicke ruhige
Herz hätte ſie gehalten, ich hätt' ihm unter die Naſe gelacht. Kerl,
wo haſt du die Galle gekauft?

Herz. Ihr Hunde ſeid meine Apotheker! Ihr verkauft mir
Galle centnerweis. Ich will jetzt wiſſen, was man mit Fauſt will;
will den Magiſter hervorhaben, und ſollt' ich ihn am Flügel unterm
Bett hervorziehen. Er ſoll reden, antworten; ich will an Fauſt's

Statt ſtehen und vertheidigen. Wer kein Schurke iſt, verläßt mich nicht in ſolch einer Sache!

Eckius. Der bin ich nicht. Allons dann, Herr Pikenträger, ich folge dir in der ganzen Simplicität meines Degens. Dicker Narr, was er anfangen will? Narr in Eckius' Sold! (Ab.)

Ein Schuhmachersweib. Wo iſt denn der Fauſt? Wo iſt er? Wo? Will ihm das Bein aus dem — — rupfen! Für was ſaffianene Schuhe und kein Geld zum Zahlen! Wir armen Handwerksleute, ſauern Schweiß und Mühe. Wie? Wie? Der Lumpendoctor! Der Erzlump! Schafft mir ihn, hört ihr's? Ihr, Strick! Ihr, Fang! Wo iſt der Doctor? Wo iſt er?

Fang. Närrin, in den Hoſen. Fragt beim Schneider nach! Macht doch kein ſolch Geſchrei! Sucht ihn ſelbſt, wo er iſt; ſeht ja, das er nicht da iſt. Gelt, haſt wüſte Püffe kriegt, Strick?

Schuhmacherin. Ausreißen Bein' und Füß', woran mein Mann all ſeinen ſauern Schweiß verwendet; das Hemd vom Leib reißen will ich auf öffentlichem Markt dem Lederwolf! Lederdieb!

Strick. Geh zum Teufel, dummes Vieh!

Schuhmacherin. Ihr Hunde! Ihr Bengel! Ihr Eſel!

(Fällt ihm in die Haare. Fang ſtößt ſie zur Thür hinaus.)

Fang. Hinaus, du Sau! Fort mit dir!

Eine Stimme von außen. Herr Strick! Herr Fang! Geſchwind herunter! Die Studenten treiben auf dem Markt erſchrecklichen Unfug. Ihr ſollt kommen, Herr Magiſter Knellius läßt um Beiſtand bitten.

Fang. Bravo, wenn's nur über den recht losgeht! Hat doch all den Teufel angefangen.

Strick. Wir kommen; ſagt nur, wir kommen gleich! Fang, 's geht heut' alles links, alles, alles durcheinander! Wer hätte gedacht, daß es ſo wär'? Die verfluchten dummen Kerls! Daß nur die Gicht in ihre klotzigen Augäpfel ſchlüg'! Zu behaupten, der Fauſt ſei hereingegangen! Sackerment, mein Rücken! Der Hund, wie er mit ſeiner Klinge zuſchlug! Hörſt? Hörſt? Wie's in der Straße tobt und lärmt! Der Teufel kommt allemal quer ins Spiel.

Fang. Ja wohl, Müh' und Arbeit genug, aber nichts zu beuten und zu fiſchen. Das war übel ausgedacht, guter Strick! Lern' ein andermal die Sache beſſer einfädeln. Ich wollt', daß es der Henker hätt'! Mitgehen muß ich, mein Amt begehrt das; aber ich will meinen Rücken mit einem Kiſſen ausſtopfen und meine Bruſt mit einem Buch Fließpapier belegen. Guter Freund, das Beſte wär', wir hätten unſere Naſen gar nicht in all' dieſe Händel geſteckt.

Strick. O, komm mir jetzt nicht mit deiner verdammten Weis

heit hinterdrein! Laß uns ſehen, wie wir's beſſer machen und
dieſen Verluſt in Gewinn umlehren. Friſch auf! (Ab.)

---

## Nacht. Gelärm.

Marktplatz, worauf ein Springbrunnen ſteht, obendrauf Knellius,
und unten um den Brunnen ſeine Trabanten. Studenten. Eclius.
Herz. Kölbel.

Knellius. O weh mir! Still doch, ihr Herren! Nur meine
Stimme, nur ein einzig Wort! Haltet ein! Gebietet doch eurer
Wuth!

Herz. Was ſoll's denn?

Knellius. Ich bin nicht ſchuld, hab' leine Schuld, trage leine
Schuld, bin wie ein Kind im Mutterleib an all den Händeln.
Leider! Leider! Hört mich nur an!

Herz. Du biſt ein Bärenhäuter.

Knellius. Seid doch nur Chriſtenmenſchen! Was ſag' ich?
Muſenſöhne! Herr Herz, habt doch Barmherzigleit und ernſtlichen
Willen!

Studenten. Den haben wir.

Knellius. Gott ſei Dank! Habt ihr? Habt ihr?

Herz. Ernſtlichen Willen, dich zu prügeln.

Knellius. Meine geehrten, geliebten Herren, meine Gönner
und Mäcenaten!

Studenten. Was wollen wir mit ihm anfangen? Hört
ihr's, wir wollen ihn einſeifen, die Haar' abſcheren, ihn auf eine
Miſtbahre ſetzen, hinten und vorn Licht darauf, und ihn ſo vor
ſeiner Dulcinea Thür bringen!

Ein anderer. Ja! Ja! Und eine Kerze in die Hand! Und
dann ſoll er öffentliche Abbitte thun allen den Autoren, an denen
er ſich ſchon vergriffen.

Ein anderer. Schneiden wir ihm eben gleich Naſe und
Ohren dazu ab, 's geht ja in einem hin.

Knellius. Ach ihr harten Herzen! Ihr Herzen von Stein
und Alabaſter! Bei den linden Grazien, die euch rühren, bei mei=
nem erhabenen Apollo! (Zittert.)

Student. Deinem Apollo?

Herz. Kennſt du den Apollo?

Eclius. Kriegſt zwanzig auf die Hoſen, wenn du Ja ſagſt.

Herz. Kennſt du den Apollo?

Knellius (zitternd). Ach, ich lenn' ihn doch gar nicht.

Herz. Seht ihr's, seht ihr's! Der Schuft, so wird er's auch
seinen beſten Freunden machen, über ein paar Prügel alles ohne
Rückſicht leugnen. So viel vom Apollo zu ſchwätzen und doch nicht
einmal ſo viel Mannheit, ſeinetwegen ein halb Dutzend Prügel aus=
zuhalten! Er muß gewammt werden.

Knellius (den Arm in die Höhe). Bei allem, was theuer iſt, bei
den Sternen! O großmüthiger Herz!

Alle. Herunter mit ihm!

Knellius. Unrecht geſchieht mir, himmelſchreiendes Unrecht!
Wenn ich nur durchgehen könnt' . . . Himmelſchreiendes Un=
recht! . . . Wenn's nur nicht ſo hoch wär' . . . So Unrecht, ach,
ihr Sterne! . . . Mußt' mich denn der Teufel reiten, hier auf
den Brunnen herauf mich zu retiriren!

Studenten. Wart! Wart! Mit Koth wollen wir ihn her=
unterfeuern!

Knellius. Was fang' ich an? Sie werfen mich zu Tod.
Helft doch, meine getreuen Kameraden dort unten; bitt' euch, ſteht
mir doch bei gegen dieſe Centauren; fangt einen Streit an, daß ich
durchwitſche. Wenn ich nur drunten wär'! Ach, iſt ein verfluchtes
Weſen, ſo hoch! Fangt an! Schlagt zu! Laßt euch prügeln,
bauen, todtſchlagen, daß ich durchkomme! O weh! O weh! Die
Memmen! Hat man noch ſolche abſcheuliche Memmen geſehen? In
Noth und Tod erkennt man den Freund, da wird man's gewahr!
Wollt ihr noch nicht anpacken, ihr Haſen? Wie ſie daſtehen! O
abſcheulich! Muß einen coup d'esprit machen, vielleicht gelingt
mir's. (Laut.) Fauſt! Fauſt! Fauſt! Der göttliche, unſterbliche
Fauſt!

Alle. Was ſoll das? Was willt du mit ihm?

Knellius. Ach, daß er ſelbſt da wär', der Treffliche! O du
großes lumen mundi! Ach, meine Freunde! Wie könnt ihr nur
glauben, daß ich jemals dieſem ganz unvergleichlichen Menſchen,
dieſem herrlichen Genie zu nahe gethan? Ach, wehe! Dieſer Ge=
danke allein zerſpaltet mir das Herz. Seht auf meine Redlichkeit,
lieben Freunde! Thränen der Empfindung treten mir in dieſer
Minute über die Augen; daß es doch Tag wäre, ſie zu ſchauen,
daß der große Phöbus ſein Antlitz vom Himmel herab drinnen
ſpiegeln könnte! Ihr, meine Werthesten! Ich beſchwöre es euch, er
iſt mir ſo theuer, ſo theuer! Ich erkenne ſeine Uebermacht ganz,
glaube an ihn als einen Gott, ein ätheriſches, überirdiſches Weſen.

Herz. Der Teufel predigt Gottes Wort und meint uns damit
zu verführen. Wie, biſt du nicht ſchuld daran, daß die Obrigkeit
ausgeſchickt, ihn im Thurme zu greifen? Verleumdeteſt du nicht
ſeinen guten Namen, indem du ihn einen Betrüger und noch
ſchlimmer ſchalteſt?

Knellius. Ich? That ich das? Wie kommt ihr dazu, meine Freunde? Das that ich nie.

Alle. Ja, ja, wir wissen's! Hast Plane gemacht, ihn aus der Stadt zu vertreiben; hast die Juden aufgehetzt; hast an andere Orte Briefe voll des schändlichsten Inhalts gegen ihn geschrieben, ihn als einen nichtswürdigen, boshaften, gefährlichen Menschen, als ein Scheusal gemalt.

Knellius (zitternd). In meinem Leben nicht.

Alle. Beschwör' es, wenn du das Herz hast!

Knellius. Sehr gern, sehr gern, ich schwör's hoch und theuer.

Eckius. Bei was schwörst du denn?

Knellius. Bei dem theuersten Kleinod, bei meiner Ehre!

– Herz. O ho! Grad' als wenn unsereiner auf sein eigen Haus schwören wollte. Wie kannst du auf den Besitz eines Dinges schwö-ren, das du nicht einmal kennst?

Knellius. Wie denn? Herr Eckius! Herr Herz! Was denn? Meine geehrten Herrn! Bei was soll ich denn schwören?

Herz. Bei deiner eignen Schurkheit! Hörst? Schwör' bei dei-ner Unwissenheit, bei deiner Unverschämtheit!

Studenten. Er soll jetzt kurz und gut bekennen, was er schon für gelehrte Diebstähle begangen; er soll alles haarklein bekennen.

Knellius. O weh! Hülfe! Hülfe! Mir entgeht die Luft. Hört ihr's dort unten, Kameraden? Wie komm' ich durch? Lieber lass' ich mich todtschlagen, lieber mich gleich in Stücke zerreißen! Wie? Wie? Ihr Gänsköpfe! Ihr lieben, guten Kameraden! Daß euch der Teufel hätt'! Wollt ihr nicht helfen? Seid ihr denn ganz von Sinnen und Muth? Greift an! Greift an! Packt an!

Der Einäugige. Was sollen wir denn angreifen? Es geht nicht, Herr Magister. Sie sind uns überlegen. Ergebt Euch als ein guter Philosoph geduldig drein.

Stollfuß. Thut das, lieber Magister! Zeigt ihnen Eure Superiorität. Leiden ist Kraft, lieber Magister!

Knellius. Daß ihr die Pestilenz mit eurer Kraft und Phi-losophie! Soll ich mir den Bauch aufschneiden, daß mir die Därme vor die Füße fallen, wie ein japanischer Minister? Ich mich drein ergeben? Helft mir herab! O weh! Eins ins Gesicht, o weh! Ahasverus, nimm mich auf die Schulter, du bist stark und groß, trag mich fort.

Ahasverus. Ha—ha—ha—hab's Herz ni—ni—ni—nicht.

Knellius. O weh! O weh! Wieder eins an die Nase! Ihr guten Kameraden, seid doch keine Bengel und helft mir!

Die Kameraden (heimlich). Die Verzweiflung schimpft aus ihm. Wie wollen wir helfen? Hört Ihr's, Herr Magister! Springt von oben herunter, wollen Euch dann durchhelfen, ſpringt zu! Ihr ſeid hübſch flint und lüſtig.

Knellius. Ach, den Hals brechen, nicht wahr? O weh! Gott ſteh mir bei! (Springt herab.)

Die Kameraden. Lauft zu! Lauft zu, Herr Magiſter! Was das ein Sprung war, ein Schneider hätt' ihn nicht beſſer thun können, ein Schwung! Lauft zu, Herr Magiſter! Habt ein wohl= gezimmertes Bein. Lauft zu! In aller Teufel Namen, lauft! (Knellius davon mit ſeinen Kameraden, die Studenten alle nach.)

Studenten. Auf! Auf! Auf! Wollen den Dachs bis an ſeinen Bau hetzen! (Ab.)

Herz. Hurrah! Huſaſa! Hintendrein, ihr braven Kameraden! wir wollen nach und den Spaß zu Ende ſehen. So muß man ſie zu Paaren treiben, ſo den Burſchen auf die Naſe gehen, wenn ſie ein bischen zu weit ſie vorſtrecken. Heute gefallen mir unſre jungen Degenpüppchen wieder einmal. Hurrah! Hurrah!

Ecius. Was der dicke Kerl lärmt, als hätt' er mit dem Her= cules den Stall miſten helfen! Ha ha ha! Zum Kranklachen!

Herz. Jetzt will ich mein Panier aufſtecken.

Kölbel. Herz! Ecius! Haltet ein, kommt jetzt wieder mit zurück, wir haben daheim Geſellſchaft ſitzen, die unſertwegen da iſt; oder wenn ihr nicht wollt, ſo geht meinetwegen allein, aber ver= übelt mir nicht, wenn ich euch verlaſſe.

Herz. Wie ſo? Es iſt wahr. Kameraden, ihr könnt mir's atteſtiren, hab' gethan, was ein Freund dem andern ſchuldig iſt. Der Fauſt muß zufrieden ſein. Leid thut mir's in der Seele, Brüder, wenn einem, der mir lieb iſt, etwas zu nahe geſchieht. Als ihn heute die bärtigen Halunken ſo adamiſirt, hol' mich der Teufel, es ſtach mich ... Wenn ich kein ſo geldſcheues Luder wär', wollt' ihn auf der Stelle ausgelöſt haben; aber dieſer Degen iſt mein Alles, und der iſt mir nothwendiger als dem Roß ſein Schweif, ſich damit die Fliegen vom Leib zu wehren. Laßt es denn für diesmal genug ſein und den Kerl ſich fürs Künftige Vorſicht aus dieſem Pfeffer abſtrahiren. Wohlauf!

Kölbel. Es iſt Zeit, daß wir die Mädchen jetzt wieder ins Wirthshaus zurückbringen. Es ſchickt ſich für honnete Mädchen nicht, wenn's ſpäter in die Nacht dauert.

Herz. Hui! Spricht ſo mein Hühnchen? Honnete Jungfern! Weiſ' her einmal die Finger, muß doch ſehen, wo dieſe Honnetetät auf einmal gewachſen. Sag' mir keiner was! Cupido kuppelt dem Hymen, und der macht wunderliche dumme Augen und ſchielt wie ein Widder, dem die Hörner über die Ohren hervorgewachſen, auf die Seite. Der Bube iſt ein guter Maurer und Zimmermann und ſchlägt das Häuschen Unehre ſo nahe an der Nachbarin Ehre Haus, daß man aus einem Laden in den andern ungesehn hineinschlupfen kann. Sieh, wie auf einmal Rosen auf dem Mist grünen! Ein Ringlein an deinem Fingerlein hat die ganze Sache gedreht, ha ha ha! Diese Mädel waren heut' Morgen noch lustige Dirnen, Nymphen, die um Mitternacht heimwatscheln ohne Laterne, so an eines gesunden Bruders Arm; und nun auf einmal Damen Wohl= stand, die mit dem Glockenschlag neun zu Hause erscheinen, damit sie die Suppe nach angestammtem Brauch im Löffel abblasen mögen. Wie geht das zu? Weis' her dein Fingerlein! Guck, blinkt doch ein bißchen Sternglanz daran. So ein Ringlein ... so eine Prä= numeration ... Heutzutage, da alles pränumerirt und sich pränu= meriren läßt ... Pränumeration! Pfui, ein obscönes Jahrhundert! Sie haben's von der Theis und Phryne gelernt.

Eckius. Es ist immer gut, wenn wir die Mädel nach Hause schaffen, wir können nachher noch ein bißchen herumziehen. Mir ist's heut' gar nicht ums Trätschen.

Herz. Bin alles zufrieden, lieben Kinder! Ich für mein Theil freue mich mehr, wenn andere sich belustigen. Das Weib ist mir lieb, aber ein guter Kamerad doch noch lieber. Einem schönen Weib zu Lieb' steh' ich früh auf, aber einem guten Freund geh' ich tief in die Nacht. Nun führt die Mädel nach Hause. Fort! Und kommt bald wieder!

Kölbel. Aber wie halten wir's mit dem Alten?

Eckius. Ist schon abgered't. Wie es neun schlägt, kommt eine Sänfte und trägt ihn nach Hause.

Kölbel. So wollen wir voran, fort, und die Mädchen der= weil, eh' er kommt, nach Hause begleiten. Eckius, komm! Sie haben beide die Mäuler am rechten Orte sitzen, den Alten, wenn sie wollen, blind und taub zu schwatzen.

Herz. Dafür sind sie Mädchen. Wenn ihr Faust begegnet ... ich könnt' euch wunderliche Dinge erzählen, was man hier und da von ihm sich in die Ohren raunt; aber ihr wißt, wie es geht: Ammen erzählen Märchen, Kinder und Narren glauben sie. Aber im Grund möcht' ich's doch ergründen ... ihn wieder einmal so ganz genießen! Ich weiß nicht, wie es kommt, die Menschen sind nicht mehr so gesellig und verträglich. Wenn ich bedenke, wie der war und der ist! Reiß mir doch hier die Kordel entzwei, der Weiberrock zerschneidet mir die Lenden abscheulich.

Eckius. Was sagt man denn von dem ist? — Du mußt doch immer von ihm reden. Dein Alles! Hat er den Lapis endlich ge= funden, an dem du ihm auch suchen halfst? In dieser Situation könnte er ihm die besten Dienste leisten.

Herz. Ei daß dich das Wetter! Was Lapis? Ihr Hunde, zu was ich mich nicht euretwegen gebrauchen lasse! Arm' und Beine thun mir weh!

Kölbel. Wieder gut, alter Papa, liebe Mama? (Küßt ihn.)
Stehst in der Toga mit dem bloßen Degen da, so ehrwürdig wie
die gemalte Gerechtigkeit.

Herz. Heraus aus der Tonne, alter Philosoph! (Hängt den Rock
an den Degen.) Wart, ich will eine Fahne draus machen, so so!
Wie's schwebt! Nun, ihr Jungen, schwört unter meine Fahne; ich
will den König Priamus im Puppenspiel vorstellen, der sich gegen
den Anmarsch der Griechen rüstet und alle seine funfzig Buben unter
Helenens Schürze schwören läßt. Dort droben die himmlische Bart-
schüssel, der zahnlückige, tiefäugige Mond, an den poetische Narren
ihre Verse und verliebte Mädchen ihre Seufzer nageln, soll Zeuge sein.

Ekius. Eine sehr respectable, feierliche Verschwörung.

Herz. Natürlich! Aus vollem Halse hergeschrien mit einer Baß-
stimme zum Untergang eines halben Dutzend Bouteillen. Seht
ihr's, diesen Rock wollen wir zum ewigen Andenken dieses Tags
aufspoliren; meine Wirthin mag schauen, wo sie einen andern
herkriegt.

Faust (herzutretend). Heda! Rollen ausgetheilt und mich vergessen,
alter Priamus? Wer bin denn ich unter deinen Söhnen?

Herz (ihn umfassend). Du? Du? Ha, Schelm aller Schelme! Lieber leibhaftiger Faust! Das Glück will uns wohl, da es dich von
ungefähr zu uns hergeschickt. Sag', wo bist du geblieben, herum-
gejackelt seit acht Tagen? Mein Seele! habe nach dir geschmachtet,
bin vor lauter Sehnsucht nach dir gebraten. Sie haben dich schön
ausgesäckelt heute; siehst du, jetzt bist du wieder einer unsersgleichen,
und ich darf dir auch wieder einmal eine Bouteille vorsetzen. Das Ca-
naillen-Lumpenpack! Der Knellius! Der tausend Sak . . . Aber
still! Hörst dn, wir haben feine Arbeit gemacht, dort am Brunnen
ihn balbirt. Meinst du, er will nicht mit dir disputiren morgen,
vor des Teufels Gewalt nicht; aber er muß! Sonst decken ihm die
Studenten das Haus ab. Muß! Ha ha ha! Da soll er völlig
geplöft werden! Komm, Junge! Herzenspuppe! Ajax! Achill!
Bleib bei uns, will dir eine Lobrede ziehen von hier bis Peking,
und eine Furche daneben von lauter bittern Vorwürfen, daß du
unsereinem nicht mehr so zugethan wie zuvor. Der Teufel reit't
mich, daß ich dich so lieben muß! Vor einer Stunde etwa erfuhr
ich's, daß man dir auflauere; ein Schelm, der einen ruhigen Augenblick seitdem genossen.

Faust. Laß die Narren machen! Ich weiß alles. Eure Soldaten sind doch nur gute Pikenträger, und eure Bürger gute, ein-
fältige gewerbsame Leutchen. Wir haben auch einen guten Genium!
Drück' zu, Herz! Wer sagt, daß er eine redlichere Faust in seinen
Händen gehalten als ich jetzt, der ist ein Erzlügner.

Herz. Geh, du hast mich behext! Tausend Vorwürfe wollt'

ich dir machen, und jetzt — keinen einzigen! Sieh, wie ich daſteh',
gleich einem herumziehenden Bänkelſänger, der ſeine gemalte Fahne
in die Höhe trägt! Alles deinetwegen. Es ſoll einer kommen! Soll
kommen einer, der dir was zu Leids will! Ich mit Leib und
Seel' . . . Du kennſt mich! Oder frag' die da. Fort! Fort, ihr
zwei! Jagt nur jetzt die Mädel nach Hauſe, ſie können unter die
Decke kriechen und von ihren Liebſchaften flüſtern. Wir haben was
Beſſeres heut', muß einmal wieder eins mit unſerm lieben Doctor
ſchlampampen. Herzensjungen, wir wollen „Victori!" und „Vivat
Doctor Fauſt!" durch alle Straßen brüllen, daß den übelgeſinnten
Hunden darüber die Ohren gellen ſollen! Die ganze Univerſität
ſteht mir bei. Will dir hernach auch die ſchnackiſche Scene mit dem
Knellius am Brunnen dort, wie er einer gehetzten Katze ähnlich
droben ſaß und nicht herunterkonnte, vordeclamiren. Ach, das wird
dich erquicken . . .

    Fauſt. Und heben wie eine Feder in die Luft! Aber diesmal
nicht; auf ein andermal behalt' ich mir's vor, guter, biedrer Herz.

    Herz. Diesmal nicht? Willt du nicht bleiben?

    Fauſt. Nein. Ich muß . . . Laß mich!

    Herz. Was mußt du?

    Fauſt. Grillen! Nichts, nichts ſag' ich. Frag' nicht danach.
Wer will denn auch alles ſagen, was im Hirn herumgeht, da unſere
Ideen und Gefühle ſo feſt ineinandergreifen, daß es oft ſchwer
hält, uns ſelbſt ganz deutlich zu werden? Fleiſch und Geiſt wirken
oft gegeneinander. Geiſt und Gefühl! Wie viele Uebergänge werden erfordert, bis dieſe Heterogena harmoniſch ſich nahen und
Wollen und Vollbringen, das Alpha und Omega menſchlicher Erkenntniß und Kraft, ſich auf einem Punkt feſt ineinander gleichen?
Und dann, iſt es ſo weit auch nur, wer bürgt uns, daß Kräfte
außer uns, gegen unſere Plane ankämpfend, uns des Kranzes am
Ziel nicht noch berauben? Laßt mich! Ich habe Dinge hier . . .
dieſer Schädel iſt ein enger Raum . . . es gibt Weſen, unſere
Sprache reicht nicht zu, alles zu umfaſſen! Wenn ein neues Werk
hervorgeht, da ſteht der gaffende Pöbel und wundert ſich und ſpricht
und deutet mit den Fingern; eher hat Witz und Genie ein Ding zur
Welt geboren, als die Sprache ein Wort gefunden, es zu taufen.
Warum ſoll ich denn meine Gedanken in Worte ſkizziren, ehe noch die
Möglichkeit der Vollendung mir klar vor dem Sinn liegt? oder, wenn
ſie hier zur Reife gehen, ſie gleichſam mit Worten erſt ſchänden?
Weg denn! Wer nach mir lebt, kann ſagen: der war er! Aber ich
werde, ſolange das Blut dieſe Adern wärmt, nicht vor einer großen That zagen.

    Herz. Wie? Du kommſt ganz aus dem Geleiſe, Bruder!
Was willſt du damit?      .

Faust. Es geht in mir alles herum! Gut denn. Worum ich euch bitten wollte, oder vielmehr, da alle Complimente zwischen uns Mißlaute sind, was ich jetzt von euch begehre, ist in gewisser Absicht für euch eine Einladung auf einen Schmaus; ich würde ge= wiß mich des Vergnügens nicht berauben, selbst dabei Wirthsstelle zu vertreten, hielten Dinge, die mich nun einmal ganz übermannen, mich nicht so fest. Vor einigen Tagen erhielt ich ein Schreiben, das mir die Ankunft eines wahren Wundermenschen hierher berich= tet, eines Menschen, der bei vollkommener, unverdorbener Leibes= und Seelenkraft, bei der reinen Simplicität des Patriarchen, beim vollen Gefühl der Natur, bei der Eigenheit und Gradheit seines Sinnes, kurz, bei allem, was herrlich und groß ist, doch zugleich Biegsamkeit und Herablassung genug besitzt, alle Mischungen der Charaktere und Temperamente, vom stärksten bis zum schwachen herab, wirkend zu umfassen, und Weltkenntnisse genug, alle Mo= dificationen verstimmter und herabgewürdigter Menschheit zu be= handeln; der auf alle Stände ohne Unterschied wirkt, dem der Bettler und König nur als zwei Menschen dastehen, ohne doch dar= über das Verhältniß zu verlieren, das nothwendig beide vonein= anderbrängt; dem der Zerbrecher an der Stirn, der Brechbare auf der Zunge sitzt, kurz, dessen kleinstes Haar an seinem ganzen Leibe gewissermaßen schon bedeutungsvoll ist; der die Menschen mit seinen tiefeindringenden Blicken zittern machte, weil alle vor seiner Sonne nackend stünden, wenn nicht Bescheidenheit und Sanftmuth und Wohlwollen wie ein leise gefalteter Flor sich dreifach umher= wölbten, den zu mächtigen Glanz zu mildern.

Eckius. Wie? Dies Monstrum wird hier zu sehen sein? Oho! Drei Batzen für meinen Eintritt! Das wird doch über die Weile gar der Kerl nicht sein, der uns heut' aufstieß, Kölbel? Weißt du, in den Tolpatschhosen? Wie heißt er doch?

Faust. Gottesspürhund.

Eckius. Der nämliche, ha ha ha! Sagt' ich's nicht gleich, Kölbel? Ein Hans Prätension. Die Miene, die er mir machte, da ich nicht gleich vor ihm in Entzücken gerathen wollte! Bruder Doctor, wie ich da bin, der Länge nach vom Fuß bis zum Kopf, stand ich hart an dieser Sonne, ohne in Kalt oder Glas zu schmel= zen. Ha ha! Der also? Der das Wunderthier? Die Säule Her= cules'? Der? Der? Wart', ich will ihn quälen; mein Inneres bewaffnet sich ganz wider solch einen Lümmel.

Herz. Ueber eines Fremden Gesicht gleich so in Convulsionen zu gerathen! Was hat er dir gethan?

Eckius. Nichts! Das ist mein Tod, wenn ich Nasen seh', die in den Wind steigen und meinen, sie röchen alles allein; in den Falten der Stirn, in den Blicken der Augen, in ihrem Tone

zu reden, ſo ſelbſtgefällig und überzeugt zu verſtehen geben, ſie
erkennen ſich für eigentlich große Helden! 's iſt zum Raſendwerden!
So was kann mich fluchen und ſchelten machen wie ein Weib, oder
im erſten Wurf einen ſolchen anpacken und abpeitſchen machen wie
einen kleinen Inſimiſten. Pfui! Pfui! Solche Bürſchchen herunter=
zubringen, das iſt mein Labſal; mein Inſtinct treibt mich auf ſie
los wie den Windhund nach den Haſen. Wart'! Wart'! Will ihn
zwingen, all' die Brocken ſelbſt zu ſchlucken, die er andern vorge=
ſchnitten in der Taſche trägt!

Kölbel. Nur auf dieſen Punkt, da hat man dich gleich wieder
lebendig, wenn du auch wie ein melancholiſcher Uhu daſitzeſt. Das
iſt ſo deine Stedenreiterei, keines andern Uebermacht über dir zu
erkennen.

Eccius. Will keinen Jupiter über mir! Beim Teufel, kein
braver Kerl duldet das. Was man einem andern zulaſſen mag,
das Höchſte: ebnen Bodens mit uns ſelbſt zu ſtehn. Und da muß
mich einer noch wüſt drängen, bis ich Ja ſage. Gutwillig jemand
als einen Gott über ſich erkennen, kann nur im Grund ein ſchwa=
cher Tropf.

Kölbel. Nur nicht zornig!

Eccius. Soviel dazu gehört, eine Schnepfenpaſtete anzu=
ſchneiden. Wie, was iſt denn des Helden ſeine Beſtimmung?
Worauf zieht er denn auf Erden aus?

Fauſt. Eigentlich auf einem Schimmel.

Eccius. Wie? Die Beine hüben und drüben auf dem Sattel
wie andre gemeine Erdenklöße? Und macht er nicht auch den
Apoſtel? Ich habe mir von einem erzählen laſſen, der zur Ver=
edlung und Vervollkommnung der Menſchheit ausritt. Gut, wir
wollen bis morgen genauer wiſſen alles, was er will und thut.
Jetzt Abjes! — Willſt du mit mir, Kölbel, ſo helf' ich dir die Mädel
auch nach Hauſe patſchen; wo nicht, ſo laß es bleiben. Motion
muß ich mir jetzt machen.

Kölbel. Komm, komm! (Ab.)

Eccius. Die Seekrake! Ha ha ha! Zum Kranklachen! Abjes,
Fauſt! (Ab.)

Fauſt. Leb' wohl, alter Burſch! — Wer ſich am Springen
kleiner Fiſche im ebenen Teiche oder am Surren bunter Fliegen
oder ſonſt ſo leicht noch ergötzen kann, wie glücklich iſt der, wie
ſtill und ruhig ſeine Seele! Der Abend lächelt ihm golden herauf;
die bewegten Erlen ſchwanken ihm aus braunen Wipfeln ſüßen
Hauch; er liegt beim Rieſeln des Waſſerfalls nieder und ſchläft,
bis ihn die Stille der Nacht weckt. Froh hüpft ihm das Herz
durch die Augen, und durch jede Minute bringt heitere Freude her=
vor, wie durch das Antlitz des blauen Himmels, wenn er über

ruhigen Fluten ſich ſpiegelt. Alles, alles ſchenkt ſeiner Seele Glück;
grünende Fluren mit weidenden Lämmern beſäet, Bach, Hügel und
Haiden, die ganze Natur ſchließt ihm ihre Vorrathskammer auf,
ihn an den mannichfaltigſten Schätzen zu vergnügen. Auch ihre
Seltenheiten zeigt ſie ihm; in eines jeden Menſchen Angeſicht legt
ſie für ihn beſondern Antheil und Vergnügen und verſchafft ſeinem
beobachtenden Geiſt immer neue Nahrung. Er iſt der Sohn des
Glücks, vollkommen in ſeinem Daſein und Genuß, hingelegt in
Wolluſt an die Bruſt der Natur. Aber wehe, wer immer den
ſauern Drang hinaufwärts fühlt, immer mit den Gedanken droben,
immer hinaufkämpfend und ſtreitend mit ſich ſelbſt die ſchwere
Pilgrimſchaft dieſes Lebens beginnt! Er vergißt wol ganz die
ſüße Mutter, die aus reinen Brüſten uns Lebenskraft in alle
Adern ſpritzt; vergißt Mutter Natur mit ihren holdſeligen, trauer=
ſtillenden Augenblicken; ſparſam theilt er ſich ſelbſt des Lebens
Freuden zu. Und doch! Wer iſt ſein eigener Schöpfer? Oder wenn
er einmal ſo da iſt, wer kann ſein Inwendiges umbilden, daß es
ihm gehorche, oder ihn nicht wider Willen dahinreiße? Wer darf
nicht ſein, was er einmal iſt? Wer darf ſein eigener Erbarmer ſein?
Fort denn alle müßige Betrachtung! Fort, wenn du die Seele
nur marterſt und zwiefach elend machſt. Wenn das Schiff an des
Untergangs ſchwarzem Rachen einmal hängt, was fragt da der
Schiffer . . . Lauf ein und ſuche dir ſelbſt einen glücklichen Hafen.

　　　Herz. Deine Reden, Fauſt! . . . Ich kenne dich nicht mehr.

　　　Fauſt. Die Zeiten ändern ſich, guter Herz, und ändern alles
zugleich mit.

　　　Herz. Sollt' ich das glauben? Du machſt mich noch melancho=
liſch, wenn du ſo fortſchwatzeſt.

　　　Fauſt. Geh nach Hauſe, 's iſt rauh, ſitze in dein Zimmerchen
bei Taback und Bier; auch dir ſind häusliche Freuden vergönnt.
Laß uns andere, die im Schrecken erſchaffen, auch Schrecken und
Wildniß lieben. Hörſt du? Der hohle Wind pfeift über die Dächer
her und trillt die Fahnen; und doch iſt's leiſer als die Stimme
der Heimlichkeit gegen das, was hier verſchloſſen brauſt. Adjes! (ab.)

　　　Herz. Wie? Wie? Der Verluſt ſeines Vermögens muß ſein
Hirn ſo gewaltig angegriffen haben. Oder ſind jene Ammenmärchen
wirklich wahr? Ha! Es iſt einmal nicht richtig hier im Capitolio!
Ja ja, ſo geht's in dieſem Leben: einer liebt, dem andern gilt's
gleich. Gut, ich will auch ſo werden; warum ſoll ich denn immer
das Meſſer ſein, das allen ihre Bärte glatt macht, und denen ich
gedient noch danken, daß ſie über die Scharten ſpotten, die ich
in ihrem Dienſt mir geholt? Kölbel und Eckius auch fort! Nun
ſo geht alle miteinander, zieht hin, verlaßt mich alle, der eines
Weibes, der ſeiner Luſt und der ſeiner Grillen wegen; der arme

Herz, der bald kein Weib, keine Luſt mehr kennt, bleibt gezwungen
endlich dann bei den Grillen allein zu Hauſe.

---

## Izick's Stube.
### (Eine Ampel brennt.)
### Izick. Schummel. Mauſchel.

Izick. Was? Was? De Vatter hier? Des Fauſt ſein Vatter?

Mauſchel. Hörſt dann nit? Jau, ankumme is er in die
Ochſe heut', vun Sunnewedel; is ag mitgeweſe drauße an de Thorn,
as ſe fange wölle ſein Sohn, is herumgelafe gewaltig, hot geſchrie:
„Mei Sohn! Au wai, mei Sohn!" Hätt' ihn doch zerückgehalte
de Wagner, as er ſunſt angefangen hätt' e gewaltige Spectakel.

Izick. Sei Vatter aus Sunnewedel hier? Das iſt gut. Nu
weiter.

Mauſchel. As ich geſproche hätt' noch e mol mit de Knellius
— aber Vitzegebore, dar liegt uf'm Dokes alleweil und ſchwitzt vor
Angſt gewaltig, as er niemand kennt un ſieht! Haben en doch die
Studente gemartelt, daß e Schand is, ſo, ſo dick ſei Backe! Und
ſei Ag ſo dick! Bin ich geloffen ganz allan zu die Rath, ausze=
machen, as mer jetzt dörfe hamlich gefangen nehme de alte Fauſt,
bis er e Handſchrift von ſich ſtellt, ze bezahle alles, was nit raus=
kümmt an des Docters Möbels.

Izick. Schmuß weiter; hoſt's kriegt? Sag', hoſt de Erlab=
niß kriegt?

Mauſchel. Ob ich's hab'? 's Lebche is ſchon fort, ze hole
die Gerichtsdiener, do, do in de Sack ſteckt's.

Izick. Wie viel hoſt bone müſſe an de Rath, Mauſchel?

Schummel. Nu frag' nit drum, as mer gewinne müſſe ſechs=
mol ſo viel. Daß er nur nit fortkümmt aus des Docters Haus,
der Wagner hot en dort hingeführt.

Izick. In des Docters Haus? Au wai! Wie viel hoſt bone
müſſe an de Rath, Mauſchel, vor di Erlabniß?

Mauſchel. Nu krieg de Tippel un de Dalles! Drei helle
Karlincher gleich; wann mer habe die Handſchrift vun de Fauſt
ſei Vatter, noch drei.

Izick. Au wai! Drei Karlincher un noch drei, ſechs Karlincher
zeſamme! Au wai! Wann kummt's Lebche? Au wai! Sechs Kar=
lincher die Erlabniß!

Mauſchel. Halt's Bonum! Ward er doch geſetzt in die Toll=
haus als e tolle Mann, koſt uns oſer la Kreuzer, bis er unter=

ſchreibt; do im Sack hab' ich's ſo. Sag', Schummel, ſag', was
wölle mer giebe de Knellius zum Präſent? Hot er doch vor uns
gethan, was mer gewöllt; muß mer ſich doch halte mit de Schotche,
's laſt überall in die große Herrehäuſer zu die Kammermenſcher
un Kammerdiener überall, überall. E manches ze verſchachere uf
ſei Wort, e manche Bekanntſchaft. Machts ſo klane Komebieſpiel
vor die ganz klane Kinder, un das hilft em voran, un Geld in
de Sack derzu; as er mer ablaſt hett in em halb Järche fünf
Klabcher, gebort und ungebort, daß er ſich oſer putzt ſo ſtolz drin,
hinne und vorne wie e Kapaun!

Schummel. Giebe wölle mer'm die zwa neue porzlinene
Leuchter, ſei vornehm! E Graf könnt' ſe habe. Nu, das werd
em gefalle, möcht er's doch ag gern habe wie die große Herrn.

Mauſchel. Wie du manſt, Schummel! Was is, Jzick?

Jzick. Au wai, au wai, au wai!

Schummel. Jzick, wo fehlt's? An de Nabel? An de Bauch?
Knöpf uf! Memme! Memme! Nu, krieg die K . . ., reb!

Jzick. Au wai! Schummel! Mauſchel! Au wai! As ich
noch gerechnet in die Gedanke, manſt, was ich verlier an de ganze
Handel! Au wai! Fünf, ſiebe, zwölf Dukate, zwölf, grab' zwölf!
Wo bleibt dann 's Lebche? Au wai! Zwölf ſunnehelle ungeranſtelte
Kremnitzer Dukate, die ich de Mosler Spitzbube gegiebe. Au wai!
Das verfluchte Lebche, wo's bleibt, das Schwätzerche! Krieg's de
Tippel in ſei wacklich Bonum, as er nur beibrächt de Strick un
Fang. Memme, die Thür garrt; guck, guck, Memme! Au wai!
Uſgeſperrt drauße de Hausgang wie e Maul! Wer kümmt? Krieg
di Miſe Maſchinne! Wer is do? 's Lebche! Gott behüt'! 's Lebche
mit de Strick un de Fang! Kummt! Kummt! Die Memme führt
ſe ſchon 'nüber in die anner Stub'.

--------

### Fauſt's Haus.

Ein Zimmer, Kaminfeuer. Der alte Fauſt ſitzt daran und ſchüttelt
den Sand aus den Schuhen.

Fauſt's Vater. Meine Füße ganz wund!

Wagner (am Tiſch, worauf Eſſen ſteht.) Er will nichts eſſen. Mir
iſt's auch nicht drum. Was mich der alte Mann dauert! Ich will
den Doctor beobachten, ich muß hinter dieſe ſchreckliche Wahrheit
kommen. Iſt's wahr, daß er heimlich auf ſolchen ſchwarzen Wegen
wandelt? Ein Verſtändniß mit denen zu knüpfen, an die man nicht
ohne Schrecken denkt, von denen man nicht ſpricht, ohne vorher
ſich mit den Waffen des Gebets zu ſchützen! Ja, ſo will ich mein

Herz auch losreißen von ihm und . . . Aber ach! Er ſollte dahin ſein? Dieſe ſchöne Sonne, die die halbe Welt erleuchtet, mitten in ihrem Glorienlauf verſinken, auf ewig verſinken? Fauſt! Fauſt! Auf ewig! Nein, es kann nicht wahr ſein. Ach meine Seele! Die Gebeine zittern mir. Wenn's möglich wär'! Alles ſcheint in dieſem Gedanken um mich her zu weinen. O unſeliger Gedanke, wer iſt's, der dich zur Welt brachte? Deine Mutter iſt ſcheußlich wie die Hölle, denn du gleichſt ihren Kindern. Stolz und Ehrgeiz, du haſt Engel geſtürzt, die Zierden des Himmels: wie leicht iſt dir's, Menſchen zu fällen! Nein, Nein! Ich will nicht weiter daran gedenken! — Wie, wollt Ihr denn gar nichts genießen, Vater?

Fauſt's Vater. Nein. Wo mein Sohn nur ſo lang' bleibt? Glaubſt du, daß er heut' noch kommt?

Wagner. O ja.

Fauſt's Vater. Zehn Uhr iſt ſchon vorbei. Seine Mutter, wenn ſie geſehen, was ich heut' ſah, ſie läge ſchon auf dem Stroh. Wie, iſt dir nicht wohl?

Wagner. Erſtaunliche Hitze! Ich meine, das Hirn falle mir zum Haupt heraus.

Fauſt's Vater. Vielleicht haſt du Schlaf und ſtrengſt dich zum Wachen an. Geh, geh, du biſt müde, die Augen fallen dir zu. Zu Bette, lieber Junge, die Jugend liebt den Schlaf. Geh, lege dich nur.

Wagner. Ach nein, nein.

Fauſt's Vater. O, der Gram läßt mich nie einſam. Geh, Kind! Quäle dich nicht ſo, thu mir den Gefallen und leg' dich zu Bette. Bis nach Mitternacht will ich hier am Feuer ſitzen; und kommt mein Sohn bis dahin nicht, ſo komm' ich zu dir, mich auch niederzulegen.

Wagner. Ach, ich bitt' Euch! Horcht, wer klopft draußen? drunten an der Thüre? Er kommt!

Fauſt's Vater. Sieh geſchwind nach! Ach, daß er jetzt käme! Meine Worte ſollten ihm Dolche werden, die ihm durch alle Gebeine drängen. Heiliger Gott! Das iſt er, ich kenn' ihn an der Stimme. Gib meiner Zunge jetzt Kraft und Gewalt, Herr! Rühre ſein hartes Herz, daß meine Thränen es erweichen! Da iſt er.

(Fauſt auf ſeinen Vater los, ſtarrt ihn an und läuft wild ab.)

Fauſt's Vater. Johann, mein Sohn! Ich bin dein guter Vater, flieh nicht vor mir! — Wagner! Wagner!

Wagner. Geduld! Er hat Euch vermuthlich nicht gekannt; der Zuſtand, in dem er ſich jetzt befindet, treibt ſeine Lebensgeiſter alle in Empörung. Wartet, ich will zu ihm und mit ihm ſprechen.

Fauſt's Vater. Sieh nach! Sag' ihm, daß ich da bin.

(Wagner ab.)

Fauſt's Vater. Ha, wie brummt mir's durch die Ohren! Nein, ich will nicht warten. Warum ſoll ich denn warten? Ja, wenn er mich nicht gekannt! Was? Wie? Er ſollte mich nicht mehr kennen? Nein, ich will nicht länger hier warten.

---

## Fauſt's Cabinet.

### Fauſt. Wagner.

Wagner. Warum wollt Ihr ihn denn nicht ſprechen?

Fauſt. Iſt's mein Vater?

Wagner. Er ſelbſt.

Fauſt. Was macht er hier? Was will er denn jetzt hier? Es iſt mir unmöglich jetzt! Ich kann, ich darf ihn jetzt nicht ſprechen.

Wagner. Es iſt unmöglich?

Fauſt. Geh! Geh!

Wagner. Was winkt Ihr? Was ſoll ich?

Fauſt. Hörſt du! Hier dieſe Halskette, dieſen Ring, mehr hab' ich nicht; da nimm's! Er wird vielleicht nach dem Erbtheil fragen, vermuthlich haben ihn meine Verwandten beredet . . . ſag' ihm, das ſei indeſſen . . . ſag' ihm, das ſei alles, was ich noch beſitze. Hörſt du? Halt! Muß ſich denn alles zuſammendrängen, mich zu peinigen? Hörſt du, ſag' ihm, was du willſt, nur mach', daß er geſchwind wieder meine Wohnung verläßt.

Wagner. Doctor!

Fauſt. Bei allem! Wie? Willſt du mich mit deinen Thränen ängſtigen? Denkſt du das? Ich will mich von euch losmachen; wenn ihr mich nicht meiden wollt, will ich bald dieſe Wohnung ſelbſt verlaſſen.

Wagner. Ha, und den Fluch mitnehmen, der ſchon über Eures Vaters Lippen ſchwillt? Andere Kinder gehen mit Freuden ihren Aeltern entgegen, und Ihr . . . Doctor! Doctor! Hier kommt Euer Vater ſelbſt.

Fauſt. Hinaus von mir! Fort, fort, ſag' ich dir.

(Wagner ab.)

Fauſt's Vater. Johann, willſt du mich nicht ſehen? Willſt du mich nicht ſehen?

Fauſt. Vater!

Fauſt's Vater. Bin ich's? Bin ich dein Vater? Ich dacht', ich müßt' es nicht ſein. Schau' mich mal an! Ha, des kindlichen Willkomms! Er hat mir das Herz ganz erquickt! Es wird einem gleich wieder wohl zu Muthe, wenn man vom lieben Sohn ſo

empfangen wird! (Greift ihm an die Brust.) Bube! Bube! Schämst du
dich meiner? Schämst du dich deines alten Vaters vielleicht? Wer
bist du? Wer bist du? Wer? Wer? Gleich sag' mir jetzt, was du
treibst! was du für ein höllisch Leben führst! Lieber gleich dir
eins vor die Stirn, als daß du mir noch übler werden sollst!
Aus diesem verfluchten Leben will ich dich so herausreißen! (Reißt
ihn vor sich.) So aus diesem Gräuelleben!

Faust. Vater! Alt und schwach, laßt mich! Ihr vermögt's
nicht! (Er packt und setzt ihn auf einen Stuhl.)

Faust's Vater. Ja, alt und schwach! Aber ich kenn' einen,
der statt meiner Kraft hat. O Johann! Johann! Verlornes, un-
glückliches Kind!

Faust. Was that ich? Hab' ich mich an meinem Vater vergriffen? O nein! Vater, hab' ich Euch ein Leids gethan?

Faust's Vater. Leids? Ja, lieber Johann, und tief im
Herzen dazu.

Faust. O Vater, wie bin ich unglücklich! Ich weiß ja nicht,
was ich gethan. Ueber mir schwebt Nacht und Finsterniß und be-
nebelt alle meine Sinne! Gewiß, ich weiß nicht . . .

Faust's Vater. Ei ja! Das glaub' ich, es geht mir auch
oft so. Wie bin ich so matt! Nur ein bißchen Wasser zu trinken!
Gott! Hör' nur zu, ob's nicht ein Jammer ist, liebes Kind!

Faust. Was denn?

Faust's Vater. Vor einiger Zeit lag ich nachts so traurig
im Bette, dacht' eben an dich und deine grausame Veränderung,
wie es uns von andern zu Ohren kam; wie du lebst und mich und
deine Mutter so ganz vergessen, und wie dir's noch weiter auf Erden
ergehen möcht'. Sieh, mein Sohn, da kamst du mir im Traume
vor, daß ich dich ganz eigentlich erkennen konnte; sah dich, lieben
Sohn, am vollen freudigen Tisch, weggedreht dein Gesicht von mir
und den Deinen, in die Arme einer scheußlichen Buhlerin geschlossen;
die goß ein, hielt dir, hielt dir einen Becher voll Blut an die
Lippen — trankst! ach, und sahst nicht, wie Teufel unter deinen
Füßen den Boden·aushöhlten zum schrecklichen Falle! O mein
Sohn! Nun sankst du, sankst! Ich hörte dich hinunter, wollte
dir zurufen. Aber meine Zunge war gebunden, mein Odem war
zu schwach. Ach, da zerriß innere Qual meine Eingeweide! Jammer! Ich lag auf meinem Munde, stöhnte laut die Mutter wach.
Die fiel auch schreiend über mich aus, mich zu bedecken mit ihren
alten zitternden Händen. Auch sie sah im Traume dein Verderben, sah dich das Messer zücken auf meine nackte Seite, ausein-
anderzureißen mein Fleisch, mir das Herz aus dem Leibe zu
wühlen. Voll Angstschweiß hielten wir uns so umschlossen und,
ach Gott! ach Gott! sahen dich noch wachend mit gesträubten Haaren

über uns weggeriſſen im Donnerſchlag und hörten weiter nichts als in der Ferne deine klägliche Stimme.

Fauſt. Nein! Sei Stahl, mein Herz, und laſſe nicht weibiſche Empfindungen ein! Sei ſtark und halte dich! Verfluchtes Men=ſchenlos!

Fauſt's Vater. Da macht' ich mich auf mit Thränen, dich zu ſuchen. Es kamen eben zu gleicher Zeit auch Briefe, von un=bekannter Hand geſchrieben, die alles bekräftigten, was ich ſonſt Böſes gehört. Mein Sohn! Mein Sohn! Laß ab! Bedenke die Ewigkeit!

(Gelächter hinter der Bühne.)

Fauſt. Ha, wie iſt mir? Hör' ich die wieder?

Fauſt's Vater. Ewig! Wie lange, lange, lange das währt!

(Ein Gelärm.)

Fauſt.

Holla! Holla! Ich hör' euch kommen,
Hab' eure Stimme ſchon vernommen.

Alle (hinter der Scene).

Mach' fort! Mach' fort!
Wir rathen dir's!

Fauſt.

Wohl! Wohl! Um Mitternacht!

Stimme.

Wir rathen dir's, halt Wort!

Fauſt. Verlaßt mich, Vater. Es iſt ſchon ſpät, ich bin müde. Morgen ſehen wir uns wieder. Morgen, morgen wollen wir mit=einander ſprechen, dann will ich auch nach meiner Mutter fragen. Ich bitt' Euch, laßt mich jetzt allein; ich bitt' Euch.

Fauſt's Vater. Gerne, wenn dir's ein Gefallen iſt. Ach Johann! Biſt du's noch, ſo gib mir deine Hand drauf! Willſt du noch mein lieber Sohn bleiben? So gib mir deine Hand drauf. Wie? Du reichſt ſie nicht? (Fauſt gibt ihm die Hand.) Gott ſieht zu, wie bu einſchlägſt!

(Gelärm hinter der Bühne.)

Stimme.

Mach' fort! Mach' fort!
Was thuſt bu, Narr?

Fauſt.

Was thu ich? Ha!

Geſchrei.

Erzittre tief! Wir halten dich
Beim Wort!

Fauſt's Vater. Meineid fällt ſchwer auf deine Seele, wo
du das Wort brichſt! Gute Nacht, Kind! Gott ſei bei dir bis
morgen!

(Vater ab. Fauſt fällt in den Lehnſtuhl.)

Alle Teufel.

Ha ha ha! Wir haben ihn!
Bald kommt die Mitternacht!

Fauſt (auffſpringend). Was habe ich verſprochen? Pah! Ich will
mich noch losreißen von allem in der Welt. Weibiſche Thränen!
Wie bin ich ſo ganz zum großen Menſchen verdorben! Vater! Ich
ſollt' meinen ganzen gelegten Plan wieder umſtoßen, jede Idee,
die Hoffnung darüber geboren, genährt und darauf gegründet?
Wieder der Niedrigkeit entgegenkriechen, vor deren bettleriſchem
Anhauch ich erſt mich weggewendet? Entgegen der Demüthigung,
dem Kaſteien, Entſagen und Glauben auf dieſer Welt, mit Muſcheln
behangen oder in der Kutte? Hier nothdürftig allem entſagen, dort=
hin üppig zu hoffen? Mir ſchwindelt das Hirn. Ha, warum hat
meine Seele den unerſättlichen Hunger, den nie zu erſtillenden
Durſt nach Können und Vollbringen, Wiſſen und Wirken, Hoheit
und Ehre! Das mächtige Gefühl, das mich aus dieſem Gedränge
von Niedrigkeit immer und immer hinaufruft! Und ich ſollte mit
dieſen bellenden Begierden, die gleich läſtigen Anverwandten an
mir hangen und mein Leben ausſaugen, mich zu Tode ſchleppen?
Kriechen und immer kriechen in ſtinkender Niedrigkeit ohne Erfül=
lungshoffnung der lechzenden Seele? Unbemerkt in dieſer großen
Woge des Lebens verrauſchen? Hinweg, tauſend Centner ſchwere
Laſt! Hab' ich's beſchworen, dich zu tragen?

(Ein teufliſch Hohngelächter.)

Ha! Geiſter hören meinen Vorſatz und lachen darüber! Weg
alles! Mein Entſchluß iſt unumſtößlich gefaßt! Gewählt, ſei's wohl
oder übel! — Was willſt du, Wagner?

Wagner. Euch eine Gute Nacht ſagen und dann auch zu
Bette gehen. Habt Ihr noch Licht?

Fauſt. Lieber Junge, nein, laß uns heute nicht miteinander
ſchwatzen. Geh zu meinem Vater hinein. Es müſſen noch gute
Zeiten für uns kommen, Bruder, oder ſchlimme, oder wie's kommt.
Wieviel Uhr iſt's, Junge?

Wagner. Elf vorbei.

Fauſt. Ich habe morgen eine Disputation vor; gute Nacht! Sag' meinem Vater, ich ließ ihm angenehme Ruhe wünschen.

Wagner. Gute Nacht denn!

Fauſt. Wieviel Uhr, ſagſt du?

Wagner. Es geht auf Mitternacht.

Fauſt. Mitternacht! (Geht hinten auf und ab.)

Wagner. Ich will ihn beobachten. Auf ſeiner Stirn ſteht ſeine ganze That. Zureden hilft bei ihm nichts, wenn irgendein Affect ſich ſeiner Sinne bemeiſtert; aber ich will mit meiner Wachſamkeit ſeine geheimnißvolle Einſamkeit unterbrechen und ihm unthunlich machen, was er im Sinne hat. (Ab.)

Fauſt. Wilde, zauberiſche Grotte der Nacht, an deren Eingang bräunliche Phantaſien irren! Jetzt bin ich zum Ausgang gefaßt, jetzt will ich! (Ans Fenſter.) Dunkle, blutige Wolken laufen am Himmel herauf; wie's ſtürmt! Wohlan! Ha, was ſind denn das für Geſtalten um mich her? Wie? Mutter! Vater! Ha! Es iſt nur ein Traum, wie alles unter der Sonne. Mitternachtſtunde, du kriechſt herbei, bang und hoffnungsvoll biſt du mir jetzt. Wie ſehnlich ich mich dieſem Ziel genaht! Und doch werd' ich vielleicht bei der Ausführung zittern. Laß es bleiben, Fauſt, oder zage nicht länger! Allmählich und allmählich ſchleicht der Zeiger heran; fort, fort! Hinaus auf den Kreuzweg, den Unholde ſegnen; hinaus in den finſter brüllenden Wald, wo hingebannte Geiſter irren und ihre Klagetöne ins Geſchrei der nächtlichen Eulen miſchen! Dort, dorthin, wo ich feſten Muth faſſen muß! Wohlan! Laß gehen andere Menſchen ihren Alltagsgang; Fauſt bricht ſich durch Hülfe dieſes Stabs, unter Ceremonien, die zu nichts dienen als mich feſter an die Hölle zu knüpfen, eine neue Bahn. (Ab.)

---

## Nacht.

Straße vor Panzer's Wohnung. Kölbel mit Muſikanten auf einer Seite, auf der andern Strick und Fang.

Kölbel. Still, ſtill! Dort ſtehen ſie, glaub' ich, und lauern auf uns.

Strick. Komm, mach' fort! Wir wollen ums Haus herumſchleichen und zuſehen, ob wir den Alten herausholen können.

Fang. Ah was! Du wirſt nicht ruhen können, bis wir noch einmal ſo tief ins Unglück gerathen.

Strick. Memme! Lausterl! Komm!

Fang. Du bringſt mich noch an 'n Galgen.

Strick. Wie, biſt du närriſch?

Fang. Geh! Die Bierſiedersfrau, die wir auch ſo weggenommen nachts und ins Tollhaus als eine Unſinnige gebracht, damit der Mann eine andere heirathen könne, — es grauſt mir noch in allen Gliedern, wenn ich daran gedenke. Das Geld zählt der Teufel, das wir dabei verdient.

Strick. Du biſt nicht werth, mein Kamerad zu ſein. Komm nur! (Beide ab.)

Kölbel. Ich dacht', es wär' Herz und Edius; hab' mich von ihnen geſchlichen, meinem Liebchen ein Ständchen zu bringen. Das Herzenmädel! Bin ganz weg, ganz caput; alle meine Wünſche und Gedanken laufen ihr nach. Ihre zwei blauen Augen, ſo ſchmachtend und doch ſo ſchelmiſch, betteln erſt und lachen hernach, wenn ſie's haben. — Ihr Herren, wer guckt dort oben am Fenſter? Mein Engel?

Erſter Muſikant. Mich däucht's nicht. Ein Blumenkorb.

Zweiter Muſikant. Nein, 's iſt ein Bund Inſchlittlichter, die am Fenſter hängen, um in der Luft zu trocknen.

Kölbel. Gib mir die Laute. Wenn meine Arie zu End' iſt, falle der ganze Chor mit den Inſtrumenten drein. So was recht Zärtlich=Melancholiſches, was ihr zur Hand habt. Das Wetter iſt ungemein rauh, aber ich will's ſchon ſonſt wieder einbringen, meine Herren.

Alle. Ah, Herr Kölbel, wir laufen ihnen durch ein Feuer.

Kölbel (mit der Laute).

Leuchte, leuchte ſanft hernieder,
    Holder Mond, im Wolkenlauf!
Süße, ſüße Liebeslieder
    Steigen meinem Mädchen auf.
Wie dein Licht die Dämm'rung bricht,
Lacht ihr holdes Angeſicht.

Chor.

Stunden, ach Stunden, wie ſeid ihr verſchwunden
    Freude der Jugend im ſeligen Flug!
Seelen an Seelen in Liebe gebunden,
    Liebe an Liebe im himmliſchen Zug!
Sterne verglimmen und Roſen verblühn,
Jugend und Schönheit den Wangen entfliehn.

Brennet, ihr Seufzer, an brünſtigen Wangen,
    Zaubert Elyſiumsleben zurück!
Lippen, die lechzende Lippen verlangen,
    Funken an Funken im ewigen Blick!

Sterbende Augen des Troſtes entziehn,
Heilige Lippen im Beten auch glühn.

Liebe, entgangen den himmliſchen Thoren,
    Schönſte der Göttinnen, reizend und hold,
Erd' und Fluten, Weiße und Mohren
    Bindeſt an Ketten im ſeligſten Sold;
Küſſe von dir kann das Glück nicht vergelten,
Wer dich beſitzet, den reizen nicht Welten.

**Gretchen** (oben am Fenſter). Schön Dank! Schön Dank! Kenn'
den Geber am Geſchenk.

**Kölbel** (zu den Muſikanten). Gute Nacht, meine Herren! Hab'
ein Wörtchen da allein zu ſprechen. Gute Nacht! Morgen ſehen
wir uns wieder.

**Alle.** Wir ſtehen immer zu Dienſten. (Ab.)

**Kölbel.** Gretchen, reizender, lieber Engel! Daß ich droben
bei dir in deinen Armen wär'!

**Gretchen.** Still! Meine Schweſter hör' ich, mein Onkel huſtet.
Kommen Sie in die Straße ans andere Fenſter, will Ihnen noch
weiter ſagen.

**Kölbel.** Gerne, Liebchen! (Ab.)

**Wagner.** Ha! Mir doch entgangen! Ich will ihm nach, dicht
auf der Spur. Fauſt! Wohin du dich mir verbirgſt, ſollen meine
Tritte dich verfolgen, ſollen meine Thränen, meine Beſchwörungen
dich hemmen in deinem ſchrecklichen Vorſatz! (Es ſchlägt zwölf auf dem
Münſter.) Ha, Mitternacht! Die Stunde der Gemeinſchaft der Hölle
mit unſerer Oberwelt. Es läuten ſie an grauenvolle Geiſter, die
in Gräbern mit der Verweſung um morſche Gebeine gekämpft
und in feuchter Nacht ſich jetzt im gehemmten Sternglanz baden.
Geiz und Betrug und Mord finden hier ihre gräßliche Strafe und
müſſen, ihre eigene Schande verkündigend, umherziehen, bis irgendein mitleidig Geſchöpf ſie erlöſt. Und, ach! zu denen geſellſt du
dich, Fauſt, und flieheſt Menſchen, die dich lieben. Wie hohl der
Schlag vom gewölbten Münſter heruntertönt! Wie die Stimme
der ernſten Ewigkeit! Ach, wenn einſt die Seele aufwandelt über
die Sternenbahn, tauſend ewige Zungen ihr entgegen frohlocken,
dann wohl ihr! Und wehe, ewig wehe dem, der da verloren geht!
— Wer iſt da?

**Nachtwächter.** Puh! Puh! Windicht und regnicht!

**Wagner.** Der Wächter. Ha, wo werd' ich ihn finden? (Ab.)

**Nachtwächter.** Puh! Eine wüſte Nacht. (Stellt die Laterne nieder
und bläſt.) „Hört, ihr Herren, und laßt euch ſagen" u. ſ. w. Will
jetzt eine Pfeife anzünden. Wer räuſpert ſich dort? Gute Nacht!
Gute Nacht! (Ab.)

## Dunkler Wald. Kreuzweg.

(Man hört noch in der Ferne den Glockenschlag von zwölf.)

Faust. Allein steh' ich nun auf diesem Kreuzwege, dem Sitze nächtlicher Zauberei! Mitternacht ist's und alle guten Geschöpfe ruhen. Es steigen aus Gräbern und Richtplätzen verdammte Geister hervor, die Luft zu durchwandern, wo ihre verworfenen Leiber modern. Wie brütende Eulen über ihrem Neste sitzen die, bewahren den Ort, wo ihr Schädel hängt. Und ich mache mich bereit! Der Mond kriecht in den Busen der Nacht, als wollt' er nicht ansehen, was hier unter ihm vorgeht. Nun ist es zu solch höllischem Beginnen die rechte Zeit. Was plaudere ich lang', suche mit selbst ausgeheckter Furcht mir meine Unternehmung zu erschweren? Wohlan denn, ihr Teufel! Bewohner der ewigen Finsterniß! (Er zieht einen Kreis.) Weil alles in dieser Welt unter dem Joch von Förmlichkeiten liegt, hört jetzt mich und meinen Gruß! Wenn ihr Liebhaber von irdi-schen Gerichten seid, will ich hier etwas auftischen, das euern Gaumen reizen soll: von Wolfsleber, Fledermausherzen, dem Kamm eines schwarzen nächtlichen Hahns, Moley, Raute, gepflückt und gebrochen in unglücklicher Stunde; dies alles unter höllischen Flüchen geweiht und zusammengekocht. Und mit diesem Stab schlag' ich hier nieder in den Sand einen Kreis, beschwör' euch herauf mit Worten, zu schauderhaft, als daß sie die noch zu stille Nacht höre. Aber ich denke, ihr seid Teufel besserer Art; ihr kommt, wenn man euch ruft, denn ihr fühlt, daß ich mit euch reden muß. Wohlan! Ich steige jetzt in diesen gebannten Cirkel, sicher vor euch und der Hölle. Aber wer hemmt meinen Fuß, macht mir stocken das Blut unterm Herzen? Wie eines Riesen mächtiger Arm liegt's über mir und drängt ab. Eine Stimme schmettert durch alle Gebeine: thu's nicht! Vergebens. Ich will, muß! (Er tritt ein, man hört ein Gerassel in der Luft, die Erde dröhnt.) Herauf, herauf, ihr des Unterreichs Geister! (Es donnert und blitzt.) Herauf, Lichthasser, die ihr auf schwarzen Thronen sitzet, in ewiger Finsterniß eure Flüche verheult! Herauf! Faust beschwört euch bei der züchtigenden Sonne! Ha! (Geheul, Blitz und Donner.) Zermalmet mich, überlaßt mich nur nicht länger dieser Angst! Ueber und unter mir! Und müßt doch herauf durch die kreisende Erde; schmerzlich wimmert die Mutter, euch gebärend. Verflucht, verflucht ihr alle! Herauf! Ich laß' euch nicht los, ihr müßt, müßt mir gehorchen! (Geheul und Sturm.) Erscheint lieber wie ihr seid, als daß ihr länger so fürchterlich mich euch ahnen laßt! Herauf! Und ihr müßt! müßt! meinen Flüchen gehorchend! Mag die Natur ins Chaos darüber hinsinken, aus ihrer Mutter hervor-

ſpritzen unzeitige Welten, Planeten zerſchellen, zerbrechen der Ordnung Stab, wenden der Dinge Lauf, mag das Sterngewölb' zu-
ſammenkrachen, die Achſe verdrehn und alles im grauſen Ruin
zuſammenſtürzen: herauf! Ich beſchwör' euch bei dem Namen, der
die Feſte der Höllen gegründet, beſchwör' euch bei meiner unſterb-
lichen Seele!

(Donner und Blitz. Sieben Teufel ſtrecken die halben Leiber zur Erde hervor.)

Geworfen hat die Erde, fürchterlich ihre Brut! Wie ſie empor-
wachſen, mich mit ihren Blicken halten! Will reden mit ihnen, ob
auch drüber meine Seele ſtürbe.

### Alle.

Was ruffſt du und reißeſt durch Erd' und Brand,
Biet'ſt Seel' und Leib zum Unterpfand?
Das Fleiſch wie Heu, mehrt Sünde ſich,
Die Zeit verfleucht, wir hoffen dich!
Was willſt du?

Fauſt.  Ha!
Alle.  Dein Begehren?
Fauſt.  Sie fragen mich?
Alle.  Sag' an!
Fauſt.  Der geſchwätzigen Lügner, die da ſagen, auch in un-
ſern feinſten Gedanken ſchlich' er um! Soll ich mit plumper Zunge
erzählen? Wohlan denn! Ich ſuche einen Diener.
Alle.  Will dir dienen!  (Sie ſteigen hervor.)
Fauſt.  Du? Und du? Und du? Und doch nur einer allein!
Alle.  Wähl' dir.
Fauſt.  Gut. Wenn ich nicht umſonſt das übernahm, was
andere zu erzählen ſchon ſchaudern macht, nicht umſonſt meine
Seele zum Pfand geſetzt, wohlan, ſo laßt mich euch kennen lernen,
zu ſehen, welcher von euch mir der gelegenſte iſt. Aber zuvor ſagt,
bin ich hier ſicher?

### Alle.

Schau', ſchau',
Wag' dich aus deinem Cirkel nicht!
Der Hölle trau',
Uns Teufeln nicht!
Uns ruffſt und reißeſt durch Erd' und Brand,
Biet'ſt Seel' und Leib zum Unterpfand.
Das Fleiſch wie Heu, mehrt Sünde ſich,
Die Zeit entfleucht, wir hoffen dich!
Ju heia!

Faust. Wie heißt du?

Erster Teufel. Curballo.

Faust. Deine Kraft?

Curballo. Schnelligkeit.

Faust. Sag' an!

Curballo. So schwarz ich bin, gleich' ich doch an Geschwindigkeit dem Lichtstrahl, der millionenmal schneller schießt als der Pfeil vom Bogen.

Faust. Ha!

Curballo. Wer mir traut, den führ' ich in der zehnten Hälfte eines Augenblicks neunmal durch das menschliche Leben.

Faust. Das deine Kraft? Fahr hin in die Winde, luftiger Geist! Zu langsam und zu schnell mir! Das Aug' und Ohr, diese Sinne sind nicht nach deinem Dienst gebildet. Immer schnell, was ist das? Ist es nicht Schneckengang, den unser Herz in süßer Befriedigung und Stillung nimmt? Wünscht man nicht oft die Flügel der Zeit zu stutzen? Wie oft möchte man im Leben bei süßen Augenblicken rufen: Von vorn' an! Laß mich! — Und sage du . . .

Zweiter Teufel. Curballo's Bruder. Die Hölle nennt mich Sünde. Geschwindigkeit ist auch meine Kraft.

Faust. So liegt die Hälfte deiner Geschwindigkeit außer dir. Dich spannt das strenge Gesetz, wir Menschen geben dir Flügel. Wie, wenn in uns solche Triebe zum Guten wie zum Bösen lebten, was für ein langsamer Teufel wärst du! Sophisterei gegen einen Sophisten. Du scheinst zu sein, was du nicht bist. Pack' dich!

Dritter Teufel. Mir, mir, Faust! Ich bin dein Diener.

Faust. Wer bist du?

Dritter Teufel. Mogol. Ich bin's, der den Staub zusammenbläst, den ihr Menschen Gold nennt.

Faust. Du bist's, der das Blut im Weltpuls cirkeln macht, des Goldes Herr und König dieser Erden!

Mogol. Ich trage den Schlüssel zu allen verborgenen Schätzen der Erde und des Meeres; ich schlafe, wo die Perle rinnt; wo der Smaragd in tiefen Schachten blüht, ist meine Ruhestätte. Alles ist mein.

Faust. Und wie, wenn ich dich nähme? Gut, du wärst mir am liebsten noch von euch dreien. Wer dich hat, ist geschwind und weise, und die Sünde ist auch seine treue Gehülfin; du fassest diese beiden in dir. Doch laß sehen, was die andern vermögen. — Wer bist du?

Cacall. Der Wollustteufel. Mein sind die Begierden der Wollust; ich buhl' in Kirchen und auf Straßen, koche Liebestränke und Kraftsuppen und helfe schwachen Gliedern zum sündigen Vermögen auf. Komm, sei mein; verspreche dir Wollust und Freude!

Fauſt. Fort mit dir! Sind marklos meine Gebeine, gewelkt mein Haar, mein Aug' erloſchen, zu ſtumpf dem Sternenblick, daß du mir zutrauſt, ich werde mich deiner Kraftloſigkeit verpfänden? Geh, dir kann's nicht fehlen in dieſem Jahrhundert; was brauchſt du einen, der dir deine Kunſt verdirbt? Denn das iſt gerade um ſo größere Wolluſt, raffinirt Cento pro Cento, je nüchterner und mäßiger man genießt. Ich weiß eine Provinz, wo dein Tempel ſteht, wo man alles pro forma liebt; fülle deine Büchſen und reiſe hin, laß dir durch Kupplerinnen die Wege zeigen. Du wirſt an= kommen! Wenn des Alten ſeine junge heiße Gattin ſpottet, ſein eigenes Fleiſch ſeinen Willen höhnt und ihn ſchmählich ſeinem be= bebenden Nachbar verräth, reich' ihm noch einmal deinen Becher, daß ihm von Kraft ahne und er im ſündigen Schattengenuß nur tiefer zur Hölle fahre.

Alle. Ha ha ha!

Fauſt. Wenn vor dem Beichtſtuhl die Büßerin kniet, ihre begangenen Sünden zu beichten, und ſie beſinnt ſich im Herzen anders, alſo daß ihr Rückfall ahnet: nah' hinzu und blaſe die Worte vor ihres Paters Ohr weg, daß ſie keine Vergebung erhalte. Fort mit dir! Einen männlichern Teufel für uns!

Pferdtoll. Nimm mich, den Verderber! Wo ich aufblick', wimmern die Elemente, Ruin ſtürzt nach meinem Pfad, vor meinem Anhauch fliehen die Geſtirne, erbleicht der feuchte Bär. Schlag' auf im Zorn das Meer über den Mond und fülle die Erde mit Finſterniß und Jammer.

Fauſt. Hinweg, Chaos! Im Wirbel der Hölle verſchloſſen ver= heul' deine Stimme bis zum Jüngſten Tag. Wenn die große Trom= pete dir zum Ruin ruft, ſchwinge dich auf dann unter brennenden Welten und ſchaue vor Freude umher.

Sechster Teufel. Nimm mich!

Fauſt. Wer biſt du?

Sechster Teufel. Einer, der dich liebt und in der Voll= bringung deiner Wünſche an Wärme und Geſchwindigkeit keinen ſeinesgleichen hat.

Fauſt. Kennſt du denn alle meine Wünſche?

Sechster Teufel. Und laſſe ſie in der Vollbringung weit hinter mir.

Fauſt. Wie, wenn ich nun hinauf verlangte und du trügſt mich auf den äußerſten Stern, auf des äußerſten Sterns Decke, unter der er hinlief': bring' ich nicht auch zugleich immer ein menſch= liches Herz mit, das in ſeinen üppigen Wünſchen immer noch neun= mal deinen Flug überſteigt? Lern' von mir, daß ein Menſch mehr begehrt, als Gott und Teufel geben kann. Wenn's um deine Ge= ſchwindigkeit nicht beſſer ausſieht! Sag' an.